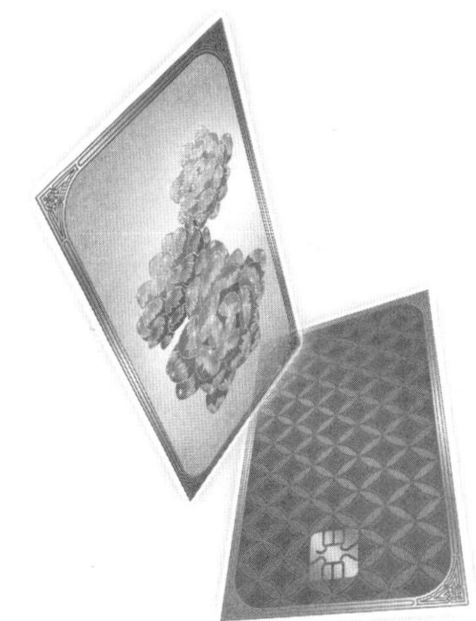

星卡大師

STAR DECK GRANDMASTER

2

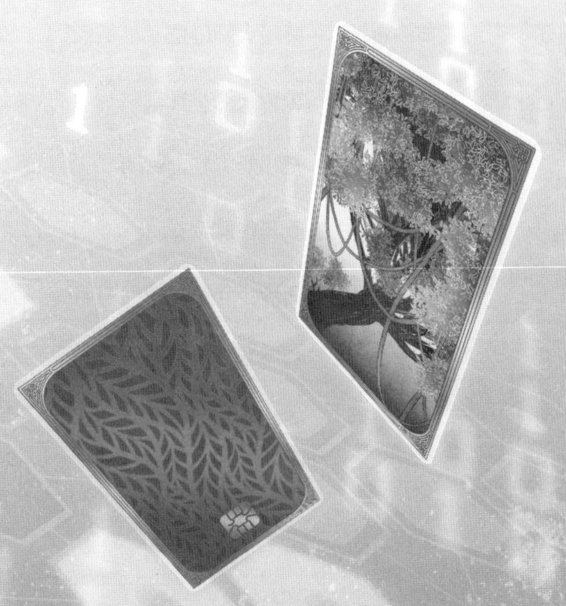

目錄頁
CONTENT

【第一章】

晉級大師段位

隨著在星卡排位賽上一場又一場地屢獲勝績，謝明哲的段位迅速提升，兩天後就升上高級星卡專家段位，戰績為四十九連勝，勝率高得驚人。而距離第七戰階的「星卡大師」段位，他還差最後一步。

在晉級最後一階「星卡大師」段位賽時，系統會以「跨段位」方式來為玩家匹配對手，因此晉級玩家所要面臨的挑戰並不是來自同階段位、一起競爭升級的玩家，而是真正的「星卡大師」——想要晉級，就必須擊敗已經晉級成功的玩家。

謝明哲這次匹配到的對手就是一位已經晉級為星卡大師的玩家！

由於謝明哲目前連勝的勝率是百分之百，因此系統匹配給他的玩家勝率也是百分之百。

對方ID名為「陽光璀璨」，卡組非常有特色。謝明哲一路晉級，自從升上星卡專家段位之後，他遇到的對手卡組都非常整齊，比賽時所亮出的卡牌經常是同一系列的植物卡組或動物卡組。許多高階玩家們會根據自己的喜好收集一整套同類卡組，擺在一起看著也順眼。

但是這位「陽光璀璨」亮出的卡組卻五花八門，謝明哲第一次見到這麼奇特的組合！

對手的五張明牌分別是木系植物卡「曇花」、火系動物卡「雄獅」、土系動物卡「白象」、金系兵器卡「無雙劍」、水系控制卡「海月水母」。

謝明哲有點傻眼——這是什麼亂七八糟的組合？

在競技場上五張同系列的卡牌可以組建套牌並獲得Buff效果，因此玩家都會選擇可以搭配成套的卡牌出賽，讓卡組某方面的實力獲得提升。這位玩家卻使用五系混雜的卡組，等於徹底放棄了套牌屬性Buff，這樣的操作居然還能打出百分之百的勝率？該不會是哪位職業大神的小號吧？

仔細觀察後，謝明哲發現「陽光璀璨」這套卡組搭配得其實很講究，群控、群攻、單攻、防禦，樣樣齊全，能以百分之百勝率打到大師段位，靠的應該不是卡組優勢，而是意識和反應速度上的優勢。

看見對方有二十萬血量的大象，謝明哲毫不猶豫地把暗牌換上曹沖——六張蜀國騎兵團卡組，再加一張即死牌——這是他最近幾天打排位賽的常用卡組陣容，也讓他一口氣打出了四十九連勝。

幾乎在他換上曹沖的同一時間，系統提示：陽光璀璨替換了兩張暗牌。

對方也換了暗牌？很可能是找到了破解自己這套卡組的方法。想到這裡，謝明哲更加謹慎。

比賽開始。

對方直接召喚白象，謝明哲也沒跟他客氣，召出曹沖把大象控住。

接著，對方以極快的速度連召三張卡——群攻雄獅、單攻無雙劍、單控海月水母，三張卡牌幾乎是同時出場。

打了這麼多局競技場，謝明哲對比賽節奏也有了一些心得，比如此刻對方明顯擺出了要秒殺單卡的架式，謝明哲勢必得先保障己方卡牌的存活，於是他召喚出專打厚皮卡的張飛、最靈活的趙雲，以及有保護技能的劉備。

目前對方卡組中血量最高的剩下海月水母，有十二萬血量。而雄獅、無雙劍都是攻擊卡，血量在五到六萬之間。

張飛的重擊對於血量十萬以上的卡牌會觸發追加傷害，謝明哲的想法是讓張飛先去砍這張十二萬血量的水母，砍殘了放黃忠老爺子出來秒掉。再以關羽、馬超擊殺其他血量較低的卡。召出劉備是為了防止對手針對核心卡牌強殺一波，趙雲則是隨機應變。

雙方三打三，戰鬥一觸即發！

陽光璀璨的出手速度極快，海月水母的水系單控直接凍住張飛——冰凍時間長達五秒，足以讓對手一波爆發秒殺張飛。

謝明哲沒有急著解控，因為他知道對方還有一張曇花牌，那才是最麻煩的。他要把劉備的解控留著等曇花出場。

冰凍解除，謝明哲開始全面反擊。

殘血的張飛氣勢洶洶地衝到海月水母面前，丈八蛇矛直接往水母的頭上砸，趙雲七進七出打亂對手的陣型，謝明哲迅速讓黃忠出場——利箭破空，海月水母直接被秒殺！

金系卡集火的能力就是強！這一切操作只在三秒之內。

黃忠、張飛技能冷卻，謝明哲想召出關羽，讓劉備再來一波桃園結義。

然而下一刻，謝明哲看見對手突然召喚出一朵足足有兩公尺高的花卉——那朵花的造型十分詭異，深紅色的花瓣上布滿了密密麻麻的小疙瘩，足以讓密集恐懼症的人崩潰，而被層層疊疊花瓣包圍在中間的是一個如同臉盆一般大的「口器」。

明明是植物，長得卻像吃人的妖怪。這張牌應該是對手的暗牌之一，是……食人花？

謝明哲還沒反應過來，就見那朵花突然張開巨大的口器，瞄準劉備，一口將劉備吞入腹中！

謝明哲：「什麼？」

看到這一幕場景，謝明哲只覺得頭皮發麻。

人族即死！

劉備的血量已經變成了零，顯然是直接被秒殺。一張牌能滿血被秒，只有即死判定。劉備一死，謝明哲這套卡組就失去了最重要的後盾。無法解控、沒有保護，連三兄弟的桃園結義連動技都沒來得及放出來。在這樣的情況下，就算其他卡牌攻擊力再強，也沒辦法打持久戰，必須速戰速決。

謝明哲緊跟著召喚出關羽，一刀砍向對面殘血的輸出卡無雙劍，直接秒殺！

對方當然也沒閒著，雄獅咆哮著撲向人群中，造成大量火系傷害。

雙方開始一輪火力對拚，轉眼間卡牌全殘。

謝明哲立刻召喚馬超，群體加速想靠走位來拖延時間。

可就在這時，對方突然召喚出曇花——群體混亂！

於是戲劇性的一幕出現了：加速狂奔的蜀國武將們，騎著戰馬發狂似地互相衝撞。

緊接著，對方又召喚出一張卡牌。

穿著一身黑色長袍的男子，一頭幾乎要垂落到地面的深紫色長髮，與身後一襲血紅色暗紋的披風融為一體，他的雙眼微微一睜，從地獄深處湧上來的恐怖黑暗氣息瞬間襲捲全場——冥王哈迪斯，死亡籠罩。

希臘神話中的冥王哈迪斯，是掌管冥界的主人，萬物生死都由他做主，「死亡籠罩」這個技能可以讓敵方群體陷入恐懼，並進入慢性死亡狀態，每秒掉血百分之十，持續三秒。

這張卡牌集控制與輸出於一身，強度卻完全輾壓謝明哲的黃忠卡。

同樣是以百分比計算傷害，冥王的傷害是群體傷害，三秒內使敵方群體持續掉血百分之三十，同時造成敵方群體恐懼無法釋放技能。

此時，謝明哲除了遠距離的黃忠和剛召喚出來的馬超外，所有卡牌的血量都只剩一層血皮，三秒一過，群體掉血百分之三十等於直接要死三個人。

自從製作出這套全新的卡組，他一路連勝升上高級星卡專家段位，這兩天見識過各種屬性的套牌、各種不同的打法，每一次他都能化險為夷。可就在「星卡大師晉級賽」的這一場比賽，他再次遇到一位強悍的對手。

食人花的人類即死判定、冥王的群體恐懼和百分比血量傷害，這些卡牌他以前見都沒有見過，對他的卡組壓制力可怕到讓人匪夷所思。

謝明哲看著螢幕上彈出的「失敗」兩個字，心裡真是五味雜陳——他曾針對各大俱樂部做出了十張即死牌，如今人物即死牌也出現在競技場上。果然，他也逃不了被人針對的命運。

這就是星卡世界裡的平衡。

沒有任何一張卡牌是無敵的，也沒有任何一套卡組是無解的。

謝明哲推測這位「陽光璀璨」應該是某俱樂部高手的小號，因為當初他製作人物即死牌卻無法錄入資料庫的時候，唐牧洲就曾經說過「可能已經被某家俱樂部研製出來了」。

到底會是誰呢？

正好這時候唐牧洲發來語音私聊：「什麼時候再讓我叫二隊的人來跟你PK？」

謝明哲立刻回覆：「師兄你有空嗎？幫我看看這場比賽的錄影。」

唐牧洲接受邀請來到個人空間，疑惑道：「怎麼回事？」

「我的四十九連勝在大師段位晉級賽上被終結了。你看看這個人是誰？」謝明哲將影片直接投射在客廳裡的液晶大螢幕上。唐牧洲和他一起坐在沙發上認真地看錄影，隨著對方的卡組在面前呈現，唐牧洲的眉頭輕輕皺了起來，「這麼混亂的卡組？還有人族即死牌？」

謝明哲點頭，「師兄你能猜到這是誰嗎？」

「他掩飾得很好，五系卡牌各一張，都是很常見的卡牌，我暫時沒法判斷……」正說著，就見大螢幕中一身黑色長袍的冥王哈迪斯突然出現，整個大地都籠罩在一片黑暗的死亡氣息中，唐牧洲怔了怔，微微勾起唇角，低聲說：「是眾神殿的許星圖。」

提起「眾神殿」這家俱樂部，玩家們最熟悉的就是金系的鼻祖凌驚堂。

凌驚堂在第二賽季出道，一手創建「擬人兵器卡」流派，並且拿下了第二賽季個人賽的總冠軍。是他帶起了金系卡「單體暴擊流」的風氣，將金系卡的單攻數值提升至極限，官方甚至因為他修改了卡牌的屬性規則——所有帶金屬武器元素的卡牌全部歸入金系。

作為五系鼻祖之一，凌驚堂在聯盟的地位屹立不搖，從第二賽季到如今第十賽季，經過整整九年的累積，他的死忠粉絲數量相當可觀，再加上他幽默的性格和俊朗的五官，每次網路人氣選手票選他都能排上前五名。

然而，只有他一位選手也撐不起一家俱樂部。像眾神殿這種大型俱樂部，肯定高手如雲。

唐牧洲道：「眾神殿的三位選手，凌驚堂、許星圖和葉宿遷，被網友們稱為鐵三角組合。凌驚堂開創了金系兵器牌，許星圖是金系神族卡第一人，而葉宿遷則是他們的軍師，也是職業聯盟目前實力最強的原創卡牌設計師。」

許星圖的名字謝明哲之前就聽說過，路西法、米迦勒等西方神話人物被他做成了卡牌，當初為了封印神族卡，謝明哲還專門做了一張太乙真人。

前段時間，聯盟六大俱樂部全被謝明哲製作的即死牌針對了一遍。有五家俱樂部找過他，裁決和鬼獄都想拉他去當設計師，流霜城的方雨找他訂製亡語系卡牌，暗夜之都的裴景山則是乾脆向他買了全套即死牌做研究，風華俱樂部的唐牧洲更不用說，從一開始就指點他如何製作即死牌，兩人一直有交流，如今還成了師兄弟。

唯獨眾神殿這一家俱樂部，到現在都毫無動靜。

哪怕謝明哲做出了即死牌「太上老君」專門消滅兵器牌、「太乙真人」專門封印神族卡，眾神殿依舊是一副漠不關心的樣子。

如今看來，眾神殿表面上沒有動作，實際上是在暗中進行。

他們直接做出了反制謝明哲的「人物即死牌」，專門克制胖叔的人物卡組！

謝明哲疑惑道：「這麼說來，食人花這張克制人族的卡牌是那位葉宿遷設計的？」

唐牧洲點頭：「嗯。你知道這個人？」

謝明哲道：「聽鄭峰大神提到過，說眾神殿有一位天才卡牌設計師。這位葉宿遷，既然原創卡牌的能力那麼強，為什麼不去當原創牌手呢？」

唐牧洲沉默片刻，道：「他比較特殊，天生殘疾，一直坐著輪椅。其實全息遊戲連接人的五感，雙腿殘疾並不影響比賽進行，他大概是不想以這樣的姿態在公眾面前露面，所以這些年一直藏在幕後。」

謝明哲怔了怔，雙腿殘疾？這個世界的醫療發展飛快，殘疾也應該可以治好的吧？怎麼會一直坐在輪椅上呢？

唐牧洲很快解釋了原因：「不是肌肉和骨骼的問題，據說他的小腿痛覺神經缺失，其實能站得起來，但是雙腿沒有知覺，乾脆就坐智慧輪椅代步。許星圖的神族卡都是葉宿遷設計的，你看一下剛才比賽最後的結算畫面，對方卡組中食人花、冥王哈迪斯這兩張卡牌的背後是不是有個樹葉的標誌？」

謝明哲立刻把錄影從頭放了一遍，食人花和哈迪斯這兩張卡牌的右下角確實有一片樹葉的標記，雖然只是一小片樹葉，卻設計得相當精美，葉片上的紋路也很難仿製。

唐牧洲道：「果然是他。這片樹葉，就是他原創卡牌的Logo。」

謝明哲沉默片刻，有些無奈：「看來，眾神殿這是要跟我槓上了？人族即死牌確實會徹底打亂我的節奏。剛才這局劉備一掛，我的整套卡組節奏全亂了，連動技能都沒能放出來。」

見他垂著腦袋的鬱悶模樣，唐牧洲忍不住微笑起來，「你該覺得高興才對。」

謝明哲疑惑：「我被針對了，為什麼要高興啊？」

唐牧洲道：「能驚動葉宿遷這樣的製卡高手專門設計即死牌來針對你，這說明什麼？」

謝明哲雙眼驀地一亮，「說明他忌憚我、重視我，對吧？」

「沒錯。只有高手才會被人忌憚。職業選手不怕被人針對，只怕沒人針對。」

道理很簡單，如果有很多人想方設法地要攻克你的卡組，表示你在大家心裡的分量相當重要，是個讓人忌憚的對手。但是如果根本沒有人針對你，那就說明了大家認為你很菜，隨便打打都能贏！

想到這裡，謝明哲忍不住興奮地說道：「我還沒去打職業聯賽，眾神殿就開始針對我，將來我要是真的去打比賽了，那他們是不是會想盡辦法破解我的卡組？」

「是的，葉宿遷特別擅長破解大神們的卡組，眾神殿能在一流俱樂部中屹立不倒，他可是最關鍵的人物。我猜，今天你在競技場遇到許星圖也許不是巧合，很可能是葉宿遷授意的。」

「不是巧合？」謝明哲怔了怔，「難道他故意來競技場狙擊我，中斷我的連勝？」

「有這個可能。」唐牧洲指著螢幕裡的錄影，分析道：「你看他的個人戰績，是幾天前才創建的帳號，以百分之百勝率連勝，快速地升上星卡大師段位。食人花和冥王這兩張暗牌，是他看見對手是你之後才換上來的，之前打排位賽時他肯定用的是其他比較常見的卡牌，讓人難以判斷他的身分。」

唐牧洲轉頭看著謝明哲，「之前你的卡組在職業選手的群組裡曝光過，當時很多人在分析你這套群攻一波流卡組的破法，眾神殿的人雖然沒有提出破解方案，但肯定是看到了。許星圖年輕氣盛，喜歡挑戰，加上葉宿遷早就研製出了人族即死牌，很可能是故意去競技場堵你的。只要他一直保持百分之百勝率，到了高端段位賽這樣的勝率很少見，總有一天會遇到你。」

他摸著下巴想了想，接著說：「如果我猜得沒錯，眾神殿那邊應該差不多要聯繫你了。」

話音剛落，謝明哲這邊就聽到系統提示：「您有新的郵件，請注意查收。」

打開信箱果然看見一封郵件，正是來自剛才那位競技場對手「陽光璀璨」。

胖叔你好，我是眾神殿的選手許星圖，我們家設計師葉哥想見見你，說有重要的事情跟你聊，能不能請你移步來一趟眾神殿公會？

謝明哲無奈扶額，看向唐牧洲道：「師兄，你真是個預言家，每次你說會有公會找我，下一秒我就能收到公會郵件。」

唐牧洲一臉無辜，「是嗎？那我再預言一下，他們家設計師也來了。」

謝明哲：「……你快去買彩券吧！」

唐牧洲走後，謝明哲轉身來到星系圖面前。他的個人星系圖上，果然出現了一顆金色閃著光的公會領地星——眾神殿公會領地。

這樣一來，他就收集齊了職業聯盟六大俱樂部公會領地的傳送點，加上自己的涅槃公會，紅、綠、紫、黑、藍、白、金，七顆小星球整整齊齊地排列在他的星系導航圖上。

簡直是集滿七顆星球要召喚神龍的節奏……

謝明哲揉了揉太陽穴，出發前往最後一家聯繫他的公會：眾神殿。

金碧輝煌，這四個字用來形容眾神殿再貼切不過。

謝明哲一進入公會領地，差點就被金色的光芒給閃瞎。一棟棟大樓就跟西方神話故事中的「神殿」建築一樣，恢弘大氣，風格特別鮮明。

謝明哲在公會接待人員的帶領下一路來到辦公室，一進門發現裡面已經有兩個人。

其中一位就是他剛才在競技場上遇到的許星圖小號，人物角色是系統預設的尋常外觀。

另一個人的角色外觀卻很特別，不知道是不是本人的形象——二十多歲的男人，穿著長褲和雪白的襯衫坐在輪椅上，腿上蓋著條薄薄的毛毯。男人的臉部輪廓柔和，五官非常清秀，身材偏瘦，膚色蒼白，看上去有些柔弱，但是一雙眼睛卻明亮有神。

系統臉的許星圖笑道：「胖叔，剛才那局競技場打得開心嗎？我專門去堵你，就是想終結你的連勝。誰叫你做出『太上老君』和『太乙真人』針對我們眾神殿！」

聽著耳邊年輕爽朗的聲音，謝明哲心裡直翻白眼。不過，許星圖的做法也沒毛病，謝明哲針對他們，他們針對回來，很公平。

謝明哲好脾氣地笑道：「我做即死牌針對你們並不是故意的，裴景山說得對，大家都被針對，

那就不是針對了。所以你們做人族即死牌來針對我也很正常，我一點也不生氣。不過，兩位今天請我過來，該不是為了下戰書吧？」

許星圖瞪圓了眼睛，「我就是想下戰書怎麼樣？偷偷摸摸地做那麼多即死牌算什麼英雄好漢？有本事你來職業聯賽，讓我們一個一個地輪流虐你！真以為一張即死牌就能嚇死我們嗎？」

謝明哲微笑，「以後總會在賽場上遇見的。你拿一張即死牌秒我的人族卡，我同樣能拿太乙真人秒你的神族牌，到時候勝負可不一定了。」

許星圖挑眉道：「什麼叫勝負不一定？一定會是你輸，好嗎！」

謝明哲：「咳咳，你這樣立Flag不大好吧……」

許星圖愣了愣，「立什麼？」

謝明哲笑道：「沒什麼。」

看著許星圖一臉困惑的模樣，謝明哲突然覺得這傢伙有點中二……

就在這時，一道柔和的聲音在耳邊響起：「小許，別鬧，你先去找凌神，我有點話想單獨和胖叔說。」

許星圖恭敬地道：「好的，葉哥。那我走了。」

走了兩步又回頭看謝明哲，「今天終結你的連勝只是小意思，我連王牌卡組都還沒用上。你等著，到時候在競技場打到你哭！」

謝明哲：「……」

這Flag立得滿滿的，到時候可能是你會被我打哭。

許星圖走後，葉宿遷才微笑著開口：「胖叔，我是眾神殿的卡牌設計師葉宿遷。」

葉宿遷給人的感覺如沐春風。他的聲音很溫柔，看上去一副病弱的樣子，加上雙腿殘疾，讓人忍不住地心生憐惜。

但是謝明哲知道這一切都是表象。他不但能為凌驚堂、許星圖這樣的王牌選手設計專屬卡牌，還能在極短的時間內做出人族即死牌——這位眾神殿的幕後軍師，絕對不是需要同情的弱者！

葉宿遷很強。

他雖然微笑著，謝明哲卻在他的目光中察覺到了極強的戰意。

那是一種棋逢對手、針鋒相對的凌厲。

葉宿遷依舊微笑著，問道：「宿遷這個名字，你覺得熟悉嗎？」

謝明哲怔了怔，當初他聽到的時候確實覺得耳熟，但一時想不起來在哪裡聽過。

葉宿遷說道：「我爺爺曾經告訴我，他的祖先是宿遷人。」

謝明哲：「……」

簡單的一句話，讓謝明哲頭皮都炸了。

別人聽到這句話可能不會有太大反應，只覺得是個陌生的地名，世界這麼大，聽見陌生地名很正常。可是謝明哲卻一下子聽懂了——這個地名，是屬於地球時代的地名，江蘇宿遷。

這傢伙難道也是穿越過來的？難道眾神殿的那些神族牌並不是因為西方神話流傳了下來，而是有人原創出了那些西方神話人物卡牌？

葉宿遷只說了一個地名，謝明哲當然不會那麼傻，把自己穿越者的身分和盤托出。在這個陌生的世界裡，他必須加倍小心。雖然心裡震撼，但表面上謝明哲還是沉住了氣，假裝不知情，平靜地說：「是嗎？我沒聽過你說的這個地方。」

葉宿遷道：「小時候，爺爺經常講一些故事給我聽，他說有個古老的東方文明之地，擁有非常悠久的歷史，他就是那個地方的人。只可惜他從小跟隨父母移居海外，接受西方的文化和教育，對家鄉的文化瞭解不深。他一直想回家鄉看看，所以在我出生時給我取了這個名字。」

葉宿遷接著說：「等我長大以後，爺爺告訴我，他只是講故事哄我開心，他說的那些地方並不

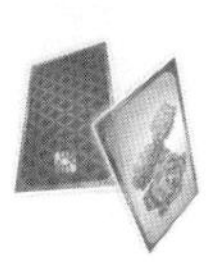

存在，要我不必當真。爺爺留下了一本筆記，裡面有很多關於北歐、希臘神話的故事記載。他要我在他去世以後，將這本故事集公開出版，讓更多的人知道這些有趣的神話傳說。」

「……」謝明哲在腦海中迅速地整理葉宿遷這段話所透露的資訊。

葉宿遷的爺爺應該是移居海外的華僑，因為從小在海外長大並接受西方教育，瞭解的全是歐洲的神話故事，所以在臨終前留下了一本筆記，希望能將西方的文明保存下來。

老爺子說「這些都是故事」顯然是不想引起後代對他身分的懷疑。他讓後代公開這些神話故事集，大概也是想讓這個世界的人知道那些精彩的傳說。而葉宿遷的名字則是他對家鄉的懷念，除了穿越者之外，一般人也不會覺得這個名字有什麼問題。

「我爺爺還說，能真正讀懂他故事深意的人並不多。」葉宿遷頓了頓，看向謝明哲道：「你所畫的人物卡，和爺爺講述故事的方式十分相似，都是一些零碎的故事片段。所以我想，或許你能明白我爺爺所謂的深意？」

「不好意思，我也不大明白。」謝明哲笑了笑說。

「是嗎？」葉宿遷的神色有些失落，「你真的不知道這些神話傳說來自哪裡？」

「嗯。你爺爺不是說，他告訴你的都只是『故事』嗎？」

「可是我總覺得爺爺講的故事很真實。他說家鄉的地域非常遼闊，各地還有好多的美食，難道這些都是他編的？」

「大概是老人家想讓故事更精彩，所以把背景編得比較逼真吧。」謝明哲只能這樣說了。難道告訴對方老爺子說的沒錯，他的家鄉的確地域遼闊、文化悠久、美食豐富？謝明哲迅速轉移話題道：「你爺爺出版的故事書叫什麼名字？我很感興趣，有機會買一本來看看。」

「書名就叫《神話故事集》，內容集結了很多小故事，爺爺寫得非常零碎，是我花時間仔細整理出來的。」葉宿遷似乎是想到了那位老人，神色變得很溫和，「我從小就聽爺爺講那些有趣的神

話故事，我把故事裡的人物製成卡牌，也算是對他的一種紀念。」

「他如果還在世，肯定會贊成你的做法。」謝明哲道。

「我也覺得。」葉宿遷微微笑了笑，看向謝明哲，「你製作的這些卡牌背後也有很多人物小故事，讓我覺得特別親切。今天找你來，除了問你知不知道我爺爺說過的那些地方之外，我還想和你交個朋友，以後你做出新卡，我會第一時間研究。」

「是專門破解我卡組的朋友嗎？」謝明哲哭笑不得。

「你目前使用的兩套卡組，我都已經有了破解的方法。如果你不繼續做出更強的卡牌，根本進不了職業聯盟。」葉宿遷很認真地說：「聯盟選手不缺製卡創意，操作高手更是多得數不清。原創卡牌的勝負關鍵還是在技能的設計，這方面你要更努力才行。」

「我會的。」

「那就等你成了職業選手，我們再較量。」葉宿遷轉動輪椅來到謝明哲的面前，微微仰起頭，臉上帶著一絲興奮，說道：「我很喜歡你設計的卡牌，希望下次再見面時，你能拿出更多有趣的原創卡牌。」

「當然。」謝明哲心想，他要做的卡牌可是多得數不清。

離開眾神殿回到個人空間後，謝明哲開始冷靜地思考接下來的打算。

見到葉宿遷，讓他確認了一些事情——在這個世界裡，不但東方文明流失，所有的西方文明也全部遺失，沒有人知道《三國演義》和《紅樓夢》，也同樣沒有人知道宙斯和雅典娜。

這個時空，或許並不是地球時代的延續。

以二十一世紀的科技，幾個指甲般大小的晶片就能儲存大量的資料。哪怕地球不適合生存，人類只要能逃出來，那些東西方文明不可能全部都消失吧？

謝明哲摘下頭盔，拿起了平板光腦，上網去搜索葉宿遷爺爺留下的那部《神話故事集》，發現網路商城裡有電子版，他直接付費下載到平板光腦上開啟閱讀。

只見書中的自序寫道：

> 我這些年經常做夢，夢見自己來到了另一個世界，我在那個世界裡，聽說了很多有趣的神話故事，記錄下來和大家分享。夢和現實，是可以共存的。希望大家能喜歡我夢中的世界。

以「夢」做為掩護，表面看上去毫無破綻，只有真正知情的人才會知道這段自序所傳達的關鍵訊息並不是「夢」，而是——共存。

夢和現實共存，難道是平行世界？

其實當初在醫院甦醒時，謝明哲就曾經有過懷疑，如果是穿越到了未來世界，怎麼可能這麼湊巧成為同樣名為謝明哲的少年，還擁有同樣的身高和外貌？反倒是平行世界的理論比較說得通。

這段時間他也一直在查閱這方面的資料，關於這個世界的歷史，他能查到的只有從星曆二五〇〇年到星曆三〇〇一年這短暫幾百年之間的記錄，歷史上記載的都是關於人類與外星生物戰爭獲勝的事蹟，其他歷史則無從考據。他也不清楚所謂星曆三〇〇一年的紀年是從何起始。

如今，他總算有了明確的答案。

葉老爺子肯定花了許久時間專門調查研究過，才會在書裡給後世留下「共存」的線索。

或許地球仍在正常運轉著，他的家鄉依舊存在，那些古老的東方文明和璀璨的五千年華夏歷史也依舊在地球上代代相傳——這給了謝明哲極大的心理安慰。

如果地球文明徹底消失，那會是人類無法承受的傷痛，他每次想到這一點都非常揪心。

但現在知道這是平行時空就好辦多了。他不需要擔心自己穿越者的身分會被發現，因為這裡的人根本不知道地球的存在，也沒有任何歷史文獻可以考據。就算他說出再離奇的故事，大家也只會覺得他想法詭異，並不會因此推斷出他來自另一個時空。

既然北歐、希臘神話能編寫成故事集正式出版，謝明哲自然也能製作出東方神話人物卡牌。夢境就是個聰明的藉口，既能傳播故事，也能保護自己。

葉宿遷的出現並沒有讓謝明哲感覺到威脅，這個人根本不知道爺爺的身分和來歷，只因為爺爺留下的故事讓他對謝明哲「講故事」的製卡方式更感興趣而已——東、西方文化本來就不衝突，他做他的雅典娜和宙斯，我做我的神農和女媧，互不干涉就行了。

不管是什麼地方的神話故事，都是人類祖先靠豐富想像力留下來的寶貴財富，能在這個平行世界裡以不同的方式流傳下來，謝明哲也覺得很欣慰。

就如葉宿遷所說的，卡牌最關鍵的不是形象和故事，而是技能。

不論是人族卡還是神族卡，形象和故事都只是表象，技能才是卡牌真正的核心價值。只有設計出厲害的技能，才能在聯盟打出一片天，這也是為什麼唐牧洲的植物卡那麼地強大。

謝明哲目前只有兩套卡組，如果只靠這些卡牌，要進軍職業聯盟還差得太遠，而且很容易被人針對，所以目前最重要的是完善卡組。

值得欣喜的是，知道這裡是平行時空之後，他可以毫無顧忌地製作東方神話傳說卡牌了，現在他又有了取之不盡、用之不竭的素材！

提起神族，謝明哲第一個想到的就是盤古，東方古代傳說中的創世之神。

既然葉宿遷能將冥王哈迪斯、墮落天使路西法等西方神明都做成卡牌，那東方神話中的盤古大神怎麼能缺席呢？

謝明哲很快就想好這張盤古神族卡要如何設計——多虧眾神殿的許星圖和葉宿遷給他的靈感！

盤古的人物形象是四肢健碩、肌肉發達、身材高大，是個能頭頂天、腳踩地的巨人。謝明哲決

定將盤古設定為三公尺高，這也是星卡世界規定卡牌高度的最高限度。

盤古手裡握有巨大的斧頭，因此卡牌將被歸入金系。

至於技能的設計，謝明哲打算先以補充卡池的不足來考量。比如今天和許星圖的那場對局，劉備被對手的即死牌秒殺，他的節奏一亂，後面的思路也跟著亂套。這時如果能有一張卡牌作為緩衝，在身處劣勢局面時就可以更加從容。

盤古的技能就設計為「開天闢地」，讓自己在劣勢局面時也能有一個開闢天地的機會！

謝明哲想好設定之後，立刻來到書房的操作臺前製作卡牌。

隨著他的精神力緩緩注入，一位身材健碩的長髮成年男性出現在卡牌上。

盤古（金系）

等級：1級

進化星級：★

使用次數：1/1次

基礎屬性：生命值1000，攻擊力0，防禦力1000，敏捷30，暴擊0％

附加技能：開天闢地（盤古在指定位置劈開直線溝壑，強行隔離比賽戰場。溝壑存在的5秒內，雙方一切攻擊、控制效果將自動被溝壑吸收；冷卻時間120秒）

附加技能：創世神（盤古不會主動攻擊，同時無視一切控制和攻擊。當己方隊友全部陣亡時，盤古會自動消失。當己方有隊友存在時，盤古協助作戰，不會離去）

區區動物、植物、鬼牌、冷兵器，要強殺東方的創世神盤古？

盤古告訴你：想都不要想。

謝明哲給盤古設計的第二個技能相當於「偽無敵」的效果，意思是說：有本事就先殺我的隊友，打我沒用。隊友死光了我就走人，但只要有隊友沒死，那我就不會消失。可以說是相當賴皮了。

第一個技能「開天闢地」，更是把「賴皮」發揮到極致。

盤古在關鍵時刻一招開天闢地，可以讓對手的進攻徹底作廢，同時還能在劣勢時給自己一個力挽狂瀾的機會。意思是說：別打了，休戰五秒，讓我先召喚幾張牌，加個血緩一緩。

要是對手正追著我方殘血卡想要一波秒殺，或者想用即死牌去秒劉備，結果盤古出現，一斧頭開天闢地，隔離戰場，雙方休戰五秒……對手會不會被氣死？

休戰，對敵我雙方都是公平的，誰都不能打誰。

但因為盤古掌握在自己手裡，肯定是對己方更加有利，因為謝明哲更清楚什麼時候停戰比較好，而他肯定會在對手最不想停戰的時候強行停戰。

開闢全新的天地，這相當於打牌打到一半重新洗牌，對方的一手好牌直接被廢掉，而自己的一手爛牌也可以有五秒重新調整的機會，簡直是劣勢翻盤的利器。

謝明哲發現，他的製卡思路已經往氣死對手的道路上越走越遠了。

要是把這張卡牌帶到職業聯賽的賽場上，會被選手們噴嗎？我要秒你，結果你停戰？

謝明哲想先問問師父，看看師父是什麼反應。

陳千林看過之後，問道：「技能設計的思路是？」

謝明哲解釋道：「我現在的反應速度跟不上高手玩家，劣勢局很容易被打崩。盤古隔離戰場能強行拖住五秒的時間，讓我儘快調整好節奏，再重新開局。這招在優勢局也同樣能用，可以在進攻完一波後看準時機停戰，讓對手反擊的技能放空。」

陳千林讚賞地點了點頭，有些疑惑地觀察著手裡的盤古卡牌，問道：「你這張卡的畫風，跟其他的人族卡牌完全不一樣，為什麼不穿衣服？」

謝明哲摸摸鼻子，「因為盤古是神，遠古時代科技沒那麼發達，還做不出衣服。」

陳千林輕輕皺眉，「神族牌嗎？」

謝明哲點頭，「嗯。」

陳千林道：「想讓卡牌歸屬為神族卡，百科方面需要經過系統的嚴格審核，你得有一套完整的體系來說清楚你的神話故事。你確定能寫得清楚？」

謝明哲微笑著說：「我當然寫不出完整的長篇小說，但是單篇的神話人物故事倒是沒問題。盤古的故事，只需要幾百字就能交代清楚。他是劈開宇宙、讓混沌世界分出天與地的創世之神，是一種對宇宙起源的神話解釋。」

小徒弟腦洞真是突破天際。人族卡做著做著，又開始做起神族卡了，該不會過幾天他還要做鬼牌吧？陳千林揉了揉太陽穴，道：「卡牌種族目前只對即死判定和連動技的串連有影響，其實並不重要，關鍵還是技能。」

謝明哲認真地看著師父，「那師父覺得我這張盤古卡的技能設計得怎麼樣？」

陳千林沉默片刻，忍不住道：「讓我很想打你。」

謝明哲愣了愣，回過神來，笑道：「嘿嘿，連師父都想打我，一定是張讓人很頭疼的卡！用來打競技場會很強吧？」

看他興奮的樣子，陳千林輕輕拍拍他的肩，「把這張卡牌加入你的金系卡組，去打晉級賽。快開學了，得加快速度升到星卡大師。」

「師父放心，我今晚就晉級！」謝明哲抱著新卡打比賽去了。

看著小徒弟活力十足的模樣，陳千林頭疼地想，這個徒弟真是腦洞清奇，想出來的這些技能稀奇古怪得簡直沒法評價。等他有一天加入職業聯賽，聯盟的好多選手估計要氣炸。

第一個氣炸的是位無辜的路人，ID叫「冰藍」，是個穿著一身冰藍色長裙的女孩。

這位玩家目前的段位是勝率百分之七十的星卡大師。

別看她勝率不到百分之百，她最近的競技場次可全都是大師段位的排位賽。

在「星卡大師」這個最高端的段位上，能保持百分之六十以上的勝率就已經相當了不起了。因為在這個段位裡隱藏著無數職業大神們的小號，還有不少民間高手。哪怕是唐牧洲這樣的大神，勝率也才百分之八十左右，這是謝明哲在唐神小號檔案裡查到的。

比賽一開始，謝明哲快速地觀察對方的卡組。

冰藍用的是一套很漂亮的水系卡——五張不同顏色的水母。

這是謝明哲目前為止見過最漂亮的卡組。

對方亮出的五張明牌，分別是海月水母，單體冰凍控制；桃花水母，範圍水毒；燈塔水母，範圍內亮光幻覺；銀幣水母，範圍水毒；炮彈水母，造型像一枚炮彈，可以發射水系彈珠，在目標之間迅速彈射。

水母卡組強在靈活性，而且透明的水母在光線照射下很難看得清楚，讓對手的視線造成極大的干擾。

謝明哲在觀察冰藍的卡組，冰藍同樣也在觀察他的。

這一套整整齊齊的金系騎兵團卡組讓冰藍有些震撼。她是流霜城的競技場高手之一，胖叔的名號她自然聽過，據說這個胖叔很強，連勝勝率百分之百，然而她現在看到他的勝率卻是百分之九十八——在五十局中贏了四十九局。這麼說，胖叔的連勝在第五十局被終結了？

冰藍深吸口氣，心想自己一定要繼續阻止胖叔的勝績，讓他看看水系卡組的強勢！

比賽一開始，雙方迅速召喚卡牌。

冰藍一開局就連召三隻水母，謝明哲同樣召喚出三張卡和她對抗。

只見透明的水母快速圍繞著謝明哲的人族卡飄動，水毒灑了一地，轉眼間謝明哲的三張卡都疊毒疊到了四層。

這時候，燈塔水母突然出現，一陣刺眼的白光在眼前一閃——亮光幻覺！

失明控場有兩種，一種是黑暗失明，一種是炫目失明，水母的失明強控顯然屬於後者。

謝明哲現在什麼都看不見，他知道對方肯定要全面發起進攻，藉由四層水毒直接秒他的三張卡。

一、二……謝明哲在心裡默數。

水系的單體攻擊力有限，擊殺一張卡需要三秒的時間，他就在最後這一秒鐘召喚盤古——開天闢地！

三公尺高的巨人突然出現在賽場上，手中巨大的斧頭猛砸在地，整個競技場的地面都在劇烈搖晃。盤古在地上劈開一條深深的大溝，強行隔絕雙方戰場，五秒內無法互相攻擊。

謝明哲在失明狀態下看不見對面水母在哪裡，但他記得自己的卡牌在哪裡。

此時如果有上帝視角，觀眾會發現，那隻炮彈水母的水珠子正在四處彈射，已經把關羽和張飛打殘了，只要再彈射一輪說不定就能殺死這兩張卡。

可就在這時，盤古的開天闢地，直接在雙方戰火的中心劈下一條深溝，強行停戰。

冰藍：「什麼？」

停戰個鬼啊！她心裡只想罵人！

關羽和張飛就剩一絲血，這時候停戰？能不能別這麼賴皮！

盤古劈出的溝壑不但能停戰，還能順便幫忙解控，失明控制被溝壑直接吸走，等眼前恢復視野，謝明哲立刻把劉備、趙雲召喚出來，他讓劉備給關羽套了個護盾，防止關羽被秒。

停戰時間結束，對手的節奏已經全亂了。

謝明哲算好時間，騙掉她大量技能，趁著她技能冷卻的這一點時間，謝明哲打出了一輪凌厲的反擊！

劉關張三人聯手秒了兩張群攻水母，趙雲在旁瘋狂騷擾，謝明哲緊跟著召喚黃忠，遠距離攻擊的黃忠老爺子挑準了對方血量最高的卡牌射出一箭，而馬超則在冰藍召喚出新卡進行強控的時候，立刻展開加速，集體跑路。

冰藍氣得頭都痛了，說好的水系節奏最強呢？被盤古一斧頭全劈亂了！

——勝利！

看著螢幕中彈出的金色大字，謝明哲激動無比。

他贏了，他升上了星卡大師段位！

他知道自己的缺點在哪裡，就是反應速度不夠快，而盤古的強行停戰，給了他調整的時間，讓他化被動為主動，一波反擊拿下比賽。

盤古這張卡最強勢的技能就在於：掌握關鍵時刻的節奏點。

當對方主動發起猛攻的時候，盤古能瞬間打斷，廢掉對手建立起來的節奏鏈，將主動權重新掌控在我方手裡，這項技能在高端比賽中極為關鍵。

不管是在優勢局中抓準時機停戰以阻止對手反擊，還是在劣勢局裡強行中止節奏尋找反擊的機會，盤古這張卡，放在任何卡組中都可以有一席之地，可以作為一張解控、免傷並強行搶節奏的功能牌。

絕對是一張可以帶去總決賽的神卡。

盤古雖然不具攻擊技能，卻能讓對手感受到極大的威脅。只要盤古在場，對手就別想做到流暢的節奏銜接，因為他的控制鏈、輸出鏈都可能會被盤古強行打斷。

謝明哲看著胖叔頭頂出現的「星卡大師一級」，愉快地揚起了嘴角。

他花了一個星期，從最低階的「星卡學徒」一路衝上最高級的「星卡大師」，一邊打晉級賽一

邊還讓自己的卡池增加了七張新卡，對打競技場的意識和反應速度也一直在穩定提升。

更重要的是，他獲得了大量製作「神話傳說」卡牌的素材靈感。

或許再過一段時間，他就有資格再次站在唐牧洲為他設立的擂臺上，用實際行動向風華二隊的人證明：士別三日，當刮目相看。胖叔已經不再是任憑你們宰割的菜鳥了！

星卡大師段位，是《星卡風暴》遊戲中人數不到百分之十、最頂尖玩家的競技賽場，是參加「星卡大師邀請賽」的必要條件，同樣也是進入職業聯盟的唯一通道。

他終於踏上了通往職業聯盟的第一步！

* * *

這天晚上，職業聯盟選手群組裡又出現了一個熟悉的話題：大家快來看胖叔這套卡組！

文字訊息的後面還附帶一張截圖，清楚地展示了胖叔所使用的七張金系卡牌——其中六張都是騎著馬的人物卡，另外一張畫風比較特別，卡面上是一名肌肉發達、身材魁梧的男性，全身赤裸，身長高達三公尺。

山嵐玩笑道：小竹，又是你啊！

每次群組裡出現胖叔的相關消息，不用懷疑，肯定是葉竹發的。真不知道他是胖叔的鐵粉還是黑粉，自從胖叔製作出薛寶釵即死牌來針對他的蝶系卡之後，他就特別關注胖叔的動向。

葉竹道：嵐哥你快看，胖叔前些日子用的還是火系套卡，沒過幾天就全換成了金系，這一批卡組我一張都沒見過，據說他已經打上星卡大師了呢！

這句話炸出來不少看熱鬧的人。能在這麼短的時間內衝上星卡大師段位，看來這位胖叔的確有兩把刷子。

鄭峰率先說道：小竹，你從哪裡找到的截圖？胖叔又被掛上論壇了？

葉竹：是啊，一位叫冰藍的玩家把戰鬥紀錄截圖發到論壇上，下面討論的留言串已經多達幾十頁了。最近胖叔是真的火，論壇競技版上有一大批他的粉絲。

胖叔的卡組資料被掛上論壇成為熱門話題已經不是第一次，上回的火系卡引來無數高手提供破解方法，這次全新的金系卡又引起大量玩家的關注。葉竹每天都會逛論壇，看到這帖子之後第一時間就分享到了職業選手群裡。

說到金系卡，凌驚堂是最有發言權的選手，他主動開口道：這套卡組打暗牌模式確實不錯，四張攻擊卡集火秒掉對手的核心卡，趙雲干擾，劉備保護，盤古搶節奏點，不管快攻一波還是拖節奏保黃忠打後期，都有很大的勝算。

職業大神的意識果然不一樣，一眼就看出了這套卡組的設計思路。

聶遠道也讚賞地說：胖叔之前那套火系卡組主打群攻一波流，太依賴技能銜接。這套金系卡不管是單兵作戰還是集火配合，在靈活度上提高了許多，也更有操作性。看來他這段時間進步很大。

裴景山冷靜地說：不到一個月，胖叔就已經做了十張即死牌和十四張適合打競技場的卡牌，這樣有天賦的製卡師我已經整整三年沒見過了。我有種預感，明年的新賽季，他一定會出現在職業聯賽的賽場上。

這句話說完，眾人突然沉默下來。

大家都知道現在胖叔的實力還不夠強大，他才剛領悟出競技場卡牌的製作思路，就像一株剛發芽的小樹苗，看上去有些稚嫩，卻生機勃勃，誰知道這株小樹苗以後會不會長成森林裡最醒目的參天巨樹？說不定到了明年的新賽季，他會成為一個讓人忌憚的強力對手。

葉竹會一直關注胖叔，其實也是因為這個原因。

唐牧洲默不作聲地圍觀大家的討論，心想，小師弟要是知道有這麼多大神在誇他，一定會很開

心吧？腦海中閃過少年雙眼發亮的樣子，唐牧洲的嘴角不由得輕輕上揚，給謝明哲發去一條私聊語音：「小師弟，聯盟群組裡又在討論你的新卡組了。」

謝明哲聽到這話立刻興奮起來，「是嗎？我的新卡組有多少種破解方法？」

唐牧洲道：「這次的卡組不像上次的那麼容易破解，你確實進步很多。要不要我再叫風華二隊的新人們來跟你對決，讓你實戰看看？」

謝明哲考慮片刻，道：「暫時不要，我還沒信心贏他們。」

唐牧洲有些意外：「你居然想贏他們？他們可是職業選手，受過專業的訓練，不管是技術還是意識，都不是競技場的普通玩家能比得上的。」

「我知道。」謝明哲的聲音裡透著認真，「但是，第一次去當沙包被連虐七局，第二次要是繼續被連虐七局那有什麼意思？我至少要能贏個一兩局再去，也讓師兄看看我的進步。」

「……」唐牧洲沒想到這傢伙年紀不大倒是很能沉得住氣。換成一般的少年，一旦做出一套新卡組，肯定會躍躍欲試地跑來找二隊的人練手。謝明哲卻不著急，非要自己練出一定的技術再來挑戰。他這樣的想法也很理智，旗鼓相當的對決才能發現更多的問題。

「師兄，我公會這邊有點事處理，先不聊了。」謝明哲急匆匆地離開。

謝明哲這幾天一直在製作卡牌，沒怎麼管理公會。當他翻開公會管理頁面仔細一看，涅槃公會居然在短短半個月內就從五十人的一級小公會，迅速升級到了五級公會，擁有近五千名會員，這發展速度簡直跟坐了火箭一樣迅猛。

公會能發展起來，有賴於陳霄、池青、小胖、金躍還有瑩瑩幾個人最近瘋狂帶會員們刷副本。

而會員的參與度這麼高，關鍵還是孫策、周瑜和黃蓋這三張福利卡的吸引力夠強。

公會滿級是七級，可以容納好幾萬會員，總會的名額滿了還可以開分會，像裁決、風華這些俱樂部的公會全是七級。涅槃公會的目標也是升上七級，將來還能做為謝明哲、陳霄等俱樂部選手粉絲聚集的大本營。

池青私聊謝明哲，因為目前五級公會會員名額已接近滿額，問他要不要參加公會活動，多賺一些資源才能儘快把公會的等級給升起來。

謝明哲來到公會辦公室的時候，陳霄、小胖等夥伴們都在，他想了想，說道：「陳哥，我們下週報名參加公會活動吧，我負責卡組，你負責指揮，去拿個名次回來。」

陳霄愣了愣，隨即笑起來，拍拍謝明哲的肩膀道：「野心不小啊！參加公會活動想拿名次可沒那麼容易，星卡遊戲裡的大公會實力之強絕對超出你的想像。」

謝明哲道：「不試怎麼知道？這幾天我好好瞭解了一下公會活動的規則，專門設計幾張適合打公會活動的卡牌，我們不以人數取勝，我們以技巧取勝。」

聽到這裡，池青這個一向冷靜的女生也難得激動起來：「太好了！很多人說我們涅槃就是支雜牌軍，公會活動都不敢參加，光靠副本卡來吸引會員，肯定發展不起來。我們也該找機會證明一下涅槃公會的實力了！」

陳霄贊同道；「好吧，小謝負責卡組，我來指揮公會活動，我們用一週的時間準備，好好大幹一場！」

池瑩瑩建議道：「我覺得我們公會要先有個徽章，目前用的還是系統預設的圖示。既然要打響名氣，有自己設計的獨特徽章，加入公會的會員們也會更有歸屬感吧？」

陳霄說：「涅槃的領地星設定成白色，徽章不如也統一成白色，你們覺得呢？」

謝明哲道：「我覺得不錯，目前只有我們用白色，和其他俱樂部的代表色都不一樣。先討論出

徽章要什麼風格吧。來來，大家都提提建議。」

他看向眾人，結果小胖率先縮了縮脖子，道：「別看我啊！我對美術一竅不通，你讓我想，我只能給你們設計出一個圓形的大餅。」

金躍附和道：「我也不懂這些。小謝你是美術系的，不如你來畫吧。」

陳霄也道：「沒錯，你有美術功底，你畫的徽章我們放心。」

謝明哲沒再推辭：「那我先畫幾份草稿，大家再選一個最好的方案怎麼樣？」

眾人都點頭表示贊同。

第一件事就這樣確定下來，緊接著討論要參加哪些公會活動。

謝明哲加入公會之後，一直沒參與公會的管理，對公會活動完全不熟悉，他扭頭問池青：「青姐，週末的公會活動具體有哪些項目？」

池青將一份活動簡介投影在辦公室的虛擬螢幕上，介紹道：「最具代表性的公會活動就是公會聯賽，純競技比賽，凡擁有一百位專家段位以上會員的公會都可以報名，會員參賽同樣需具備專家以上段位，參賽名額不限。聯賽分為個人賽、雙人賽和團賽，對戰由所有參賽的玩家中隨機匹配，獲勝者可以拿到不同的積分，最終按公會總積分進行排名。」

謝明哲摸著下巴考慮片刻，道：「名額不限的話，我們非常吃虧。畢竟我們目前還是個五級公會，星卡專家以上的會員……」他看向管內務的金躍，後者立刻說道：「我今天統計過，我們公會達到星卡專家以上的會員目前只有一百人。青姐最近讓柯小柯帶大家積極打排位賽晉級，下週應該就能達到三百人左右。」

「三百人還是太少。風華、裁決那些大公會報名公會聯賽的會員肯定有好幾千人，他們只要每個人贏一場，積分就比我們高了。參加公會聯賽比積分，我們肯定比不過大公會，前十名都不一定打得進去……」謝明哲頓了頓，問道：「有沒有限制參與人數的那種活動？」

「有，公會資源爭奪戰。」池青的手指輕輕一劃，投影螢幕中就出現了詳細介紹。

公會資源爭奪戰是「三方爭霸」模式，每一方限制一百位玩家進入賽場，所有參與的公會隨機匹配對手，最終按照資源積分來排名。這個模式會獎勵大量的公會建設度和公會材料，但因為限制每家公會只能有一百位會員參加，因此，參與這項活動的玩家幾乎都是各大公會的精英。

涅槃公會總人數比不上大公會，但組一支百人的精英團隊還是能組得起來的，再加上由謝明哲量身訂製卡牌組合，應該會有勝算。

陳霄很直率地說：「我以前只打競技場，最多帶帶十個人的公會副本，上百人的戰場太混亂，我一個人不一定指揮得過來，如果真想拿名次的話，看來只能請他出馬……」

謝明哲會意：「你是說師父？」

「嗯。」陳霄咳嗽一聲，儘量保持平靜的語氣：「我哥當年在聖域公會當副會長的時候，經常指揮大型公會戰，場場皆贏。不過，他現在應該不想參與這種大型活動吧。」

謝明哲也不想驚動師父，但是他跟陳霄都沒有指揮幾百人混戰的經驗，萬一出什麼亂子，肯定沒法拿下名次，還是需要一位專業的指揮在場才行。他想了想，突然靈機一動，建議道：「不如讓師父坐鎮後方當總指揮，由我們幾個擔任團長帶隊，師父不用公開露面，只需要告訴我們該怎麼做，我們來執行命令。」

陳霄雙眼一亮，「這種做法，我哥或許會同意！」

謝明哲期待地看向陳霄，「說服師父的事情就交給你了。」

陳霄點頭，「嗯，我去跟他說。」

【第二章】

公會資源爭奪戰

陳霄當晚就找陳千林，把自己的想法跟陳千林說了。

陳千林原本不想參與這種大型活動，但陳霄緊接著說道：「你只需要在幕後坐鎮指揮，告訴我和小謝該怎麼做，由我們來實行，你看行嗎？」

對上弟弟期待的目光，陳千林最終還是沒忍心拒絕。反正他開著小號沒人認識，只跟小謝他們說說打法，讓其他人去帶隊就好。他作為涅槃的幕後教練，也該出一份力。

陳千林平靜地點了頭，道：「好吧。資源爭奪戰是三方混戰，需要考慮的因素比較多，我這幾天好好想想，再告訴你們怎麼做。」

陳霄立刻興奮地把這個好消息告訴謝明哲。

師父同意出來幫忙，這可給謝明哲吃了一顆定心丸。

接下來的幾天，謝明哲變得格外忙碌。

首先是涅槃公會的徽章設計，他和陳霄討論了幾個草稿，最終決定用簡潔大方的字體——涅槃不走裁決那樣的霸氣路線，也不像風華那般小清新，涅槃是「重生」的意思，一切歸零，重新開始，簡單就是最好。

謝明哲讓「涅槃」這兩個富有藝術設計感的字體巧妙地組合成一個方形的徽章，字體上帶著銀色的亮光，邊緣刻意做得鋒利，似乎要劈開聯盟至今固有的格局，開闢出一片屬於自己的天地。

徽章沒有多餘的裝飾，也沒有亂七八糟的特效，銀白色的字體看上去很有科技感，鋒芒畢露，簡單俐落。

徽章的設計稿一出來，小胖、金躍都讚不絕口，一向對外觀要求很高的池瑩瑩也直說漂亮，陳霄則沒什麼意見，於是謝明哲將徽章的完稿交給池青，讓她編輯上傳到公會後臺。

系統很快就按照設計稿生成了徽章的模型，謝明哲又微調了一些細節，銀白色的徽章隨即出現在涅槃公會領地辦公室的牆壁上，同時也出現在所有會員打開公會頁面之後最醒目的位置。

公會會員們紛紛激動點讚。

「我們公會終於有自己的徽章了，鼓掌！」

「簡單漂亮，超級喜歡啊！」

「徽章做成實體周邊的話我要買一枚收藏，別在衣服上一定很好看！」

徽章大獲好評讓謝明哲很開心。接下來，他必須抓緊時間準備公會大戰的卡組。

謝明哲這幾天把池青發給他的資源爭奪戰規則，以及一些論壇上錄製的公會大戰影片，仔仔細細地看了幾遍，總結出幾個重點——

資源爭奪戰限定每家公會一百人參戰，限帶三百張卡牌進場。也就是說，每人只能帶三張卡牌。這種參賽人數多的大型戰役，肯定是群攻、群控類卡牌比較吃香。

周瑜、孫策是涅槃的公會福利卡，在打公會戰之前大家應該都能人手一張，再加上幾張陸遜卡，配合周瑜的鐵索連環、火燒赤壁，施展大面積的火系群攻。周瑜和陸遜的技能設計本來就是人越多群攻越強，打這種大混戰，放火燒上百人根本輕而易舉。

此外，他目前的卡組中群體加血、群體沉默的小喬，群體失明、群體降防禦的呂蒙，這兩張都是群控卡，可以直接帶上場；劉備的群體免控必不可少；盤古的停戰五秒也是神技，尤其在對方偷襲的時候，直接停戰讓我方玩家可以迅速做出應對。

但這些還遠遠不夠。

謝明哲還缺少一些打大型團戰必備的卡牌。首先是治療卡，混戰中一旦卡牌死亡，戰鬥力必然銳減，因此治療卡、復活卡是非常必要的。

目前神族卡他只做出了盤古，可以考慮再做一張治療類的神族卡。

提起治療類的神，謝明哲首先想到的就是神農氏。

神農在歷史上留下了不少神話傳說，後世很多仙俠題材的小說、遊戲裡都有過神農的蹤影，神農嚐百草的典故更是廣為人知。既然這位先祖是中醫的奠基者，不如把他製作成強力的治療卡牌。

謝明哲仔細思索片刻，確定了這張卡牌的設計。

神農的形象沒有明確的圖畫記載，謝明哲就依照自己在一些遊戲、仙俠故事中聽過、看過的描述來設定。他把神農繪製成一位面容和善、擁有大智慧和仁慈之心的老神仙，手裡拿著一個草木編成的藥簍，裡面裝滿想要品嚐的草藥。

半小時後，他的神農卡初稿完成，星雲紙上也出現了他想像中的人物和技能——

神農（木系）

等級：1級

進化星級：★

使用次數：1/1次

基礎屬性：生命值1000，攻擊力0，防禦力1000，敏捷25，暴擊0%

附加技能：草木播散（神農在指定23公尺範圍內播種大量的治療草木，範圍內友方目標每秒回血8%，持續10秒；冷卻時間35秒）

附加技能：五穀耕種（神農在指定23公尺範圍內播種五穀，友方目標食用五穀後進入飽腹狀態，戰鬥力充沛，攻擊力提升50%；冷卻時間35秒）

附加技能：神農嚐百草（神農親自品嚐上百種草藥為人治病，可惜誤食毒草去世，留下寶貴的治療經驗，去世時為範圍內友方目標群體施加木系護盾，護盾存在期間每秒回血10%，持續10秒；自殺式技能，每局限用一次）

將神農設計成木系治療卡，具備一個陣法治療技能、一個範圍增益技能，再加上一個關鍵時刻自殺式回血技能，這張卡絕對算得上治療類的神卡了吧？

既然神農卡牌出現了，那麼，伏羲和女媧是不是也可以做成強勢的團戰卡？

伏羲是華夏文明的始祖，「三皇五帝」中的三皇之一，留下大量的神話傳說。他最重要的貢獻，一是把繩子編織成漁網，教會人類捕魚、打獵的技巧；二是創造了八卦占卜，提出陰陽學說。

如果製成卡牌，謝明哲想將伏羲設計成一張強大的控制牌。

第一個技能和八卦有關，讓伏羲在範圍內擺出占卜的八卦大陣，進入陣中的敵對目標群體陷入混亂狀態，持續一段時間，我方就可以趁機開群攻擊殺。

第二個技能，他想用伏羲大帝教會人類漁獵作為出發點，將漁網設計成範圍群控技能。在指定位置投擲巨大的漁網，可將範圍內敵對目標全部籠罩，使目標定身不動，持續一段時間。

這樣一來，兩個技能可以互相配合，打出大範圍的群體控制。

相傳伏羲是人首蛇身，面目慈祥，眼神深邃。原始時代的服飾都不華麗，謝明哲決定繼續依照神農的樸實風格來繪製伏羲，讓他手裡拿著兩種武器，第一種是龜殼製成的「占卜八卦鏡」，第二種就是繩子編製成的漁網。

為了繪製這張卡牌的細節，謝明哲花了比較長的時間，一個小時後才總算搞定——

伏羲（土系）

等級：1級

進化星級：★

使用次數：1/1次

基礎屬性：生命值1000，攻擊力0，防禦力1000，敏捷25，暴擊0%

附加技能：陰陽八卦（伏羲在指定23公尺範圍內展開巨大的陰陽八卦占卜陣法，踏入範圍內的敵對目標群體陷入混亂狀態，持續3秒；冷卻時間35秒）

附加技能：漁網捕獵（伏羲在指定位置投擲巨大漁網，漁網迅速展開成23平方公尺，從天而

降，籠罩住範圍內所有敵對目標，被漁網籠罩的敵對目標禁止移動，持續5秒；冷卻時間35秒）

謝明哲將製好的卡牌連上資料庫進行審核，很快就聽到審核通過的訊息。

他將伏羲設定為土系卡，一是因為土系卡的血量和防禦最高，讓伏羲在混戰中能夠提升生存能力。二是因為他接下來要做的女媧卡也是土系，可做為同系卡牌的連動。

女媧為什麼是土系？因為她是用泥土來造人的。

只是這個捏人的技能要怎麼設定，謝明哲需要仔細想一想。

治療卡有了神農，控制卡有了伏羲，他現在還缺一張復活卡。他突然想到很多遊戲裡的寵物都有復活與治療的功能。女媧既然能造人，當然可以造出泥人寶寶，不如讓這些寶寶帶有特殊的技能。到目前為止，謝明哲在星卡遊戲裡還沒有看過能召喚出寵物的卡牌。

想到這裡，謝明哲雙眼一亮，立刻順著這個思路設計女媧的技能。

第一個技能造人，女媧製造出泥人寶寶協助自己作戰；另一個技能補天，既然是「彌補空缺」的意思，或許可以設計成讓女媧修補己方隊友的護盾，這技能應用範圍可就廣了，例如劉備的防秒殺金系護盾、黃蓋的免控回血土系護盾，還有神農的群體回血木系護盾，女媧全都可以修好，相當於一個護盾能使用兩次。

女媧和伏羲是兄妹，她和伏羲一樣是「人面蛇身」。謝明哲決定讓女媧的手裡也拿一把武器——由五種顏色構成的石頭。她可以用五色石來修復任意屬性的護盾，這在原理上也說得通，比較容易通過系統的審核。

構思好人物形象，謝明哲再次分解卡牌，將女媧和五色石、泥人寶寶分別畫了一份草稿，然後連接精神力將所有元素進行融合。

星雲紙上很快地出現了一位人面蛇身的溫柔女性——

女媧（土系）

等級：1級

進化星級：★

使用次數：1/1次

基礎屬性：生命值1000，攻擊力0，防禦力1000，敏捷25，暴擊0％

附加技能：女媧補天（女媧用五色石彌補護盾缺陷，可以修復金、木、水、火、土任意屬性已經破損的護盾，並讓護盾在己方目標身上存在時間延長5秒；冷卻時間60秒）

附加技能：女媧造人（女媧用泥土製造出人類寶寶協助自己作戰；男性寶寶自動跟隨並標記敵方血量最高的目標，使其受傷害程度增加50％；女性寶寶自動尋找範圍內死亡隊友，使其立刻復活；女媧同時製造的寶寶數量最多不能超過兩個，寶寶繼承女媧50％基礎屬性；召喚標記寶寶冷卻時間35秒，召喚復活寶寶冷卻時間10分鐘）

謝明哲看著製成的女媧卡，深吸一口氣，將卡牌連上資料庫進行審核。

這張卡牌審核時間明顯比以前的卡牌要長，整整五分鐘後才傳來審核通過的提示音。

兩個寶寶，一男一女，男寶寶去盯對方高血量的卡，女寶寶負責復活友軍；當然在特殊情況下也可以靈活更改，比如局面大好時可以召喚兩個男寶寶，標記敵方卡，直接集火殺掉；在劣勢局死亡卡牌較多的時候，召喚出兩個女寶寶就能復活我方兩張卡牌。

接下來就剩最後的連動技了！

伏羲和女媧被稱為人類的父母，當這兩張卡同時存在時，連動技可以像之前大小喬的琴音合奏一樣，設計成友方群體增益的效果。

伏羲連動技：人類先祖（當女媧在場時，伏羲和女媧觸發連動技，全體友方的人類卡牌，攻擊力增強50％）

女媧連動技：人類先祖（當伏羲在場時，女媧和伏羲觸發連動技，全體友方的人類卡牌，防禦

力提升50%）

連動技也通過了系統的審核。

謝明哲拿起伏羲、女媧和神農三張新製成的卡牌，信心倍增！

這三張卡是他為公會資源爭奪戰量身訂做的卡牌，非常適合人數多的大規模混戰。伏羲的大範圍混亂、定身雙群控，女媧的自動復活、修補護盾，神農的持續性大範圍治療和全體增益效果，三張強力輔助卡的加入絕對能讓涅槃公會在接下來的公會戰中所向披靡！

更重要的是，這三張卡的百搭技能可以融入任何卡組。以後打競技場的時候，控制不夠就帶伏羲，治療不夠就帶神農，想拖後期就帶女媧復活。

他的卡池又一次得到了補充，而且，這次補充的三張卡都非常給力。

在開學之前，他一定要帶領涅槃公會打出名氣。

週末的公會資源爭奪戰，就是他們涅槃公會大展拳腳的戰場！

週三晚上，涅槃公會的幾位管理者再次聚集到辦公室開會。

池青將公會裡競技場段位達到「星卡專家」以上的會員名單整理了出來，居然有三百五十人達到星卡專家段位，其中一百人打到「高級星卡專家」，還有十五個人打進了最高級別的「星卡大師」段位。這人數遠遠超過謝明哲的預期，他不由得疑惑：「大家的段位怎麼提升得這麼快？」

池青解釋道：「這要算柯小柯的功勞，他最近一直鼓勵大家去打排位賽，還建了一個競技場討論群組，天天拉著一些愛打競技場的會員討論卡組的搭配和競技意識。」

謝明哲想起柯小柯就是他打排位賽時遇到的那個喜歡鬼牌的少年，印象中個性挺活潑的，明明

被他虐了還那麼興奮，說是胖叔的死忠粉絲而想要加入涅槃公會。當時謝明哲讓小柯加入了公會，但是出於安全考量，請池青先觀察他一段時間。

想到這裡，謝明哲便問道：「青姐，妳覺得柯小柯這個人可靠嗎？」

池青這幾天讓柯小柯帶大家打競技場，這傢伙還真把公會裡的競技氛圍給帶動起來，她想了想，說道：「從我的經驗來看，柯小柯應該沒問題，他最近已經衝上星卡大師段位，打競技場的意識還不錯。我私下也問了其他會員，大家都挺喜歡他。」

謝明哲放下心來，道：「那這次打公會戰就派給他任務吧，讓他幫忙帶一支小隊。我們公會高手太少，能用的都用起來。」

「好。」池青緊接著說：「參加公會活動的一百位人選，要怎麼選？」

「直接依個人競技場的戰績選前一百名吧，這樣其他人也不會有意見。」陳霄說道：「明天把這一百人手上擁有的卡組都統計出來。這件事由阿金來負責行嗎？」

「沒問題！」總管內務的金躍立刻開口道：「要是遇到不在線上的或者週末不能參加活動的，我就順延找下一位，一個個私聊確認，再選幾個候補人選。」

陳霄讚賞地點頭，「確認卡組之後，我們再根據所有的卡牌陣容，來添加小謝製作的新卡。公會倉庫的材料這兩天也要抓緊時間收集，很多卡牌都需要升級。」

小胖主動舉起手，道：「材料的事情就由我來負責吧。我會讓所有團長帶著大家儘快把副本獎勵全刷一遍。」

池瑩瑩道：「我去準備宣傳稿，週末的活動我們公會要是能拿下好名次，我就去論壇宣傳一波，再徵召一批星卡大師段位的高手進來！」

謝明哲和陳霄對看一眼，兩人相視微笑起來。

他們公會，總算有一家大公會的樣子了，夥伴們分工合作，為了接下來的公會大戰而努力，這

種並肩作戰的感覺，讓兩人都感到一絲久違的熱血！

次日，金躍迅速確認了參加週末公會資源爭奪戰的會員名單，他讓參戰的會員們將自己手中升到滿級的黑卡全部報了一遍，並且整理出一份詳細的表格發給池青。

小胖這邊則積極地帶著大家刷任務，池青幫忙調配副本指揮，一天之內，所有組建好的副本團都把十人副本刷了一遍，涅槃公會的倉庫材料得到極大的擴充。

週四傍晚，一切準備就緒，陳霄和謝明哲帶著整理好的表格來樓上找陳千林。

陳千林喜歡清靜，平時住在樓上，只在吃飯或是小謝和陳霄有事找他的時候才下樓。兩人走進臥室時，他正俯身為窗臺上的植物澆水，他看向植物的目光很溫柔，嘴角還掛著一絲淺笑，夕陽透過窗紗照在他的臉上，在他身上灑下一片柔和的光色。

陳霄不禁看呆了。

謝明哲也覺得師父自從搬回來之後人也變得溫和了一些。他沒察覺到陳霄在發呆，笑咪咪地走上前道：「師父，公會戰的成員和卡牌已經全部整理好了，您來看看吧。」

陳千林放下水壺，從小徒弟手裡接過光腦，「坐下聊。」

三人在沙發坐下，陳千林將光腦中的表格投影出來，一邊迅速地用手指勾選可用的卡牌，一邊說道：「資源爭奪戰，我的計畫是將一百人分成五到六支小隊，你們兩個帶主力輸出隊，池青帶輔助治療隊，小胖和金躍一人帶一支防守隊，最好還能分出一支暗殺小隊。」

謝明哲說道：「正好，我們公會裡有個擅長暗殺的傢伙叫柯小柯，可以讓他來帶隊。」

陳千林點點頭，將戰場地圖放大在三人面前，說：「資源爭奪戰總共有金、木、水、火、土五顆資源星球需要搶奪，參賽的三家公會通常會先把距離自己最近的一顆星球拿下，然後去另外的星球尋找機會。到時候再隨機應變吧，儘量五顆資源星全拿。」

在三方混戰的局面下，五顆星球全拿，這難度相當大，但謝明哲對師父很有信心，毫不猶豫地

道：「師父放心，我們會全力配合你的指揮！」

陳霄道：「哥，你統計看看我們有多少新卡需要升級，我們儘快準備。」

陳千林說話的這段時間已經飛快地把列表裡會員們手中可以用的卡牌全部勾選出來，會員們平時自己培養的卡牌也有不少好卡，帶輔助、治療、控場技能的全部留下。至於輸出牌，這種大混戰的場面自然是選周瑜和陸遜做為主力。

陳千林道：「周瑜是公會福利卡，可以讓會員們兌換後自行升到滿級，兩支主力輸出隊各帶十張周瑜，另外十張陸遜由我們來提供；輔助隊帶十張神農、十張女媧、十張伏羲，再帶五張盤古應對突發狀況；劉備準備十張，小謝你的騎兵團也可以上場，趙雲的干擾能力強，準備五張，每支小隊帶一張；關羽、張飛單體輸出高，多帶一些打Boss用……」

謝明哲愣愣地聽著，師父的聲音很平靜，每一種卡牌的數量卻計算得相當精確，不愧是第一賽季就出道的木系鼻祖，他對星卡遊戲的理解可不是一般人能相比的，居然在短短幾分鐘內迅速搭配好了三百張卡牌！

最後的分組情況是，謝明哲、陳霄和池青各帶二十人，金躍和龐宇各帶十五人，柯小柯帶十個人組成靈活的偵查偷襲小隊，陳千林跟龐宇在同一隊，駐守後方並指揮全域。

距離公會資源爭奪戰還剩一天，陳千林再次跟每位團長確認了作戰策略。

各團的團長負責為自己的團員搭配好卡組，並且讓會員們迅速熟悉新卡的用法，團長們還特意帶著自己團隊的成員去野外刷小怪練習技能的搭配，儘量提高對新卡組的熟練度。

柯小柯率領的偵查小隊是涅槃公會精英中的精英——這支十人小隊全是星卡大師段位的高手，

擁有極強的單兵作戰能力。

被安排這樣的重任，柯小柯激動壞了，反覆跟謝明哲表明忠心：「胖叔放心，我們小隊一定全力配合！」

距離開賽倒數計時一小時。

池青以涅槃公會總會長的身分向活動NPC報名參加「公會資源爭奪戰」。

所有參戰會員的耳邊同時響起系統提示音：「涅槃公會已進入公會資源爭奪戰排隊序列，活動將於今晚八點準時開始，請提前做好準備……」

涅槃公會領地第一次這麼熱鬧！

陳霄、謝明哲率領的輸出主力團，池青帶的輔助團，小胖、金躍的防守團以及柯小柯的十人偵查小隊，全部在公會領地的活動大廳裡集合，各團團長清點人數，做好了最後的準備。

很多無法參與公會活動的玩家也紛紛在公會頻道發訊息。

「大家加油啊！」

「看到胖叔給大家準備的新卡，太強了！」

「我太菜了，只能給大家精神上的支持！」

活動現場，每位團長都將自己的團員拉進語音通話頻道，陳千林又為六位團長單獨開了一個總指揮的語音頻道。時間已經到了晚上七點五十分，距離公會戰正式開始還有最後十分鐘，所有人既緊張又興奮。

語音頻道響起大家熱烈的討論聲。

「會匹配哪兩家對手？」

「隨機的，誰知道呢，希望對手別太強。」

「我們是五級公會，匹配的對手一定也是五級公會。怕什麼？像我們涅槃這樣專門為了參加活動統一搭配卡組的公會，絕對少之又少！」

「這麼強的卡組，不管匹配到誰，肯定是碾壓對手！」

「至少拿下三顆星球，要對自己有點信心！」

大家情緒高漲，就在這時，所有人的耳邊響起系統提示：「公會活動倒數計時五分鐘，請參與活動的會員儘快做好準備。」

提示音一響，所有人都安靜了下來。

池青冷靜地說道：「這是我們涅槃第一次參加公會活動，我想各團的團長都跟大家說過了，我再重申一次，今天的活動所有人必須聽從團長指揮！活動過程中如果有人故意搗亂，我們也不會留情面，直接踢出公會，希望大家多多配合！」

謝明哲和陳霄平時不管公會，池青是涅槃的會長，她在這段時間已經樹立了威信，公會成員們聽見她的聲音，紛紛表示：「青姐放心，大家一定配合行動。」

池青深吸口氣，道：「我不多說廢話了，活動馬上就要開始，大家加油！」

一時間，所有小團的頻道都刷出了無數的「加油」文字。

總指揮頻道裡，小胖忍不住感嘆：「感覺要去幹一樁大事啊……」

柯小柯更是激動得聲音發顫：「能混在總指揮頻道裡，我覺得好榮幸啊！胖叔，作為偶像你不鼓勵我幾句嗎？」

謝明哲笑道：「加油，我看好你！」

柯小柯嘿嘿笑：「我最喜歡偷襲了，我今天要多殺幾個人拿積分！」

話音剛落，眾人耳邊響起公會活動開始的提示。

——公會資源爭奪戰即將開始。

——對手匹配完畢。

——玩家資料讀取完畢，地圖讀取完畢，即將傳送，請做好準備！

原本在公會活動大廳等候的一百位會員，眼前的場景突然一變，瞬間被傳送到一片極為廣闊的戰場，只見一片廣袤無邊的大冰川，淨是白茫茫的冰雪，寒氣逼人。全息遊戲的逼真效果讓所有人條件反射一般瞇起了眼睛。

陳千林適應了眼前的環境，迅速打開戰場資料視窗看了一眼——活動匹配到的對手是「遊樂園」和「鐵血之師」，兩家都是五級公會。

資源爭奪戰的匹配規則是「同等級公會隨機匹配」，風華、裁決那些七級大公會肯定被分到一起去殺個你死我活，涅槃是五級公會，匹配到的對手也是五級。

這樣的規則也就意味著小公會拿到的積分可能會比大公會要高，因為大公會三方廝殺，很難由某一方單獨奪下太多的資源星球。但小公會不一樣，如果指揮得當，說不定就能脫穎而出。

這也是小公會打響名氣的最好機會！

資源爭奪戰的戰場地圖大得可怕，即使有三百位玩家同時上場依舊顯得十分空蕩。

整個場景被分成五顆面積相等的星球，分別是遍地沙漠的土星、被冰川覆蓋的水星、到處燃燒著烈火的火星、長滿神祕植物的木星、以及地上鋪著鋒利刀刃的金星。

場景中的水、火、木三顆星球組成一個等邊三角形，三家公會被分別傳送到其中不同的星球上。涅槃公會這次的傳送點在水星的大冰川。

而攻占難度最高的土星和金星，則被三顆星球圍繞在正中間。

在不同的星球之間，設有一條空間傳送帶供玩家通過。

通常打這種資源爭奪戰，各家公會都是先把自己傳送點所在的星球給奪下來，然後擠到中間展開混戰。在這種大混戰的局面中，能奪下三顆星球的公會已經算是非常強的了。

每攻占一顆資源星球，會獲得一萬點積分，而占領時間每過一分鐘還會額外獲得一千點積分。因此，占領的星球越多、占領的時間越長，獲得的積分也就越多。陳千林想要奪下五顆資源星，就需要非常細緻的戰略安排。

陳千林毫不猶豫直接下令：「偵查隊五個人去火星、五個人去木星，查探對方攻占情況。其他人迅速開打，先把水星拿下。」

由於被傳送到冰川場景，腳下的寒冰會讓所有玩家的移動速度加快，攻占水星之後，所有玩家還會獲得「移動速度加成百分之五的增益狀態」。水星上的守衛血量雖然不厚，但兩名守衛的群體冰凍控制很磨人，還好這次公會戰準備了充足的劉備卡，輪番解控，從容應對守衛施放的負面狀態。

平時在競技場見到的對戰卡牌，血量二十萬就頂天了。但是公會資源爭奪戰裡兩名水星守衛Boss的血量都是兩百萬，一看就讓人頭大。黃忠的百分比傷害只對卡牌有效，對各類Boss無效——遊戲裡的所有Boss對控制、百分比傷害以及即死判定都是免疫的，所以這兩百萬的血量還是得老老實實地打下去。

陳千林搭配的卡組大部分是群攻卡，為了對付守衛特別選了三十張左右的單攻卡，其中包括謝明哲的張飛和關羽，這兩張卡用來砍高血量的Boss超級給力，再加上女媧寶寶標記的加成效果，兩人一刀下去就能砍掉好幾萬的血，搭配劉備再來一輪桃園結義，兩名守衛的血量簡直是血崩一樣地往下掉。

三分鐘後，戰場頻道裡所有玩家的頭頂上刷過一條系統公告——涅槃公會已占領水星。

這時，柯小柯率領的偵查組也迅速彙報了結果：「鐵血公會在打木星守衛，守衛血量剩下百分之十。遊樂園公會在打火星，還差百分之十五。」

陳千林思考片刻，道：「小胖帶團留守水星，小柯繼續帶隊偵查，其他人等我的命令，全部到傳送點集合，準備偷襲木星！」

一分鐘後，系統連刷兩條公告——遊樂園公會已占領火星！鐵血公會已占領木星！

水、火、木三顆星球全被攻占，場地中間的土、金就會變成大家爭奪的目標。

其他兩家公會顯然沒有針對這次活動特別搭配卡組，打守衛的速度比涅槃慢上許多。但是陳千林此時並不急著去搶中間兩顆星球，因為這兩家公會打下自己所在的星球之後，肯定也會往中間侵略，到時候如果涅槃正在中間星球攻打守衛，將會面臨被前後夾擊的不利局面——涅槃就算再強，以一敵二也會損失慘重，還是保留實力等待機會比較好。

果然，小柯那邊很快彙報：「兩家公會的大部隊在中間的土星撞上了，正打得難捨難分！」

陳千林冷靜地道：「一、二、三團攻下木星。金躍帶團去守木星傳送點，小柯埋伏在土星傳送點，鐵血如果回防就攔住他們！」

一聲令下，謝明哲、陳霄和池青帶的一、二、三團主力團全體傳送到木星準備偷襲，金躍的防守團則防堵在木星傳送點，柯小柯的十人精英隊潛伏去土星守住傳送門。

木星上的場景以森林為主，到處長滿了樹木和藤蔓，進入木星的玩家需要小心腳下的藤蔓捆綁。但是涅槃公會帶的周瑜和陸遜特別擅長放火，藤蔓反而成了他們傳導火勢的助力！

留守在木星的鐵血公會玩家一看都嚇傻了，火速地向會長通報。

「我擦，涅槃搞偷襲！」

「會長，涅槃來偷我們木星！」

鐵血會長立刻下令：「三隊和四隊回防！迅速回防！」

然而，他才剛帶人前往土星的傳送點準備撤回木星，突然一個紅衣長髮女鬼就冒了出來，密密麻麻的頭髮對準衝在前面的玩家毫不猶豫地凌厲絞殺！

柯小柯的偷襲小隊出動了！

他按照陳千林的指示埋伏在土星傳送點，擊殺鐵血公會回防的玩家，鐵血這邊被無數鬼牌偷襲，猝不及防地瞬間死了十幾人。

在公會戰裡，玩家是可以被擊殺的。更重要的是，玩家一旦死亡，他所攜帶的卡牌也就不能繼續使用了。

柯小柯小隊全是涅槃公會裡星卡大師級別的精英，每個人都有一打三、甚至一打五的實力，尤其是柯小柯，操控一手鬼牌在混戰中如魚得水——紅衣新娘、白髮女鬼、無頭娃娃等鬼牌混入人群當中，瘋狂暗殺鐵血公會落單的玩家。

轉眼間，鐵血公會傷亡慘重，而來自他們木星基地的求助聲也越來越強烈。

同一時間，木星基地。

鐵血攻占木星後，兩名守衛的頭頂名字就變成了「鐵血公會木星守衛」，他們將協助占領者阻攔入侵者。然而，謝明哲和陳霄率領的主攻部隊，火力實在太猛，區區兩名守衛和十幾位鐵血公會玩家根本擋不住！

涅槃以碾壓式的攻勢瞬間滅掉鐵血留下來防守的十幾位玩家。由孫策打頭陣，周瑜、陸遜接群攻，神農在大後方展開治療陣式，加上女媧針對性地標記對手高血量的卡牌，熊熊烈火越燒越旺，將對手燒得生活不能自理！

鐵血的玩家都要崩潰了，留守木星的隊伍不出三分鐘就被團滅！

而此時，柯小柯偷襲小隊暗殺掉鐵血十幾個玩家後立刻撤退，保存實力。鐵血剩下的玩家好不容易傳回木星，結果一出傳送點就遭到金躍防守團的阻攔！

雙重攔截？

鐵血的會長頭皮發麻，早知道這樣他應該直接去偷涅槃的水星！

就在此刻系統刷出訊息——涅槃公會已占領木星。

涅槃主攻隊打守衛的速度那叫一個快，幾乎是公告彈出的下一秒，大隊人馬就密密麻麻地出現在木星傳送點。

涅槃的大部隊殺過來了！鐵血會長心下一驚，光是這整齊的氣勢就嚇了他一大跳，衝在前線的孫策、關羽、張飛、劉備全都騎著馬，後頭跟著周瑜、陸遜主力輸出團，再後面是強力的神牌輔助團。

涅槃主力隊趕到傳送點的那一瞬間，所有玩家手裡的伏羲卡集體出動。

一張又一張巨大的漁網從天而降，將鐵血公會大部分玩家定身在漁網中，緊跟著八卦圖一個接一個地擺下來，群體混亂！

本就混亂的局面被伏羲這一強控，更加混亂了。

呂蒙的失明、小喬的沉默，群控一波又一波地跟上來，周瑜和陸遜聯手開大絕，鐵索連環也不知道連了多少人，熊熊烈火順著鐵索瘋狂蔓延，越燒越旺，木星本就遍地植物，結果這一把大火，幾乎要把整個星球燃燒殆盡！

鐵血被涅槃的突襲打得猝不及防，瞬間死傷大半，剩下的人迫不得已又集體撤回到了土星。

此時，土星基地。

遊樂園公會正在全力攻打土星守衛，然而剛打得守衛只剩百分之五血量，突然見一群人族卡騎著馬衝了進來！

幾張趙雲卡同時七進七出，孫策卡放範圍群嘲拉仇恨，瞬間攪亂遊樂園的陣型，馬超群體加速，關羽和張飛扛著武器衝過來，那速度快如閃電，很多玩家都沒來得及反應——關羽一刀劈下，馬超一槍刺出，兩名土星守衛便相繼陣亡。

關羽、馬超這些輸出卡是謝明哲在操作，趙雲和孫策干擾卡是陳霄在操控，兩個人配合得無比默契，在陳霄徹底攪亂對手陣型後，謝明哲開加速繞過人群搞偷襲，居然真把兩個殘血的守衛給秒了！

——涅槃公會已占領土星。

遊樂園的會長幾乎要吐血，打半天守衛結果被搶！他忍不住爆了一句粗口：「我操他媽的居然偷襲！所有人轉火，滅了涅槃的這幫偷襲狗！」

當遊樂園正想要反擊涅槃的時候，謝明哲一聲令下：「召盤古！」

他帶的團裡，有五個人拿著滿級盤古卡。聽見他的聲音，大家立刻按照提前分配好的做法，迅速召喚出盤古——只見三公尺高的巨人手中巨斧一劈而下，在我方卡牌的前面劈開了一條巨大的溝壑——強行停戰五秒。

遊樂園公會放出來的無數群攻、群控技能，全部被溝壑吸收乾淨！

盤古開天闢地的同時，神農也開始大範圍種植治療靈草，我方所有狀態不好的卡牌，血量蹭蹭蹭地就回復上來。範圍治療陣在這種大型團戰場面再好用不過，而且神農是百分比回血，十秒就能回血百分之八十，幾乎讓所有卡牌全部滿血。

一些意外掛掉的卡牌有女媧寶寶幫忙復活。池青帶隊的輔助軍團有十張女媧卡，這次只出動了五張，就把我方所有陣亡卡牌全部救活。

遊樂園很多玩家都沒見過盤古，突然之間被開天闢地吸收大量技能，一時有些懵。而涅槃利用這停戰的時間迅速調整狀態，衝鋒偷襲的騎兵團居然安然無恙地返回到己方陣容當中，血量都被回滿！

就在所有人打得不可開交的那一刻，系統再次彈出一條訊息——涅槃公會已占領火星。

遊樂園的會長在語音頻道怒吼了一聲：「我操！」

涅槃的大部隊在土星跟鐵血、遊樂園兩家公會展開混戰，居然還有精力分出一支小隊去偷火星？這群人是有三頭六臂嗎？

——這是金躍和小胖幹的。

據柯小柯的偵查團回報，鐵血公會已死傷大半自顧不暇，遊樂園公會正集中火力攻土星，火星大本營留守的玩家不多。金躍和小胖的防守隊伍與其閒著，不如去做些別的事。

於是陳千林讓小胖留下五個人防守老家，其他的團員和金躍的團隊會合一起去偷火星。

如果其他兩家會長有上帝視角，此時估計要氣死了——老家只留守五個人，虧他們想得出來！

但事實證明，陳千林的策略是正確的，中間混戰區域三方都抽不開身。而且陳霄和謝明哲帶的主力團隊太強，一波連環群攻直接把兩家公會正面打崩，加上池青的後援力量，神農搭配女媧簡直無敵。

神農大範圍草木陣法一直加血煩得要命，女媧的寶寶……戰場上這麼多卡牌，去哪裡找她的寶寶？根本連看都看不見好嗎？還能自動撿屍體復活，就沒見過這麼賴皮的！

五分鐘後，土星的三方混戰終於有了結果。

謝明哲和陳霄的主力輸出隊擊殺了大量卡牌和玩家，戰場一片狼藉，無數鐵血和遊樂園的玩家倒下，數不清的卡牌幻象消失無蹤。最終，涅槃公會以迅雷不及掩耳之勢，滅了兩家公會的大部分人馬，全面攻占土星！

這時候，鐵血和遊樂園都知道自己遇到了高手。

短短十幾分鐘內連奪水、木、火、土四顆資源星，涅槃的行動力簡直恐怖。

鐵血還剩二十位玩家，遊樂園也只剩三十人，涅槃因為後援力量強大，目前只陣亡了十人左右。他們兩家公會聯手也打不贏涅槃。

還剩最後一顆金星，涅槃大部隊肯定會去攻占金星。

這時候，兩家的會長也不約而同地將目光放在涅槃的大本營——水星。

涅槃這麼多人跑出來搶資源，基地留守的人肯定很少。不如回頭去偷他們基地，能偷一顆星球也是好的，總不能被剃光頭吧！

想到這點，兩家公會同時來到水星，果然看見水星基地居然只有五個人防守。

五個人……真是有種智商被碾壓的羞辱感！

兩家會長都有些無語，立刻展開進攻。

然而，留守的涅槃玩家也都帶著伏羲卡，專門防對手偷襲，幾乎是看見兩家公會出現的那一瞬間，涅槃留守玩家立刻召喚伏羲，連續幾個陰陽八卦陣擺下去，群體混亂讓對方先自相殘殺一陣。

柯小柯迅速通知總指揮：「兩家公會來偷水星！」

陳千林很淡定：「池青回防，拖住，能拖幾秒是幾秒，主力隊先拿下金星。」

目前涅槃已經占據了四顆星球，還差最後一顆金星。陳霄和謝明哲立刻帶著主力輸出隊去殺金星的守衛，池青率輔助軍團回防。

資源星被占領後，守衛就會變成自己人，此時水星的守衛頭頂就寫著「涅槃」的標誌，他們會驅趕入侵者，而且水星守衛最煩人的一點就是群體冰凍。

此時，除了小胖帶著幾位強力玩家留守，陳千林本人也在基地防守，手裡還捏著一張盤古。他

卡住水星守衛冰凍技能的冷卻時間，把守衛強行拉到兩家公會的中間，守衛的群體冰凍讓對手防不勝防，而在守衛快被打死的時候，再召出盤古停戰拖延時間。

兩家公會快要氣瘋了，守衛只差最後一點血，可就是殺不掉！

就在這時，池青率領的後援團終於趕到，女媧的寶寶自動搜索並且復活了所有己方卡牌，同時，神農在大地上鋪開了草木治療陣。

攻占領地星的條件，就是殺掉守衛。

治療陣一開，回血速度很快，連守衛也開始回血了。更誇張的是，還有一張神農卡突然自爆，直接給範圍內友軍全部套上了每秒回血百分之十的木系護盾……

眼看殘血守衛的血量又被回上來，遊樂園和鐵血公會的玩家感受到了深深的無奈。更讓他們絕望的是，所有人頭頂的區域再次刷出系統提示——涅槃公會已占領金星。

自此，涅槃公會攻占了水、木、土、火、金五顆星球，並且在每一顆星球留守一個團，五顆星球相互策應，不給其他公會任何偷襲的機會。

鐵血和遊樂園兩家公會玩家死傷逾半，根本沒有再戰之力。

戰場公會積分統計板上，遊樂園和鐵血分別是最初占領星球得到的一萬兩千分和一萬一千分，而涅槃公會由於占全五顆星球，光是基礎分就有五萬，加上占領的時間……

涅槃公會的積分已經達到了六萬六千分，真的是強到爆！

距離比賽結束還有十幾分鐘時間，按照每分鐘加一千分的速度，涅槃最終獲得的積分將會是一個可怕的數字！

兩位會長同時罵了好幾句髒話，他們也知道自己遇到了高手——整齊的行動，巧妙的應對，背後肯定有高人坐鎮指揮。而且，這卡組明顯是專門搭配過的，還有大量的人物卡，顯然是胖叔的傑作！

隨著時間的流逝，局面對兩家公會越來越不利。

涅槃游擊隊開始全場巡邏狙殺其他兩家公會的剩餘玩家，因為擊殺敵對卡牌和玩家也會獲得積分。柯小柯率領的巡邏隊簡直像割草一般，敵對玩家徹底被團滅。

時間指向八點三十分，活動結束。

在經過十幾秒的統計後，所有線上玩家的頭頂都刷出一條金燦燦的全服系統公告——恭喜涅槃公會在本週的公會資源爭奪戰中，以總積分十六萬六千六百分的成績獲得第一名，打破活動世界紀錄！

這消息一刷出來，全服震驚！

十萬多分，顯然是五顆資源星全占，但光占五顆星球只有五萬的基礎分，這麼多分肯定還有占領時間的累積。按照每分鐘一千積分加成，也就是說，活動開始十五分鐘內，涅槃就把五顆星球全部攻下來了？涅槃居然如此強悍？難道是他們匹配到的對手太菜，站著不動讓他們砍？

鐵血和遊樂園兩家公會苦不堪言，兩位會長更是鬱悶得想吐血，誰想匹配到涅槃這樣的Boss啊？明明是五級公會，作戰能力卻堪比大型俱樂部。

同一時間，涅槃公會頻道刷出的訊息讓會員們眼花繚亂。

——公會資源爭奪戰活動，成功攻占金星、木星、水星、火星、土星，活動獎勵七級金、木、水、火、土屬性強化碎片各五百片、七級經驗石五百顆、暴擊率強化卡二十張以及基礎攻擊強化卡二十張……

——公會活動獲得第一名，獎勵公會建設度一萬點。公會倉庫額外獎勵五系強化材料五百組，七級修復石五百顆。所有涅槃公會成員，每人獎勵七級經驗石五十顆，七級修復石五十顆。

——恭喜涅槃公會升級為六級公會！

參與了活動的玩家們激動得想要流淚，這一場混戰打得真是爽爆了，絕對的碾壓局！而沒參與

到活動的玩家們，也紛紛站出來道賀。

公會頻道被玩家們留言刷屏給刷滿了。

很多涅槃公會的會員們，心裡油然生起了一絲強烈的自豪感。

第一名，總積分還破了活動記錄。

我們涅槃，真是強到無敵！

涅槃公會拿下公會資源爭奪戰冠軍的消息很快就傳遍了星卡論壇，池瑩瑩早就寫好稿子，打鐵趁熱地在論壇發布了涅槃公會的招人公告。

以前涅槃公會還處於發展初期時，需要大量玩家做公會任務來增加公會的建設度，如今涅槃升到六級，玩家數量已經夠多，但精英還是太少。經過幾位管理者的商議後這次招人只招精英玩家，申請入會的條件是在本賽季中升上「星卡大師」段位。

符合這項條件的玩家人數在星卡遊戲中不會超過百分之十。可是即便如此，宣傳公告一發出去，涅槃公會申請入會的名單就瞬間破千，可見涅槃這兩天的人氣有多火爆，申請加入涅槃公會的高手幾乎要擠破頭。池青看後臺名單資料看得眼睛都花了。她只好叫妹妹一起幫忙，一條條審核後臺的入會申請。

謝明哲則心情大好地跟陳霄一起來到公會倉庫清點活動戰果。

今天真是大豐收，光是獎勵發放的七級各屬性強化碎片就足夠升級十幾張滿級黑卡。其他像經驗石、修復石更是多得數不清。

謝明哲興奮地道：「以後每週的活動我們都參加吧。」

陳霄點頭，「好，下週繼續參加，以後就不愁沒材料用了！」

幾位公會管理者商量後決定，凡是參加公會戰的會員卡牌死亡後需要修理的，材料全部由公會報銷，由金躍和小胖來統計本次活動的戰損，再把需要的修復石以郵件發送給會員們。

柯小柯帶領的游擊偷襲隊卡牌死亡數量最多，尤其是柯小柯的鬼牌，其中三張都死亡七次徹底損壞了，他們四處偵查、阻攔對手回防，十個人跟對方幾十個人開打也毫不畏懼，混戰當中卡牌傷亡慘重，但毫無疑問的，他們這支小隊在今天的活動中立了大功。

謝明哲直接給柯小柯發去一百顆七級修復石，道：「辛苦了小柯，今天表現很好。」

柯小柯激動地道：「胖叔？這、這是什麼啊？活動獎勵嗎？」

「參加公會活動，所有人的損失當然會由公會報銷，總不能讓你們出力又吃虧，我給你多發了一些，把你的卡牌都修好吧。」

柯小柯突然沉默下來，看著信箱裡價值幾萬金幣的修復石，心情有些複雜。

謝明哲發現他沒有回覆，還以為他急著去修復卡牌就暫時沒理他，繼續給團裡其他的人發材料。等他給團裡的人都發完材料，時鐘已經指向晚上九點半。

就在這時，他突然收到陳千林發來的語音私聊：「小謝忙完了嗎？」

謝明哲回覆：「怎麼了師父？」

「你和陳霄來一下公會辦公室，我有話跟你們說。」

謝明哲叫上陳哥一起回到總部大樓的公會辦公室。

兩人一進去就見陳千林正站在屋子的中間皺著眉看一段影片。陳霄和謝明哲對視一眼，走過去站在他身邊，只見影片裡正在播放剛才公會戰的一個片段，是柯小柯帶領的游擊隊在土星往水星的傳送點埋伏，鐵血公會被打得猝不及防，瞬間死了十幾個玩家。

當時謝明哲和陳霄正全力偷襲木星，陳千林在守基地，傳送點發生的事情他們都不知道。但活

動結束後三家公會的會長都可以拿到上帝視角的錄影，這正是池青發給陳千林的錄影檔案。

陳千林暫停影片，看向謝明哲問：「柯小柯是什麼時候加入涅槃的？你跟他熟嗎？」

謝明哲愣了愣，沒想到師父會突然問起這個人，他想了想，很快地整理好思緒說道：「也不算特別熟，他是我在競技場認識的。當時我打到二十九連勝，還差一局就能升星卡專家，正好遇到了柯小柯。我記得那一場比賽的錄影我還拿給師父看過。」

「嗯，我有印象。當時他的卡組是七張鬼牌，開局打得很凶猛，一直壓制你，只是後來他太過輕敵，治療技能開得太早了，你保孫尚香進後期，讓孫尚香連射收拾掉他六張卡牌。」

「沒錯。」謝明哲很佩服師父的記憶力，點頭道：「打完比賽他就加了我好友，說他有過創建公會的經驗，可惜公會解散了，他想加入涅槃幫忙。我當時不確定他的底細，讓青姐先觀察了一陣子，這段時間他在公會裡帶人打競技場，挺活躍的，還領著好幾個高手會員一起打到了星卡大師段位。所以這次公會活動我們就讓他帶了一支游擊隊。」

陳霄不認識柯小柯，聽到這裡也不由得提起了興趣：「這個人有點兒意思。我剛才正好看了金躍發給我的活動統計記錄，柯小柯拿著一手鬼牌偷襲暗殺，居然擊殺了三十五張卡牌和十五位玩家，戰績積分全場最高。」

陳千林若有所思地沉默下來，似乎在想很重要的事情。

陳霄和謝明哲見他不說話，一時也不知道說什麼才好，大眼瞪小眼。

就在謝明哲快要忍不住的時候，陳千林平靜的聲音突然響起：「如果我推測得沒錯，這個柯小柯，很可能是死神之眼公會的前任會長，鬼少。」

謝明哲一臉茫然，「鬼少？」

陳霄倒是驀地瞇起了眼睛，「哥，你確定是他？」

陳千林點頭，「我剛才重播賽場錄影，特意觀察了柯小柯的操作，有一次他被鐵血公會的五位

玩家圍攻，居然全身而退，還反殺了對方兩個人。他看上去蹦蹦跳跳，很活潑的樣子，其實是全場最冷靜的一個。」

謝明哲聽到這裡，湊過去小聲地問陳霄：「死神之眼公會是幹什麼的？」

陳霄低聲解釋：「這家公會非常特別，會員只有固定五十個人，不對外開放申請，公會的人數雖然少，名氣卻不比大公會差。他們是懸賞任務榜單上的常客，尤其是會長鬼少，神出鬼沒，長年掛在懸賞金榜的第一名，暗殺能力一流，可惜後來公會解散了。」

玩家在副本內受系統保護，不會死亡。但在野外的自由戰爭區域，不但卡牌會死亡，玩家本身也可以被擊殺。玩家一旦死亡，身上所有的卡牌都會增加一回死亡次數，而且背包裡的材料也會隨機掉落，損失慘重。除非是深仇大恨，一般都不會懸賞殺人。

然而有人的地方就有江湖，星卡世界裡的公會紛爭、個人恩怨並不比傳統網遊中少，所以每天都會產生大量的懸賞令。遊戲裡有一批專門接懸賞任務的殺手，平日埋伏在日常副本、活動副本的門口，專門暗殺懸賞目標，靠賞金為生。

死神之眼公會的徽章是一隻血紅色的眼睛，代表著只要被「死神之眼」盯上，就沒有人能逃得過他們的追殺。能成為這種暗殺組織的首領，柯小柯這個人肯定不簡單。

謝明哲印象中的柯小柯是個很活潑的少年，聲音清脆悅耳，跟在他的屁股後面笑嘻嘻地說「胖叔我是你的腦殘粉」，他完全無法將這個人跟潛伏在暗處的殺手組織首領聯想在一起。

難道，這些都只是遊戲裡的假象？

想到這裡謝明哲就頭皮發麻，「他來涅槃做什麼？」

陳霄猜測道：「我聽說鬼少這個人接懸賞任務從來不管目標是誰，前陣子在野外暗殺了裁決的兩位副會長，結果被裁決公會追著到處跑。我估計是鬼少這個帳號現在在外頭被盯得很緊，他才偷偷開了個小號，跑來我們公會躲避仇家。」

想到這傢伙被裁決公會追著到處跑的場景，謝明哲突然有些想笑——這個柯小柯真是膽大包天，居然跑去暗殺大公會的副會長，結果踢到了鐵板。

謝明哲問道：「如果確定是他，我們怎麼辦？總不能把人交給裁決公會吧？」

陳霄想了想說：「我們就假裝不知道，反正他開的是小號。」

謝明哲贊同：「嗯，只要他這小號別再去殺人就行。」

陳霄揉了揉太陽穴，「想不到我們公會還有個全服通緝犯呢！」

謝明哲無奈聳肩，「我現在明白他為什麼跑來涅槃了。小公會罩不住他，其他大公會他又混不進去。只有我們涅槃正值發展期，加入的會員魚龍混雜，他藏在人群裡不容易被發現。要不是師父今天留了個心眼，我們根本不會發現他的來歷有問題。」

陳霄輕笑起來，「這傢伙還挺機靈，拿我們涅槃當他的保護傘，還說是你的腦殘粉。希望他老老實實的，可別給我惹什麼事，不然我第一個收拾他！」

這時，正在個人空間修卡牌的柯小柯，突然打了個大大的噴嚏。

週末的公會活動結束後，涅槃公會的人氣無可匹敵，甚至登上當日公會人氣榜前五名，足以和很多老牌俱樂部公會相抗衡。在池青的管理下，公會的發展勢頭看好，距離升上滿級七星公會也不過是時間的問題。

馬上就要開學了，謝明哲暫時放下遊戲，為開學做一些準備。

開學前一天，他大清早起來去理了個頭髮，把頭髮剪短，露出光潔的額頭，讓他顯得更加精神。理完頭髮他又叫上陳霄一起去買衣服。

他來到工作室時只帶了一個小行李箱，裡面放的全是以前的舊衣服，襯衫和牛仔褲都洗得褪了色，一看就很寒酸。

以前的謝明哲確實很窮，但現在一切都不一樣了，他卡裡的存款是曾經做夢都不敢想的天文數字，遊戲裡還有大筆金幣沒有領出來，他現在完全有能力讓自己變得更好。

陳霄很講義氣地陪他出來逛街，兩人來到了一家大型的購物商場。

商場人不多，購物環境很好，陳霄帶他來到一家價格適中的男裝店，謝明哲迅速地挑選幾款適合學生穿的衣服，去試衣間試穿。

剪了新髮型、穿了新衣服的謝明哲，看上去確實精神又帥氣，陳霄的眼裡也含著一絲讚賞，道：「你去學校之後，肯定會有很多女生追，這顏值都能當選校草了。」

謝明哲對著鏡子整理衣領，毫不在意地說：「我又不喜歡女生。」

陳霄怔了怔：「嗯？」

謝明哲趕忙改口：「我的意思是，我現在要以學業和事業為重，開學之後我一邊上課、一邊還要打遊戲，哪有時間去談什麼戀愛啊。」他迅速轉移話題，微笑著指向掛在旁邊的一排衣服，「陳哥，你要不要買幾件？」

陳霄挑了挑眉毛，「這家店的衣服不適合我，我才不穿你這種幼稚的學生裝。」

他一本正經地摸了摸下巴，「我已經是成年男人了，要穿得成熟一點。」

謝明哲很不客氣地笑了一聲：「我剛來工作室的時候，你穿得一點也不成熟吧！天天不梳頭，鬍子留得像中年大叔，衣服皺得跟抹布一樣……」

話還沒說完，陳霄就一腳飛過來，「別提那些黑歷史！」

謝明哲立刻在嘴上做了個拉拉鍊的動作，「好好，你一直這麼帥、這麼成熟。」

陳霄笑罵：「得了，你當時也沒好到哪裡去，瘦得就跟一把骨頭似的，我是看你可憐巴巴的快要被風吹跑了才收留你。」

兩人互揭瘡疤，一邊聊一邊逛，中午的時候就在外面吃了飯。相處這麼久，謝明哲和陳霄已經很熟了，偶爾也會互相開玩笑，他心裡把對方當哥哥看，陳霄確實是這個新世界對他幫助最大的一個人。

剛才有一句話說溜嘴，就是「我不喜歡女生」，陳霄應該察覺到了，但很聰明地沒有多問，謝明哲鬆了口氣。反正他目前並沒有戀愛的打算，與其糾結這些，還不如多做幾張卡。

【第三章】把小奶狗騙上賊船

晚上回到工作室，陳千林主動請客幫謝明哲踐行，小胖居然還很誇張地訂了個蛋糕，上面寫著「開學快樂」。

謝明哲簡直哭笑不得：「我只是上學，有必要這麼隆重嗎？」

小胖道：「大家都捨不得你。你走了，少一個人感覺很不適應。」

池瑩瑩附和：「是啊，雖然你只在工作室待了一個月，但總覺得和你認識很久了一樣。」

謝明哲心裡微微發熱，他從小就沒有親人，記得前世上學的時候，他一個人拖著大大的行李箱坐了三十幾個小時的火車，從遙遠的北方來到南方就學。周圍的同學都有父母相送，就他是一個人，心裡說不出的難受。

如今，學校就在街對面，走路十分鐘就到了，但是工作室的大家還是熱情地幫他踐行。

在新世界遇到的這幾個人，讓他感受到了最大的溫暖和善意。

謝明哲吸吸鼻子，「你們這麼隆重為我踐行，我明天要是回來看你們，這多不好意思啊！」

眾人一愣，隨即哈哈笑起來，陳霄爽快地拍拍他的肩，「歡迎回來，隨時。」

他拿出一個包裝精緻的大盒子，推到謝明哲面前，「這是大家一起送你的開學禮物。」

謝明哲打開一看，盒子裡是一個嶄新的頭盔，銀白色的金屬光澤讓頭盔在光線的照射下酷炫極了。更難得的是，頭盔右下角還寫著很小的三個字「謝明哲」，顯然是特別訂製的。他輕輕摸了摸光滑的頭盔表面，認真地說：「謝謝大家。」

陳霄道：「別客氣，大家都是自己人。到學校之後，要是有人欺負你……」

他突然頓了頓，然後嚴肅地看著謝明哲說：「不對，到學校之後，你不要欺負別人。」

眾人一陣鬨然大笑，謝明哲也笑起來，「放心，我從小就是個聽話的好學生。」

次日早晨，謝明哲提著行李箱告別大家，前往帝都大學報到。

嶄新的大學生活即將展開，出門之後感覺空氣似乎都比以往新鮮，腳步也更加輕快。

謝明哲走過一條馬路，很快地就來到大學門口。

帝都大學是頂尖大學之一，九月一日這天所有新生集體來學校報到，一個個臉上都朝氣蓬勃，謝明哲有過兩世的經歷，閱歷比他們豐富多了。但是，站在一群少年少女之間，謝明哲也被學生們的青春活力所感染，覺得自己的心態似乎又回到了學生時代。

高科技為學校管理帶來了許多便利，學生們入校的時候，只要在指定的位置刷一下身分卡，所有資訊就會自動錄入，身分卡同時跟宿舍門卡綁定，光腦投影出來的全息螢幕中，也迅速地顯示出學生所分配到的宿舍以及校園內的地圖導航。

謝明哲按照地圖導航來到學生宿舍。提著行李走在人群中，周圍有不少人都在看他。

他今天穿了一件簡單的白色運動風短袖上衣，配一條修身的咖啡色長褲，腳上踩著一雙平底球鞋，簡單清爽，學生氣十足。這條剪裁合身的褲子將他的一雙腿襯得又直又長，再加上剛剪的新髮型，整個人神采奕奕，笑起來陽光帥氣，完全就是女生們心目中的初戀形象。

被人打量的時候，謝明哲也不反感，回以禮貌的微笑。

謝明哲先到宿舍安頓行李。宿舍的條件出乎意料的好，雙人套房裡每人有一間小臥室，共用客廳和洗手間，打掃得非常乾淨。臥室裡還有書桌和大衣櫃，書桌上擺著一臺固定的小型光腦，寫著「帝都大學智慧服務中心」，手指輕輕一按，就會出現學生本人的資訊、分班情況、整個學期的課程表，還有各種教務處、學務單位、學校論壇等網站的入口。

謝明哲琢磨了一下這個服務系統的用法，把行李放好，然後就出門去學校蹓躂。

校園的面積比他想像中還要大，每個系都有自己獨立的大樓，連學校餐廳都有五層樓高，此時正好是中午時間，一眼望去全是人。

謝明哲肚子餓了，就隨著人群去覓食，也順便嚐一嚐學校餐廳的菜好不好吃。

他來到三樓自助餐窗口看了看，豐盛的菜色讓人垂涎欲滴，謝明哲立刻不想走了，迅速拿了幾盤喜歡的菜，端著盤子到窗戶邊坐下，心情愉快地吃了起來。

正感慨著大學生活的美好，突然聽見身後響起個陰陽怪氣的聲音：「喲，真是巧，喻柯你怎麼在這啊？」

被叫做喻柯的人涼涼地說：「我來這裡當然是吃飯，難道像你一樣來這裡找碴？」

少年你也太直接了。不過，這聲音怎麼聽著有點兒耳熟？謝明哲一邊啃著雞腿，一邊豎起耳朵聽著身後的動靜。

那人被嗆了一句，顯然很不高興，冷冷地說：「你也就嘴巴厲害，真動起手來還不是個垃圾。」

喻柯道：「那被垃圾隨便虐的你，豈不是連垃圾都不如？」

那人又被嗆回去，似乎很努力地想找臺詞反駁，結果詞窮，只罵了句「慫包」就轉身走人。

幼稚的吵架內容讓謝明哲心裡好笑，忍不住回頭看了一眼。

在他背後吃飯的少年一張臉很是白淨，五官柔和，個子較矮，看上去挺秀氣，嘴巴的戰鬥力倒是極為強悍，伶牙俐齒、毫不退讓。此時，他正低著頭飛快地吃麵條，轉眼間就把一大碗麵吃了個精光，然後迅速端起旁邊另一碗麵，繼續吃了起來。

是餓壞了，還是食量本來就很大？

他吃飯的時候特別專心，謝明哲看著他這麼久，他居然毫無察覺，所有注意力都在麵條上，吃得稀哩呼嚕地就跟餓壞的小松鼠似的。

謝明哲等他吃得差不多了，才微笑著道：「你好。」

喻柯抬起頭來，一臉戒備地看著他，「幹麼？」

謝明哲微笑道：「剛才聽你懟人，口才挺好，想認識一下。我叫謝明哲，美術系一年級的新生，你呢？」

「我法學院一年級的，喻柯，有緣再見啊！」少年擦了擦嘴巴，站起來準備走人。謝明哲跟上

了他，假裝不經意地問道：「對了，你會玩《星卡風暴》這個遊戲嗎？」

「玩啊，這個遊戲百分之九十的年輕人都在玩。」喻柯一副理所當然的語氣。

「我剛來大學又沒什麼熟人，想認識幾個會玩的朋友，以後也好一起打副本。」

謝明哲的笑容看上去陽光純粹，完全察覺不到一絲惡意，他認真地看著喻柯說：「我在遊戲裡沒有朋友，一個人玩著太無聊，你有加公會什麼的嗎？能不能拉我進去？」

喻柯停下腳步，上下打量著他，「你新手啊？」

「上個月才開始玩。」謝明哲這句話也沒說錯，他只是想試探一下面前的少年是不是遊戲裡的柯小柯，他覺得這個人清脆的聲音很是耳熟。同時也想確認一下師父的推測，如果直接問「你是不是鬼少」，對方肯定會覺得他是個神經病，不會搭理他，所以他才想辦法套話。

「要不你跟我一起去操場轉轉，加入學校的星卡協會。」喻柯似乎想到了什麼不好的事情，有些煩躁地抓了一下頭髮，道：「協會裡肯定有我很討厭的那幾個人，但是……我聽說帝都大學的星卡協會很強，這裡還出過兩個厲害的職業大神。」

「職業大神？難道是唐牧洲和裴景山？」謝明哲只能想得到這兩個人。

「沒錯沒錯！你也知道對吧？」喻柯興奮得雙眼發亮，「唐牧洲是經濟學院的，裴景山是哲學系的，這兩位都是我們的學長，我們學校厲害的校友太多了，星卡協會高手如雲！」

「你想加入嗎？」謝明哲問道。

喻柯又糾結起來，他一糾結的時候整張臉就皺成個包子，謝明哲站在旁邊看他天人交戰了一番。最後，少年臉上的表情終於回歸平靜，目光堅決地點了點頭，說道：「加入。」

「那我們一起去吧。」謝明哲也想看看大學的卡牌協會水準到底多強。

兩人結伴來到操場。很多社團正在招收新人，包括各種舞蹈團、合唱團、探險協會、網球社等等，各大社團的周圍擠滿了新同學，大學生活真是多彩多姿。

其中人最多的就是「星卡協會」的招生點，占了兩個籃球場大的地盤，攤位上方是全息投影屏幕，有一些精彩的戰鬥錄影正在即時播放。招生處居然還擺著一排旋轉椅和智能頭盔，不少新生躍躍欲試地坐上去和學長姐們PK，還有三三兩兩的人聚集在一起討論卡組，氣氛其樂融融。

謝明哲和喻柯併肩走過去，一個留著長直髮的美女學姐立刻微笑著接待他們，「兩位是剛入學的學弟吧？是想加入我們星卡協會？」

學姐身材超好，人又長得美，喻柯雙眼發亮地看著她，聲音清脆地道：「是的，學姐！」

謝明哲大方地朝她一笑，「學姐，加入協會有什麼要求嗎？」

學姐對帥氣微笑的小學弟印象很好，立刻帶著謝明哲兩人來到旁邊，「只要是喜歡這個遊戲的，我們來者不拒，登記一下資料就可以。不過想要休閒養卡的玩家要去分會，我們主會一般只招收喜歡打競技場的玩家。兩位學弟會打排位嗎？能不能問一下你們的段位？」

「我剛開始玩，過陣子才會開始打排位。」倒不是謝明哲故意要說謊，而是「胖叔」這個ID最近火遍遊戲界，和他有關的論壇討論串都蓋了好幾棟高樓，他不想在學校曝光自己的身分引來不必要的麻煩。他打算這兩天開一個小號專門在學校裡用。

學姐看向喻柯，問：「那你呢？」

喻柯一臉驕傲，「星卡大師。」

學姐有些不敢相信，「學弟還是個高手啊！」

「還行吧。」喻柯笑著說，語氣裡滿是自信，「一週之內打上來的。」

「厲害！」學姐明顯對他刮目相看，態度也更加熱情，「方便告訴我你的遊戲ID嗎？我們學校有自己的群組，經常會舉辦一些友誼賽，還有很多獎品，學弟可以多多參加協會的活動。」

「好的。我在遊戲裡的ID叫柯小柯。」

謝明哲差點噴出來——還真是這個傢伙啊！

柯小柯根本不知道自己在胖叔的面前掉了馬甲，事實上，他完全沒想過居然會在學校遇上遊戲裡的熟人，他這個小號並不出名，學姐問他遊戲ID他就很乾脆地說了。

學姐登記完資料後把兩人加進學校的聊天群，微笑著說：「下週會有一場星卡協會舉辦的新生交流賽，兩位要是感興趣的話，可以報名參加。」

喻柯好奇道：「學姐，能不能問一下獎勵是什麼？」

學姐溫和地說：「第一名的獎品是最新款的限量版遊戲頭盔，有唐神簽名。第二和第三名的獎品是智能平板光腦。」

謝明哲對師兄的簽名頭盔完全沒興趣，喻柯聽到獎勵內容卻雙眼發亮，興奮地搓著手，「我想報名，是在哪兒報名啊？」

學姐道：「星卡協會的論壇上有詳細的活動通知，你可以上去看看。」

喻柯點點頭，「謝謝學姐，妳忙吧，我們再轉轉！」

學姐走後，謝明哲在隨身光腦打開帝都大學星卡協會的論壇，果然發現一條置頂的通知，正是關於新生交流賽。

報名的流程很簡單，門檻也很低，不限遊戲等級段位，凡是想參加的一年級新生都可以報名，在論壇留下自己的姓名、年級、學號和遊戲ID就可以了。

喻柯借用謝明哲的光腦迅速留下了報名資訊，笑著說：「我正好缺個頭盔，以前那款用了好幾年早就舊了，嘿嘿，我要是拿到冠軍，唐神簽名的頭盔就是我的了。」

謝明哲轉頭一看，少年的臉上染上了一層薄薄的紅暈，激動的模樣看起來還挺可愛，現在倒是能把他和遊戲裡那個上躥下跳的柯小柯連想在一塊兒了。只不過謝明哲有些疑惑，他會是師父推測的那位「鬼少」嗎？這樣的傢伙，真是沒有一絲一毫殺手組織老大的氣質啊……

正琢磨著，就聽喻柯突然問道：「謝同學，你不參加新生交流賽嗎？」

謝明哲微笑著摸摸鼻子，說：「我就算了吧，我正打算重新練個帳號去競技場打排位。」

「喔，那我有空帶你升級。」喻柯一邊翻論壇的報名名單，一邊吐槽：「今年報名的人這麼多啊？名單已經列了好幾十頁了。」

他漸漸地從激動的狀態平復了心情，皺著眉小聲嘀咕：「也不知道高手多不多，我這套卡組不一定拿得到冠軍……要不回頭求求胖叔，看他能不能借我幾張卡。」

——胖叔就在你面前呢。

謝明哲強行忍住當面自爆馬甲的衝動，他想趁機多瞭解一下柯小柯，看看對方是不是那位「鬼少」，再觀察一下這傢伙真正的實力。

如果喻柯的實力夠強，謝明哲其實很想把他拉上副會長的位置，讓他協助青姐管理涅槃公會的競技玩家。有個知根知柢的校友留在身邊幫忙，總比去外面重新招人要放心得多。

這麼想著，謝明哲便主動開口道：「小柯，你是我在學校認識的第一個朋友，互相留一下聯繫方式吧，以後一起玩遊戲。」

喻柯也沒多想，笑嘻嘻地留下聯繫方式，「你也是我認識的第一個朋友。」

兩人在星卡協會玩了一下午，吃過晚飯才一起回到宿舍。

晚飯喻柯又吃了兩碗麵，謝明哲實在佩服他的大食量，大概是因為還在長個子的緣故。

喻柯的宿舍正好在謝明哲樓上，發現這一點的喻柯很是興奮，湊過來道：「離得這麼近，以後沒課時我就來找你！」

謝明哲點了點頭，回到宿舍後登入了胖叔的帳號。

柯小柯果然發來一條私聊：「胖叔好，我有點事情想請您幫忙，看在我是您腦殘粉的面子上，能不能幫我一次啊……」

謝明哲直接把他拉到自己的個人公寓，「說吧，要我幫什麼？」

柯小柯似乎不好意思開口，支支吾吾了半天，才下定決心道：「我想向您借幾張卡！」

遊戲裡的柯小柯雖然也是少年形象，但遠沒有現實中那麼可愛。今天在學校裡遇見的喻柯身高只到謝明哲的肩膀，白白淨淨的，個子小，嘴巴卻很毒，戰鬥力極為強悍。見到美女學姐他就雙眼發亮不想走了，卻不知道他這樣的做法只會刺激學姐們的……母愛。

大概沒有哪個女生會把他當成「男人」看待，他就是個還沒發育完全的小男生。

柯小柯在遊戲裡的聲音被系統修改過，但修改幅度不大，因此聽著有些耳熟。此時，他的聲音裡明顯帶著討好的意味，眼巴巴地看著胖叔，「其實我是大學生，學校下週要舉辦一場比賽，我的卡組在遊戲裡打到大師段位已經很勉強了，學校裡高手又特別多，所以我想……」

謝明哲溫言道：「我明白了，你要借哪幾張卡？」

沒想到胖叔這麼好說話，柯小柯反而愣住：「您、您同意嗎？」

謝明哲好脾氣地說：「只是借用的話當然沒問題。來我書房，你自己挑。」

柯小柯激動地跟著胖叔走進書房，看著卡牌陳列櫃裡整齊排列的幾十張滿星人物卡，他的心臟撲通撲通直跳，恨不得把這些卡牌全部打包回去……他深吸口氣，使勁克制住打劫胖叔的衝動，站在陳列櫃前仔細地挑選起來。

片刻後，柯小柯艱難地做出決定，「我只借一張女媧和一張劉備，比完賽馬上還您！」

謝明哲轉身從陳列櫃裡拿下劉備和女媧兩張卡，接著又挑了群控的伏羲和群療的神農，把這四張滿級卡全部遞給柯小柯，「都拿去吧。」

「謝謝胖叔。」柯小柯緊緊地攥著四張卡牌，激動得語無倫次：「你、你就不怕我把卡牌拿去賣掉啊？或者拿著卡牌跑了？」這四張卡拿去賣，絕對能讓普通玩家一夜暴富。

「不怕。」如果是以前，謝明哲或許會擔心這傢伙拿著卡牌跑路，但今天見過本人之後，謝明哲敢確定，那個不客氣地懟人的小傢伙，應該沒那麼多壞心眼。

再說他要真敢跑，謝明哲絕對能在學校裡抓住他，把他狠狠地揍一頓。想到這裡謝明哲便微微一笑，用儘量溫和的語氣說：「認識這麼久，我當然相信你的人品，加油拿個獎回來。」

「嗯嗯，胖叔你人真好。」柯小柯感動地吸了吸鼻子。

「……」謝明哲沒有回答，因為他並不是好人，他現在就像是用肉骨頭引誘單純的小奶狗一樣。要是有一天喻柯知道謝明哲就是胖叔，一定會覺得偶像在心目中的形象幻滅了吧，到時候喻柯會不會粉轉黑呢？

謝明哲笑了笑，對以後的發展並不擔心——小奶狗這麼好哄，或許將來掉了馬甲之後，多送他幾張卡牌，就算他粉轉黑，也能再轉粉了。

離開胖叔的個人公寓後，柯小柯就去競技場實驗新的卡組了。

謝明哲這時卻收到另一個人的訊息：「沒記錯的話，你今天應該開學了吧？」是唐牧洲發來的，聲音很溫和。

謝明哲回道：「師兄，我已經在學校了。」

唐牧洲關心道：「開學了時間會變少，但也別荒廢訓練，我們二隊的人可是迫不及待地想見識你的新卡組，聽說你又做了幾張女媧、神農、伏羲之類的牌？」

涅槃公會活動拿下第一，這件事已經在論壇上被討論翻了，胖叔做的幾張新卡自然不是祕密，謝明哲也沒隱瞞，直率地說：「光有這些卡還不夠，我要有信心打贏你們二隊選手的時候再來約戰，再寬限我半個月吧。」

唐牧洲倒也不急，「可以。等你準備好了隨時找我。」

謝明哲道：「我先去建個小號，胖叔這個名字目標太大，動不動就被人掛上論壇。用小號打競技場，比較不會那麼容易讓卡組曝光。」

唐牧洲很贊同：「你早該建幾個小號為將來打競技場做準備，小號的名字可以隨便取，比如我

的七四五六七八九，沒人認識。」

謝明哲搖頭否定，「數字小號太難記，我已經想好名字了，待會兒加你好友。」

片刻後，唐牧洲收到一條訊息——

玩家「承讓了」，等級一級，請求添加您為好友。驗證訊息：師兄是我。

承讓了？被打崩的對手看見這個名字估計要氣到胸悶！

唐牧洲忍著笑通過了申請——小師弟取名字真是夠皮。

原本想告訴他自己過幾天會回母校參加活動，約他出來吃頓飯，不過，現在唐牧洲突然不想說了，不如到時候給小師弟一個驚喜，或者是驚嚇？

遊戲裡，謝明哲用小號「承讓了」加了柯小柯好友。

柯小柯對這個名字讚不絕口：「這個名字好！以後打競技場，還沒開局就先用名字嘲諷了對手，哈哈哈。你在哪兒？我來帶你升級吧。」

謝明哲道：「你不是說要找胖叔借幾張新卡嗎？不去打競技場練一練？」

柯小柯道：「我已經練熟了！」

謝明哲很是意外，沒想到這傢伙意識這麼強，只打幾局就能練熟。

很快地，柯小柯出現在謝明哲小號的身邊，「胖叔人可好了，我說借卡他就借給我，給你看看我借到的新卡，都是人物卡，特別酷。」

謝明哲道：「胖叔的名字我也聽過，是涅槃的管理者吧？」

「嗯，我前不久才加入涅槃的。」

「那你以前在哪家公會？」

柯小柯沉默片刻，聲音聽起來有些失落，「這是黑歷史，別提了，我以前的公會已經解散了。」

他一邊往前走，一邊熱心地招呼謝明哲，「來這個黑暗洞穴，這邊小怪多，刷怪升級特別快。」

謝明哲也沒再多問，跟著他走進黑暗洞穴，柯小柯的卡牌全是滿星滿級，刷小怪就跟切菜一般，謝明哲跟著蹭經驗，到晚上十點的時候已升上三十級。

柯小柯道：「我好餓，你那兒有零食嗎？」

晚飯吃了兩大碗麵，這麼快就餓了？謝明哲很佩服他的消化功能，道：「我沒有買零食的習慣，謝謝你帶我升級，要不我請你吃宵夜吧。」

「好啊好啊，我來宿舍找你！」喻柯很快地下了線，謝明哲也摘掉頭盔。

片刻後，他聽見門外響起敲門聲以及喻柯的聲音，打開臥室，剛要出去，就被眼前的場景給怔住了。只見一個身材高大的長髮「女生」站在門口，喻柯呆呆地站在對方面前，後退一步，看了看宿舍門牌號碼，然後紅著臉道：「欸……美、美女妳好，我找謝明哲，妳是他女朋友嗎？」

謝明哲上前一步，剛要澄清自己跟這位長髮女生沒關係，就聽耳邊響起個低沉平靜的聲音：「叫誰美女呢？」明顯是個男人的聲音。

喻柯張大嘴巴，一臉呆滯，「你、你是男的啊？」

對方輕輕挑了挑眉，「這裡是男生宿舍，而且，你沒看到我沒有胸部嗎？」男生的雙手環抱在胸前，看傻子一樣地看著喻柯，「你見過身高超過一百八十五公分、沒有胸的女人？」

喻柯：「……」

謝明哲：「……」

氣氛真是尷尬極了，謝明哲反應過來，問道：「你是我室友？」

突然出現在宿舍裡，還跟喻柯撞上，只有「室友」能解釋了。

留著長髮的男生回過頭，他的五官確實是「雌雄莫辨」，但仔細一看，其實能明顯地看出男性的特徵，性感的喉結非常顯眼，而且眉眼間含著一絲英氣，目光鋒利，一看就很不好惹。

一向會懟人的喻柯自知理虧，站在旁邊不敢說話。

謝明哲只好打圓場：「你好，我叫謝明哲，這位是我朋友喻柯。」

對方淡淡地道：「你好，我叫秦軒。」

謝明哲道：「我跟小柯去吃宵夜，你去嗎？」

他只是隨口客氣一句，結果這秦軒還真的跟了上來，「去，我正好餓了。」

秦軒轉身去換衣服，喻柯看著他的背影，小聲地在謝明哲耳邊吐槽：「他頭髮比女生都長。」

讀美術系的男生為了讓自己顯得更有「藝術氣質」而留長髮的並不少見，室友沒把頭髮染成五顏六色已經算是比較規矩的，看著也還順眼，謝明哲笑道：「各人審美觀不同而已，他看上去不大好惹，你可別當面這麼說。」

喻柯心有餘悸：「知道了，剛才那眼神就跟要殺人一樣，嚇我一跳！」

秦軒換上一身休閒裝走出房門，看上去倒是氣質獨特，他把陰柔和鋒利完美融合在一起，頭髮紮起來也不覺得娘味，反而挺俐落，他的聲音一聽就是屬於成年男人的性感低沉，不像喻柯，還是沒變聲的少年嗓音。

喻柯只跟謝明哲說話，秦軒就在旁邊一路沉默著，三人來到學校餐廳後，謝明哲主動請客，點了一盤燒烤。喻柯吃起東西來就把什麼都忘了，像小松鼠似的轉眼間就掃空一大盤烤肉。謝明哲一邊吃一邊跟新室友聊天：「下午一直沒見到你，你是晚上才來報到的嗎？」

秦軒道：「嗯，家裡有事來晚了。我進門的時候看見你臥室門關著，就沒打擾你。」

謝明哲笑了笑說：「以後要在同一間宿舍住四年，不用這麼客氣。」

喻柯只管埋頭吃東西，時不時抬頭看兩人一眼，也不插話。謝明哲和秦軒聊了聊明天的課程安排，很快熟悉起來，謝明哲發現這位室友的脾氣有些古怪，所以說話的時候也儘量不觸到敏感話題，只聊課程什麼的，倒是一直相安無事。

吃過宵夜後回到宿舍，喻柯繼續積極地帶著謝明哲升級，兩人一直玩到凌晨十二點才睡下。

次日一大早，謝明哲訂了鬧鐘起床，和室友秦軒一起來到美術學院大樓。

美術系分好多個班，比如工藝班、設計班、繪畫班等等，謝明哲和秦軒都是繪畫班的。除了全系參加的公開課，每天下午還會安排小班課程，小班課只有繪畫班的三十位同學一起上課。謝明哲開朗健談，很快就跟大家混熟了，記得每個同學的臉和名字。但秦軒就很冷淡，從不主動跟人說話，加上他性格古怪，也沒人敢主動招惹他。

謝明哲很快就適應了大學生活，這幾天每天都跟小柯一起玩遊戲、一起吃飯，兩人的關係越來越好，他的小號「承讓了」也升到滿級。

喻柯則在準備新生交流賽，每天都去競技場練習。他好像對冠軍的獎品特別感興趣，謝明哲見過他的頭盔之後就明白了——很舊的頭盔，也不知道用了多少年，確實該換個新的。

週六上午，謝明哲和喻柯一起來到新生交流賽的活動現場。

據統計，這一屆的新生接觸過星卡遊戲的比例超過百分之九十五，其中有百分之七十是熱愛競技的學生，大家熱情高漲，哪怕段位不高的學生也跑來報名，只為了想體驗一下競技的氛圍。最終報名的人數有一千兩百多人，都快比得上小型的獎盃賽了。

當然，由於報名的門檻很低，選手們的水準肯定是參差不齊。

今天的活動現場人山人海，海選賽採用的是隨機分組匹配的模式，每位參賽選手跟組內不同的對手打五局比賽，勝三局以上的人可以進入下一輪，以此類推，直到剩下十六強為止。

謝明哲沒報名，就坐在觀賽區。

在舞臺上方的藍色液晶螢幕會列出每個小組正在比賽的選手，以及接下來該準備出場的選手。

會場還分出了一片選手區，由幾位學姐專門負責選手區的秩序。

謝明哲的目光一直放在E組的直播螢幕上，喻柯就在這個組。

比賽開始沒多久，E組的螢幕上就出現了一行字：柯小柯VS.兜兜少女。

比賽採用的是競技場暗牌模式，柯小柯完全不跟對手客氣，開局就直接讓五張鬼牌全體出動！紅衣新娘、白髮女鬼雙卡連動，無數長髮如同觸手一般猛地襲向對手的植物卡，兜兜少女大概是沒見過這麼暴力的鬼牌，嚇得臉都白了，幾乎在一瞬間，她的牌就死了兩張。

接著喻柯又放出另外三張卡，聯手秒了她的治療牌。

少女被打得整個懵逼，乾脆地按下投降。這位同學顯然是跑來玩兒的，實力水準估計也就初級星卡專家段位。喻柯贏得很輕鬆。

下一個對手是個戴著眼鏡的男同學，實力水準比剛才的女生略高一些，但還是沒能在喻柯的暴力強攻下撐過一分鐘。第三位、第四位、第五位，同樣沒能防住喻柯的突襲。

喻柯以五連勝的成績進入了下一輪，海選階段選手們水準差距太大，像他這樣連勝的人也有很多，就這樣一直打到第五輪，喻柯的戰績終於引起了主持人的注意。

主持人原本是隨機找比賽進行直播，這次鏡頭對準E組，她激動地道：「這位柯小柯目前已經是二十多場連勝了！看來他很有可能打進十六強，我們來關注一下他的最後一輪比賽！」

此時，場上的選手就只剩下五十名左右，大部分渾水摸魚的人已經被淘汰。

謝明哲仔細看了看，這一輪選手的水準差不多就是遊戲裡的星卡大師段位了，比賽應該會更加激烈。果然，小柯的第一位對手就非常強，一手水系的海洋生物卡，開局就直接群體冰凍，把他的三張鬼牌全部凍住。

喻柯毫不猶豫地放出劉備，群體解控！

主持人看見這張牌，聲音很是驚訝：「劉備？這張卡牌好像是胖叔做的吧！」

觀眾席也頓時議論紛紛。

「這柯小柯什麼來歷啊？怎麼會有胖叔的卡？」

「看來柯小柯是涅槃公會的？」

「我知道他！確實是涅槃的人，上次公會活動他還帶隊呢！」

謝明哲坐在人群裡，聽到這些議論，心情有些複雜……胖叔的名氣居然已經這麼大了？

螢幕中，比賽越來越激烈，就在對方以為自己能贏的那一刻，喻柯突然召喚出女媧，女寶寶直接復活了陣亡卡牌，然後一波猛攻反擊，把對面最關鍵的群控卡給秒了！

局勢突然逆轉，現場爆發出一陣驚呼。

謝明哲心裡很是震撼——在賽場上的喻柯，跟他平時認識的喻柯完全不一樣。如果說平時的喻柯是個單純好哄的小奶狗，那麼，在賽場上的少年，就是攻擊力最強的狼狗！

凶得不跟人講道理！

怪不得師父那天說：「這傢伙看上去蹦蹦跳跳的，卻是全場最冷靜的一個人。」

只要到了關鍵的比賽，喻柯就會迅速冷靜下來尋找最合適的機會。剛才他召喚女媧的時機，謝明哲以旁觀者的角度看得一清二楚——正好是所有鬼牌技能冷卻結束的那一刻。

復活紅衣新娘，大範圍群攻暴擊。無頭娃娃和吊死鬼同時潛伏到對手身後，出其不意地進行暗殺，對手在猝不及防的情況下直接被連秒四張牌，可怕至極。

雖說這傢伙平時有點呆呆的，但是他的實力確實很強。

謝明哲真是越來越欣賞喻柯同學了。

他想，如果小柯同學願意加入涅槃戰隊，說不定他可以幫這個傢伙量身打造一套鬼牌。

小柯不是特別喜歡恐怖風格嗎？陰曹地府的那些鬼牌他肯定會喜歡。

量身打造鬼牌，這樣的條件，足夠吸引喻柯同學加入嗎？

打完比賽後，喻柯跑來觀眾席找謝明哲，顯然很激動，「我進十六強了！」

謝明哲笑著拍拍他的肩，「打得不錯，我請你吃飯吧。」

喻柯點頭如搗蒜，「我正好餓了，這次我請你吧，不能老是讓你請我。」他頓了頓，又突然神祕兮兮地湊到謝明哲的耳邊，放輕聲音說：「我剛才好像看見你室友也在賽場，只看見個背影，我怕認錯人，就沒敢叫他……」

謝明哲有些意外：「應該是你看錯了吧？我沒聽秦軒說他要參加這次比賽。」

喻柯迅速忽略剛才的意外，興高采烈地說：「不管了，先去吃飯！」

兩人一起來到餐廳，喻柯很喜歡吃麵，按慣例點了兩碗。謝明哲看他埋頭吃麵條，不由疑惑，「你中午吃兩碗，晚上吃兩碗，九點還要吃宵夜，胃裡裝得下嗎？」

喻柯聽到這話倒是神色坦然，道：「我還在長個兒，當然要多吃一點。」他把吃完的麵碗放下，又端了第二碗過來，一邊吃一邊說：「正常的小孩兒一歲就會說話，我三歲才會說話，小時候我爸媽總覺得我是個傻子。」

謝明哲心想，看你現在也傻乎乎的。

喻柯接著說：「我媽帶我去醫院檢查過，醫生說我是屬於發育比較遲緩的，一般男生長到二十歲身材就定型了，但按照我的骨骼發育，我能長到二十五歲。嘿嘿，說不定過幾年我就比你高了，我理想中的身高是一百八十五公分！」

謝明哲看著面前這位矮個子，忍著笑說：「那你加油多吃一點。」或許能長高到一百七十五公分？總覺得他這張小臉跟高大的身材根本不相配。

飯後兩人一起回宿舍，謝明哲推門進去，發現室友秦軒正在客廳裡面無表情地看書，這位室友一向不愛說話，謝明哲跟他打了個招呼便回到自己的臥室。

他登入星卡協會的官網，果然看見置頂的一則公告——新生交流賽十六強選手出爐！

點進去一看，裡頭列出了打進複賽的十六位選手詳細資料以及接下來的分組情況。這些選手將在明天下午分成A、B、C、D四大組進行淘汰賽，決定出八強和四強。前四強的選手將於下週日晚上在全校公開對決，決定最後的冠亞軍和名次。

謝明哲掃了一眼名單，果然看見A組有個熟悉的名字：喻柯（柯小柯），法學院經濟法系一年級新生，初賽階段戰績：二十五場全勝。

然而讓他意外的是，他居然在C組也發現了一個熟悉的名字：秦軒（Q-X），美術學院繪畫組一年級新生，初賽階段戰績：二十五場全勝。

真看不出來，這位室友居然還是個打遊戲的高手？

謝明哲正琢磨著，喻柯的訊息就在光腦上彈了出來：臥槽！我沒眼花，秦軒今天下午果然來了賽場，他也進了十六強！阿哲你快看官網。

謝明哲：「我看到了。」

他前世上大學的時候跟三個室友相處愉快，宿舍有人去打比賽，其他幾個室友一定會去現場加油。結果秦軒卻默不作聲，在謝明哲完全不知情的狀況下打進了十六強。

想起剛才坐在客廳裡的男生冷漠的臉色……熱臉貼冷屁股挺沒意思的，既然秦軒不想說，謝明哲也懶得去問。還是跟沒什麼心眼的喻柯聊天更輕鬆一些，謝明哲主動問喻柯：「明天的複賽有把握嗎？要不要去遊戲裡找找你的偶像胖叔？」

喻柯道：「我正想去找他，待會兒再聊啊！」

謝明哲微笑：「去吧。」

他戴上頭盔登入了胖叔的遊戲帳號，果然收到喻柯發來的語音私聊：「胖叔我進十六強了，二十五場連勝！最後一輪贏得好驚險，差點被對手控死，還好我找你借了劉備。」

謝明哲問：「你還需要借別的卡嗎？」

喻柯道：「我還想借一張盤古，防止我的牌被對面秒殺或者控制，不知道可不可以？」

謝明哲也沒多說，很乾脆地從陳列櫃裡拿出一張盤古郵寄給他，「加油。」

喻柯感動極了，立刻回覆：「謝謝胖叔，我一定拿個冠軍回來！」

次日大清早，謝明哲回到涅槃工作室。

開學一個星期了，因為要適應大學的環境，加上剛開始課比較多，這一週謝明哲又在專心練小號，很少和工作室這邊的夥伴們聯繫。

他突然回來，眾人還是挺驚喜的，尤其是小胖，直接撲過來給謝明哲來了個熊抱，「小謝好久不見！上大學之後更精神、更帥氣了啊？你這星期忙什麼呢？大家都很惦記你！」

金躍也道：「沒錯，你走了以後小胖天天碎念，說你不在他好不習慣。」

池青走過來說：「既然回來了，就留下吃午飯吧，我中午多做幾個菜。」

池瑩瑩道：「我去買點水果！」

大家的熱情讓謝明哲心裡湧起一絲暖意，他跟眾人依次打過招呼，發現陳霄不在一樓的大廳裡，便問道：「陳哥呢？」

陳霄正好從二樓下來，笑著走到謝明哲面前，「怎麼突然回來了？」

謝明哲道：「有點事想跟你們商量，師父在嗎？」

陳霄點點頭，「在樓上澆花，我帶你上去吧。」

兩人一前一後上樓，陳千林已經幫陽臺上的植物澆完了水，正坐在陽臺的躺椅上曬太陽。他光著腳，踩在白色的絨毯上，看起來愜意極了。謝明哲一星期沒見他，看他真是活得跟神仙一樣。

陳千林對上小徒弟的目光，淡淡道：「小謝回來了？」

謝明哲點點頭，開門見山地說：「師父，我在學校遇見柯小柯了。」

陳千林怔了怔：「這麼巧？」

謝明哲道：「是挺巧的，學校報到那天我聽見他的聲音很耳熟，跟他一起加入星卡協會的時候，他說自己在遊戲裡的ID就叫柯小柯。」

陳千林立刻從躺椅上站起來，穿上拖鞋道：「怎麼回事？好好說說。」

三人一起走進臥室，陳霄倒了三杯水過來，遞給謝明哲一杯，「你確定柯小柯是鬼少了嗎？」

謝明哲搖頭，「目前還不確定，但我發現柯小柯真的很厲害，他報名參加了學校的新生交流賽，以二十五場連勝的戰績打進十六強。他還找我借了幾張卡牌完善自己的卡組，我感覺他意識挺強的。所以我想，有沒有可能把他拉上來成為涅槃戰隊的第三位隊員？」

陳霄微微皺眉，「只是校內的新生交流賽，能進十六強的實力不一定能當職業選手。而且他也沒有原創卡牌的天賦吧？你想拉他進來的原因是？」

謝明哲道：「他很喜歡恐怖風格的鬼牌，原創卡牌這方面倒是不擔心，我可以給他量身打造一套鬼牌卡組。我很喜歡這傢伙，想讓他當我們的隊友。現在的關鍵問題是，我還不能確定他到底有沒有足夠的天賦，可以培養成職業選手。」

陳千林立刻明白了徒弟的思路：「所以你回來，是想讓我們幫你觀察他？」

「嗯，我沒透露自己的身分，他現在也只把我當成同學。」謝明哲認真地說：「他目前打進了十六強，今天下午的比賽會決定前八強和前四強，如果他能在不接受任何人指導的情況下，靠自己打進四強，是不是說明他的天賦還不差？」

陳霄贊同地點了一下頭，說：「帝都大學的校內賽，能打進四強的話水準確實不錯，職業圈也有不少俱樂部會派人在各大高校尋找一些好苗子。」他看向陳千林，柔聲道：「哥，既然小謝很喜

歡這個柯小柯，我們就去看看吧，萬一是個值得培養的人才呢？」

陳千林冷靜地說：「我想問你們一個問題，你們倆是想憑自己的力量先打個人賽，打出名氣之後再成立俱樂部招納選手，還是先招納足夠的選手直接成立俱樂部，再去打職業聯賽？」

這個先後順序的問題，謝明哲最近一直在猶豫。

不管唐牧洲還是裴景山，創建俱樂部的過程都是先打個人賽，闖出名氣後再擴大俱樂部的規模，從少到多，從低到高。可是，謝明哲不想走上跟他們一樣的路。

目前的涅槃只有他跟陳霄兩位選手，如果按照之前的計畫，他和陳霄明年先參加個人賽、雙人賽，打出名氣後再招收強力隊員，確實可以讓涅槃俱樂部迅速發展壯大。但這樣的話，他們就無法參加明年的俱樂部團賽，也無法爭取「年度最佳俱樂部」的獎盃。

一個人拿的獎項再多，也不如「最佳俱樂部」的獎盃有分量。

在明年正式參賽之前還有一段時間，他可以先找一些強力的隊友，組成一個可以打團賽的陣容。到時候，除了個人賽、雙人賽這些小項目之外，涅槃還可以參加團賽——哪怕拿不到冠軍，拿個前三名，都足以證明涅槃的實力。

所以，為什麼不把個人賽、團賽放在一起考慮？這又不衝突。

謝明哲會有這樣的想法，關鍵還是因為柯小柯的出現。師父說小柯很可能是鬼少，死神之眼公會的會長，他又恰好在現實中遇見了喻柯，發現喻柯打遊戲確實厲害。

如果喻柯能成為他的隊友，那就再好不過。

想到這些，謝明哲的目光變得格外堅定，他看著陳霄說：「陳哥，如果我們兩個人先去打個人賽，等於是和唐牧洲、裴景山走了一樣的路。我想，不如我們更大膽一點，先創建俱樂部，再去打職業聯賽。個人賽、雙人賽當然要參加——團戰，我們涅槃也不缺席！」

他的聲音鏗鏘有力，字字都透著堅決。雖然在很多人聽來這簡直是笑話。直接創建俱樂部去打團賽，還想拿獎盃？這根本是不可能的事情！

但是看著他信心十足的模樣，陳霄也不由得微微動容。

小謝這種天不怕、地不怕的勇敢個性他真是欣賞極了。雖然聽起來不可能實現，但是誰規定不能試一試呢？就算失敗了也不過被人嘲笑兩句，有什麼要緊？要幹，那就大幹一場！

陳霄深吸口氣，給了謝明哲一個贊同的眼神，回頭看著哥哥道：「我同意小謝的想法，既然要重回聯盟，光我們兩個人有什麼意思？乾脆組一支隊伍，直接衝擊明年的團賽！」

陳千林冷靜地說：「團賽的條件資格可沒那麼簡單，新成立的俱樂部要參加團賽，每一位選手都必須在大師賽打進決賽輪，才有資格報名。你們有這個信心嗎？」

陳霄和謝明哲對看一眼，說：「有！」

陳千林看兩人這麼興奮，也不想給他們潑冷水，「好吧，我下午先去看看柯小柯的比賽，如果他真像小謝說的那麼有天賦，那就把他拉進戰隊培養看看。」

謝明哲興奮極了，心裡祈禱著：喻柯你可千萬別給我丟人！我都特地把師父請來看你比賽了，你要是敢落鍊，看我不揍你。

對這一切毫無所知的喻柯，揉著鼻子打了個大大的噴嚏。

——好奇怪，最近老打噴嚏是怎麼回事？

下午三點，謝明哲、陳千林和陳霄三人一起走進帝都大學校門。

今天學校的大禮堂格外熱鬧，由於是「十六進八」的比賽，現場來了許多選手們的親友團，有些還很誇張地舉著加油牌子。謝明哲帶著兩人走進大禮堂，挑了個視野比較好的位置坐下。

三點半，比賽準時開始。

擔任比賽主持人的學姐落落大方地走上大舞臺，道：「歡迎大家來到新生交流賽複賽的現場，今天下午要進行的是十六進八和八進四的淘汰賽。四個小組兩兩對決，三局兩勝，贏的晉級，輸的直接淘汰。接下來，讓我們熱烈歡迎進入十六強的選手！」

隨著她一一唱名，選手們陸續上臺。

十位男生、六位女生，共十六位選手站在舞臺上，謝明哲向師父和陳霄介紹：「站在中間最矮的那個就是柯小柯，真名喻柯。」

陳霄抽了抽嘴角，「跟沒長大的小孩兒似的，看上去不大靠譜啊！」

陳千林也覺得這孩子看著太小。

謝明哲笑道：「他爆發力挺強的，陳哥你待會兒看他比賽就知道了。」

十六進八，第一場：化學院應用化學系雷澤VS.法學院經濟法系喻柯。

大螢幕中打出了字幕，臺下響起加油團熱烈的歡呼聲。

兩位選手走上舞臺，友好地握了一下手。

這畫面有些詭異，因為喻柯的頭頂還不到雷澤的胸口，身高差距超大。

觀眾席傳來一陣竊笑，很多人小聲議論。

「那個喻柯該不會是小學生混進來的吧？」

「不要嘲笑別人的身高，這麼可愛的男孩子不多了。」

「我覺得他好可憐，雷澤比他高半個人，站在一起感覺就像爸爸和兒子。」

謝明哲皺了皺眉，個子小怎麼了？誰是賽場上的爸爸還不一定呢！

比賽開始。採三戰兩勝淘汰制。

兩人的卡組隨即出現在大螢幕上，喻柯依舊亮出了鬼牌，雷澤同學則是一手火系獸卡。

倒數計時一結束，喻柯就以極快的速度連續召喚出三張鬼牌。

他的速度太快了，觀眾們只覺得眼前一花，螢幕中就出現了恐怖片裡最常見的女鬼和無頭娃娃，不少膽小的學生臉色有些發白，雷澤倒是神色鎮定，迅速召喚出三隻野獸！

雙方三打三展開對攻，喻柯的鬼牌非常靈活，走位也很有技巧，飄忽不定的女鬼連續避開野獸的撲咬，在對手毫無知覺的情況下突然繞後發起攻擊。

鬼牌繞後的暴擊傷害非常高，轉眼間，雷澤的一張獸牌就被秒殺！

沒想到小傢伙打起來這麼凶殘，雷澤一時有些意外，立即召喚出群控牌，然而喻柯早就防著對方這一手，果斷一張劉備範圍解控，還順便給暴擊最高的無頭娃娃上了個金系護盾。

雷澤的反擊失效，喻柯卻爭取到機會，所有鬼牌全部出動，又集火秒了雷澤的一張輸出卡。

此時，七打五，雷澤陷入大大的劣勢。但能打進十六強的選手肯定不會太弱，他迅速調整策略，召出一張超級皮厚的防禦卡——白象！

二十萬血的白象一出場，足以為他爭取大量緩衝的時間。這張卡是他放在暗牌裡的，他相信對手肯定沒有猜到。

然而下一刻，喻柯果斷召喚出了女媧。

女媧造人，連續造出兩個男寶寶，同時盯上了白象！

謝明哲當初在製作女媧這張牌的時候就設計得非常靈活，可以根據不同的局面召喚出不同的寶寶組合，兩個男寶打強攻，兩個女寶復活拖後期，一男一女穩住局面，就看選手如何運用。

喻柯顯然很聰明，他大概是猜到對手會在暗牌裡藏一張高血量的防禦卡，所以他這局帶了女媧卡，對方高血量的卡牌一出，他立刻放出男寶寶去標記大象——標記狀態下受到的一切傷害增加百分之五十。如果是兩個寶寶標記疊加，受到的傷害可以增加到百分之百！

翻倍傷害相當可怕，而且喻柯的鬼牌當中，無頭娃娃、吊死鬼都是高傷害的普攻。這兩張牌哪

怕沒技能，也可以打出爆炸性的傷害。

更何況，現在白象是在被女媧寶寶標記的情況下。

轉眼間，白象二十萬的血就被刷下去十萬，雷澤簡直心驚膽戰！

他讓白象頂在前面，立刻召喚剩下的三張獸牌，直接瞄準紅白女鬼，一波爆發將兩張鬼牌全部秒殺。局面變成了五打五，似乎是雷澤扳回了一城，陷入僵局。

就在這時，一隻體型肥大的鬼突然從地面鑽了出來——它張開大口，以極快的速度吞噬死亡卡牌的靈魂。食屍鬼的特徵就是場上死亡的卡牌數越多，它吞噬屍體後獲得的攻擊力就越高。

眼下雙方各死了兩張牌，死亡數是四，食屍鬼的基礎攻擊力翻了四倍！

幾乎是一口咬下去，殘血的白象就被食屍鬼直接咬死了……

而隨著白象的死亡，食屍鬼繼續吞噬屍體，攻擊力再次增長，雷澤的獸卡幾乎是毫無反抗之力，被突然出現的食屍鬼一路吞噬殆盡！

——勝利！

喻柯獲勝，現場卻沒有多少掌聲，因為同學們都很懵逼。

還好主持人學姐反應夠快，立刻激動地道：「恭喜喻柯同學拿下第一局！關鍵時刻出場的食屍鬼，吞噬屍體打出了收割效果，這局贏得非常漂亮！」

剛才還嘲笑他太小站在雷澤面前是「爸爸跟兒子」的人又紛紛議論了起來。

「這小子還挺厲害啊！」

「人小膽大，爆發力驚人！」

「食屍鬼確實不好對付，這是張打後期的卡，死的卡牌越多攻擊力越強，雷澤還是大意了。」

周圍的討論聲謝明哲並沒有理會，他湊到師父耳邊問：「師父覺得怎麼樣？」

陳千林點了一下頭，「再看看。」

第二局，雷澤這邊連換了兩張暗牌。

謝明哲有種不大好的預感，鍾馗的即死技能可以直接秒掉一張鬼牌，打亂喻柯的節奏。雷澤很可能會帶上鍾馗，如果他有鍾馗的話。

比賽開始，雙方前期火力對拚，在場上死亡卡牌數達到四張的那一刻，喻柯召喚食屍鬼，而下一秒，雷澤果然召喚出一張即死牌——鍾馗捉鬼！

食屍鬼還沒來得及攻擊就被鍾馗抓走，更討厭的是，食屍鬼被抓走後女媧寶寶也無法幫他復活，因為這不算「死亡」。

謝明哲有些尷尬，這算是他做的即死牌結果坑到自己人嗎？

喻柯倒是神色平靜，被對手扳回一局後他眼睛更亮，鬥志昂揚。

比分變成一比一，接下來就是決勝局了，喻柯深吸口氣，也更換了一張暗牌。

雷澤發現鍾馗這張即死牌對喻柯的針對性極強，於是第三局他又帶著鍾馗上場，然而，就在他剛召喚出鍾馗想收掉對方鬼牌的那一瞬間，只見一個身材高大的巨人突然揚起手中巨斧，「轟」的一聲在地面劈開了一條深深的溝壑。

盤古，開天闢地！這震撼的技能特效讓現場不少觀眾驚呼出聲。

而盤古的五秒停戰，給了喻柯迅速調整的時間，他讓食屍鬼以最快的速度吞掉場上的屍體，在盤古停戰結束的那一瞬間，他先放出食屍鬼，反過來吃掉了鍾馗。

雷澤：「……」

現場觀眾們：「……」

即死牌被反殺，這突如其來的轉變讓所有人都不敢相信。

臺下的謝明哲讚賞地揚起嘴角，他想起當初唐牧洲跟他說過的話：「即死牌不一定會讓對手陷入被動，意識強的選手，可以反過來利用即死牌。」

喻柯剛剛就是利用對方的即死牌反手打出一波技能節奏，完成反殺。

直播螢幕中放出比賽中的兩人影像，喻柯看上去小小一隻，確實像混進大學裡的小學生，可是此刻，少年的臉色卻冷靜得可怕，他戴著頭盔，精神高度集中，一雙眼睛亮得幾乎要發光。反觀雷澤，顯然是有些慌了，臉色蒼白，嘴角很不高興地緊緊抿了起來。

食屍鬼在吞下鍾馗後，由於已經吃掉了五具屍體，攻擊力爆炸，幾乎是神擋殺神、佛擋殺佛，轉眼間就完成了清場，將雷澤的所有殘血卡牌全部吃光。

看著那隻身材越來越肥的惡鬼，現場觀眾只覺得心驚肉跳。

喻柯這打法，實在是詭異。

開局先放女鬼和鬼娃娃聯手暗殺對方核心牌，等雙方死得差不多，再放出專打後期的食屍鬼吞掉屍體完成一波收割，他的攻擊速度太快，就算第二局被雷澤找到機會反打一波，第三局他還是想到了應對的方法，巧妙地完成了反殺！

主持人興奮地說：「二比一，恭喜第一位進入八強賽的選手——喻柯同學！」

現場響起震耳欲聾的掌聲，喻柯打完比賽這才笑起來，滿臉笑容的小傢伙因為激動，臉頰變得紅紅的，還跑去跟雷澤握手。雷澤看著身高不到自己胸口的小不點，心情複雜地跟他握了一下手，彆扭地稱讚道：「厲、厲害。」

觀眾席不少女生激動地尖叫。

「好想認他當弟弟！」

「超可愛的，尤其是一臉認真的樣子啊啊啊！我要是有個這樣的弟弟看我把他寵上天……」

謝明哲在心裡給了喻柯一個讚。

陳霄也感嘆道：「沒想到小傢伙反應還挺快。」

他湊到陳千林耳邊問：「哥，你覺得呢？」

陳千林的眼中難得浮起一絲讚賞：「不用再看了，這個喻柯確實值得培養。」

聽到這句話，謝明哲簡直比當初陳千林答應收他當徒弟還要開心。

他果然沒看錯小柯！

陳千林平靜地分析道：「反應快，思考靈活，輸掉一局能馬上調整心態和戰略，能做到這一點的人本來就不多。而且，他的打法風格很特殊，如果他加入涅槃，以後打團戰他會是隊伍裡最強的殺手，協助你們暗殺掉對手的關鍵牌。」

陳千林頓了頓，看向謝明哲說：「如果你依照他的風格，專門為他打造鬼牌卡組，小柯的實力還能再提升。」

謝明哲興奮地點頭，「嗯，比賽完我就去跟他說。」

陳霄有些疑惑：「你確定他會同意加入我們涅槃俱樂部嗎？萬一他沒興趣打職業賽呢？」

謝明哲笑得非常自信，「以我對他的瞭解，他一定會同意。如果他不同意……我就去他宿舍門口堵他，逼著他同意。」

陳千林心想，這麼做的話，感覺涅槃就跟流氓組織似的，會不會把喻柯嚇死？

陳霄輕笑著摸了摸鼻子，說：「那就交給你了，等事情成了我做東，請新隊員吃飯。」

看著一臉興奮地從大舞臺走下來的喻柯，謝明哲微微笑了笑，心想，能把小奶狗騙上涅槃這條賊船，這真是他開學以來最大的收穫了！

【第四章】

我是你胖叔

喻柯在十六進八的比賽中被安排在第一場，以二比一的比數晉級八強，因為今天下午還有八進四的比賽，他暫時不能離開，比完賽後他就被工作人員領到臺下的選手區，繼續等待下一輪比賽。

沒記錯的話，謝明哲的室友秦軒是C組第一名，戰績是二十五場全勝。依照賽程表，下一場比賽就是C組第一對上A組第四。這代表秦軒要上場了。

喻柯對秦軒的印象用一句話就可以總結：長頭髮的男生，目光鋒利，脾氣有些古怪。

完全看不出來秦軒也是遊戲高手，喻柯心裡挺好奇的，正想好好觀察一下這位秦軒同學的實力，結果下一刻，主持人就宣布了一條讓全場震驚的消息：「由於C組美術學院的秦軒同學棄權，A組和他對決的趙青青同學自動晉級八強。」

臺上叫趙青青的女選手怔了怔，表情複雜地走下舞臺，也不知該高興還是鬱悶。

這個消息引得臺下議論聲四起。

「臥槽，好不容易打進十六強，他為什麼棄權？」

「這個人是誰啊？難道是慫了？」

「秦軒，沒聽說過，回頭問問美術系的吧……」

「我是美術系的，我也沒聽說過這個人啊！」

謝明哲眉頭緊皺，他對這位室友瞭解並不深，總覺得秦軒不大好相處，身世來歷成謎，加上為人冷淡，謝明哲平時也一直跟他保持著距離。

為什麼會突然棄權呢？

見謝明哲的表情變了幾變，陳霄湊過來問道：「你認識這個秦軒？」

謝明哲無奈點頭，「我室友，具體情況我也不清楚。」

秦軒棄權的風波很快就平息下來，因為有新的選手登場，臺下再次響起熱烈的加油聲。謝明哲看著大螢幕中的直播，心裡總覺得很不安，便給秦軒發了條訊息：你怎麼棄權了？出什麼事了嗎？

對方很快回覆：家裡有人出了點事，我在醫院。

難道是家裡的長輩突然住院，需要他去照顧？如果是這樣的話，棄權倒也說得通。謝明哲想了想，發訊息問道：需要幫你跟學校請假嗎？

秦軒回道：我請了三天假，要是遇到教授點名，幫我說一聲。

謝明哲本來還想問問具體的情況，但以秦軒的性格應該不樂意多說，只好回覆：明白，放心吧。

謝明哲收起光腦，把注意力放回比賽上。

十六進八的比賽很快結束，其中也有不少實力強的同學，但陳千林的評價是：「小柯是這一屆新生中最有天賦的一個，你眼光真不錯。」

「我也是瞎貓碰上死耗子，運氣太好，開學第一天就認識了小柯。」說起來，自從穿越之後他運氣一直挺好，大概是上天看他兩世都過得淒慘，命運之神終於給了他一些眷顧。

經過一下午的角逐，四強選手終於出爐。喻柯毫無疑問地打進四強，而且在八進四的比賽中以二比零碾壓對手，顯然狀態越來越好。

主持人興奮地宣布：「恭喜法學院的喻柯同學、物理學院的趙涵同學、文學院的林小蕊同學和經濟學院的朱佳寧同學，進入新生交流賽的前四強！下週日晚上八點整，冠軍爭奪賽將在帝都大學體育館舉辦，歡迎大家準時光臨，幫喜歡的選手們加油打氣！冠軍賽還有邀請神祕嘉賓到場喔，敬請期待！」

比賽在熱烈的掌聲中落幕，大家有秩序地先後離場，謝明哲和陳霄、陳千林三人站在大禮堂外面等待了片刻，果然見喻柯興奮地跑出來。他見到謝明哲，雙眼一亮，立刻調轉方向跑到謝明哲面前，道：「阿哲、阿哲，我進四強了！」

「我知道，我一直在看比賽。恭喜你。」

「先別急著恭喜，等我拿到冠軍你再恭喜我！」喻柯的臉上信心十足，他抬頭看向謝明哲身邊

的兩位陌生男人，茫然道：「你們是？」

「兩位都是我朋友。先去吃飯吧，一邊吃一邊說。」

四人來到學校環境最好的餐廳，喻柯好奇得要命，跟著謝明哲走進包廂。一進包廂，謝明哲就順手把門給反鎖了，笑咪咪地道：「喻柯，我們決定在你面前自爆馬甲，但前提是，你也要跟我們實話實說……你是不是死神之眼公會的前任會長，鬼少？」

聽到這名字，喻柯臉色微微一白，目光四處閃躲，「什、什麼鬼少？我不認識！」

他顯然很不擅長說謊，陳霄忍不住輕笑出聲：「別怕，我們不是裁決公會來找你尋仇的，也絕對不會把你開小號藏在涅槃公會的事情說出去。」

喻柯的臉更白了，戒備地往後退了一步，「你你你……你是誰？」

陳霄挑眉道：「我是涅槃的副會長，雲霄之上。」

陳千林自始至終神色平靜，「我是上次公會爭奪戰的指揮，枯木逢春。」

喻柯呆呆地看著他們，這兩人的ID他很熟悉，雲霄之上是公會戰時跟胖叔一起帶領主力輸出團的團長，枯木逢春確實是指揮頻道裡坐鎮幕後的總指揮。

只不過上次公會戰這位總指揮的聲音是系統預設的成年一號男音，但是此刻，響在耳邊的聲音卻清澈得像是被雨水洗滌過一樣，男人這種淡漠、清雅的氣質也跟他想像中完全不一樣。

都說全息遊戲是見光死，這兩位的真人形象卻比遊戲裡帥上太多了吧？

喻柯不知道作何反應，站在原地發愣。下一刻，陳霄就戲謔地道：「嚇傻了嗎？那你猜猜你這位謝同學是誰？他也是那天公會活動中的團長之一。」

回過神的喻柯撓著頭仔細想了想，既然這兩位都是涅槃公會的管理者，那謝同學應該也是吧？他猜測道：「難道是宇哥？金子哥？總不至於是瑩瑩姐吧！」

謝明哲的笑容溫和無害，「我是你胖叔。」

喻柯：「……」

這下喻柯是真的嚇傻了。

胖叔？開什麼玩笑？遊戲裡那個和藹親切、溫柔慈祥的胖叔叔，怎麼可能是面前這個笑容燦爛的少年啊啊啊！他一直把胖叔當成長輩一樣尊敬的好嗎？

瞪大眼睛、張大嘴巴的喻柯看上去蠢蠢的，陳霄在旁邊忍笑忍到內傷，陳千林倒是無奈地看了小徒弟一眼，總覺得小謝自己扒馬甲嚇人的做法不大厚道，喻柯顯然是受到了刺激。

謝明哲走過去輕輕拍拍喻柯的肩膀，「回魂了。」

喻柯的身體猛然一抖，靈魂瞬間歸位，他用力瞪著謝明哲，幾乎要在謝明哲的身上瞪出個洞來，聲音顫抖著道：「你、你真是胖叔？」

謝明哲微笑，「嗯。你跟我借了劉備、女媧、伏羲、神農和盤古五張卡，對不對？」

這件事他沒跟任何人提過，具體借了哪幾張卡，只有他跟胖叔知道。喻柯覺得心目中的偶像正在幻滅——還我慈祥的胖叔，你個厚臉皮謝同學！

謝明哲看他幾乎要抓狂的樣子，立刻溫言安慰：「你先別氣，我也不是故意騙你的，你從來沒問過我遊戲ID對吧？那個『承讓了』我也說過是我開的小號。」

喻柯用力翻白眼，「我怎麼可能想到你會是胖叔？我以為他是個親切溫和的叔叔！」

謝明哲一本正經道：「我一直是個親切溫和的人，只是外表變了而已。」

喻柯：「……」

要不是旁邊還有兩人在場，他都想跟謝明哲動手了。

陳千林看不過去了，輕咳一聲，道：「小謝，說正事吧。」

謝明哲收起玩笑，認真地看著喻柯說：「小柯，這位是我師父林神，這位陳哥是我的合作夥伴也是我的隊友，我們打算成立俱樂部去打職業聯賽，你有興趣當職業選手嗎？」

喻柯還以為這三人只是因為他加入了涅槃公會才找他，沒想到謝明哲居然說要當職業選手，他一時有些懵，完全跟不上思路。

陳霄接著道：「小謝今天帶我們來學校，就是為了來看你打比賽，我們都覺得你很有天賦，培養一下的話，一定會比現在更厲害。就看你願不願意加入我們了。」

謝明哲微笑道：「要是你願意加入，我就為你量身訂做一套鬼牌，好不好？」

喻柯：「什麼！」

為他量身訂做的鬼牌，這是喻柯以前做夢都沒想過的事情。

他從小就愛看恐怖片，在接觸星卡遊戲之後，號稱「鬼王」的歸思睿製作的鬼牌特別合他的胃口。他的家庭條件普通，能花在遊戲上的零用錢不多，好不容易才存錢買到七張鬼牌，組了一套競技場卡組。他很清楚自己這套卡組還不夠完善，但他也確實沒太多能力去購買更多的鬼牌。

如今，面前這個和自己同齡的謝明哲居然說，要為自己量身訂做鬼牌？

到底是謝明哲的牛皮吹破了天，還是自己在做白日夢？

見喻柯一臉不敢相信的樣子，謝明哲乾脆地說：「這樣吧，我們說再多也不如你親自跟胖叔確認。今天晚上，你登入遊戲去找胖叔，看看我說的這些是不是真的。確認是真的以後，你再給我們一個答覆。」

喻柯神色複雜，「嗯……」

謝明哲：「先吃飯。」

他很豪氣地點了一桌菜，慶祝喻柯打進四強。

平時喻柯看見吃的總是雙眼發光、胃口大開，但是今天的喻柯面對一桌美味佳餚卻是食不知味，臉上的表情也有些呆滯，大概是剛才受到精神刺激太大的緣故。

飯後，謝明哲送師父和陳霄離開，回到宿舍便戴上頭盔，果然收到喻柯發來一串語音訊息：「胖叔，我有個同學叫謝明哲，他說他就是你！告訴我是不是真的？他是在冒充你吧？」

謝明哲把喻柯拉進自己的個人空間，道：「我就是謝明哲。」

喻柯：「……」

最後一點希望破滅，喻柯不知道說什麼才好。

面前的人是他這段時間特別喜歡的偶像，因為對方做的卡牌實在太帥了，除了不做鬼牌讓他有些遺憾之外，沒有任何的缺點。一直以為對方是個溫柔慈愛的大叔，把對方當長輩看，結果這傢伙居然是自己的同學？還天天跟自己一起吃飯！

謝明哲柔聲道：「你可能會覺得很突然，不過機會擺在眼前，不抓住的話你將來肯定會後悔。你好好想想，我都做了多少張卡牌了？跟著我混，你還怕以後沒有鬼牌玩兒嗎？數不清的卡牌要多少有多少，還能去打職業聯賽，賺很多錢，讓很多粉絲喜歡你，不好嗎？」

喻柯被說得心動無比，沉默片刻後才道：「可是我還是學生……」

「我也是學生，學校那邊不用擔心，唐牧洲、裴景山都是我們的學長，他們當初怎麼搞定學校的，我們直接借鑑就行。」

喻柯鬆了口氣，臉頰因為激動而微微發燙，他忐忑地看著面前的胖叔，認真地道：「胖叔……不對，謝明哲，你真能幫我做鬼牌嗎？不會是看我傻故意逗我玩吧？」

謝明哲輕笑，「不信的話，我先做一張給你看看。」

喻柯的眼睛立刻亮了，「真的？」

謝明哲道：「當然。但我有個條件，你必須說清楚鬼少是怎麼回事？」

喻柯有些不好意思地垂下腦袋，支支吾吾地說：「死神之眼公會是我讀高中時創建的，公會成員全都是我高中同學，大家零用錢不多，平時就接懸賞任務賺些賞金……」

謝明哲很好奇：「你是怎麼當上會長的？」

喻柯理直氣壯地道：「因為我實力最強，他們就推舉我當會長！」

是被推出來頂罪的吧？謝明哲咳嗽一聲，問道：「然後呢？怎麼得罪了裁決公會？」

喻柯憤憤不平地道：「那時候有人發布了一則幾萬賞金的懸賞任務，掛在懸賞榜上好幾天都沒人敢接，我當時正好缺錢，就順手接了，而且我運氣挺好，在副本門口遇到了懸賞目標，我就偷襲他們把人給殺掉了——我哪裡會想到那兩個傢伙是裁決的什麼副會長！」

謝明哲差點笑噴，懸賞任務掛了好幾天都沒人敢接，那肯定是很不好惹的目標啊！少年你都不動動腦子就瞎接懸賞令，結果踢到鐵板，真是自己找死。

不過，能暗殺掉裁決的兩位副會長，足以看出他是真的厲害。

喻柯很鬱悶，「我捅了簍子，裁決的人天天追殺我，還在全服發布通緝令，我怕連累到大家，就把公會解散了，換小號跑來涅槃躲一躲，打算過段時間等他們忘了我，我再……」

謝明哲擺擺手，說道：「別過段時間了，你那個鬼少的帳號以後別再登入。」

喻柯怔了怔：「為什麼？」

謝明哲爽快地說：「因為你以後不需要再接懸賞任務賺錢，你所有的卡牌我都給你包了！」

喻柯：「……」

怎麼有種抱到金大腿的感覺？這種感覺，好像有點兒幸福啊！如果謝明哲真的能負責他的卡牌材料，那他就不計較胖叔和謝明哲是同一個人這件事了，以後，他就跟著謝明哲混！

這天晚上，喻柯雲裡霧裡地就被謝明哲騙上了賊船，鬼少的帳號被喻柯申請刪除，反正卡牌可以轉移，他把鬼少倉庫裡的所有材料都轉到柯小柯名下。

從此，遊戲裡再也沒有靠懸賞令暗殺目標賺錢的「鬼少」，只有涅槃公會的「柯小柯」。

而柯小柯，很快就要擁有真正屬於自己的鬼牌！

謝明哲有數不清的人物卡和神族牌可以用，既然要幫喻柯打造鬼牌卡池，他也不會藏著掖著，腦海裡很多跟鬼有關的記憶如同湧泉般不斷地浮現。

鬼牌的素材多得數不清，但關鍵是要技能有用、適合打競技場，還要符合喻柯的個人風格，這可就難了。

喻柯目前卡組中的鬼牌全都是歸思睿原創的。從喻柯選擇的卡牌就可以看出，他很擅長快攻流打法。今天的比賽基本上每一局都在三分鐘內結束，沒有拖延時間慢慢打的情況。首先小柯沒那個耐心，其次，鬼牌的防禦低也不適合打消耗戰。

既然喻柯是一位爆發型的選手，不如就為他做張能瞬間打崩對手的輸出牌。在以後的雙人賽和團賽中，小柯也可以作為團隊最鋒利的刺客，在最短時間內秒掉對手的關鍵牌，幫隊友製造機會。

高攻擊的卡牌題材，謝明哲想到了黑白無常。

黑白無常是地府的勾魂使者，白無常代表陽，時常滿面笑容，看上去十分親切，他身材清瘦，全身白袍，頭上戴著高高的官帽，帽子上寫有「一見生財」四個字，意思是「恭敬神明的人可以得到好運」，據說拜他也可以生財，所以老百姓也把他叫做「活無常」。

黑無常代表陰，面容冷漠凶狠，他是閻王麾下超強打手，戰鬥力強悍。他穿黑色長袍，同樣也戴著高高的官帽，只不過他的帽子上寫的是「天下太平」四字，意思是「違抗法令的鬼一概不能赦免」，敢作亂的全部抓起來打一頓，以此天下太平。

形象設計好之後，謝明哲開始考慮他們的技能。

鬼牌領域由於有歸思睿這樣的大神在先，技能想要不重複就要多費一些心思。

還好黑白無常是謝明哲從另一個世界帶來的構思，形象是絕對不會撞衫的，而在技能方面，謝明哲又用了大量地球民間傳說中關於黑白無常的說法，因此很快地就通過了資料庫的審核。

製作這兩張卡花費了他好幾個小時，做完已經接近凌晨。他給喻柯發了條訊息：「睡了嗎？」

自從胖叔說要為他打造鬼牌之後，喻柯根本興奮得睡不著覺，一直在遊戲裡到處亂晃，聽見胖叔發來的語音訊息，他立刻回覆道：「我沒睡！該不會是卡牌做好了吧？」

謝明哲微笑道：「做了兩張，你過來看看。」

喻柯如同中了彩券一般激動地傳送到胖叔的個人空間。

謝明哲把做好的卡牌拿給喻柯看，喻柯迫不及待地接過來，只見兩張卡牌的正面分別畫著兩隻鬼，其中一個身穿黑衣、面容冷峻，另一個全身白袍、笑容溫和，兩隻鬼都戴著高高的帽子，帽子上還寫了字，形象的設計非常新穎有趣——

黑無常（土系）

等級：1級

進化星級：★

使用次數：1/1次

基礎屬性：生命值300，攻擊力1500，防禦力300，敏捷30，暴擊30%

附加技能：天下太平（黑無常進入暴怒狀態，基礎攻擊力提升100%，攻速提升100%，持續30秒；從背後攻擊敵人時必定觸發連擊，當連擊次數達到5、10、15、20次時，暴擊傷害分別提升5%、10%、15%、20%；冷卻時間40秒）

附加技能：無常索命（黑無常瞬移至指定目標背後，對目標造成基礎攻擊力200%的傷害，若

成功擊殺目標，則獲得一個陰性標記，每個陰性標記提升自身基礎攻擊力50％）

附加技能：陰陽勾魂使（連動技，當白無常在場時，黑白無常觸發連動，釋放所有的陰陽標記，每一對陰陽標記可對23公尺範圍內敵對目標造成基礎血量20％的傷害）

白無常（土系）

等級：1級

進化星級：★

使用次數：1/1次

基礎屬性：生命值1000，攻擊力700，防禦力1000，敏捷30，暴擊10％

附加技能：一見生財（白無常經常喜笑顏開，相信好人有好報，對23公尺範圍內全體友方目標施加活無常的祝福，延長生命持續5秒；若5秒內受到致死傷害，則在5秒後再結算；冷卻時間120秒）

附加技能：情深義重（當黑無常擊殺目標時，白無常協助黑無常收納魂魄，每收納一次魂魄獲得一個陽性標記，每個陽性標記提升23公尺範圍內友方目標防禦力50％）

附加技能：陰陽勾魂使（連動技，當黑無常在場時，黑白無常觸發連動，釋放所有陰陽標記，每一對陰陽標記，可為友方回血20％）

喻柯心底的震撼簡直無法形容！

兩張卡牌的技能描述都非常長又複雜，新手可能看都要看暈。但喻柯悟性高，加上競技場經驗豐富，很快地就明白兩張卡配合起來有多恐怖！

黑無常是胖叔做的卡牌中第一張不靠技能，光靠普攻就能橫著走的卡牌。

黑無常每隔四十秒可以施展一次「天下太平」，而技能效果能持續三十秒，相當於技能效果的間隔時間只有十秒，可以說技能效果冷卻的時間相當短。天下太平可以提升攻擊和攻速，只要繞後打出連擊，暴擊加成就可以一直保持下去，而且連擊次數越多暴擊加成越多，可以說是越打越凶殘的一個技能。

二技能「無常索命」可以讓黑無常瞬移至目標身後，一方面讓黑無常的走位更加靈活，另一方面當對方有殘血卡的時候，黑無常可以瞬移直接收割，讓對手根本來不及救援。

黑無常最可怕的就是——收的人頭越多，戰鬥力就越強！

擊殺目標可獲得陰屬性標記，每個標記加百分之五十的攻擊，如果黑無常能收掉三個以上的人頭，基礎攻擊就能加百分之一百五十以上，他將成為全場無人能擋的存在。如果黑無常收了六個人頭，攻擊加成百分之三百，那就連血量最高的白象也能被他一波連擊迅速搞死！

同時，黑無常的陰屬性標記和白無常的陽屬性標記，作為連動技的發動基礎，一旦標記疊加，將讓對手在殘局陷入徹底的絕望！

黑無常基礎攻擊高，但防禦太弱，白無常的技能正好可以保護他。萬一黑無常被秒殺，白無常可以開「一見生財」——友方目標多活五秒。

這意思是：對不起，我還可以搶救一下，等我五秒再死！

五秒的時間可以做很多事情，比如解控、加血，把原本要死的卡牌再救回來。白無常的存在，會讓己方的卡牌很難被對手直接秒殺。

試想在殘局中，黑無常瘋狂輸出，連擊把對手打殘後收割，打出三個以上的陰陽標記，再開一波「陰陽勾魂使」的連動，把所有陰陽標記炸出來——這簡直是核彈一樣的傷害吧！

喻柯雙手都在發抖，這兩張卡牌太強了，強到恐怖！

而且還頗有胖叔的賴皮風格，尤其是白無常的「多活五秒」會把對手給氣死。

這兩張卡牌、真的是做給他的嗎？

喻柯用力揉著眼睛，簡直不敢相信，他聲音顫抖著問：「阿、阿哲，你這兩張牌，真的是給、

給我的嗎……」

謝明哲微微一笑，「送你的見面禮，喜歡嗎？」

「喜歡、喜歡！超喜歡！這比我現在的卡強多了！」

戴著頭盔的少年眼眶通紅，激動得快要哭出來，他用力地攥緊兩張鬼牌，道：「我加入涅槃俱樂部！我以後就跟著你混，你讓我幹麼我就幹麼！」

謝明哲伸出手，「那就說定了，一起去打職業聯賽，可別反悔。」

喻柯用力地握住他的手，「嗯嗯，絕不反悔！」

小奶狗上鉤！謝明哲心情極好，打算再給喻柯多做幾張鬼牌。

謝明哲順手把黑白無常都升到七星滿級，帶上喻柯、陳千林和陳霄一起去擂臺實驗，喻柯興奮地說：「黑白無常真是我見過最可愛的鬼牌！」

謝明哲：「可愛？」

這傢伙的審美觀是不是有問題？面色慘白、口吐舌頭的鬼叫「可愛」？

陳霄完全不關注卡牌的形象，他只看了看技能，讚賞地說：「這兩張卡牌設計得很棒，尤其是連動技，在團戰中，隊友可以故意給黑無常讓人頭，讓他賺標記，等拿了足夠的人頭，後期就可以引爆標記直接清場。」

陳千林指出一個關鍵：「連動技必須黑白無常同時在場，這兩張卡一起出現的時候，意識強的對手一定會先設法強殺黑無常，不會留著他進後期。」

師父說的問題確實存在，既然是「連動」，只要其中的一張牌掛了，那就無法引爆陰陽標記。

謝明哲仔細想了想，道：「小黑確實挺脆的，而且他一出現肯定會變成對方優先集火的目標，光靠白無常不一定保得住他，我還得多做幾張保護類的卡牌。」

陳千林道：「另外再做一張強勢輸出卡吧，幫黑無常分散對手的注意力。」

陳霄贊同點頭，「這也就是我們常說的『多核』理論，當你的卡組中核心卡牌超過三張的時候，對手會陷入茫然，不知道先秒哪一張。黑無常很強，如果卡組裡有比黑無常更強的卡，那在一定程度上也會降低黑無常被秒的風險。」

謝明哲雙眼一亮，「沒錯！多核心，死了一張還有別的！」

三人熱烈地討論起卡牌的設計，喻柯站在旁邊越聽越是震撼——大神們意識都好強，這兩位雲霄之上和枯木逢春，到底是哪兒來的？他好奇極了，卻又不好意思多問，只能站在旁邊安靜地聽三人討論，順便摸摸他最愛的黑白無常卡。

陳霄見小少年乖乖地站在一邊旁聽，便主動走過來說：「小柯，我聽小謝說，你已經確定要加入涅槃俱樂部，對吧？」

喻柯點頭如搗蒜，「嗯嗯，我以後就跟著你們混！」

陳霄道：「那明天我請客，歡迎新隊員加入。」

謝明哲和喻柯自然不會反對。

這天晚上，四人一起研究卡牌，陳千林、陳霄和謝明哲一直在討論卡池的設計思路，一直到凌晨十二點系統響起「防沉迷」提醒，大家這才同時下線去睡覺。

次日，謝明哲下了課來宿舍找喻柯，帶他去了涅槃工作室。

路上喻柯終於忍不住好奇心，問道：「阿哲，那兩位大神是什麼來歷啊？」

謝明哲湊到他耳邊，神祕兮兮地說：「我師父陳千林，是傳說中的木系鼻祖，第五賽季退役的林神；另一位叫陳霄，是他的弟弟，實力也很強。」

「林神！」喻柯瞪大眼睛，「是當初因為版權問題跟聖域鬧翻後退役的那位林神嗎？」

見謝明哲點頭，喻柯倒抽一口氣，不敢相信地說：「我記得唐牧洲是他的徒弟。我的天！這麼強的前輩也要復出了嗎？你們俱樂部也太逆天了吧！」

「什麼叫你們俱樂部？」謝明哲輕輕敲了一下小少年的腦袋，「應該是我們俱樂部。」

「……」反應過來自己也是這家俱樂部的成員，喻柯立刻嘿嘿笑了笑，糾正道：「對對，我們俱樂部真厲害！將來一定會讓觀眾們大吃一驚！」

「那是當然。」謝明哲微微一笑，帶著小跟班一起來到涅槃工作室。

池青等人早就收到消息，對小柯的加入表示歡迎。

柯小柯在涅槃公會待了有一段時間，和管理者們都很熟悉，加上他個性比較活潑，不怕生，很快就跟龐宇、金躍、瑩瑩等人混熟了，一口一個宇哥、青姐叫得特別甜。

飯局上，陳千林道：「打團賽要湊足四個人，你們還差一位隊友。」

謝明哲建議道：「其他大學也會辦比賽吧？說不定能發現一些人才。」

喻柯很積極地說：「我關係好的幾個哥們兒分散在好幾所大學，我讓他們也幫忙留意吧！」

能儘快找到自然是好事，可如果找不到的話，謝明哲倒也不急。明年的星卡大師邀請賽，肯定高手如雲，說不定到時候就能遇見一些合得來的隊友。

目前的首要任務，還是先幫喻柯完善鬼牌卡組。

如陳哥所說，競技場的「多核心理論」是非常流行的一種卡組策略，其實謝明哲之前的「蜀國騎兵暴擊流」也是採用這種方式，關羽、張飛、馬超、黃忠，每一張攻擊力都超強，讓對手不知道應該先秒掉哪張牌。加上劉備的保護，這套卡組的機動性和生存力都非常優秀。

鬼牌卡組是做給喻柯的，謝明哲當然要按照喻柯的個人風格來打造，黑無常越打越凶的技能模式就很適合小柯，那麼另一張輸出卡就要把靈活性做到極致，方便小柯追擊和暗殺。

鬼牌的攻擊手段，女鬼的頭髮是個很好用的元素。

提起長髮，他立刻想到女鬼當中很出名的聶小倩。

聶小倩這張鬼牌，謝明哲想設計成跟其他的鬼牌完全不一樣的風格。

目前的鬼牌都是走「恐怖」路線，歸思睿大神筆下披頭散髮的紅衣新娘、滿臉血跡的白衣女鬼，讓人看著都心裡發毛。聶小倩雖然也是女鬼，但她是難得的大美人。

前世他曾經看過關於聶小倩的影視劇，因此，腦海裡很快就浮現了聶小倩的形象。

她一身潔白長裙，頭頂綰起一個簡單的髮髻，沒戴任何首飾，衣服也很樸素，卻難掩天生麗質。她腦後的長髮烏黑如墨，一雙眼睛清澈明亮，臉色因為是鬼的緣故，看上去比正常人要蒼白許多，可這種蒼白並不顯得恐怖，反而有種楚楚可憐的味道，讓人心生憐惜。

別看她表面上很柔弱，一旦惹毛了她，好歹也是個女鬼，攻擊力絕對不容小覷。

謝明哲開始構思技能，他想到「倩女幽魂」正好可以當聶小倩的技能名稱。女鬼自然是飄忽不定的，聶小倩在幽魂狀態下可以讓自己四處飄移，擾亂敵人視線，同時還能趁其不備發動攻擊——這相當於是飄忽不定的刺客，可以協助隊友打出暴擊傷害。

想好設定之後，謝明哲就開始製作聶小倩卡牌的繪製步驟他已經十分熟練，很快地就在星雲紙上大致描繪出了腦海裡的形象。

困難的地方在於聶小倩是用「頭髮」做為攻擊手段，因此在畫聶小倩的頭髮時，必須儘量做到精細，連髮絲都要畫得根根分明，只有這樣，形象放大之後才不會出現Bug。

原本以為很簡單的一張卡，謝明哲居然畫了五張分解圖——專門分解頭髮。

他想到唐牧洲當年製作的千年神樹，因為神樹是以藤蔓作為武器，每一根藤蔓都要畫得清楚，而且神樹的樹枝、葉片多得數不清，所以唐牧洲分解成了十張卡來繪製神樹。

如今，謝明哲也體會到做這種卡牌是多麼不容易。

之前製作蜀國五虎上將的金屬武器時，謝明哲只用一張卡來畫分解圖，聶小倩的頭髮絲卻畫了整整五張，真是讓他頭都大了。畫到後來，他都能數清楚聶小倩到底長了多少根頭髮……

這張卡耗費的時間是目前最長的，謝明哲趁著沒課，畫了整整一個下午，比他完成教授出的作業還要累。

最終做出來的成品，讓謝明哲非常滿意。

聶小倩（土系）

等級：1級

進化星級：★

使用次數：1/1次

基礎屬性：生命值300，攻擊力1500，防禦力300，敏捷30，暴擊30%

附加技能：倩女幽魂（女鬼聶小倩進入「幽魂」狀態，分裂出1至7個幻影，每個幻影繼承本體10%的基礎屬性，每個幻影自動跟隨一位23公尺範圍內的敵對目標，但不具有攻擊力；聶小倩的本體可在幻影之間瞬移，對指定目標造成200%土屬性傷害，若在目標的身後發起攻擊，則暴擊傷害加成100%；幻影存在7秒；冷卻時間35秒）

附加技能：長髮飛舞（女鬼聶小倩的長髮可以不斷延伸，瞬間纏繞住23公尺範圍內的指定目標，並將目標拉向23公尺內任意位置；冷卻時間35秒）

這張卡牌集「單體強控」和「單體爆發」於一身。

在幽魂狀態分裂出的幻影會讓敵人眼花繚亂，尤其當敵方有七張卡牌在場上時，聶小倩可以分出七個幻影跟在敵方目標的身後，然後挑一張脆皮卡牌瞬移去秒殺。

聶小倩的第二個技能應用相當靈活，比如當敵方殘血卡牌想要逃跑的時候，她可以用頭髮瞬間把人拉到黑無常的面前，讓黑無常收掉人頭；如果對方的某張卡牌太煩人，她也可以強拉過來優先集火秒掉；更關鍵的是，她還可以拉自己人。

在混亂的團戰中，當己方隊友被對面集火打成殘血，沒辦法跑掉，滿級的聶小倩可以在三十公尺的距離內，用頭髮把隊友瞬間拉回安全區，讓治療卡趕緊補血。

這個拉人的技能，不管拉敵人、拉隊友，都可以瞬間破壞雙方卡牌的站位平衡。

謝明哲相信，以小柯的悟性，將聶小倩這張牌加入鬼牌卡池，他肯定能研究出很多套路。小柯的打法猥瑣，最愛偷襲，而聶小倩可以讓他做到全場偷襲。只要是三十公尺範圍內的目標，就能分裂出七個幻影跟隨，瞬移偷襲，一個都跑不掉！

謝明哲先把卡牌拿給師父看，修改好資料後，再升到滿星交給喻柯。

喻柯用雙手小心翼翼地捧著這張卡，如同捧著價值連城的珍寶，激動得聲音都在發抖：「阿哲你真是瞭解我，我太愛這張牌了啊啊啊！跟隨目標瞬移偷襲，我以後在賽場上再也不怕搆不著對手的卡牌了！七個幻影，真的好酷啊啊啊！」

謝明哲看著他激動的樣子，微微一笑，溫和地說道：「你先別激動，這張牌在分裂幻影之後的操作非常有難度，我剛才試了一下，要是分裂出七個幻影，根本就看不過來。聶小倩在理論上很強，是我目前設計過最靈活的卡牌，可是想要掌握這張牌的技巧，你還需要大量的實戰。」

喻柯用力點頭，「嗯，我今晚就去打競技場，我一定會把她的分裂技能給好好練熟！」

阿哲給他量身訂做了這麼強的鬼牌，他怎麼好意思讓夥伴失望呢？喻柯下定決心，週末的比賽他一定要擊敗全部對手，拿下新生賽的總冠軍。

由於謝明哲在製作聶小倩這張卡牌時，畫頭髮畫到頭痛，他決定暫停製卡，休息一天。

按時間來算，室友秦軒請假三天，週三就應該回來了。然而，一直到週三晚上還是不見秦軒的影子。謝明哲關心地發了條訊息過去詢問，結果石沉大海毫無回應，也不知道室友家裡到底出了什麼事？

謝明哲按捺住心底的困惑，登入遊戲，繼續到個人空間製作卡牌。

只有聶小倩、黑無常兩張輸出卡加入鬼牌卡池，這還遠遠不夠，乾脆多做幾張，讓小柯以後搭配卡組的時候也能多一些選擇。

既然做了黑白無常，怎麼能少了牛頭馬面和孟婆呢？

牛頭和馬面這兩位鬼差的形象很好設定。前者的腦袋長得像頭牛，身體是人類，手持叉子，看上去凶惡無比；後者長了一張馬臉，手裡也拿著武器，這兩位鬼差專門押送鬼魂走過黃泉路，一旦有鬼魂逃跑就迅速抓起來。

星卡遊戲裡，鬼牌如果沒有特殊的設定，就會被自動歸入土系。但如果鬼牌的手裡拿著金屬武器，則會被強制歸入金系。

原本的設定中牛頭手拿一根叉子、馬面手拿一把大刀，都是金屬武器。但鬼牌既然大部分會被歸入土系，謝明哲只好把武器中的金屬元素給改掉，保留武器的外形，讓他們歸入土系卡，能和其他鬼牌組建土系的套牌。

黑無常和聶小倩都是單攻。謝明哲想著，牛頭和馬面不如做成群攻，在前期壓制對手的血線，把群體血量壓下去之後，聶小倩和黑無常再出動，挑殘血的卡牌追擊或者秒殺。

兩位鬼差的任務是押送鬼魂走過黃泉路，而黃泉路上遍地盛開著彼岸花，謝明哲決定把這兩個素材作為牛頭和馬面的技能描述。

隨著精神力的注入，星雲紙上很快地就生成了兩張卡牌。牛頭人身、馬面人身的形象看上去有些滑稽，但以喻柯的審美角度來看，說不定「很可愛」！

謝明哲拿起兩張卡牌，仔細看了看描述──

牛頭（土系）

等級：1級

進化星級：★

使用次數：1/1次

基礎屬性：生命值500，攻擊力1200，防禦力500，敏捷20，暴擊30％

附加技能：黃泉引路（牛頭在23公尺範圍內鋪出一片遍地是惡鬼的黃泉路，惡鬼撲咬範圍內敵對目標，使敵對目標受到150％群體土系傷害；冷卻時間45秒）

附加技能：惡靈退散（連動技，當牛頭鋪設的黃泉路上，盛開著馬面散播的彼岸花時，則對黃泉路範圍內敵對目標造成群體恐懼，持續3秒；需主動釋放）

馬面（土系）

等級：1級

進化星級：★

使用次數：1/1次

基礎屬性：生命值500，攻擊力1200，防禦力500，敏捷20，暴擊30％

附加技能：彼岸花開（馬面讓23公尺範圍內開滿血紅色的彼岸花，彼岸花開放5秒時間，開放期間對範圍內敵對目標造成持續傷害，每秒掉血4％；冷卻時間45秒）

附加技能：惡靈退散（連動技，當馬面散播的彼岸花開放的位置正好和牛頭的黃泉路重疊時，則彼岸花瘋狂生長，造成的持續傷害增加3秒；需主動釋放）

卡牌製作完成，卻在審核階段被系統打了回來。

系統要求謝明哲繪製「黃泉路」和「彼岸花」的模型，因為在資料庫中並沒有檢索到這兩個關

鍵字，系統也不知道這是什麼。

謝明哲立即在牛頭的腳下畫了一條黃泉路，在馬面的周圍畫了幾朵盛開的紅色彼岸花，這下總算是通過審核，謝明哲也鬆了口氣。

牛頭、馬面兩張卡牌的用法也非常靈活。

黃泉路造成大範圍一次性群攻，彼岸花是大範圍持續性群攻，當兩個技能範圍重合的時候，開牛頭的連動技會造成「群體恐懼」控制；開馬面的連動技則增加敵方掉血量。

等牛頭和馬面一波群攻打完，對方的血量差不多能被壓到半血左右，再上聶小倩和黑白無常，輕輕鬆鬆秒幾個殘血脆皮，讓黑白無常累積足夠標記，迅速清場。

謝明哲設計的這五張卡牌可組成土系套牌，群攻、群控交給牛頭馬面，單攻、單控、收割交給聶小倩和黑無常，輔助、加Buff是白無常的任務，兼顧到各個方面。如果是意識超強的選手來操控這套卡組，絕對能打得對手心理崩潰。

但這還不夠。

謝明哲還要做一張會讓對手恨不得打死他的輔助卡——孟婆。

孟婆在鬼界也是非常重要的一員，她的作用就是讓所有新來的鬼魂喝下一碗孟婆湯，消除鬼魂生前的全部記憶，再讓鬼魂進入鬼界的輪迴審判流程。

孟婆湯帶有遺忘、消除記憶的效果，孟婆的技能設定也可以往這個方向上靠攏。

謝明哲腦海裡靈光一閃，或許可以把孟婆湯設計成雙面技能！對敵人消除記憶自然是負面效果。對友軍消除記憶，卻可以做成正面效果。

想到這裡，謝明哲立刻構思起孟婆的形象。

在他的記憶中，孟婆應該是個看上去很慈祥的老婆婆，彎著腰、駝著背，白髮蒼蒼；她的左手拿著一根長長的木杖，上面掛著一個照明用的燈籠，右手則拿著一只破舊的瓷碗，碗裡盛滿了可以遺忘記憶的孟婆湯。

畫完形象後，謝明哲連上製卡系統開始設計技能——

孟婆（土系）

等級：1級

進化星級：★

使用次數：1/1次

基礎屬性：生命值1500，攻擊力200，防禦力1000，敏捷30，暴擊5%

附加技能：孟婆湯・苦味（孟婆強制讓23公尺內指定敵對目標喝下她親手熬製的苦味湯藥，由於孟婆湯具有遺忘效果，喝下孟婆湯的敵對目標會遺忘自身全部技能，原地發呆持續5秒；冷卻時間45秒）

附加技能：孟婆湯・甜味（孟婆讓23公尺內指定的友方目標喝下她親手熬製的甜味湯藥，遺忘作用讓隊友忘記所受到的一切痛苦，喝下孟婆湯的隊友，會遺忘之後5秒內受到的全部傷害，生命恢復至受傷之前的數值；冷卻時間45秒）

看到這張卡，對手會不會想直接撲過來揍他？

實際上，孟婆做的湯據說有「酸甜苦辣鹹」五種口味，可惜星卡遊戲裡的卡牌技能最多只能有三個，加上連動技最多四個，技能越多的卡牌基礎資料就會越差。孟婆是一張控制牌，甜湯給隊友喝，苦湯給敵人喝，這就夠了。

敵對目標喝了湯，忘掉自己的技能，用來針對敵方一些特別強力的卡，在關鍵時刻會有奇效。而友方目標喝了孟婆湯，忘記接下來五秒內自己受到的傷害，相當於五秒的無敵。再加上白無常的「我還可以搶救一下，等我五秒再結算」……

這些鬼牌怎麼打都打不死，對手可能會先被氣死。

謝明哲心情愉快地把喻柯叫到自己的空間，將新做的牛頭、馬面和孟婆遞給他看。

喻柯的雙眼一亮，抱著三張卡牌差點跪下——胖叔做的鬼牌果然合他口味！

牛頭、馬面的群攻，聶小倩、黑無常的單體爆發，白無常的賴皮輔助，孟婆更是把賴皮發揮到了極致——居然還能遺忘技能？對手被強行餵下孟婆湯，肯定很想揍人！

喻柯忍不住道：「阿哲，我要把手裡歸思睿大神的鬼牌全部替換成你的，你做的這些卡牌我真是每一張都超級喜歡！」

謝明哲道：「其實歸思睿做的鬼牌也很強，就是技能不夠……」他考慮了一下，最後確定了一句合適的形容：「不夠氣人。」

喻柯點頭如搗蒜，「對對對，他做的鬼牌是很暴力，可是你做的鬼牌一張比一張氣人，哈哈哈，孟婆的遺忘，聶小倩的幻影分裂，黑白無常的標記爆炸，每個技能都讓人想打你！」

謝明哲笑得很是開心——將來把這些卡牌帶去打職業比賽，涅槃俱樂部很可能會被全聯盟氣得圍攻。他都不用親自出場，光是「月半」這個製卡師的Logo就能拉滿全場大神的仇恨。咳，想想還挺期待！

時間轉眼就到了週六。

每週六的晚上都會有公會活動，涅槃之前拿過「公會資源爭奪戰」的冠軍，上週在池青的組織和陳霄的指揮下，又拿了第二名，這項活動會給予豐厚的材料獎勵，公會倉庫根本不用愁沒材料資源了。

除了資源爭奪戰外，還有一項公會活動「公會聯賽」，涅槃至今都沒有參加過。

週六一大早，池青就找上陳霄，問道：「陳哥，這週的公會聯賽我們參加嗎？」

陳霄想了想，說：「這週先讓大家隨意參賽，下週再組織會員們正式參賽。」

他把這個決定跟謝明哲說了，謝明哲也非常贊同。目前，涅槃公會在星卡大師段位的玩家有三百人左右，專家段位則有將近一千人，但是比起大公會還差得很遠。所以，這週先讓大家自由參賽，試試水溫，下週再組織會員們認真打比賽會比較穩當。

陳霄最近做了些植物卡，決定去單人賽試試。謝明哲也讓喻柯去單人賽好好練一練技術，就當是為明天的校內新生賽熱身。他自己則回到個人空間繼續做卡。

小柯的鬼牌卡池還不夠豐富，他想乾脆多做些鬼牌，讓小柯有更多的選擇，這樣也能讓小柯儘快適應新的卡組，為明年的職業聯賽做準備。

首先他想把判官給做齊，冥府的四大判官分別是賞善司魏徵、罰惡司鍾馗、察查司陸之道和陰律司崔玨。目前他只做了鍾馗，技能「捉鬼」可以把鬼牌抓進乾坤袋，是一張功能牌。

當初製作鍾馗卡，是在唐牧洲的指點下針對鬼獄俱樂部的歸思睿大神。誰能想到自己也會遇到一位特別喜歡鬼牌的隊友，這樣一來，鍾馗也同樣針對到了喻柯。

如果鍾馗被對手給拿到，對小柯的威脅極大。

既然鍾馗克制鬼牌，那麼，謝明哲也可以做另一張牌來破解鍾馗的克制。

他想到了陸判官。

陸之道這位判官是專門負責為鬼魂「平冤昭雪」的官員。當鬼界的案件判決有誤，就可以找他協助平反。因此當有鬼牌被鍾馗抓走，不服判定的也可找陸判官伸冤，陸判官認為這隻鬼有冤情，就能讓鍾馗先把鬼牌給放出來重新審判。

鍾馗是一張克制鬼牌的功能牌，陸之道則是反克鍾馗捉鬼的功能牌。

陸之道（土系）

等級：1級

進化星級：★

使用次數：1/1次

基礎屬性：生命值150，攻擊力100，防禦力150，敏捷30，暴擊5%

附加技能：明察秋毫（陸之道身為鬼界掌管案件審理的判官，可以審查所有鬼牌的冤情，若鬼牌被捉走，陸之道審查後確定有冤情，則將鬼牌放回賽場。）

這個技能非常簡單，就是破解鍾馗捉鬼。謝明哲這樣設計，只是為了防止將來進入職業聯賽後，鍾馗卡大量流通，喻柯的意識肯定不如聯盟很多大神，不一定防得住鍾馗。一旦關鍵牌被鍾馗抓走，有陸之道反克，起碼還能找回翻盤的機會。

當然，作為反克的卡，陸之道的基礎屬性也和鍾馗一樣差，防禦、生命都低得可憐。如果對手帶上鍾馗，喻柯帶上陸之道，相當於兩張牌一換一，局面依舊公平。

重新破案這個技能也可以說非常賴皮了，能給鬼牌卡組極大的安全感。

謝明哲收起陸之道，將他和鍾馗擺在一起，緊接著製作另外兩張判官卡。

賞善司魏徵是唐朝時的一位官員，剛正不阿，死後被閻王分配工作，主管鬼界的獎賞。他身穿綠袍，笑容可掬，看上去非常的親切和善，生前做好事的小鬼全部由他來安排，根據行善程度的大小，給予不同的獎賞。

既然是「賞賜」，就可以為隊友增加一些增益狀態。

謝明哲想到了一個創意——在一定時間內觸發懸賞機制，我方輔助卡牌給予的增益效果越多，獲得的獎勵也就越多。這也符合「好事做得多，獎勵拿得多」的設定。

謝明哲迅速按照腦海中的構思，畫出魏徵的人物形象。

魏徵（土系）

等級：1級

進化星級：★

使用次數：1/1次

基礎屬性：生命值800，攻擊力200，防禦力800，敏捷20，暴擊5%

附加技能：善有善報（魏徵是鬼界掌管獎勵的判官，做好事就可以獲得獎賞——當魏徵開啟獎賞時間，在接下來的10秒內，我方輔助卡牌為隊友回復的血量越多，獲得的賞賜就越多。回血量10%轉化為獎品，獲得獎品的卡牌可以將獎勵任意分配。分配給友方，則回復同等資料血量；分配給敵方，則造成同等資料傷害；冷卻時間5分鐘）

附加技能：行善積德（魏徵宣導多做善事，嫉惡如仇，一旦受到對手的攻擊，他將徹底抹殺對手獲得任意獎勵的機會——攻擊魏徵的目標，本場比賽將免疫一切增益Buff和加血效果。被動技能，當魏徵被攻擊時自動觸發）

這張卡就連謝明哲自己都覺得很討厭，對手想打魏徵，就要有心理準備攻擊魏徵的卡牌接下來不能獲得任何增益效果。

而魏徵的獎賞制度，使用起來也非常靈活。

我方在一定時間內治療量的百分之十轉化成獎勵，給自己人就是一次性加血，給敵人則是一次性攻擊——這相當於讓治療卡多了一個靈活運用的技能。要是在關鍵時刻，在治療卡群體加血的時候魏徵開啟賞金池，那百分之十的回血量就相當高了。

鬼界已有三位判官出爐，還剩下最強的崔判官，自然也不能缺席。

地球上大部分遊戲裡的判官設定，其實都是以崔玨這位陰律司判官為原型。

崔判官是主管生死的判官，他是陰曹地府閻王麾下的頭號人物，左手執掌「生死簿」，右手拿著「勾魂筆」，也就是人稱的「判官筆」。

據說他只需要在生死簿上改一下某個人的死亡日期，某個人說掛就掛。而他看著順眼的人，也可以在生死簿上添一筆壽命，此人便能長命百歲。

一本生死簿，一枝勾魂筆，輕鬆決定生死。

當然，遊戲裡不可能設計出這麼Bug的技能，讓崔判官一枝筆在生死薄上寫寫畫畫，把對手的所有卡牌都寫死了，那比賽也不用打了。

不過，崔判官的技能可以這兩個設定做為發想。

謝明哲摸著下巴思索片刻，決定把生死簿設計成一個選擇性的技能——生死簿控制人的生死，一旦被定下死期，誰都逃不過。但如果在生死簿上修改死亡時間，也可以讓已經死亡的鬼魂還陽。對友方來說是一個復活技，對敵人來說，就相當於是倒數計時的喪鐘。

決定之後，謝明哲就在卡牌上繪製崔判官。

陰曹地府的四大判官中，崔判官是最嚴肅的一位，畢竟他掌管生死，神色一直很冷漠。他頭上戴著頂黑色的官帽，身穿黑衣，左手拿一本生死簿，右手拿著判官筆。

崔判官手裡的道具太多，謝明哲分解成三張卡牌來繪製，畫完後融合在一起，緊接著設計卡牌技能。

半小時後，最後一張判官出爐。

崔珏（土系）

等級：1級

進化星級：★

使用次數：1/1次

基礎屬性：生命值400，攻擊力1000，防禦力400，敏捷30，暴擊30％

附加技能：生死簿（崔珏是鬼界掌管生死的判官，可以修改生死簿來決定每張卡牌的壽命；當

生死簿增加指定卡牌的壽命時，可讓已經陣亡的卡牌重返人世，復活目標；當生死簿縮減指定卡牌的壽命時，可在目標腳下生成「死亡倒數」負面狀態，倒數計時30秒後指定卡牌死亡；冷卻時間10分鐘）

附加技能：判官筆（崔判官拿起手中墨筆，對23公尺範圍內的所有敵對卡牌進行審判，在過去10秒內造成傷害量最高的敵對卡牌判定為「殺孽過重」，對其施加一次懲罰，使其虛弱5秒，並受到崔判官攻擊力150%的單體土系傷害；冷卻時間60秒）

第一個技能，復活隊友、給敵人死亡倒數計時只能二選一，冷卻時間是十分鐘，這也是為了競技場的平衡，不能讓判官復活隊友的同時又讓對手馬上死掉。

第二個技能的範圍審判，可以自動瞄準對方輸出最高的核心卡，虛弱五秒再加上單體懲罰，可以說是針對核心卡的利器。

至此為止，四大判官全部登場。

這四張判官卡說不上是頂尖的強力卡牌，但可以大大豐富喻柯的鬼牌卡池和戰術思路，到時候根據不同的對手挑選相應的卡組上場。

輔助卡方面還需要補充，白無常的輔助屬於「我還可以搶救五秒」的賴皮不死技能，並不能算真正的治療技；孟婆的甜湯餵給隊友，可以從餵湯的那一刻五秒內遺忘傷害，也不算治療技。這樣一來，魏徵的賞賜效果就很難起到作用，必須再做一張純粹的治療卡。

謝明哲想到了一位有名的女鬼：杜麗娘。

杜麗娘是《牡丹亭》中的女主角，在女鬼界的知名程度並不輸於聶小倩。

由於杜麗娘的故事曾被改編成各種戲曲，杜麗娘的人物形象正好可以按照戲劇來設計，給她穿一身戲服。

至於技能，鬼牌卡池現在缺一張強力治療卡，她的兩個技能正好可以設計成治療加輔助。

第一個技能是最出名的「遊園驚夢」，可以設計成一個夢境強控技。而第二個技能就叫做「春色如許」，取自杜麗娘遊園時的那句經典臺詞「不到園林，怎知春色如許」，春天的景象，萬物復甦，可以設定成友方群體血量恢復。

想好設定後，謝明哲迅速地製作這張治療鬼牌。

杜麗娘（土系）

等級：1級

進化星級：★

使用次數：1/1次

基礎屬性：生命值1500，攻擊力100，防禦力1000，敏捷15，暴擊30％

附加技能：遊園驚夢（杜麗娘做了一個美好的夢，夢見自己和帥氣的書生相會，她沉迷於夢中無法自拔，23公尺範圍內敵對目標被她的夢境所影響，陷入美妙的夢境幻覺中，迷失自我，持續5秒，做夢狀態被攻擊則立刻甦醒；冷卻時間45秒）

附加技能：春色如許（杜麗娘親自來到郊外遊玩，才知道萬物復甦的春天居然如此迷人，她心情喜悅，23公尺內友方目標受到她的感染，每秒回復等同於杜麗娘生命5％的血量，持續10秒；冷卻時間60秒）

一旦魏徵在杜麗娘治療期間開啟了賞賜，她群體治療的百分之十將會轉換成獎勵，由她來自由支配，丟給敵人也是超強的一波群攻傷害！

謝明哲滿意地收起卡牌，給喻柯發了條語音訊息：「新卡，來看看嗎？」

喻柯幾乎是三秒內就傳送過來，積極得就跟餓壞了的小奶狗跑來領肉骨頭似的。他一進謝明哲的個人公寓空間就往書房衝，嘴裡喊著：「我來了，阿哲你又做了什麼新卡？」

本以為謝明哲只做了一張，結果面前擺出的是整整齊齊五張鬼牌！

喻柯下巴都快掉了，驚道：「這、這麼多嗎！」

謝明哲將魏徵、陸之道、崔珏三位判官，加上之前做好的鍾馗，以及新出爐的治療卡杜麗娘，五張卡牌全部遞給喻柯，說道：「你的卡池以後還會繼續補充，這些卡牌足夠你練一段時間了。」

喻柯抱住五張卡牌，激動得直點頭，「嗯嗯，阿哲你太棒了，一週內給了我十一張卡！我都不敢相信，好像做夢似的！」

謝明哲笑著拍拍他的肩膀，「加油，明天的比賽希望你能拿到好成績。」

喻柯信心十足：「當然！我這套全新的卡組，一定會讓人大吃一驚的！」

【第五章】

鬼牌少年柯小柯的逆襲

謝明哲最近腦力消耗嚴重。

為了讓小柯在週末的比賽中用新卡組出賽，他一週之內做了十一張鬼牌，頭都快炸了，做夢都是黃泉路、彼岸花、黑白無常找他索命，還夢見孟婆捏著他的脖子灌了他一碗孟婆湯……他真是脊背發涼，一點都不想繼續夢見鬼。

謝明哲決定暫停幾天，把注意力轉移回自己的人物卡池上。

週日中午起床後，謝明哲又回到競技場打排位，磨煉自己的意識。一直打到下午五點半，他才摘下頭盔，叫上喻柯回涅槃工作室一起吃飯。

今晚就是新生交流賽的總決賽，陳千林和陳霄也打算親自去學校觀賽。

喻柯看上去精神抖擻、自信滿滿，但謝明哲還是提醒了他一句：「決賽是五局三勝制，你那幾個對手都不弱，可別大意。想好用什麼卡組了嗎？」

喻柯認真地說：「嗯！我昨晚一直練到半夜三點被系統給踢下線！」

陳千林感興趣地問：「說說看你的思路。」

喻柯咳嗽一聲清了清嗓子，說道：「牛頭、馬面兩張群攻，黑白無常兩張連動卡，是必帶的四張卡；聶小倩單攻很強，操作靈活，還能幫黑無常壓對手血線，也是必帶的卡。剩下的兩張，我打算帶一張孟婆和一張判官。」

陳千林對謝明哲最近做的卡組非常清楚，聽到這裡立刻反應過來：「你是想打強攻一波嗎？」

喻柯點點頭，「沒錯！牛頭馬面群攻壓血線，聶小倩和判官找機會把對面的核心卡打殘，讓黑無常出來收人頭，等黑無常的人頭超過三個以上，找機會引爆陰陽標記，來一波清場！這一套技能打下去，對方的卡差不多就死了四、五張吧？我就不信我還能輸！」

陳千林鼓勵道：「思路不錯，強攻流就是把輸出做到極致，但你這套輸出鏈不能斷，萬一對方有鍾馗，把你黑無常給抓了，你這套卡組會很難打一波。」

喻柯撓了撓腦袋，「這個我也考慮過，反正決賽是打五局，先試試看吧。我們學校這幾位進決賽的選手不一定都有鍾馗。如果有，那我用陸之道換掉孟婆。」

小柯平時看著沒心沒肺很好哄，一到比賽卻非常敏銳。謝明哲鼓勵地拍拍他的肩膀，「你自己看著辦吧，卡組怎麼順手怎麼來，我們也只是給你一些建議。」

喻柯點頭如小雞啄米，「我知道，謝謝大家！」

以前他都是自己一個人瞎琢磨，如今有阿哲給他訂製卡牌，有陳哥和林神在旁指點，團隊的力量確實強大，他感覺這一週的進步幅度就超過了之前的大半年。他不但熟悉了這套新卡組，就連對卡組的排兵布陣也有了一些粗淺的理解。

吃過晚飯後，眾人一起前往帝都大學。

足以容納好幾萬觀眾的體育館門口萬頭攢動，很多學生在排隊入場，喻柯直接走了選手通道，謝明哲就帶著陳霄、陳千林一起在外面排隊。三人顏值都太高，加上三十多歲的陳千林氣質太過特殊，周圍不斷有學生偷瞄他們三人，交頭接耳地討論著。

「那三個人好帥啊！」

「穿白襯衫的那位不像學生，會是老師嗎？他的眼睛好漂亮！」

「沒見過，可能是老師吧？他旁邊的那位也超帥……」

同學們好奇的目光讓陳霄不大自在，感覺自己就像被圍觀的大猩猩。陳千林卻始終保持著冷淡、平靜的神色，周圍路人的視線不會對他造成任何影響。

至於謝明哲……

陳霄扭頭看去，發現這傢伙正笑容燦爛地拿著光腦跟人傳訊息。

「你跟誰聊天呢？」陳霄湊過去問。

「唐牧洲師兄。」謝明哲指了指光腦中的文字訊息。

唐牧洲：小師弟在做什麼？
謝明哲：我帶師父和陳哥一起去學校看比賽。
唐牧洲：每年開學後的新生交流賽？
謝明哲：嗯。
唐牧洲：新生交流賽有個節目叫挑戰嘉賓，挺有趣的，你可以關注一下。
謝明哲：好的！

唐牧洲就是帝都大學畢業的，他知道新生交流賽的節目內容並不奇怪，但是陳霄總覺得這傢伙的話意味深長，難道……就在這時，三人正好隨著人群來到檢票口，陳霄收回思緒，走進體育館按照電子票券上的座位坐好。

晚上八點，體育館座無虛席，會場亮起了炫目的燈光。

緊跟著，星卡協會的學姐和學長走上講臺，微笑著說：「歡迎大家來到帝都大學第五屆新生交流賽的現場，我們是今晚的主持人姚夢和趙楠！」

「今天是個非常特殊的日子，星卡協會成立十周年，而新生交流賽正好第五屆，喜歡《星卡風暴》的同學們匯聚一堂，所以我們主辦方也給大家準備了一份驚喜！」

「沒錯，驚喜就是今晚的特別嘉賓！大家猜猜看會是誰呢？」

足以讓全場觀眾都看得清楚的巨大螢幕中出現一個男人的影像，他穿著一身淺色的燕尾服，一張臉英俊得無可挑剔，雙眸深邃如星，嘴角含著溫柔的笑意。

身材高大的男人擁有一雙筆直的長腿，此時他正款步朝大家走來，特效背景中，無數草木迅速蔓延生長，而他，就像是來自森林深處、風度翩翩的王子。

體育館內的尖叫聲如洪水一般洶湧而至，謝明哲的耳朵都快被狂熱的粉絲們叫聾了。

唐牧洲，神祕嘉賓居然是他！

唐牧洲的人氣讓謝明哲嘆為觀止，幾乎是他一出現，整個會場就徹底沸騰了，很多同學從座位上站起來吶喊，有些女生的尖叫聲明顯因為激動過頭而破音……

這個男人的臉確實是三百六十度無死角地完美，就連謝明哲也不得不承認，唐牧洲是他穿越後所見過五官最英俊的男人。

修長的眉毛下，一雙眼眸漆黑而深邃，高挺的鼻梁讓整個臉部輪廓多了幾分雕刻般的硬朗，輕輕揚起的微薄嘴唇透露出成年男人的性感，組合在一起魅力十足，別說女生們受不了，謝明哲是男生都覺得這傢伙帥得有些過分。

明明可以靠臉吃飯，他偏偏要靠實力。第五賽季個人賽五十連勝橫掃聯盟的輝煌戰績，至今沒人能打破，也怪不得能吸引那麼多的粉絲。

在周圍瘋狂的尖叫和吶喊聲中，唐牧洲從嘉賓通道款步走到大舞臺的中央。

聚光燈打在他身上，讓穿著一身燕尾服的他顯得更加挺拔，這身裝扮就跟參加頒獎典禮一樣正式，穿在他的身上，卻顯得瀟灑又從容。

主持人顯然也是他的小迷妹，聲音激動到發顫：「歡迎牧洲學長在百忙之中抽出時間，參加今晚的新生交流賽總決賽！學長有什麼想對大家說的嗎？」

唐牧洲接過麥克風，微微一笑，「今天除了是新生賽的總決賽，還是星卡協會成立十周年的紀念日，我很高興能回到母校參加這一場盛會，衷心祝願星卡協會越來越壯大，也希望能有更多的學弟學妹們加入到星卡職業聯賽當中，在職業舞臺上實現你們的夢想！」

男人低沉而富有磁性的聲音透過麥克風迴響在會場內。雖然他說的只是很客套的官方話，可是因為他的聲音太好聽，加上人氣又高，不管說什麼都有迷弟、迷妹們瘋狂鼓掌。

唐牧洲適可而止，並沒有說太多廢話，很禮貌地把麥克風交回給主持人。

主持人學姐深吸口氣維持住心跳，接著大聲宣布：「謝謝學長的祝福！另外要告訴大家一個好消息，牧洲學長為了祝賀星卡協會成立十周年，特別為大家帶來了禮物——整整一百張升到滿星的珍貴植物卡牌！」

話音剛落，現場立刻響起熱烈的歡呼聲。

口頭祝福只是官話，送禮物才是最實在的。一張滿星的珍貴植物卡在拍賣會能賣好幾十萬金幣，折合成現實貨幣就是好幾萬，唐牧洲也夠土豪，直接拿一百張滿級卡牌送人。

主持人道：「接下來我們先進行第一輪的抽獎，抽出五十位幸運觀眾……」

大螢幕中按照座位號碼進行抽獎，現場的氣氛熱烈到了極點。

第一批五十位幸運觀眾很快地被抽出來，中獎的同學各個激動無比。

唐牧洲被請到嘉賓席坐下，今晚的總決賽終於正式開始。進入四強的選手分別是法學院的喻柯、物理學院的趙涵、文學院的林小蕊和經濟學院的朱佳寧。

半決賽第一場是喻柯VS. 林小蕊，大螢幕上放出一些選手晉級的精彩片段，喻柯的鬼牌模樣實在太過可怕，周圍響起一些議論聲。

「這傢伙居然用鬼牌卡組？」

「鬼牌這麼冷門的卡組能打進四強，看來這位學弟實力不簡單！」

「林小蕊到現在為止可是全勝戰績，喻柯肯定不是她對手。」

「聽說小蕊學妹是裁決公會的管理者之一，水準超強，喻柯應該沒戲。」

「我也覺得喻柯必輸。」

喻柯不被看好，這早在謝明哲的意料之中，他翻開學校星卡協會的論壇，發現置頂的「誰是冠軍」投票活動當中，其他選手支持率都在百分之三十左右，唯獨喻柯的支持率還不到百分之十。

顯然，除了喻柯的同學們會投票支持他外，喻柯的路人緣真的相當差。入圍四強的選手，林小蕊是獸系卡、趙涵是水系卡、朱佳寧是木系植物卡，三人都有不少支持者，而喻柯的鬼牌實在太冷

門，支持他奪冠的同學極少。

但是謝明哲相信，今晚的喻柯，一定是讓人刮目相看的最強黑馬。

主持人朗聲道：「有請四強選手，喻柯，林小蕊！」

兩人走到大舞臺的中間友好地握手。

林小蕊的身高超過一百七十五公分，是典型的高瘦身材，今天還穿著五公分高的高跟鞋，站在舞臺上氣場十足。喻柯的身高只有一百六十七公分，站在她的面前真是矮了大半截。

一看就沒冠軍相啊……

觀眾席的同學們議論紛紛，都覺得林小蕊會完虐喻柯。

兩位選手就座之後，主持人宣布比賽開始。

四強半決賽的賽制是五局三勝，採暗牌模式。兩人抽籤，抽到藍色方的優先選擇地圖。第一局喻柯抽到了藍色方，他選的地圖是「幽靈古堡」。

這張地圖光線昏暗、氛圍陰森，是很適合偷襲暗殺的地圖。但是林小蕊一點都不怕，她玩星卡遊戲好幾年了，競技場也打了幾千局，對各種比賽地圖早已爛熟於心，幽靈古堡除了環境陰森之外並沒有太大難度，她的獸卡行動也很靈活，喻柯想暗殺她的卡牌可沒那麼容易。

比賽開始，雙方展示卡組。

喻柯這邊的五張明牌分別是紅衣新娘、白衣女鬼、無頭娃娃、吊死鬼和食屍鬼，還有兩張暗牌沒有公布。謝明哲看到這裡不由得稱讚道：「小柯很沉得住氣啊，第一局的明牌都是舊卡，看來他並不急著用我為他新做的卡牌。」

陳霄道：「他的暗牌可能是黑白無常，這一手確實會讓對方放鬆警戒。」

四強選手在複賽階段的比賽錄影已經全部放在星卡協會的論壇上，其他三人肯定也會研究喻柯之前的錄影來針對性地選擇卡牌，喻柯把之前用過的鬼牌放在明牌當中，對手自然認為他會按照以

前的套路來打，從而放鬆警惕。

卻不知道真正的殺手鐧，被喻柯藏在暗牌之中。

那是誰都沒見過的，謝明哲親自為他量身打造的鬼牌！

林小蕊的卡組是遊戲裡很常見的動物卡，包括近身攻擊力極強的猛虎、雄獅、白狼，高防禦範圍嘲諷的獨角黑犀，以及單體迷惑控場的紅狐——這五張是明牌，另外兩張暗牌大家也看不見。

倒數計時進行到十秒時，林小蕊替換了一張暗牌，喻柯則沒有替換。

謝明哲猜測道：「林小蕊很可能換上了鍾馗，小柯不換牌，這是要用食屍鬼擋刀嗎？」

陳霄點頭，「有可能，小柯那麼聰明，肯定想到了對方帶鍾馗的可能性。」

在複賽階段，喻柯表現最亮眼的一張卡牌就是食屍鬼，這張大後期的鬼牌在場上死亡卡牌數超過四張的時候召喚出來，可以迅速吞噬死屍的亡魂，讓攻擊力翻倍，進而快速清場。

而今天他故意把食屍鬼放在明牌當中，就會給對手一種「他最強的卡牌是食屍鬼」的錯覺。

那麼，藏在暗牌裡的黑白無常就可以在必要的時候給予對手致命的一擊。

沒想到小柯還挺機智的，第一局用障眼法給對手一些誤導。謝明哲越想越是興奮，目不轉睛地盯著大螢幕。

比賽開始，喻柯和林小蕊迅速召喚出三張牌。喻柯召喚的是紅白女鬼和無頭娃娃，林小蕊召喚的是狼、虎、獅。

雙方走位試探了幾秒，幾乎是同時發起攻擊——

喻柯的紅白女鬼瞬間出動，無數頭髮密密麻麻地襲捲過來，林小蕊的獅、狼、虎猛獸團也凶悍地撲了上去！

雙方火拚一波，六張卡全都掉了血量。就在這時，林小蕊突然召喚出冰晶鳳凰——她藏在暗牌裡的這張冰晶鳳凰，範圍性集體冰凍，技能冰天雪地，把喻柯的三張卡全部凍在原地。

三秒的群體冰凍足以讓她做出很多事情，果然，喻柯的紅衣女鬼、白髮新娘全部被殺，只有無頭娃娃依靠靈活的位移迅速撤離戰場。

轉眼間，喻柯陣亡兩張鬼牌，局面變成五打七，對喻柯非常不利。

觀眾席上林小蕊的親友團一陣歡呼，總覺得小少年死定了。

主持人也道：「開局就死掉兩張卡，喻柯的處境非常艱難啊！」

下一刻，喻柯召喚出食屍鬼，這張牌出現之後會吞噬場上的死屍，此時，場上已有兩張卡陣亡，食屍鬼的基礎攻擊力增強兩倍，體積龐大的食屍鬼直接朝林小蕊的猛獸團撲過去，猛虎、雄獅和白狼被他咬了一口，集體殘血。

眼看這些卡就剩一絲血皮，林小蕊果斷召喚出第二張暗牌——鍾馗！

果然是鍾馗，「捉鬼」技能直接將食屍鬼抓進了乾坤袋裡。

女主持忍不住道：「喻柯又死一張牌，四打七，這局應該沒戲了吧……」

男主持道：「小蕊的暗牌選得很漂亮，冰晶鳳凰群體冰凍，鍾馗針對食屍鬼。喻柯的卡牌陣亡三張，但小蕊的卡目前也有三張殘血，就看喻柯有沒有別的強力卡牌能挽回局面。」

看到這裡，陳千林平靜地說：「小柯這局穩贏。」

謝明哲也微笑起來，「嗯，林小蕊已經放出全部底牌，小柯前期把她三張卡打殘，暗牌帶的肯定是黑白無常，很快就能收割了。」

兩人正說著，就見喻柯又召喚出一張卡，吊死鬼。

這張牌是非常強力的單體攻擊牌，因為是上吊死亡的鬼，所以手裡拿著根繩子，攻擊手段就是遠距離勒住敵方的脖子，是鬼牌中難得一見的遠程單體攻擊手。

讓觀眾們意外的是，吊死鬼出場後並沒有急著去殺早已殘血的猛獸團，反而遠距離甩出繩子去打天上飛的冰晶鳳凰，將冰鳳凰一口氣打成血皮。

冰鳳凰是一張範圍強控卡，飛行速度極快，但弱點也很突出：防禦太低。

眼看冰鳳凰要被秒，林小蕊迅速召喚出獨角黑犀，範圍嘲諷強制吸收一波傷害，並讓紅狐強控住吊死鬼，猛獸團出動，把這張牌也給打死。

局面對喻柯越發不利，此時喻柯連死四張卡，就剩一張無頭娃娃在場上。

很多觀眾都想提前幫林小蕊慶祝勝利了。

然而，就在這時，兩張很奇怪的鬼牌突然出現在賽場上。

只見其中一隻鬼身穿純白色長袍，臉上如同塗著一層麵粉一樣慘白，笑得很開心，口中吐著長長的舌頭，頭頂還戴著個高高的帽子，上面寫著「一見生財」四個字，名字叫：白無常。

另一隻全身黑色長袍，神色極為嚴肅冷峻，他的頭上也戴著高高的帽子，上面寫著「天下太平」四個大字，卡牌名為：黑無常。

全場觀眾都有些懵，這一黑一白的到底是什麼鬼？

林小蕊也愣了愣，但她畢竟是見多了世面的高手，反應過來這是喻柯的暗牌，立刻用紅狐狸的迷惑技能去強控黑無常，想利用這點時間迅速把黑無常秒掉。

然而，就在黑無常被對手打殘血之後，白無常突然吐著舌頭笑咪咪地放出了第一個技能——等等，我還可以搶救五秒！

所有傷害延遲五秒計算，林小蕊想秒殺黑無常的計畫落空。

緊跟著，黑無常立刻開啟技能「天下太平」，在三十秒內強化基礎攻擊和攻速，並且用二技能「無常索命」瞬移到冰晶鳳凰身後，一招秒了冰晶鳳凰。

黑白無常的身上各自多出一個陰陽標記。

黑無常落地，在最脆皮的鍾馗身後發起攻擊，乾脆俐落地一招帶走鍾馗；連擊秒殺白狼，再連擊秒殺猛虎，三連擊秒殺雄獅！

連殺五張牌的黑無常，身上的陰性標記已經疊加到了五個，何況他還有一技能的三十秒普攻加成和連擊造成的暴擊傷害加成。

此時的黑無常，一招下去，好幾萬的傷害數據簡直讓人頭皮發麻。

林小蕊一臉懵逼，還沒看清楚對手在做什麼，自己的卡牌就突然死了五張？

全場觀眾也是滿臉茫然，主持人大眼瞪小眼根本不知道該如何解說。

在陰陽標記疊加到五層之後，喻柯冷靜地開了黑白無常的連動——陰陽勾魂使！

爆標記，清場。

林小蕊卡組團滅，比賽結束。

全場觀眾：「……」

主持人：「……」

除了謝明哲、陳霄和陳千林早已料到結果之外，其他的觀眾都驚掉了下巴！

原本三打七的局面，瞬間清場秒掉對手七張牌？這科學嗎？

在嘉賓席觀賽的唐牧洲心情複雜，在白無常出場的那一刻他就注意到了這張鬼牌的特別之處。沒記錯的話，歸思睿的鬼牌卡池中根本沒有白無常這張卡牌。而黑無常出場之後，他更加確定這兩張鬼牌絕對不是出自歸思睿的手筆。

那長長的技能描述，真是怎麼看都覺得熟悉。天下太平、一見生財、無常索命、陰陽勾魂使……讓他忍不住想起桃園結義、火燒赤壁之類的技能命名方式。

這兩張鬼牌，該不會也是小師弟的傑作吧？

唐牧洲摸了摸下巴，瞇起眼睛，饒有興趣地看向大螢幕——很久沒見過這麼有趣的比賽了，他決定好好關注一下這位叫「喻柯」的同學。

第一局結束後休息三分鐘，很快就開始第二局。

林小蕊畢竟是靠實力打進四強的選手，她的反應速度也很快，迅速意識到黑無常、白無常這兩張帶連動技能的鬼牌才是喻柯藏在暗牌中的最強殺手鐧。

想要破解黑白無常的連動，只需要把其中一張抓起來就行了。

林小蕊深吸口氣讓自己冷靜下來。第二局比賽她並沒有更換自己的卡組，只不過，她特意關注黑無常、白無常這兩張鬼牌，打算把鍾馗留著專門對付黑無常。

然而，喻柯早就料到了她的思路。

他把黑白無常放在明牌當中，撤下無頭娃娃，悄悄地在暗牌中換上陸之道。

比賽開始，前半段雙方打得難捨難分，卡牌血量被全部壓殘，直到喻柯召喚出黑無常的那一刻，林小蕊果斷用「鍾馗捉鬼」的技能將黑無常強行抓進袋裡。

現場觀眾一陣驚呼，都覺得喻柯這局要完。可是下一秒，讓全場觀眾無語的事情發生了——被鍾馗抓走的黑無常，居然又被放了出來？

觀眾們仔細一看，這才發現陸之道的技能「明察秋毫」可以重新審判冤情。

重新審判？還能這麼玩？

林小蕊無語，喻柯趁著她發愣的時間，用黑無常迅速連殺四張卡，把陰陽標記給疊起來，緊接著直接爆標記清場，再次拿下第二局的勝利。

比分二比零。

情況似乎有些不妙，坐在觀眾席的林小蕊親友團集體皺起了眉頭。

觀眾席上很多人開始小聲議論著。

「喻柯哪來這麼多稀奇古怪的卡牌？之前複賽沒見他用過啊！」

「我是歸思睿大神的粉絲，說實話，這些鬼牌我也沒見歸神用過！」

「該不會是歸神新做的卡牌吧？喻柯跟歸思睿大神很熟嗎？」

眾人越來越疑惑。提起鬼牌，大家都知道聯盟有一位大神歸思睿是製作鬼牌的專業戶。沒有人想到這些奇怪的鬼牌，居然全都是胖叔的傑作。

第三局，林小蕊已經徹底慌了，她沒帶鍾馗，反而帶了一張治療卡，因為她發現對方最強的就是黑無常在殘血狀態的收割，一旦被黑無常拿下人頭，就會被瞬間清場實在太恐怖了。

必須有治療卡保護自己的輸出牌。

然而，喻柯在第三局的時候也沒帶陸之道，他像是猜到了對手的思路一樣，把陸之道撤下，換上了孟婆。

結果就是林小蕊剛剛召喚出治療卡，想來一波群體回血……喻柯立刻召出孟婆，強行給林小蕊的治療卡灌了一碗苦味的孟婆湯。

——遺忘技能。

林小蕊簡直要崩潰，去你的遺忘技能啊！

治療技能放不出來，黑無常迅速收人頭，黑白無常陰陽標記再次完成了清場收割。

比分三比零！

兩位主持人都驚呆了，全場觀眾也很意外，周圍不少人下巴都合不起來。

賽前不被看好的喻柯居然三比零擊敗冠軍熱門林小蕊？第一局逆襲反殺，第二局和第三局完全碾壓對手，這傢伙也太強了吧？

良久後，主持人才顫聲道：「恭、恭喜喻柯同學三比零戰勝林小蕊同學，獲得半決賽的勝利，成功闖入總決賽！」

坐在嘉賓席的唐牧洲，在看到陸之道出場的那一刻終於確定這是小師弟在搞鬼。當初謝明哲的鍾馗就是在自己的點撥之下專門針對鬼牌製作出來的，如今倒好，他又做出一張陸之道來破解鍾馗的捉鬼，這小師弟真是……該說他什麼好呢？

唐牧洲輕輕揉了揉額角，有些無奈地給謝明哲發了條訊息：這些鬼牌都是你做的吧？

謝明哲回了個很欠揍的笑臉：是啊。

唐牧洲：喻柯跟你什麼關係？

謝明哲：我在大學認識的第一個朋友。

唐牧洲：所以你給他特別做了一套鬼牌嗎？

謝明哲：沒錯。

唐牧洲：做了多少張？

謝明哲：十一張。

聊到這裡，唐牧洲突然沉默下來。

謝明哲等了幾秒發現他不回訊息了，便疑惑道：師兄怎麼了？不高興嗎？

唐牧洲確實不大高興，這小師弟開學才兩週，認識喻柯這麼短的時間，居然就為他親自訂做鬼牌，一口氣還做了十一張那麼多？想到這裡，唐牧洲便開玩笑道：師兄對你這麼好，怎麼不見你給師兄做幾張卡牌？

謝明哲回覆：因為師兄的製卡能力比我強太多，根本不需要我幫忙做植物卡，你自己做的植物卡都用不完。

這馬屁拍的，唐牧洲的心裡頓時舒服很多，微笑道：我的植物卡是夠多了，但我沒有人物卡，不如你給我做一張人物卡？

謝明哲：你真的想要嗎？量身訂做？

唐牧洲：當然。

謝明哲：好吧，稍等一下！

喻柯和林小蕊的半決賽結束，正好有幾分鐘的休息和抽獎時間，謝明哲打開光腦，決定給唐牧

洲「量身訂做」一張卡牌。

光腦中的星卡APP類比製卡系統可以讓玩家用精神力繪製卡牌草稿，當然，在APP裡製作的卡牌草圖是無法申請系統審核的，想要將草稿製成正式卡牌，還是必須戴頭盔進到遊戲裡，直接連接星卡資料庫來進行。

正因為APP可以畫草稿畫著玩，不需要經過審核，謝明哲這才想到個壞主意——他打算畫一張「唐牧洲」卡牌送給師兄，這才叫真正的「量身訂做」。

將精神力連上APP類比製卡系統，他的光腦中立刻浮現了一張虛擬的星雲紙，隨著他精神世界的想像，卡牌的正面漸漸出現一個身材高大的男人，只見男人穿著一身瀟灑的燕尾服，眉眼深邃，嘴角含笑，單手插在口袋裡，風度翩翩的模樣就像是偶像劇裡的頭號男主角。

唐牧洲（木系）

等級：1級

進化星級：★

使用次數：1/1次

基礎屬性：生命值100，攻擊力10000，防禦力100，敏捷30，暴擊0％

附加技能：溫柔表象（唐牧洲看上去溫和親切，似乎是個好人？他以溫柔的微笑來矇騙對手，每次微笑時，都可以讓範圍內敵對目標防禦下降50％、攻擊力下降50％）

附加技能：滿腹壞水（唐牧洲偷偷地在四周布下陷阱，引導敵人上鉤，在敵人毫不知情的情況下引爆陷阱，對敵對目標造成100%意外傷害）

附加技能：男神親臨（唐牧洲走向人群中，由於男神人氣太高，引起周圍粉絲們狂熱尖叫，對範圍內敵對目標造成無差別聲波攻擊，使23公尺範圍內敵對目標喪失聽覺，原地發呆持續5秒）

唐牧洲的平板光腦中很快地就收到這張卡牌的草稿。看著卡牌上畫得唯妙唯肖的自己，還有三

個稀奇古怪的技能，唐牧洲差點一口老血噴出來。

描述中「好人」的後面為什麼有個問號？小師弟是真的皮！開玩笑地叫他做一張卡牌，他還真的「量身訂做」！

不過，他畫的卡牌精細度倒是挺高，畫面裡的唐牧洲，幾乎是現實中唐牧洲的縮小版，別說是英俊的五官有超過九成以上的還原度，就連今天穿的衣服細節，他都畫得很細緻。看來，謝明哲腦海中關於師兄的印象非常清晰。

唐牧洲微微笑了笑，回覆道：原來在你的腦子裡，師兄這麼帥嗎？

謝明哲厚著臉皮回覆：給帥哥師兄設計的技能，還滿意嗎？

唐牧洲很無奈：滿意到想揍你。

謝明哲發去個笑臉：嘿嘿，量身訂做，獨一無二的人物卡！

以現實中存在的真人形象製作卡牌是不可能通過系統審核的，謝明哲明顯是畫著玩的，唐牧洲當然也不會真的生氣，反而覺得調皮的小師弟挺可愛的。

只有特別親近、熟悉的人才會開這種玩笑。謝明哲敢這麼大膽，這也說明在他的心裡已經把師兄當成親友看了，而不是有距離的唐神。

師弟願意跟自己親近，這是個好現象。

唐牧洲心情愉悅，給謝明哲發條訊息：看在你把師兄畫得這麼帥的份上，奇怪的技能我就不跟你計較了。比賽結束後請你吃宵夜。

喻柯和林小蕊的半決賽以三比零結束，另外兩位選手的比賽卻陷入膠著，最終由水系選手趙涵以三比二艱難戰勝朱佳寧進入決賽。

「恭喜喻柯同學和趙涵同學成功打進總決賽，有請兩位參賽選手回到大舞臺！」

在全場觀眾熱烈的掌聲中，喻柯和趙涵被主持人叫回舞臺。

大舞臺的中間擺放著鑲了金色底座的冠軍獎盃，旁邊還擺著嶄新的智能頭盔，上面有唐牧洲的親筆簽名。主持人微笑著道：「接下來的總決賽，兩位誰能獲勝，這冠軍獎盃和訂製頭盔就是誰的。在比賽開始之前，你們有什麼話想跟對方說嗎？」

趙涵看向比自己矮了一個頭的喻柯，很有風度地說：「喻柯你很厲害，但我對自己也非常有信心。希望接下來的比賽，你能拿出全部的實力來！」嘴上這麼說著，心裡卻默默祈禱：可別拿出更多的新卡了，他才不想見到亂七八糟的鬼牌。

喻柯認真地點點頭，回道：「放心，我還有很多王牌沒用呢，待會兒肯定會給你驚喜的！」

「……」趙涵心想：不，我不需要驚喜，你老老實實用你的舊卡好嗎？

對上少年認真的眼眸，趙涵真的是有苦難言。

兩人在觀眾們的加油聲中各自走到旋轉椅入座，先後戴上頭盔連接了遊戲。

主持人道：「新生賽的冠軍爭奪賽正式開始！首先請兩位選手進行抽籤。我們看到，趙涵同學抽到了藍色方，有權優先選擇地圖，大家猜猜看，趙涵會選擇哪張地圖呢？」

——無盡雪原。

大螢幕中很快就出現了趙涵確認的選圖。

這是典型的雪地場景，由於地面上有一層厚厚的積雪，所有卡牌都會受到「移動速度降低百分之五十」的負面影響，對靠普攻打傷害的卡組非常不利，如果沒特意練習過這種地圖，很可能在放技能的時候因為移速的降低而出現失誤。

加上雪地場景白茫茫的一片，光線明亮，並不利於暗黑系鬼牌的潛伏，倒是很容易讓冰藍色的水系生物卡融入場景，給對手造成視覺上的誤判——這張地圖正是流霜城俱樂部的王牌選手方雨研發出來的場景圖，非常適合水系卡組。

趙涵選了「無盡雪原」，顯然是早就計畫好用這張地圖針對喻柯。

比賽開始，雙方展示卡組。

喻柯這次展示的卡組包括歸思睿製作的鬼牌紅衣新娘、白髮女鬼、無頭娃娃，和今天剛出現的全新鬼牌黑無常、白無常。

主持人不由得推測：「還有兩張暗牌，其中一張有可能是他在半決賽用過的孟婆，另一張呢？會是新卡嗎？」

喻柯到底會不會拿出更多新卡？觀眾們都無比期待。

同一時間，星卡官方論壇直播區。

有一位人氣很高的主播「白孔雀」是帝都大學的學生，她正在直播這一場比賽，直播間內關注比賽的網友已經超過六位數，彈幕區快要被刷爆。

「這個喻柯是不是跟歸神有關係？」

「突然拿出這麼多奇怪的鬼牌，該不會是鬼獄俱樂部正在培養的新人吧？」

出現全新鬼牌的消息一傳十、十傳百，很快就傳到鬼獄俱樂部愛看直播的新人耳中。

兩個新人立刻積極地跑去找歸思睿。

歸思睿正在準備兩天後的職業聯賽個人賽，聽到消息就感興趣地跑來訓練室。

直播螢幕中比賽已經開始，喻柯的鬼牌和對方的水族魚群展開混戰。由於雪地的減速效果影響，無頭娃娃的進攻速度大打折扣，根本追不到靈活的魚群，雙方進行了一波技能交換，全部殘血，相比起來喻柯的鬼牌血量更低，看上去局面對喻柯非常不利。

就在這候，趙涵突然召喚一張群體冰凍卡，想凍住對方打一波小團滅，結果喻柯幾乎是秒招孟婆，強行將一碗孟婆湯餵給對手的群控卡。

新人急忙指著螢幕說道：「睿哥，就是這張孟婆！新出現的鬼牌！」

歸思睿饒有興趣地看著直播螢幕，「遺忘技能？這個設計確實有意思。」

下一刻，黑無常和白無常同時出動，黑無常連殺對手四張牌，疊了四層標記後直接清場。

歸思睿若有所思地摸著下巴，「黑白無常？這兩張也是今天新出現的鬼牌？」

新人點頭如搗蒜，「沒錯！我們一直在看白孔雀的直播，喻柯在半決賽的時候，就用同樣的套路擊敗過林小蕊。」

但同樣的套路不能一再使用，趙涵又不是傻子，他特意留著兩張牌專門對付黑白無常。在黑無常引爆標記之後，他立刻召喚出單體冰凍卡先凍住可以拖延時間的白無常，然後強殺掉黑無常。

主持人忍不住道：「喻柯危險了啊！雖然從牌量上來說，雙方現在都剩三張牌，但尷尬的是，喻柯剩下的孟婆和白無常都是輔助卡，沒有任何攻擊技能……」

這就是打比賽為什麼要先殺核心輸出。

一旦輸出卡死光，剩下的輔助也不過是慢性等死而已。

趙涵興奮得手指都在發顫，他覺得這局他贏定了。

看到這裡，謝明哲也不由讚賞：「這個趙涵的意識還不錯，防著小柯用食屍鬼和黑無常打雙核心大後期陣容，他故意用雪原地圖來破解食屍鬼的追擊。」

陳霄笑道：「可惜，他並不知道小柯的卡池有多深。」

就在趙涵以為勝券在握的那一刻，一道純白色的身影突然出現在視野內。

賽場上出現一位美女，趙涵還沒看清對方的樣子，那長髮美女就瞬間分裂出三個幻影，分別跟在了他三張卡的身後——聶小倩，倩女幽魂！

觀眾們只覺得眼前像是有一陣白色的風飄過，靈活的女鬼猛地瞬移到魚群身後，如墨般的長髮伸展、蔓延，緊緊地纏住魚群，狠狠將魚群幻象徹底絞殺成碎片。

原本是優勢局的趙涵，根本沒反應過來是怎麼回事，聶小倩就利用七秒「倩女幽魂」狀態的靈活追擊，強殺掉了他的三張水系卡。

七秒內，三次瞬移，三次連殺，聶小倩的輸出有多恐怖可想而知！

現場的很多觀眾瞪大眼睛，不敢置信地看著眼前這一幕。

此時在白孔雀的直播間內，也刷出了無數彈幕，線上網友數量已經在短期內迅速超過百萬——

「這個喻柯是哪裡來的大神？」

「帝都大學今年的新生賽水準這麼高嗎？」

「我很看好這小少年，每次都是極限反殺，太刺激了！」

「喜歡恐怖風格的少年超可愛的，不知道會不會有職業俱樂部看上他！」

歸思睿看到這一幕，雙眼猛地一亮，立刻問道：「知道這些鬼牌的製作者是誰嗎？」

俱樂部兩位新人對視一眼，道：「不清楚，比賽過程中製卡師的Logo被刻意隱藏了，也不知道喻柯搞什麼鬼！」

歸思睿怔了怔，「刻意隱藏？」

在正式比賽中，參賽選手可以選擇性地隱藏卡牌背面的Logo。

喻柯的卡牌，除了大家眼熟的幾張牌背面寫著代表歸思睿的「鬼」字之外，其他新出現的鬼牌背面的Logo全被隱藏了。

隱藏卡牌作者的身分，這也是謝明哲在賽前的交代，因為謝明哲不想讓喻柯曝光太多關於涅槃俱樂部的訊息，更不想讓人知道新鬼牌作者就是鼎鼎有名的「胖叔」。

也正因此，網上才會有大量圍觀群眾猜測喻柯是不是跟歸思睿有關。

歸思睿當然沒做過這些卡牌，看到這裡，他的第一反應是：「難道喻柯會自己製作卡牌，為了低調，才隱藏了自己的Logo？」

兩位新人面面相覷，其中一人靈機一動，提醒道：「睿哥，唐牧洲今天也在現場，帝都大學是他的母校，今天請他回去當特別來賓。」

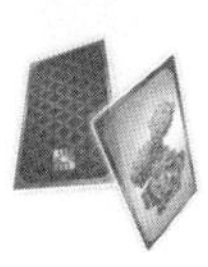

歸思睿跟唐牧洲私交不錯，聽到這裡便給對方發私聊訊息：「牧洲你在帝都大學新生賽現場是吧？喻柯的鬼牌是怎麼回事有沒有消息？」

唐牧洲故作驚訝地回覆：「這些鬼牌，難道不是小歸你做的嗎？」

歸思睿：「……」

——裝，你再裝嘛！唐牧洲肯定知道些什麼！

歸思睿立刻轉身去找師父鄭峰。

老鄭聽說後也感興趣地跑來看直播，「新的鬼牌？欸！這孟婆設計得不錯！」

幾乎是同一時間，職業聯盟的群組裡，葉竹冒出來發了條訊息：大家聽說了嗎？帝都大學今年的新生賽出現了好多全新的鬼牌喔！@歸思睿 @鄭峰

看熱鬧不嫌事大的葉竹幾乎成了職業聯盟的「八卦記者」，每次有什麼風吹草動，他都第一個冒出來告訴大家。其他人看見這條消息紛紛被炸出來。

山嵐：新的鬼牌？小竹，是怎麼回事？

葉竹直接把直播間的網址貼上來：我在看白孔雀的直播，感興趣的人可以來看！

說來也巧，葉竹看直播是因為裴景山。

裴景山和唐牧洲一樣是帝都大學的畢業生，還要叫唐牧洲一聲「學長」。今年帝都大學的活動本來也有邀請他，不過裴景山明天正好有比賽，便婉拒了學校的邀請。

葉竹知道唐牧洲受邀去當嘉賓，好奇之下就打開白孔雀的直播間，一邊嗑瓜子一邊看直播。這位美女直播主是網上很紅的一位主播，帝都大學三年級學生，正好今晚就在學校體育館現場，全程直播新生交流賽。

看著看著，葉竹就覺得不對勁。

本以為這些鬼牌是歸思睿的傑作，可風格怎麼看都不大像？他一著急就把消息發到群裡，炸出

不少人也去看熱鬧。

第一局結束，喻柯暫時一比零領先。

第二局是喻柯選擇地圖，他又一次選了幽靈古堡。

喻柯這次公布的五張明牌，分別是黑無常、白無常、孟婆、聶小倩和食屍鬼，兩張暗牌沒有公布。葉竹突然有種很奇怪的感覺，就好像喻柯在一步一步地替換歸思睿大神的卡組。

半決賽第一場，五張明牌全是歸思睿的牌，兩張暗牌是黑白無常。

第二場，新牌多出了一張陸之道。第三場，新牌多出了一張孟婆。剛才總決賽第一場，也就是他今晚的第四場比賽，新牌又多出一張聶小倩。

到如今第五場，明牌中就有四張新牌，而歸思睿做的鬼牌只剩一張。

葉竹看到這裡，終於忍不住跟山嵐私聊：「嵐哥，這個喻柯好像在一點一點地替換鬼牌卡池，難道他做了很多新卡，可以完全替換掉歸神的鬼牌嗎？」

這個問題，山嵐也看不出個所以然，只好去求助師父。

聶遠道聽說之後，立刻走過來看直播。

畫面裡，喻柯和趙涵已經開始激烈交戰。

讓觀眾們意外的是，喻柯又一次在關鍵時刻拿出兩張全新的鬼牌：牛頭和馬面。

牛頭的黃泉路，馬面的彼岸花，群攻再加連動，直接把趙涵的卡組打得潰不成軍。

聶遠道看著直播畫面，平靜地說：「等第三局，看他會不會繼續上新卡。」

信心十足的趙涵這時候已經有些慌了，第一局他明明選了雪原去克制對手，誰料喻柯在看到雪原地圖之後在暗牌中藏了一張聶小倩。

第二局，暗牌中又出現兩張新卡牛頭和馬面。雙群攻，還有連動，關鍵時刻一波群攻打下來，趙涵的脆皮卡幾乎是瞬間就躺倒一片。

第三局他還會出什麼新卡？就不能給人一個痛快嗎！

趙涵心裡抓狂，總覺得喻柯這臭小子是在慢慢折磨他……

事實上，喻柯並沒有想太多。他這麼做，只是為了試探對手的底細。沒有人會傻到第一局就把所有的底牌都放出來，所以他慢慢放，每一局都換一兩張新卡，略微改變自己戰術的同時，也能打得對手猝不及防。

他一直夢想著有朝一日自己的卡池夠深，可以在打比賽時隨意更換卡牌。

以前他只是個小透明，靠賞金任務賺些零用錢，手裡捏著寥寥無幾的鬼牌，根本無法隨意換卡。可是現在不一樣了，有謝明哲給他量身打造這麼多張鬼牌，卡多的感覺就是爽！

第三局開始，再次輪到趙涵選圖。

兩位主持人一唱一和地道：「喻柯現在是二比零領先，已經拿到了本場比賽的賽末點！」

「趙涵想要穩住局面，就必須在地圖上做文章。可是，聶小倩這張卡是根本不受任何地圖限制的卡牌，靈活性極高，趙涵現在的處境真的很艱難……」

「而且喻柯說不定還有別的新卡沒拿出來！」

喻柯神色冷靜得可怕，明明平時很愛笑的少年，一到賽場上，就能瞬間全身心地投入，外界的一切都影響不了他。少年的一雙眼睛閃閃發光，他目不轉睛地盯著遊戲裡的畫面，表情極為認真。

在主持人激動地分析解說下，喻柯的賽點局正式開始。

趙涵猶豫了很久，最終咬牙選擇一張地圖——烈焰焦土。

職業聯盟有個嚴格的規定，所有的比賽地圖設定負面狀態時必須一視同仁，比如雪原的減速，是所有卡牌一起減速，而「烈焰焦土」這張圖則是所有選手每秒降低精神力十點。

專業選手都知道，滿級玩家精神力有兩百四十點，召喚一張七星卡需要消耗三十點精神力。理論上，召喚七張卡消耗兩百一十點，還剩餘三十點，不會出現精神力不夠用的情況。可是「烈焰焦土」的地圖效果是雙方選手每秒自動扣除精神力十點，只要開局磨蹭個三秒以上，就意味著這場比賽根本召不出七張卡。

裁決俱樂部經常選用這張地圖，主要是聶遠道的個人風格很擅長快速強攻，他最不耐煩磨磨蹭蹭的後期卡組，更討厭打到一半突然被對手的暗牌算計。

聶遠道是一位很喜歡正面對決的選手，所以裁決俱樂部打造的這張地圖，就是逼著對手在精神力被扣光之前，前期就把七張卡全部召喚出來。

趙涵在這局選擇這張地圖其實是鋌而走險。

或者說難聽一點——他想死個痛快！

總是在開局占據優勢，卻被對手突然一張新卡翻盤，這感覺太難受了，還不如讓喻柯開局就亮明卡組，讓自己做好心理準備。

觀眾席上的陳霄看到這裡，忍不住低聲說：「趙涵心急了，明明一手水系慢控流卡組，卻用火系強攻流擅長的地圖場景，他這是自掘墳墓吧。」

陳千林卻說：「不一定，等卡組公布再看。」

比賽開始，雙方公布卡組。

這次，喻柯公布的明牌包括牛頭、馬面、黑白無常和聶小倩，他將歸思睿的舊卡徹底替換成了新卡。

而趙涵公布的卡組卻讓觀眾們大吃一驚——他居然五張卡全換！

前面兩局，趙涵用的是水系慢控打法，卡組中有很多靈活的魚群，靠水毒疊加來打消耗。但是第三局，他居然換成了水系強控一波流！

怪不得他要選烈焰焦土這張地圖，顯然是想賭一把，跟對手拚一波快攻。

陳霄摸了摸鼻子，說：「看來是我小瞧了他，這傢伙雖然水準不如小柯，但還挺有想法的。」

由於烈焰焦土每秒強行降精神力，比賽一開始，趙涵就連召了七張卡，觀眾們發現，他的卡組中果然又出現了一張新面孔——崔判官！

趙涵愣了愣，但他很快就回過神來，一波冰凍群控迅猛地砸了過去。

喻柯很聰明地分散走位，只有三張卡被冰凍，正好是孟婆、白無常和黑無常。

三張卡中黑無常最脆，對手肯定會優先擊殺威脅極大的黑無常，事實也證明如此，黑無常直接在短短四秒內被集火秒掉。觀眾席爆發一片驚呼，場外看直播的網友也替喻柯可惜。

「黑無常一死，喻柯就難打了！」

「不知道新出場的判官是什麼技能？」

大家正討論著，就在這時，冰凍效果解除，喻柯立刻開始全面反攻。

孟婆一碗湯強行餵給對方的群控卡，讓對方遺忘技能；緊跟著，牛頭馬面群攻連動，全場壓低對手血線；聶小倩開幻影，分裂出的七個白色幻影分別跟隨在對方的七張卡身後，聶小倩以風一般的速度在幻影之間來回瞬移，轉眼就把對面好幾張卡打殘。

判官手中墨筆一指——全場審判，對手剛才輸出最高的卡牌自動受到懲罰，大量掉血！

短短幾秒之內，喻柯同時操控五張卡牌完成技能銜接，趙涵目瞪口呆地發現，自己的七張牌居然全部被打殘……

不好！全部殘血卻沒被打死，難道喻柯是要……

像是在印證他的想法一般，崔判官拿起左手的生死簿，修改了黑無常的壽命，之前被擊殺的黑無常，突然原地復活。

白無常延時五秒死亡，孟婆的甜湯，全部餵給黑無常保命。

——接下來就是黑無常的表演時間。

瞬移過去先殺一個，再連擊、三連擊、四連擊、五連擊！

黑無常一口氣連殺五牌，爆陰陽標記，瞬間清場。

看著轉眼間倒了一地的水系卡屍體，觀眾席一片寂靜，但這寂靜只持續了三秒，緊跟著，就爆發出了一陣雷鳴般的掌聲！

直播間內被網友驚呼的彈幕刷得完全看不見畫面。

主持人激動得聲音發抖：「恭喜喻柯獲得總決賽的勝利，帝都大學第五屆新生賽的冠軍，就是我們賽前支持率不到百分之十的最強黑馬——喻柯！」

觀眾席上的謝明哲微微揚起了嘴角。

——小柯好樣的。讓大家見識一下，什麼才叫真正的爆發力！

其實之前的幾場比賽，小柯都打得很穩，一步步試探對手。但是最後這一局，趙涵同學背水一戰，選擇節奏最快的地圖「烈焰焦土」，反而逼出了喻柯真正的爆發力。

喻柯的鬼牌也可以打一波流！

只不過，他的一波流需要很多操作，比如牛頭馬面的連動鋪陳，判官和聶小倩針對性的壓低血量，黑無常最終出場收割，只要其中的一個環節沒做好，可能最後就無法清場。

這套卡組小柯練習了很久，昨晚甚至練到凌晨三點鐘才睡。這是他目前最強的打法，被對手逼出來，也給了觀眾們極大的震撼。

幾乎是在短短七秒內，喻柯極限操作七張牌，一波清場直接把對手打了個團滅。

這樣的實力，不愧是新生賽的冠軍！

最開始不看好喻柯的人紛紛覺得被打臉，帝都大學的不少學姐甚至兩眼發光，開始跟法學院的同學打聽喻柯有沒有認姐姐的想法。

直播間內，無數喜歡鬼牌的玩家激動得幾乎要落淚。

「鬼牌還可以這麼玩？」

「這小傢伙太強了！」

「最後這局瞬間清場，真他媽帥爆！我決定變成喻柯小少年的第一個粉絲！」

「粉絲加我一個，小少年太厲害了！」

裁決俱樂部。

山嵐看向聶遠道，小聲問：「師父，您分析出什麼結果了嗎？」

聶遠道很平靜地說：「有兩種可能，第一，喻柯就是胖叔；第二，喻柯是胖叔的朋友，胖叔很可能就在帝都大學。總之，這些鬼牌的設計者，肯定是胖叔。」

怪不得這些鬼牌透著一絲古怪，卡牌的技能怎麼看都覺得眼熟。孟婆湯、判官筆、黃泉路、彼岸花、倩女幽魂……能用這些奇怪詞語當技能設計的除了胖叔還能有誰？

而且鬼牌不走恐怖路線，把聶小倩畫得這麼漂亮是想幹什麼？

山嵐頭疼地揉了揉太陽穴，道：「這個胖叔，還真是不讓聯盟有一天安寧。」

鬼獄俱樂部。

歸思睿忍不住興奮道：「喻柯這小傢伙挺不錯，有天賦，他的鬼牌不管是誰做的，我真的迫不及待想跟他打幾局。」

鄭峰笑哈哈地說：「還能是誰做的啊？你看看這稀奇古怪的技能名字！」

歸思睿怔了怔：「難道是……胖叔？」

職業聯盟選手群組。

葉竹忍不住道：你們覺不覺得這些卡的技能設計有種很詭異的熟悉感？

鄭峰笑道：熟得很，比如曹沖秤象。

流霜城的選手也冒了出來：比如西施沉魚。

葉竹雙眼一亮：竇叙撲蝶，桃園結義，他還真是喜歡給技能起四個字的名字！

山嵐道：也有三個字的，比如判官筆、孟婆湯、生死簿。

眾人沉默了片刻。

歸思睿很疑惑：話說，卡牌製作者的資訊被喻柯同學隱藏了，你們怎麼都這麼確定製卡的人是胖叔？我也會做鬼牌啊！

葉竹：你沒他那麼欠揍！

山嵐：就是，小歸你的鬼牌比他的正直多了。

歸思睿哭笑不得：這算是誇獎嗎？

最後聶神一句話總結：胖叔做的卡牌有個特點，就是讓人看見卡牌時會想把他抓過來打一頓。

眾人：「……」

聶神說得太對了，哪怕製卡Logo被隱藏，大家也覺得這種「欠揍」的卡牌氣質非常熟悉。除了胖叔還能有誰？

謝明哲還想著，只要隱藏Logo大家就不會猜到他的頭上。結果，他做的卡牌風格實在是太獨特，在聯盟群裡瞬間掉馬。

唐牧洲看見小師弟在群裡掉馬，忍不住笑出聲。

欸，小師弟這越來越皮的製卡風格真是太明顯，不出十分鐘就被聯盟的大神們扒掉馬甲。真怕他將來到職業聯盟打比賽的時候，會被選手們集體圍毆。

當師兄的，到時候可要護著他一點，不能讓小師弟被大家打進醫院裡去。

【第六章】最強嘉賓挑戰賽

賽場上，主持人拿起麥克風，朗聲說道：「恭喜喻柯同學獲得第五屆帝都大學新生交流賽的總冠軍！接下來有請今晚的特別嘉賓——唐牧洲學長，親自為喻柯同學頒獎！」

坐在嘉賓席的唐牧洲被請上大舞臺，在全場熱烈的掌聲中，男人拿起金色的冠軍獎盃和特製的智能頭盔，緩步走到喻柯的面前，微笑著伸出手說：「恭喜。」

「謝謝唐神！」喻柯第一次近距離看見唐牧洲，傳說中的男神學長果然比宣傳照還要帥。他剛握完手接過獎盃，卻見唐牧洲突然俯身過來，壓低聲音問：「你是謝明哲的新隊友吧？」

喻柯愣了愣，一時不知道該怎麼回答。

唐牧洲接著說：「謝明哲親自給你設計卡牌，看來他很欣賞你，你可別辜負他對你的期望。」

喻柯疑惑地看著對方，「您怎麼知道這些牌是阿哲做的？」

唐牧洲的嘴角輕輕上揚，「我是他師兄，怎麼會不知道？」

喻柯恍然大悟——阿哲之前提過涅槃公會的「枯木逢春」正是他師父陳千林的小號，陳千林可不就是唐牧洲的恩師嗎？這麼算來，唐牧洲和阿哲確實是師兄弟。

帝都大學星卡協會每次比賽都會特別安排「嘉賓挑戰賽」的環節，當正式比賽結束後，嘉賓挑戰賽就成了粉絲們最期待的節目。

主持人顯然也很期待，走到大舞臺中間激動地說：「我們接下來還會有一個趣味環節，大家知道是什麼嗎？」

全場觀眾齊聲歡呼：「嘉賓挑戰賽！」

主持人笑道：「沒錯！就是在每一屆新生賽中都很受歡迎的嘉賓挑戰賽！首先，有請我們的唐神坐上嘉賓選手席位！」

工作人員飛快地把旋轉座椅推到大舞臺中間，唐牧洲微笑著走過去坐下來，他的座椅前方寫著「特別嘉賓」，在他對面也擺了張空的旋轉椅，座椅前方寫著「挑戰者」。

主持人道：「我先介紹一下『嘉賓挑戰賽』的活動規則，比賽採暗牌模式，一共五輪。也就是說，今晚將有五位同學獲得跟唐神當面對決的機會，所有被抽中的同學還能獲得星卡協會準備的周邊紀念大禮包——接下來，請唐神親自抽出獲得挑戰資格的幸運觀眾！」

大螢幕中的座位數字開始快速滾動。

現場觀眾熱情高漲，很多粉絲舉起手喊「唐神抽我」，然而，現場卻有三人完全不想被唐牧洲抽到——陳千林、陳霄和謝明哲。

陳霄皺起眉頭，「哥，萬一抽到你怎麼辦？」

如果陳千林走上舞臺被人認出來可就糟了。在帝都大學新生交流賽上，木系鼻祖陳千林意外現身與徒弟唐牧洲單挑——不管誰輸誰贏，都絕對會變成轟動性的大新聞。

謝明哲也很擔心這一點，乾脆說道：「要不陳哥你和師父提前先走吧，反正比賽都比完了。」

陳千林點點頭，站起來準備走人。

陳霄問：「小謝你不一起走嗎？」

謝明哲笑著說：「我想看看師兄怎麼虐人，再說，現場有好幾萬觀眾，他不一定抽到我吧。」

話才剛說完，就見大螢幕中不斷滾動的數字突然定格在一個熟悉的號碼：E區二八〇六。

謝明哲驀地瞪大眼睛——這不就是他的座位號碼嗎！果然，話不能亂說，他才說不會抽到自己，結果還真的抽到了！謝明哲恨不得抽自己一巴掌。

主持人道：「坐在E區二八〇六座位的同學在嗎？舉起手來讓大家看看是哪一位幸運觀眾！」

謝明哲在心裡罵了主辦方一萬遍。聚光燈很快地照了過來，為了不讓還沒離場的師父曝光，謝明哲只好站起來擋住師父，臉上保持著「被抽到了好激動」的微笑。

螢幕中放大了謝明哲的臉，只見這位男生長得高大帥氣，笑容也很燦爛，正朝著大家「開心」地揮手。

唐牧洲：「……」

一抽就抽到小師弟，他也挺意外的。

直播間內，在謝明哲的臉被放大之後，彈幕區的風向立刻變了。

「求被抽到的小帥哥個人資料！」

「帝都大學的新生顏值都這麼高嗎？」

「隨便一抽就是位小帥哥！」

「小帥哥加油，祝你在唐神的手裡多活兩秒！」

主持人道：「有請這位幸運的同學來到臺上！」

在全場觀眾的歡呼聲中，謝明哲硬著頭皮走上大舞臺。

主持人道：「作為第一位被抽到的幸運觀眾，向大家自我介紹一下吧！」

謝明哲微笑著說：「大家好，我是美術系一年級的新生謝明哲，很高興能有這個機會親自挑戰唐牧洲學長。」心裡卻在吐槽：高興個屁，他一點也不想當著這麼多人的面被師兄虐。

唐牧洲看他努力演戲，強行忍住笑意，配合地朝他點了點頭，溫言道：「學弟不用有壓力，我對挑戰者一向都很溫柔，不會讓你輸得太慘。」

謝明哲：「……」

雖說以他現在的水準根本不可能打贏唐牧洲，可是聽到這句話之後，謝明哲的戰意卻徹底被點燃。他跟唐牧洲從來沒有正式對決過，今天正好藉著嘉賓挑戰賽的機會，看看自己和師兄的差距究竟有多大。

但是，卡牌的問題怎麼解決？他不能用胖叔的人物卡組參賽，那樣相當於公開掉馬甲。

察覺到謝明哲的為難，唐牧洲主動提醒：「參加嘉賓挑戰賽可以帶自己的卡組，也可以借用剛才選手們的卡組，學弟打算用什麼卡組？」

謝明哲立刻領會了他的意思，微笑著道：「我想借用一下喻柯同學的鬼牌，可以嗎？」

喻柯一直在臺下發呆，「唐牧洲居然抽到謝明哲上臺比賽」這件事讓他的腦袋一時還沒轉過來。突然間聽到自己的名字，他總算回過神，迅速起身來到大舞臺。

謝明哲朝他使了個眼色，說道：「我特別喜歡你的鬼牌，能不能給我臨時操作權？謝謝。」

喻柯笑道：「沒問題！」

謝明哲登入「柯小柯」的角色帳號，來到官方指定的挑戰擂臺，果然看見一個ID為「唐」的玩家正在等著他。「唐」正是唐牧洲當年拿下個人賽五十連勝的成名角色——謝明哲不敢用自己的人物卡組挑戰，以免「胖叔」的帳號曝光，唐牧洲則是不想曝光自己打競技場的數字小號。

兩個人心照不宣，同時按下準備比賽。

主持人道：「第一場嘉賓挑戰賽馬上開始，請挑戰者選擇地圖！」

謝明哲的面前出現了比賽地圖選框。他選擇了很適合鬼牌暗殺打法的地圖：黑暗洞穴。這是所有地圖中光線最暗的一張，純夜景地圖，能見度極低，很多鬼牌可以完全融入背景裡，讓對手難以察覺。在這樣的地圖上對戰，對選手的意識要求極高。

很快地，雙方的卡組公布在大螢幕上。

謝明哲展示的明牌是黑無常、白無常、牛頭、馬面、聶小倩，暗牌未知。

唐牧洲展示的明牌包括沙漠玫瑰、斷腸草、睡蓮、紫藤和四季海棠。

看到這套卡組，唐牧洲的粉絲們立即激動起來。

「唐神這是要認真了啊！」

「我覺得謝明哲同學會被他虐哭。」

「唐神看來並沒有要對挑戰者手下留情的意思！」

圍觀的職業選手們也紛紛在群裡討論起來。

葉竹道：大家快下注，猜猜唐神的暗牌會是什麼！

山嵐：或許會帶千年神樹，向大家展示一下木系最強群攻卡！

歸思睿：會不會帶曼陀羅花，配合斷腸草的毒攻？

鄭峰：也有可能帶榕樹，防對手一波清場！

眾人猜來猜去，心裡都沒個底，畢竟唐牧洲的卡池太深，很少人能猜中他的暗牌。但是大家很快地都注意到，謝明哲在看到他的卡組後，替換了一張暗牌，而唐牧洲並沒有換牌。

比賽開始。

黑暗洞穴中不時響起蝙蝠刺耳的叫聲，偶爾還會有蝙蝠群飛過，當然，這些都是場景特效，地圖中的蝙蝠在比賽時並沒有任何攻擊力，只是作為一個場景動態，對選手的精神層面產生一定程度的干擾。

隨著一群蝙蝠飛過，場景中迅速出現了六張卡。

雙方都是開局三張卡的起手打法，謝明哲這邊召喚出牛頭、馬面和聶小倩，唐牧洲則召喚出了沙漠玫瑰、紫藤和斷腸草。

謝明哲的思路很明確，先以牛頭、馬面群攻壓血線，給後續出場的黑無常製造收人頭的條件；而移動靈活的聶小倩，站在距離對手三十公尺之外的位置免於被控，為接下來的布局預做準備。

巧合的是，唐牧洲的打法和謝明哲很相似。

沙漠玫瑰是他的卡組中群攻能力最強的卡牌之一，第一個技能「玫瑰花語」可在三十公尺範圍內撒落密密麻麻的玫瑰花瓣，造成群攻傷害。第二個技能「玫瑰之刺」是被動防守技，對於所有攻擊沙漠玫瑰的敵對目標造成「每秒掉血百分之二」的出血負面狀態。

開局雙方都打得比較謹慎，唐牧洲的沙漠玫瑰漫天撒下玫瑰花雨，牛頭馬面也鋪滿了一地的彼岸花——天上撒落紅色的花瓣，地上開滿血紅的花朵，如果不是場景太過陰森，這畫面一定很美。

然而下一刻，這片花海景色就被徹底破壞。

斷腸草，劇毒蔓延！

在血紅的彼岸花中，墨綠色的斷腸草突然瘋狂蔓延，整個場景都瀰漫起一片劇毒濃霧。

斷腸草是唐牧洲「木系毒攻打法」中的核心牌，也是聯盟目前最強的植物群體毒攻卡。它一出場，謝明哲的牛頭和馬面瞬間被疊毒疊上了四層，每秒都在嘩嘩地掉血！

斷腸草這張卡最煩人的地方就在於，它的技能可以形成一個三十公尺範圍的毒圈，踏入毒圈範圍的敵方卡牌會被不斷地疊毒，當劇毒疊上四層之後，每秒的掉血量相當可怕，如果沒有治療卡進行恢復，很容易被消耗致死。

主持人緊張地道：「現在的情勢對謝明哲同學很不利啊！斷腸草還在不斷疊毒，如果再不想辦法處理這張卡，他的卡牌很可能會被全部毒死！」

謝明哲深吸口氣，做出了一個大膽的決定。

他直接捨棄了牛頭和馬面，在兩張卡牌被斷腸草毒死的那一刻，他同時召喚出黑無常和白無常，並直接開了白無常的保護技能——全部傷害延遲五秒結算。

在這五秒內他所有的卡牌都不會受到劇毒疊加的影響，那麼聶小倩就可以配合黑無常打出一波收割。

唐牧洲開局召喚的三張卡沙漠玫瑰、斷腸草和紫藤，之前被牛頭和馬面的一波群攻、連動技能砸下去之後，此時的血量全都在百分之四十以下。現在只要聶小倩出手，黑無常完全可以疊出三個標記。

聶小倩很果斷地分裂出幻影，她如風一般瞬移到斷腸草劇毒圈中，將毒陣最中心的母草打殘，緊跟著以長髮猛地一甩，將這株斷腸草直接甩到黑無常面前，讓黑無常一招普攻收掉。

一直被毒攻疊加的不利局面總算得到了緩解。

聶小倩繼續去殺沙漠玫瑰，她在幻影之間來回瞬移速度實在太快，加上黑無常也可以瞬移，讓對手很難確認這兩張卡的位置。

眼看聶小倩和黑無常就要聯手殺掉沙漠玫瑰，下一刻，觀眾們只覺得眼前猛地一亮，一片柔和的白光在黑暗洞穴中閃過，然後，大家的面前就出現了一棵極為漂亮的、閃著螢光的樹木。

——夜光樹，這是一種含有螢光素的特殊樹木，在夜間可散發出純白色的螢光，照亮周圍三十公尺內場景，並讓範圍內的隱形目標、幻影目標全部顯出真身。

唐牧洲這局帶的暗牌之一，居然是具有照明、破隱技能的夜光樹！

夜光樹的出現讓謝明哲利用地形偷襲的計畫落空，黑無常所站的位置被照得清清楚楚不說，聶小倩被夜光樹一照，所有幻象都清楚呈現。唐牧洲第一時間找到聶小倩的真身，他毫不猶豫地甩出紫藤，深紫色的藤蔓如同觸手一樣快速延伸，直接將聶小倩捆綁在地。

聶小倩這張卡最厲害的地方就在於分裂幻影之後的七秒內可以靈活瞬移，而唐牧洲的夜光樹和紫藤出手後，幾乎是直接廢掉了聶小倩的倩女幽魂這項技能。

師兄的意識果然強，這針對性的出卡方式，讓聶小倩的功力廢了一半。但謝明哲並不慌，聶小倩被綁住無法繼續瞬移輸出，他還有黑無常！

黑無常的技能「天下太平」一開，攻擊力和攻擊速度都得到了極大的提升，何況他還有「無常索命」可以瞬移。

只見黑無常直接瞬移到沙漠玫瑰身後，以恐怖的連擊不出三秒就把沙漠玫瑰給秒殺了！

黑無常這張靠普攻來打傷害的卡牌，只要連擊次數疊加上去，那輸出量真是看著都讓人心驚膽戰，一下子刷掉好幾萬的血量。

現場觀眾驚呼出聲，直播平臺的觀眾更是難以相信。

「這小帥哥還挺厲害，哈！唐神居然被連殺兩張卡。」

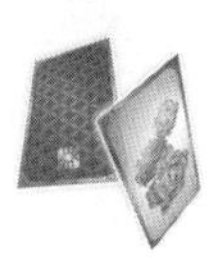

「意識確實不錯，反應也很快！」

謝明哲的攻擊手段冷靜而凌厲，就連唐牧洲都不由讚賞——小師弟進步神速，在自己的計畫被打亂的時候還能不慌不忙，跟上次被風華二隊虐了七局的傢伙相比簡直判若兩人。

連殺兩張牌的黑無常身上有兩個陰性標記，由於攻擊了玫瑰，他還帶著「刺傷」負面效果，每秒持續掉血百分之二。

謝明哲的牛頭馬面陣亡，聶小倩被限制行動。唐牧洲的沙漠玫瑰和斷腸草陣亡，夜光樹的作用讓黑暗環境失效，紫藤正綁著聶小倩。

雙方卡牌數量變成五比五，難得地陷入僵局。

但很快地，黑無常就撕破了這個僵持的局面！

黑無常的一技能有三十秒的攻擊加成，在連殺兩張牌後，他迅速移動到紫藤的背後，以可怕的連擊傷害將半血的紫藤也一口氣給殺了！

卡牌數量變成五比四，謝明哲居然略占優勢？

現場觀眾都不敢相信，直播間內的網友們也紛紛刷屏議論起來。

「唐神被連殺三張牌，這新人厲害啊！」

「唐神的節奏不大對，總有種很奇怪的感覺。」

「是啊！唐神的睡蓮不出，四季海棠也不出，他在想什麼呢？」

觀眾們疑惑不解。

但是在裁決俱樂部看直播的聶遠道，很快就說出了關鍵：「唐牧洲在打指導賽。」

山嵐怔了怔：「師父的意思是，唐牧洲在按對方的節奏出牌，引導對方做出一次次的應對？」

聶遠道點頭，「以唐牧洲的實力，如果盡全力的話，謝明哲的卡早死光了。他最開始不放夜光樹，先讓謝明哲在黑暗環境中打出一波群攻，自己也放沙漠玫瑰和斷腸草群攻，讓雙方卡牌的數量

和血量都趨於平衡。」

山嵐：「……」

唐牧洲曾獲得聯盟個人賽第五賽季、第九賽季兩屆冠軍，以他的實力，想擊敗謝明哲這樣的新人並不難。然而難的是，從始至終，他一直巧妙地維持賽場上的平衡局勢，讓雙方卡牌血量、卡牌數量都不會拉開明顯的差距。

他這是用心良苦，一路配合著謝明哲的節奏引導對方做出最正確的應對。這也是很多俱樂部中前輩大神訓練新人時最常用的手段，可以激發新人極大的潛力。

就連葉竹都發現了，忍不住在群裡吐槽：唐神對這位新人太溫柔了吧？這是指導賽？

同樣是帝都大學畢業的裴景山說道：唐學長畢竟是回學校當嘉賓，他的實力大家都清楚，直接完虐學弟也說不過去，在比賽中指導一下學弟反倒更有風度。

嘉賓手下留情打指導賽也是一直以來的傳統。只是，唐牧洲今天確實比較用心，和謝明哲的節奏配合得也堪稱完美。

他就像是在按照謝明哲的習慣和思路，為對方量身打造一場指導性的比賽，能讓謝明哲充分發揮出自身的實力，同時也清楚地意識到自己的缺點。

這樣的指導可是千金難求，風華俱樂部二隊的選手們都有些嫉妒了——唐神什麼時候對他們這麼溫柔過？訓練營的新人都沒這個機會讓唐神親自指點！

比賽現場，謝明哲的黑無常已經有了三個標記，唐牧洲只剩孤零零的夜光樹佇立在中央。

黑無常三十秒的攻擊加成時間結束，接下來會有十秒的空檔期，好在紫藤被殺之後聶小倩獲得了自由，她的倩女幽魂技能冷卻很快就要結束了。

謝明哲推測接下來師兄肯定會有所行動。

果然，唐牧洲直接召喚出睡蓮——群體昏睡！

但謝明哲早就防著這一招，幾乎是睡蓮出現的那一瞬間，他立刻召喚出孟婆。

一碗毒湯強行灑在睡蓮的身上——植物不會喝湯，但將湯液灑到莖上同樣能發揮效果。被孟婆的技能影響，睡蓮別說是控住對手，甚至忘了自己該幹什麼。

孟婆的控制確實及時，連主持人都忍不住吐槽：「睡蓮直接遺忘了技能啊……」

直播間內的彈幕更是刷瘋了。

「哈哈哈，我要為唐神點蠟！」

「我怎麼那麼想笑呢？唐神的睡蓮沒能昏睡對手，反倒是自己睡著了！」

「孟婆這張卡簡直無賴！」

賽場上，唐牧洲微微一笑，心裡給了機智的小師弟一個讚，緊跟著召喚出四季海棠。

四季海棠是張非常強的攻擊卡，一技能「四季花開」有春、夏、秋、冬四種不同的模式，春秋是單攻，冬夏是群攻，可以四種模式任選其一。

唐牧洲選的是花開四季•秋，對指定單體目標造成高額木系傷害。

他瞄準距離最近的聶小倩，一套暴擊下去，把殘血的聶小倩直接給秒殺了。

此時，唐牧洲還剩下四張卡，謝明哲也剩四張，兩人都有一張暗牌沒出現。

四季海棠的輸出太強，連聶小倩都被秒殺了，可不能繼續留它在場上對付黑無常。只要黑無常一死，謝明哲就徹底輸了。

想到這裡，謝明哲立刻召喚出最後一張暗牌。

只見一名身材清瘦的美女突然出現在賽場上。

林黛玉揚起纖纖玉手，將幾許花瓣拋向四季海棠。

——黛玉葬花！

原來，謝明哲藏在暗牌裡的這一張卡，就是他看到師兄卡組之後所替換的暗牌：林黛玉。

花卉類即死，直接收掉唐牧洲攻擊力極強的四季海棠！

現場爆發一陣驚呼，直播間內的觀眾更是一片不可置信。

「這位大一新生是要逆天啊！」

「哈哈哈，唐神的四季海棠被林妹妹一招秒了！」

「唐神也有今天！小學弟強啊！」

觀眾們都在紛紛為謝明哲點讚。事實上，能跟冠軍選手唐牧洲打到現在，謝明哲的實力已經讓很多職業選手都忍不住讚賞。

用黛玉葬花秒掉四季海棠之後，謝明哲決定炸標記。

黑無常身上有四個標記，只要一炸，對方還活著的睡蓮和夜光樹都會被殺。

難道今天的新生交流賽會出現歷史性的一刻？新生擊敗嘉賓大神？

觀眾們都緊張得屏住了呼吸。

但賽場總是瞬息萬變，誰都沒法預料下一刻會發生什麼——就在謝明哲爆掉黑無常標記的那一瞬間，唐牧洲召喚出了最後一張暗牌。

白罌粟。

純白色的罌粟花在賽場大片盛開，一陣詭異的香氣迅速蔓延——群體混亂！

混亂會導致「攻擊偏移」，單體攻擊的偏移，可能是從目標A變成目標B，而群體攻擊的偏移，那就只會從對手變成隊友！

黑無常引爆標記原本會對敵方造成大量傷害，結果白罌粟混亂一開，黑無常確實是清場了。清的是自己人的場。

看著所有的鬼牌都被陰陽標記給炸死，謝明哲差點吐血。

原來唐牧洲打的是這個壞主意，真不愧是滿腹壞水的唐師兄！

全場觀眾愣神五秒後，主持人才哭笑不得地道：「這個……恭喜唐神獲得了勝利，謝明哲同學自己炸死了全部的鬼牌，咳……功虧一簣啊！」

直播間裡的觀眾們簡直要笑死了。

「唐神好壞啊！」

「謝明哲自己炸死了自己哈哈哈！」

「可憐的學弟被唐神欺負！」

謝明哲在心裡翻了個白眼，果然師門風氣不正，師弟做卡氣人，師兄打比賽更氣人。臺下的師父你還好嗎？

陳霄偷瞄了一眼陳千林，發現他神色嚴肅，對兩個徒弟的對決不發表任何評價。

唐牧洲笑咪咪地走過來跟謝明哲握手。

謝明哲無奈地道：「你這樣打才是真賴皮，讓我炸死自己。從一開始你就打定了這個主意，對吧？我是一步一步踏進了你的圈套啊！」

唐牧洲的笑容溫和無害，「嗯，看你上鉤很愉快。」

謝明哲沉默片刻，才放輕聲音道：「謝謝。」

唐牧洲一怔：「什麼？」

謝明哲突然認真起來，看著他的眼睛，低聲說：「我知道你在打指導賽，你教我的東西，我都懂了。謝謝師兄。」

唐牧洲：「……」

看著謝明哲明亮的眼睛，唐牧洲一時說不出話來。

他確實是在用這種方式親自指導謝明哲，難得的是，小師弟居然全都懂得。

我給你的東西，你能全部領會。這樣的默契讓唐牧洲的心情難得變好。

他突然覺得自己參加這一屆的新生交流賽是最正確的決定，而在挑戰賽上抽到小師弟，更是意外的驚喜。想到這裡，唐牧洲的目光不由得更加溫柔，他湊到謝明哲的耳邊，用柔和的語氣說：「待會兒在校門口等我，請你吃宵夜。」

謝明哲乾脆點頭，「好，我也有話跟你說。」

臺下掌聲雷動，兩人湊在一起說什麼大家都聽不到，還以為唐神是在鼓勵學弟。

為免引起大家的懷疑，謝明哲立刻後退一步，禮貌地跟唐牧洲握了握手，朝他露出個笑容，然後就回頭接過主持人送上的限量周邊禮物，向滿心嫉妒的觀眾們帥氣地揮揮手，轉身走下大舞臺。

少年帥氣的背影很快地就消失在人群中。此時此刻，職業圈裡還沒有任何人能想得到——他就是遊戲裡鼎鼎大名的胖叔，是唐牧洲真正的「小師弟」！

謝明哲走下大舞臺後，直播平臺的網友們覺得這位挑戰者實力堅強，不斷有人在打聽謝明哲的資料。

「小帥哥真的是美術學院的嗎？長得帥，還會畫畫，簡直是我的理想型！」

「這位謝同學確實厲害，唐神畢竟是個人賽冠軍，他能跟唐神打這麼長時間已經很難得了！」

職業聯盟群裡的選手們眼光更加刁鑽，大家看完比賽後都覺得謝明哲是個值得培養的人才，不少大神都開始跟俱樂部那邊打招呼。

鬼獄俱樂部的鄭峰行動最快，直接找上在帝都大學的一位公會管理者，叮囑道：「打完比賽後儘快去後臺找到喻柯，問問他有沒有興趣打職業賽！也問一下謝明哲同學，看看他願不願意來鬼獄面試。」

裴景山的手腳也很快，找了一位關係比較熟的學妹同時也是帝都大學星卡協會的管理者，去接觸這兩位同學，看看他們有沒有當職業選手的意向。

就在這時，聯盟群裡突然彈出葉竹的訊息：我發現了，喻柯的這套鬼牌卡組，最怕的就是黑無常被秒殺，只要卡住黑無常爆標記的節奏點，留好混亂、反傷之類的控制技能，就可以讓黑無常的清場反過來作用到他自己身上！」

剛才謝明哲爆標記，反過來清掉自己的鬼牌就是證明。這一點大家都發現了，只不過葉竹直接在群裡說出來討論，顯然是對胖叔的鬼牌很感興趣。

聶遠道卻說：沒那麼簡單，我覺得以胖叔的風格，既然要製作鬼牌，他不會只做七、八張，肯定還有沒出現過的新卡。

歸思睿卻對另一件事很是疑惑：你們不好奇喻柯和胖叔是什麼關係嗎？為什麼喻柯手裡會有胖叔的卡組？

這問題一提出來，大家都覺得奇怪——這些鬼牌毫無疑問是胖叔做的，但胖叔為什麼要為喻柯打造全新的鬼牌？喻柯到底是什麼人？

葉竹忍不住道：該不會喻柯就是胖叔本人吧？不要嚇我！

聶遠道立刻否定了這種推測：不可能。胖叔為人謹慎，不可能帶著親自設計的卡牌去公開打比賽曝光自己的身分。我更傾向於胖叔發現了喻柯的天賦，給他做了幾張鬼牌。

葉竹突然想到一件事：對了，上次涅槃公會拿下資源爭奪賽冠軍的時候論壇上發布了一些影片，我記得柯小柯是當時涅槃公會偵查小隊的隊長。或許他在那場比賽中表現太好，引起胖叔的注意，所以胖叔就給他做了些鬼牌當獎勵？

聶遠道提出不同看法：也有可能是喻柯被胖叔發掘，成了他的新隊友。

眾人愣了愣，都覺得聶神的猜測很有道理。

如果只是網上認識的朋友，交情不可能好到親自為對方打造那麼多張鬼牌的地步。胖叔做的那些鬼牌隨便一張拿去賣都是一筆很可觀的收入，沒道理全部送給一位網友。除非，這個人是他現實中認識的人，並且答應成為他的隊友，一起打職業聯賽。

想到這個可能性，大家都覺得脊背冒起一絲寒氣。

沒過多久，鄭峰就在群裡說話了：我讓俱樂部在學校的人去接觸喻柯，開出很好的條件邀請他來鬼獄俱樂部，結果被喻柯毫不猶豫地拒絕了。是誰家簽了他嗎？動作這麼快？

裴景山：我們暗夜之都還沒來得及行動。

山嵐：我們裁決根本沒打算行動。

群裡沉默片刻，鄭峰才頭疼道：我知道了，很可能是老聶的烏鴉嘴又說中了。喻柯或許已經簽了涅槃，打算跟胖叔合夥，明年一起打職業聯賽。

眾人：「……」

聶神真是說什麼都很準！

聶遠道嚴肅辯解：我不是烏鴉嘴，我只是在理性分析。除非他們兩個達成協議成為隊友，不然，胖叔沒理由為喻柯親自製作鬼牌。

鄭峰笑道：反正壞事經過你的嘴，沒一件不準的。

聶遠道也很無奈，最近確實是說什麼壞事都會說中，他已經變成聯盟第一烏鴉嘴了。

葉竹忍不住吐槽：胖叔的人物卡就夠煩的，如今又多了喻柯這個愛用鬼牌的隊友，要是以後的職業聯賽他跟喻柯打雙人賽，鬼牌和人物卡混在一起，那豈不是煩上加煩嗎？

眾人同時想像了一下那個畫面，確實是煩透了！

一會兒劉備開「桃園結義」賴皮再打一輪，一會兒盤古「開天闢地」停戰五秒，過一會兒白無常又「對不起我還能搶救五秒」，然後孟婆再出來灌湯，強行遺忘技能……

跟他倆打雙人賽，對手估計要瘋！

到底打，還是不打？

剛找回節奏打得順手，就被盤古強行停戰。剛要秒對面的殘血卡，又被白無常延遲五秒結算。何況還有神農自爆加血、女媧復活、聶小倩的分裂瞬移等等。這兩人狼狽為奸，絕對會變成氣死人不償命的流氓賴皮組合。

大神們紛紛覺得明年的職業聯賽會很頭痛，結果聶遠道又平靜地說道：目前只是卡組煩人，還可以接受。說不定經過今天的比賽，胖叔會打開新世界的大門。比如，做出幾張煩人的地圖。

——管理員鄭峰禁止聶遠道繼續發言。

——管理員聶遠道解除了自己的禁言狀態。

眾人無語。

聶神你真的不要再說了好嗎！

然而聶遠道還在繼續說：我不是烏鴉嘴，我只是陳述事實。每家俱樂部都有主場地圖，雖然胖叔目前只做卡牌，將來肯定也會把注意力放到地圖上。以他的意識，做出來的主場地圖會有多煩人我沒法想像，總之，將來的涅槃主場，一定會變成大家的惡夢。

在被眾人炮轟之前，聶遠道迅速說：我去洗澡，你們繼續聊。

——管理員聶遠道對自己禁言二十四小時。

說完後，聶神就溜了，很淡定地跑去洗澡。

山嵐愣愣地看著男人的背影，發現師父腳步從容，唇角微揚，似乎心情挺好的？

果然，他一走，群組裡就崩潰了。

我擦，我發現老聶的這張嘴也特別煩人。

如果真像聶神說的那樣，胖叔做出煩死人的地圖場景卡，我們先集體把聶神打一頓！

能不能把聶神這個烏鴉嘴踢出群啊？每次他說的都會中。

他是管理者，踢不了。而且他對自己禁言了二十四小時，我只能說，聶神算你狠！

群裡熱鬧了一陣，大家便各自回去準備明天的比賽。

帝都大學的新生交流賽所有活動節目結束後，唐牧洲聯繫了謝明哲：「我這邊人太多，你去學校後門的咖啡店樓下等我，十分鐘後我來接你。」

謝明哲回了句「好的」，迅速溜出體育館。

陳千林和陳霄已經提前離開。喻柯拿下冠軍後，被主辦方邀請和其他選手一起去吃飯。原本協會也想請唐牧洲去吃飯，結果被唐牧洲婉拒：「我俱樂部那邊還有事，今晚的飯局就不去了。」

他能回來學校參加活動已經給足了星卡協會面子，學弟妹們當然不會勉強他，大家紛紛表示了對他的崇拜和敬意，在後臺合影留念，就放唐牧洲離開。

為避免被同學們在校園裡攔住，唐牧洲特意繞路去學校後門。

他今天開的車並不是平時那輛顯眼的紅色跑車，而是一輛很常見的私家車，因此在離開學校時並沒有引起太多人的注意。

把車開出學校後門，果然看見一個小帥哥正在路燈下等他，唐牧洲搖下車窗朝對方招招手，謝明哲立刻快步跑過來坐進車裡。左右看了看，發現沒人跟蹤，謝明哲便回頭朝師兄笑道：「吃個飯都要偷偷摸摸的，大神也不好當。」

謝明哲本就長得帥氣，那種陽光、明朗的笑容感染力極強，看見他的笑容會讓人心情也忍不住

變好。

唐牧洲扯了扯嘴角，語氣很無奈：「邊走邊說吧，我要是在這裡留得太久可能會引來狗仔隊。你說得沒錯，人氣高了這一點確實不好，跟朋友私下見個面還要防著被媒體跟蹤。」

他發動車子迅速離開學校後門，一邊問道：「想吃什麼？」

謝明哲很隨意：「我對學校這邊不大熟，師兄你決定就行。」

唐牧洲低頭想了想，道：「時間不早了，帶你去吃點清淡的，附近有家店環境還不錯。」

謝明哲自然沒什麼意見。

到了目的地，謝明哲不敢相信地看著眼前的飯店——唐牧洲所說的「環境還不錯」居然是豪華七星級飯店嗎？這家大名鼎鼎的飯店連謝明哲都聽說過。

師兄果然有錢任性，隨便吃個宵夜都這麼講究。

謝明哲當然不能表現得像個土包子，立刻神色從容地跟上師兄。

走進大廳時，大堂經理主動迎了上來，很恭敬地招待唐牧洲：「唐先生，您好。」

唐牧洲微微一笑，禮貌地說：「麻煩安排一下頂樓的包廂，我帶朋友吃飯。」

觀景電梯一路升到最頂層，一走出電梯就聽到柔和的輕音樂，餐廳被裝修成海洋館的風格，透明的玻璃魚缸裡養著許多色彩斑斕的魚類。

飯店頂樓的用餐環境相當浪漫，謝明哲暗中記下了這裡的地址，心裡想著，以後要是有了男朋友，也要帶他來這裡吃飯。在浪漫的環境中跟男朋友約會，一定會讓感情迅速升溫，書裡不都是這麼寫的嗎？

唐牧洲帶謝明哲走進包廂坐下，溫和地問：「你有什麼忌口的嗎？」

謝明哲搖頭，「沒，師兄隨便點兩個菜就行，我不餓。」

唐牧洲拿過點餐的光腦，迅速勾選了一些餐點。

等待上菜的時間有些無聊，唐牧洲便走到落地窗前，回頭招招手，「過來這裡。」

謝明哲疑惑地走過去站在他身邊，順著他的目光往外一看，頓時驚呆了。

這棟樓是帝都最高的大樓之一，位於市中心的繁華地帶，站在頂樓，正好可以俯瞰整個帝都的夜景。

落地窗外，一棟棟摩天大樓燈火輝煌，空中的懸浮車道縱橫交錯，整整十層的車道像是一條條延伸到遠方的霓虹彩帶，蜿蜒曲折，看不到盡頭。車輛的燈光如同夜空中閃爍的繁星，和高樓大廈的各色燈光匯聚在一起，彰顯著這座大都市的繁華。

這是謝明哲所見過最壯觀的夜景。

唐牧洲介紹道：「這座飯店的頂樓餐廳，是帝都夜景視野最好的地方。你看那邊，火紅色的大樓，就是裁決俱樂部總部的所在地。」

謝明哲順著他的目光看過去，果然看見一棟幾十層高的大樓拔地而起，如同一把利劍指向天空，大樓的外觀刷成了火紅的顏色，在周圍的建築群中十分醒目，「裁決」的俱樂部徽章在夜色中灼灼生輝，如同燃燒的火焰，和遊戲裡見到的公會徽章一模一樣。

裁決總部位處於市中心的繁華地帶，可見這家俱樂部是真的財大氣粗。

唐牧洲道：「那棟黑色的大樓，是鬼獄俱樂部。」

謝明哲扭頭一看，鬼獄的風格比較特殊，純黑色的大樓隱沒在夜色中，只能在周圍燈光的照射下依稀看見輪廓。大樓本身並沒有任何燈帶裝飾，只有樓頂那造型獨特的「鬼獄」俱樂部徽章，在黑暗中一閃一閃，如同來自地獄深處的微光。

如果不是周圍有太多高樓，單獨這麼一棟樓矗立在這裡，會讓人聯想到恐怖片裡的場景。

謝明哲移開視線，朝前看去，指向遠處的那棟樓，說：「東南方那棟燈光特效以綠色藤蔓為主的大樓，應該就是風華俱樂部總部吧？」

唐牧洲微笑著說：「沒錯。市中心這一帶，風華、裁決和鬼獄三家俱樂部正好位於等邊三角形頂點的位置，這三棟都是原本就蓋好的商業大樓，被三家俱樂部買下來，裝修成不同的風格。能在帝都買下樓盤，本身就是俱樂部實力的象徵，何況是市中心。」

聽到這裡，謝明哲的心裡相當佩服，師兄能憑一己之力創建風華俱樂部，除了個人實力強大之外，本身的財力也不可小覷，拉到的贊助經費估計是天文數字。

下一刻，就聽唐牧洲說道：「正巧這三家俱樂部都曾經邀請過你，卻都被你拒絕了。」他回頭看向小師弟，神色難得認真，「如果你當初答應了任何一家，說不定這個賽季你就會被包裝成超人氣新秀選手，不需要從零開始打拚。你會後悔嗎？」

謝明哲笑得很自信：「我從來不後悔。加入這三家實力頂尖的俱樂部，確實會有很好的發展前景，但我覺得，自己親手種下一棵果樹，等著豐收，會比直接拿別人種好的果實更有樂趣。這也是我對自己的挑戰。」

看著少年神采奕奕的模樣，唐牧洲第一次發現，其實小師弟遠比自己想像的還要堅定。

小小年紀，能有這樣堅定的信念確實難得。

唐牧洲忍不住想起當初十八歲的自己，走上職業聯賽這條路時，很多人勸過他，家裡人也非常反對。但他還是一意孤行，總想證明自己，誰勸他都不肯聽。

父親對他說，要是有一天後悔了，家裡依舊會給你一條出路。記得當時的自己也是毫不猶豫地說：「不會後悔。」

那樣執著、驕傲的少年，似乎和眼前的謝明哲漸漸地重疊起來。

他總想幫助謝明哲，因為，謝明哲現在的心態跟當年的他實在太像了。唐牧洲忍不住想以前輩的身分給師弟一些指點，讓師弟少走些冤枉路。

想到這裡，唐牧洲的目光更加溫柔，他注視著謝明哲的眼睛，柔聲說道：「我也相信你可以做到。或許再過不久，你的涅槃俱樂部，就會在這繁華的帝都有一處屬於自己的基地。」

謝明哲用力點頭，「這也是我接下來的目標！我們涅槃就算買不起市中心的高樓大廈，但也絕不會局限在陳哥的工作室，將來，等俱樂部規模擴大了，我也打算租一棟大樓。」

唐牧洲道：「到時候記得請我去你們新的基地轉轉。」

謝明哲點頭，「一定。」

兩人相視一笑，這種「遇到知音」的感覺讓謝明哲的心裡尤為激動。

唐牧洲當初親自創建風華俱樂部，對這個過程肯定很熟悉，也以師兄的身分給了自己很多指點，謝明哲其實特別感激他，只是一直沒有機會表達。今天正好兩個人獨處，謝明哲想了想，便說：「師兄，你之前叫風華二隊的人跟我實戰，讓我找出卡組的缺失。今天的嘉賓賽還那麼用心地指導我，我一直想好好謝謝你，要不……這頓飯我請客吧！」

唐牧洲輕笑，「請吃飯，這樣的謝法多沒新意？不如換一種方式。」

謝明哲認真地抬起頭看他，「你想讓我怎麼謝你？」

唐牧洲的心猛地一跳。

窗外的彩色燈光將屋內照得燈火通明，少年的瞳孔就像是珍貴的寶石一樣清透，就這麼抬起頭來看著他，雙眸中的真誠，像是一下子撞進了他心底最柔軟的地方。

這麼近距離對視著，連彼此溫熱的呼吸都清晰地傳遞過來。

謝明哲的嘴唇帶著自然的淡粉色澤，唇瓣下的牙齒潔白又整齊，臉上的笑容純粹得耀眼，被他這樣認真地注視，唐牧洲發現自己的心跳似乎越來越快了。

深吸口氣忽略心頭的異樣，唐牧洲低聲道：「先欠著吧，以後等我想到了再說。」

謝明哲當然沒那麼單純，立刻反對道：「不行，以師兄滿腹壞水的程度，我覺得『先欠著』這句話絕對是個大坑。我才不要欠你人情，說不定將來會被你賣了。」

看來機智的小師弟並不打算上鉤？

唐牧洲微微一笑，「你還真是瞭解我。不如這樣吧，既然你那麼喜歡畫卡牌，就把今天發給我的那張唐牧洲卡放大十倍畫在紙上，裝裱好送給我，我把它掛在牆上當成紀念。」

謝明哲有些尷尬：「那張人物卡是我隨便畫著玩的，我還幫你設計了溫柔表象、滿腹壞水之類的技能……被人看見的話不大好吧？」

唐牧洲道：「我喜歡就好。再說，我不會讓任何人看見你送我的這張卡牌，我把它掛在臥室裡，沒人敢隨便進我的臥室。」

對方既然這麼說，謝明哲只好答應：「那行，我回去重新給你畫一幅。」

正好這時候服務生來敲門，兩人便停下對話，轉身來到餐桌旁坐下。

唐牧洲點了一桌豐盛的美食，大部分都是比較清淡的素菜。已經晚上十點多了，吃太油膩不好消化，這裡的菜色一看就很精緻，讓謝明哲胃口大開。

唐牧洲把筷子遞給他，「嚐嚐看。」

謝明哲挾起來嚐了一口，立刻瞇起眼睛，「這也太好吃了吧！」

能把素菜做得這麼好吃，這家飯店的大廚絕對是頂尖水準。

唐牧洲原本沒什麼胃口，看小師弟吃得這麼香，他也忍不住多吃了一些。美味的食物滑進胃裡，跟聊得來的人一起吃宵夜似乎也變成一種享受。

吃到一半，唐牧洲才開口打破沉默：「今天教你的東西，你真的全都懂了嗎？」

謝明哲點頭，「嗯，我先說說我的理解，不對的話師兄你再跟我仔細講講。」他放下筷子，清了清嗓子，說道：「首先，我這套鬼牌卡組其實有很大的缺陷，沒有解控類卡牌，一旦被控就很容易崩盤。孟婆如果放得慢，不能及時廢掉對手的控制技，很可能被對方一波強控帶走……」

他頓了頓，接著說：「其次，這套卡組太依賴黑無常爆標記清場，萬一被對手混亂、反彈，還會清了自己人的場。輸出方式太單一，我還需要再做一些輸出牌，來完善戰術。」

「至於第三點……我不知道我領會的對不對。」謝明哲繼續說道：「師兄你召喚出夜光樹，是不是在提醒我，不要太依賴夜景地圖來打偷襲？地圖，也是比賽中非常關鍵的因素？」

聽他一條一條地仔細分析，唐牧洲心中滿是讚賞。

聰明伶俐的小師弟，越看越讓人喜歡。

唐牧洲揚起唇角，溫柔地說：「你理解得很正確。第一點和第二點你可以通過完善卡組來解決。第三點的地圖問題，現在不急著處理，不過，你遲早要考慮地圖的影響。」

唐牧洲開始解說地圖的差異性：「官方製作了很多競賽地圖，但是每家俱樂部在新賽季也可以提交自己設計的主場地圖。比如，今天比賽中用到的烈焰焦土，就是裁決俱樂部在第五賽季研發的。因為聶遠道特別擅長正面拚傷害的打法，這張地圖每秒減少精神力，強制開局召喚全部卡牌的設計，就很適合老聶直接打快攻。」

看小師弟沒有疑問，他繼續說道：「流霜城擅長的地圖就完全相反，他們喜歡雪景、水池之類帶減速效果的地圖，可以極大地減弱對手普攻卡的傷害，將比賽拖進後期；風華俱樂部擅長的大部分是帶負面狀態的森林類地圖；暗夜之都則是擅長陷阱類地圖……比賽打了這麼多年，大家都知道量身訂做的主場地圖更有優勢。你要成立涅槃俱樂部，將來也要做幾張適合自家選手的場景卡。」

謝明哲好奇地問道：「場景卡也是要經過資料庫審核嗎？有什麼限制？」

唐牧洲詳細解釋道：「場景卡必須在比賽開始前一個月提交給聯盟審核，通過之後就會加入聯賽地圖圖庫當中。製作場景卡的條件是，正、負面狀態必須對所有卡牌生效。比如帶減速效果，那就是全部卡牌一起減速，不能只有對手減速而你自己加速。場景設計需要做到絕對的公平。」

謝明哲若有所思地摸著下巴，「也就是說，表面上看起來一張場景卡對所有選手都很公平，可實際上，因為每家俱樂部的卡組有固定的風格，不同的場景會對某一方產生一些優勢。不過，場景

只是相對的優勢，並不是說主場圖就絕對能贏吧？」

唐牧洲贊同道：「沒錯。主場不好打，但不是不能打。上賽季我們在好幾家俱樂部的主場都贏了比賽，關鍵還是靠選手們的意識和配合。」

謝明哲興奮地點頭，「我明白了，謝謝師兄提醒，我回去就好好研究一下場景卡的製作。將來涅槃俱樂部不能老是用別人的場景比賽，自己也要有一些拿得出手的主場地圖才行！」

唐牧洲道：「我很期待，有一天涅槃主場說不定會變成很多選手不想去比賽的惡夢。」

兩人相視一笑。

謝明哲頓時覺得，他們師兄弟要是聯手坑人的話，所有大神都要遭殃。

幸虧不是同一家俱樂部的，不然這仇恨值也太可怕了。

兩人不知不覺聊了好久。謝明哲驚覺時間已經十一點半，立刻停下對話，道：「師兄我該回去了，十二點宿舍樓要關門。」

作為帝都大學畢業的學生，唐牧洲當然知道學校的規矩，站起身道：「我送你。」見謝明哲要拒絕，唐牧洲便補充道：「這麼晚了，你一個人回去我不放心，我送你回學校。」

師兄執意要送，謝明哲也沒再推辭，乾脆地點點頭，跟著師兄上了車。

大概因為時間已晚，一路上沒有遇到任何狗仔記者，唐牧洲很順利地把師弟送回了學校的後門。謝明哲下了車，轉身朝他揮揮手：「謝謝師兄！」

唐牧洲的眼裡滿是笑意，「不用客氣。快回去吧，免得被宿管攔住。」

謝明哲點點頭，迅速閃身走進後門，一路往宿舍狂奔。

看著他飛快地跑進學校，唐牧洲唇角的笑意更深——這傢伙可真是活力十足。也不知為什麼，每次跟他在一起，都會被他的情緒所感染，心情也跟著愉快起來。

唐牧洲一直目送著小師弟的背影，直到對方飛奔的身影在路燈下徹底消失，他才收起笑容，發動車子返回風華俱樂部。

帝都大學的宿舍管理制度相當嚴格，每天凌晨十二點會準時實施門禁，如果有學生晚於門禁時間回來，就必須去宿管中心登記外出晚歸的詳細原因。

謝明哲最討厭麻煩，所以能在門禁之前回去當然最好。

他用了跑百米賽的速度一路飛奔回宿舍，總算氣喘吁吁地跑回宿舍樓下，一看時間是十一點五十八分，謝明哲鬆了口氣，朝宿管阿姨禮貌一笑，假裝很淡定地走進新生宿舍大樓。

十一點五十八分，距離門禁時間只差兩分鐘。

幸虧唐牧洲開車送他回學校，而他的體力也是夠好，從學校後門到宿舍區一刻不停地撒腿狂奔，這麼遠的路程，居然幾分鐘就跑到了，趕在門禁之前回來，真是虛驚一場。

謝明哲擦了擦額頭上的汗，靠在牆邊調整呼吸。

就在這時，又一位同學踩著時間點快步走進宿舍大樓。

對方穿了條修身長褲，一雙腿在地上投下又直又長的黑影，他紮了個俐落的辮子，但看體型卻明顯是男生。謝明哲一怔，總覺得這個人的影子格外熟悉。

直到對方走進大樓，兩個人目光相對。

——居然是秦軒，消失了好幾天的神祕室友。

沒想到兩人都卡著時間點回來，幾乎在秦軒走進宿舍樓的那一刻，身後的門就被關上了。

大門關閉的聲音在黑夜裡格外清晰，在大廳裡對視的兩個人面面相覷，謝明哲摸了摸鼻子，尋找話題打破令人尷尬的沉默：「咳，秦軒你這麼晚才回來啊？」

秦軒淡淡地道：「嗯，你也是剛回來嗎？」

謝明哲乾笑著說：「我出去吃飯，幸好趕在十二點之前回來。」

兩人同時鬆了口氣，一前一後返回宿舍，深夜空曠的樓道裡只剩下他們的腳步聲。

謝明哲來到宿舍房門前主動開門，打開室內燈，明亮的燈光照射下他這才看清了秦軒的臉——室友看上去很疲憊的樣子，眉頭微微皺著，眼眶下有明顯的黑眼圈。

記得當時秦軒說要請假三天，結果卻在一週之後才回來，謝明哲便關心了兩句：「你家裡的事情，都處理好了嗎？」

秦軒輕輕揉了揉額角，語氣平淡：「爺爺去世，我參加完葬禮才回來的。」

謝明哲怔了怔：「我不大會安慰人，你……你別太難過。」

這安慰確實有些糟糕。秦軒看他著急的樣子，抽了抽嘴角，道：「不用安慰，我爺爺已經一百多歲，這兩年一直住在醫院裡靠藥物續命，這次走得很安詳，對他來說，或許是一種解脫。」

謝明哲點頭道：「嗯，老人家一定會安息的。」他沒有親人，沒法體會這種喪親之痛，不知道該怎麼安慰室友，而且室友似乎真的不需要安慰。

於是謝明哲機智地轉移話題：「對了，前幾天上課的時候陳教授點你名了，我跟他說你家裡有事請假，他讓你回來後親自跟他解釋。」

秦軒請假那幾天正好倒楣地被陳教授點名，還好謝明哲立刻解釋了室友是家裡有事請假。不過，陳教授顯然不信，畢竟蹺課的學生也經常用各種「生病請假」、「家裡有事」的藉口搪塞，所以他要求秦軒拿著請假單去找他。

謝明哲道：「放心，你有學校批的假單，他不會為難你。另外，他還出了一份課外作業，讓所有學生畫一幅畫，顏色只能用綠色，要求用不同的綠色畫出層次感和新意，這次作業會按滿分十分的比例列入期末評量，下週三交，我還沒畫完呢。」

說到這裡，謝明哲也有些發愁，只用綠色畫出一幅有新意的畫，可沒那麼容易。這幅畫在期末評量中算十分，他至少要拿七分以上，不然期末考試壓力就大了。

據學長學姐們說，陳教授的這門課被當重修的人特別多，怪老頭打分數簡直是隨心所欲，誰都不知道他喜歡什麼風格。

秦軒問：「內容沒有要求，只是色彩限制用綠色，是嗎？」

「嗯，綠色系就行，不能出現其他顏色。」

「我明白了。其他課程還有作業嗎？」

「別的課都沒作業，只有這份是下週交。」

「謝謝。」秦軒面無表情地點點頭，「先睡吧，晚安。」

【第七章】意識流暗黑場景高手

謝明哲穿越重生後養成了良好的作息，每天早上七點準時起床。

一大早，他起床後洗完臉來到客廳，意外地看見秦軒已經在客廳陽臺上支起畫架，正在畫陳教授出的作業，謝明哲路過時就好奇地看了看。

秦軒畫畫的手法和謝明哲很不一樣。比如畫蘋果時，謝明哲會先畫好草稿輪廓，儘量畫得細緻、完整，然後在輪廓內塗上顏色，哪怕不上色也能一眼看出他畫的是蘋果。

但是秦軒的畫簡直就是「意識流」，畫出來的草圖如同書法家的狂草，紙張上布滿了凌亂的線條，謝明哲站在他的身後看了半天，愣是沒看明白他要畫什麼鬼東西。

不過，正在亂畫線條的秦軒神色卻極為認真，平時冰冷、嚴肅的男生，在看著自己的畫時，難得地露出一絲柔和的神色。

清晨溫暖的陽光透過窗紗籠罩在他的身上，從側面看上去，秦軒的五官其實非常英俊。一般紮辮子的男人會顯得很娘，但秦軒的氣場卻完全hold得住這樣的髮型，一點都不娘，反而多了些藝術家的獨特氣質。

清晨，陽光下，認真畫畫的少年，這幅場景真像是文藝電影裡的片段……然而美好的畫面很快就被打破，門外響起咚咚的敲門聲。

「阿哲你起來了沒？去吃早飯吧！」

門沒上鎖，喻柯直接推門進來。這幾天和謝明哲兩人一起吃早飯，都是喻柯直接下樓來叫門。只是沒想到今天宿舍裡多了一個人。由於他聲音太大，吵到了秦軒，後者很不悅地皺了皺眉，回過頭時那眼神鋒利得像是要把喻柯的臉給盯出個洞。

喻柯被他一瞪，立刻僵在原地，如同被按下暫停鍵。

謝明哲哭笑不得，迅速走過去擋住喻柯，道：「秦軒在畫畫，別打擾他。」

喻柯回過神來，腳底抹油轉身溜了，「我去門口等你！」

等喻柯走後，謝明哲才尷尬地笑笑，道：「小柯不知道你回來，是不是打斷你的靈感了？」

秦軒淡淡地道：「沒關係。」

謝明哲道：「那我先下樓去吃飯了，你慢慢畫。」

他換了身衣服出門，喻柯正在門口等，見謝明哲出來，急忙把他拉到一邊，湊過來小聲道：「你室友好可怕，你跟他住在一起能習慣嗎？要不你申請換宿舍，搬過來跟我住吧！我們系上男生是單數，我學號是最後一個，正好一個人住，套房裡的另一間臥室空著。」

「這不大好吧？」謝明哲雖然不習慣和秦軒這樣的人相處，可是突然申請換宿舍，沒有合理的理由學校也不會批准。總不能說，室友不跟我一起打遊戲，我要換去跟喻柯住吧？

「反正……我覺得他怪怪的。」喻柯想起剛才凌厲的眼神，心有餘悸。

「他個性比較冷淡，但人並不壞，剛才瞪你是因為你打擾到他畫畫了。你不喜歡他的話，以後找我直接傳訊息，少來我宿舍就行了。」謝明哲沒再繼續這個話題，道：「先去吃飯。」

「嗯。」喻柯也不再繼續聊秦軒的事，轉而興奮地說：「對了，新生賽冠軍獎勵的訂製頭盔真的超好用，我昨晚用它登入遊戲，感覺畫面都變清晰了許多，跑去競技場打排位，一口氣打了十連勝。」

「是嗎？」謝明哲微笑著拍拍他的肩膀，「有了新頭盔，你趕緊去把所有的鬼牌都練熟，杜麗娘和魏徵你還沒用過吧？」

「知道，我接下來就重點練習帶治療卡的後期打法！」

兩人一邊聊一邊來到學校餐廳吃早飯。

大清早餐廳裡的人不多，偶爾有同學路過，看見喻柯總會投來好奇的目光——喻柯拿下新生賽冠軍，出盡風頭，現在已經是個小名人了。

被圍觀的喻柯不大自在，拉著謝明哲到角落坐下，小聲說道：「昨晚有鬼獄俱樂部的管理找我，邀我加入鬼獄當練習生，我拒絕了。」

謝明哲早就料到了這一點：「你沒說鬼牌是誰做的吧？」

喻柯立刻保證：「我提都沒提！不過，我覺得他們很快就會猜到了。」

謝明哲道：「猜到也沒關係，你的卡組中魏徵和杜麗娘都是還沒曝光過的新卡，圍繞這兩張卡的戰術跟黑無常爆標記的打法完全不同，你可以再練練。以後，我還會繼續幫你做新卡，而且我昨晚又有了一些思路，打算為你的鬼牌打造一張適合暗殺的場景卡。」

喻柯瞪大眼睛，「你還要做場景卡？」

「嗯，每家俱樂部都有擅長的主場地圖，我們涅槃也不能太寒酸，老是用別人的地圖。和你的鬼牌搭配的第一張場景圖我已經想好了設定，就叫——血池地獄。」

血池地獄，暗黑系場景卡，可以讓比賽現場變成由鮮血鋪成的恐怖地獄，所有踏入血池地獄的卡牌都會遭受酷刑，每秒鐘大量掉血。

謝明哲的設想是，大量掉血的場景可以迅速壓低卡牌的血量，讓小柯的聶小倩和黑無常完成收割，補充卡組傷害的不足，以快打快。

這只是他想到的場景設定之一，具體該怎麼畫他還沒確定。

場景圖需要考慮的細節太多，場景設計對空間感的要求也比較高，在平面圖上畫出來的場景，3D放大之後的效果不一定好。以謝明哲目前的水準，還沒辦法獨立完成大型場景的繪製。場景設計是非常專業的領域，即便在地球時代，遊戲的場景設計師也是難得的人才。

謝明哲想著，不如在美術學院找找看，要是有功底扎實、會畫大型場景的同學，可以高薪邀請到涅槃俱樂部當場景設計師。

而尋找這方面的人才，有個非常簡便的途徑——美術學院的畫展。

美術學院在每年開學後一個月，都會舉辦一次全院畫展，新生和高年級的同學都可以參加，把

自認為最優秀的作品放在展覽館展出，體驗一把開畫展的感覺。

學院內的畫展中高手如雲，或許可以從中找到擅長畫場景的人才。

反正開學已經三週，週六學院內的展覽館就會正式開放，謝明哲決定到時候也請陳哥一起去看看，說不定真能發現一位給力助手。

早飯後，謝明哲就帶著喻柯來到涅槃工作室。

陳霄知道小謝要做場景卡之後非常支持，只不過陳霄自己在美術方面並不專業，畫大型的場景他也是愛莫能助，倒是可以幫忙招納這方面的人才。

謝明哲提議道：「帝都大學美術學院高手雲集，我想在學校裡物色一位畫手，同齡的人較好溝通，而且，距離近的話，也好隨時討論。」

陳霄點頭，「我覺得可以。最好找位畢業生，可以全職留在涅槃工作室，製作場景卡的同時還能幫我們把關一下其他卡牌的設計，就當是工作室的美術總監。」

喻柯道：「這個人一定要靠譜！不然把我們設計的卡牌提前曝光，以後就不好辦了。」

陳千林在旁提醒道：「必須在合約裡增加保密和違約條款，簽合約之前也最好調查清楚對方的底細。」

陳霄笑道：「放心吧，哥，我已經找專業的律師，重新擬定了工作室的合約。」

幾個人很快地達成共識。

涅槃的人手太少，謝明哲的壓力很大，他不但要為自己和喻柯製作卡牌，還要抓緊時間去競技場打比賽累積經驗，精力和時間根本不夠用。

對於場景卡，謝明哲的想法是，他會提出一些設計理念和場景要素，但是具體該如何繪製成具有空間感的實景圖，就交給工作室未來的專業場景設計師去完成。這樣既能實現他的設想，也可以大大節省他的時間和精力，讓他把更多的注意力放在戰鬥卡牌的製作上。

沒有人是十項全能的，一家俱樂部想要發展壯大，必須讓不同的人才各司其職、分工合作。目前的涅槃雖然沒什麼名氣，可是已經初具規模。至少在公會的發展上，池青、瑩瑩、小胖和金躍對管理工作已經十分上手，地基漸漸穩固，大家的心裡也比較安定了。

至於其他的助手，可以再慢慢找。

一切都井然有序地進行著。

週三這天，班上所有學生都按時把作業交上去，陳教授的成績評定很快就出來了。整個繪畫班大部分的同學分數都是六到七分，得到八分以上的同學不超過十位，只有兩位同學得到九分。

其中一位是大家意料之內的繪畫班班花，她從小在美術獎項上獲獎無數，年紀輕輕就已經舉辦過獨立畫展，畢業之後肯定會走上專業畫家之路。謝明哲還沒跟她說過話，跟她也不熟。

讓謝明哲意外的是，另一位被怪老頭打了九分的同學，居然是他的熟人——秦軒。

室友居然這麼厲害的嗎？不知道畫的是什麼？

可惜教授為了保護學生們的隱私，並沒有公開這次的作業作品。

轉眼到了週六。

一大早，謝明哲就叫上陳霄一起來學校看畫展。

展覽館有四層樓高，一樓到四樓分別陳列著一到四年級學生的作品，如果有看中的，還可以出價購買。

謝明哲預約的是上午十點的場次，陳霄準時到場，喻柯也跑過來湊熱鬧。

三人驗完票走進展覽館，謝明哲建議道：「我們從四樓開始看吧，四樓展示的是今年要畢業的

大四學生作品，整體品質應該最高。」

走上四樓後，謝明哲擦亮眼睛在密密麻麻的展覽畫作中，尋找畫風符合他的風格並且擅長畫場景的高手。畫展上展出的作品大部分都是精緻的靜物圖，場景圖本來就很少見，謝明哲很快地就逛完四樓，只挑到兩張中意的作品。

倒是在二樓的轉角處看見了一幅兩公尺長的巨大場景圖，畫的是父母帶著幾位小朋友去遊樂場玩耍的畫面，動感十足，雲霄飛車、旋轉木馬等遊樂設施一應俱全，場景龐大，人物的神色也是活靈活現。

陳霄說：「這個不錯吧？」

謝明哲道：「我先記下來，待會兒再接觸一下作者。」

正聊著，突然聽喻柯「欸」了一聲，指向一樓的轉角處，「你們看那幅畫好詭異！」

謝明哲順著他的目光看過去，果然看見轉角處掛著一幅畫風很特殊的作品。

這幅畫的色調非常壓抑，黑暗中一棟神祕的古堡若隱若現，古堡的頂端亮著血紅色的光芒，古堡周圍的樹木早已枯萎，上面吊著些破舊的、沾染著血跡的十字架，一陣風吹過，十字架在地面上投下凌亂的陰影，就像是張牙舞爪的魔鬼。

有一個人獨自在黑夜中前進，他穿著純黑色的斗篷，身體幾乎要和夜色融為一體，但他的眼睛是血紅的色澤，面色蒼白如紙，微微揚起的嘴角露出一顆鋒利的獠牙。

陳霄看見這幅畫，嚇了一跳，「這畫的是吸血鬼嗎？」

謝明哲雙眼一亮，立刻來到這幅畫作前，仔細看了看名牌上的作者資料。

美術學院，繪畫班，一年級秦軒。

居然是神祕室友秦軒的作品！

這張「吸血鬼古堡」混在周圍一大堆色彩明亮的畫作中，畫風非常鮮明突出。

更讓謝明哲驚喜的是，秦軒只用了簡單的黑、紅、白三種顏色，就渲染出一幅恐怖、陰森的深夜場景。他的畫太逼真，站在畫前，似乎能感受到吹過古堡的寒風——這傢伙絕對是個鬼才。如果讓他來畫血池地獄的場景卡，或許能達到自己理想中的效果。

謝明哲欣喜不已，想要找的人居然遠在天邊、近在眼前——秦軒你跑不掉了，一定要加入我們涅槃！謝明哲笑咪咪地觀賞著這幅畫，心裡開始琢磨，該怎麼說服室友加入？

遠處，坐在窗邊淡定喝茶的秦軒突然打了個大大的噴嚏。

——有種被人盯上的感覺是怎麼回事？

秦軒皺了皺眉，正打算起身離開，卻見主辦這次活動的美院學生會會長急匆匆地走到他面前，說道：「學弟，有人想買你那張吸血鬼的畫，問你賣不賣？」

美術學院舉辦的畫展是允許現場交易的，但大部分參加畫展的同學，抱持的心態都是「讓作品能有一次公開展示的機會」而已，每一屆畫展能賣掉的作品屈指可數。

秦軒原本並不想參加這次的畫展，是陳教授要他拿一幅作品去參展試試。他心想會喜歡自己這種暗黑系畫風的人肯定不多，拿去參展也不會引起太多人的注意。

結果現在卻有人要買下這幅畫？對方的審美觀是不是有什麼問題？

秦軒輕輕皺起眉頭，轉身走向一樓展區。

一個身材高大的男人正站在吸血鬼古堡的畫作前，仔細觀賞著他的作品。

男人穿著一身剪裁合適的西裝，身材挺拔，看上去二十來歲的模樣，年輕俊朗，臉上掛著一絲淺淺的笑意，站在一群學生當中十分引人注目。

學生會會長主動介紹道：「陳先生您好，這位是秦軒同學，這幅畫的作者。」

陳霄轉過身來看著秦軒，友善地伸出手，「你好。」

秦軒握了一下他的手，神色冷漠，「您想買我這幅畫？」

陳霄笑道：「是的，我非常喜歡你的畫風。」

秦軒淡淡地說：「抱歉，這幅畫我不打算賣。」

陳霄怔了怔，疑惑地看著他，「這麼快就拒絕，你不先聽聽我開的價格嗎？」

秦軒說：「我不缺錢。」

好吧，不缺錢，不想賣，這個理由真是無法反駁。

樓梯轉角處，謝明哲和喻柯正鬼鬼祟祟地躲起來偷聽。

這是謝明哲出的主意，他讓陳霄先去探一探口風，看看秦軒有沒有幫忙的意向。他怕萬一自己直接出面請秦軒加入，對方一旦拒絕，那就沒有迴旋的餘地了。

而且，謝明哲也不想在沒有任何把握的情況下隨便曝光自己「胖叔」的身分，讓陳哥先出馬，如果有戲，謝明哲再當一下助攻。

可是現在看來，情況似乎不大樂觀？

喻柯小聲說道：「阿哲，你真的要讓秦軒加入嗎？這傢伙看上去很難相處的樣子啊……」

謝明哲道：「他是有點驕傲，但習慣了其實也還好。我很喜歡秦軒的畫風，想儘量說服他，讓他幫你畫幾張暗黑系的場景圖。」

提到量身訂做的場景圖，喻柯立即閉嘴了。

就在這時，兩人聽見陳霄很直率地說道：「你不想賣這幅畫也沒關係，我找你，是想跟你交個朋友——你會玩《星卡風暴》這款遊戲嗎？」

他的話題轉得太突然，秦軒顯然怔了怔。

片刻後，秦軒才皺眉問道：「玩遊戲和我的畫有什麼關係？」

陳霄解釋說：「我跟幾個朋友成立了一家遊戲工作室，以後會發展成專業的卡牌俱樂部。我們正在製作原創卡牌，你的畫風很符合我們的設定，我想誠心邀請你加入，當我們的美術總監。」

秦軒沉默地看著他。

陳霄接著說：「我今天來帝都大學美術學院看畫展，也是為了發掘這方面的人才。我們俱樂部還在起步階段，有好幾位實力出色的選手，但是還缺少專業的美術設計師。如果你願意加入的話，可以提出自己預期的薪水，我們會儘量滿足你。」

自己提薪水，他開出的條件對一位大學在校生來說確實非常誘人。然而秦軒卻不為所動，道：「我不缺錢，也不想兼職賺錢。我只是個大一的學生，如果您要找美術總監，建議您從大四的畢業生當中找，您提供的工作機會他們肯定會很有興趣。」

陳霄發現這傢伙完全不在意錢的問題，只好換了種說法：「暗黑系的植物卡，聽說過嗎？」

秦軒一怔，眼中閃過一絲亮光，陳霄看著他的眼神，微微笑了笑，說道：「不如跟我一起去俱樂部瞭解一下？」

見秦軒猶豫，陳霄又說：「我們工作室就在學校對面的社區，離這裡很近。如果擔心我是騙子，我可以給你看身分證明。」

秦軒的嘴角微微抽了抽，這個男人儀表堂堂，不像騙子，他當然不擔心對方會對自己造成什麼傷害，但他還是果斷地拒絕對方的提議，「抱歉，我沒興趣。我還有點事，先生您請自便吧。」

看著秦軒轉身離開的背影，陳霄很無奈地朝轉角處的兩位夥伴聳了聳肩。

謝明哲和喻柯對視一眼，面面相覷。

三人走出展覽館後，找到學校一處僻靜的地方開始密謀大計。

陳霄道：「你這位室友真難搞定。我嘴巴快說破了，也不見他有一點動搖。」

他看向喻柯，正好對上少年亮晶晶的眼神，陳霄忍不住笑起來，壓低聲音道：「還是小柯好哄，當初一說要幫他做鬼牌，他就立刻湊了過來。」

喻柯認真道：「我這不叫好哄，我這叫明智！我覺得阿哲和陳哥一看就很有冠軍相，哈哈哈！

加入你們，我將來肯定是冠軍隊的成員。」

陳霄笑著揉了一下少年的腦袋，「你這馬屁拍得滿分。」

謝明哲無奈道：「秦軒的性格非常冷漠，開學一個月了，我跟他住在同一間宿舍，說過的話不超過十句。關於他的事情我瞭解得非常少，他平時從不主動找我說話，我主動找他，他的回答也非常簡略。遇上這樣的室友我也很頭疼……」

陳霄揉了揉額角，「那怎麼辦？他說不缺錢，能從小花大錢學畫畫的人，家裡條件肯定很好，我看他很有可能是個富二代，只要他不樂意，我們開再高的薪水也沒用。」

謝明哲沉默了片刻，腦袋突然靈光一閃，想到一個主意，「既然主動勸他沒有效果，不如讓他自己找上門來！」

陳霄和喻柯對視一眼，都覺得謝明哲的提議很不靠譜。

喻柯糾結地抓了抓頭髮，「讓這個冰塊臉自己找上門來？有可能嗎？」

謝明哲信心十足：「你們注意到了嗎？陳哥剛才提起暗黑系植物卡的時候，他有些猶豫，顯然，他對陳哥做的植物卡很感興趣，就是戒心太強，沒法當場就答應你。」

「我也發現了……」陳霄頓了頓，總算回過神來，「你的意思是，主動把我們做的卡牌擺在他的面前，誘他上鉤？」

「對。」謝明哲笑著說：「像他這種個性的人，我們就算再熱情，那都是熱臉貼冷屁股，說多了他反而會覺得很煩。不如讓他先對我們工作室產生濃厚的興趣，到時候再慢慢誘導。」

看著謝明哲笑咪咪的樣子，喻柯的脊背忍不住微微一抖，顫聲道：「我怎麼覺得你是在設陷阱捕獵啊？」

謝明哲坦然點頭，「你的感覺沒錯，為了涅槃工作室能招收到強力的隊友，挖個坑等對方跳，也是很正常的方式嘛。」

喻柯一口血差點噴出來，能把算計人說得這麼冠冕堂皇，謝明哲這臉皮也是真厚。他忍不住要同情一下秦軒了……

謝明哲開始實施自己的「誘拐隊友計畫」。

三人先回到涅槃工作室，去觀摩陳霄新做的植物卡牌。

事實上，陳霄在謝明哲開學後就開始製作植物卡了，只不過為了精益求精，他把早已想好的卡牌修改了好幾個版本，最近才終於定稿。

有木系鼻祖陳千林在旁指導，陳霄製卡的速度飛快，到目前為止，他的卡組已經有十幾張植物卡牌，全都通過了資料庫的審核。

比起謝明哲製作人物卡，陳霄做植物卡的難度簡直是世界級的。

先有陳千林，後有唐牧洲，這師徒兩人已經把大部分的常見植物都做了個遍。陳霄想在既有的海量植物卡池中進行創新，不是一般的困難。他首先要尋找一些偏門的、沒有被製作過的植物，其次還要賦予這些植物其他卡牌沒有重複過的有用技能。

為了重新出發，陳霄蟄伏了整整五年。

這五年的時間，他每天都在私下設計植物卡，有一些他已經想好的技能創意，由於不能實際製作出來，而被別人搶先用了，他也只能啞巴吞黃蓮，有苦難言。

不斷地在筆記上添加、刪除想法，卻不能付諸實踐，是個非常煎熬的過程。

能如此沉得住氣的男人真是不簡單。謝明哲的心裡也特別佩服陳霄，試想一下，如果自己因為版權問題不能製作人物卡，憋著一腦袋的創意，等個五年，他估計要瘋。

事實證明，陳霄的天賦果然不輸哥哥陳千林。

第一張就是暗黑系的植物卡「千葉高山松」，他把一棵巨大的松樹畫成墨綠色，其中堅硬無比的松針完全可以當成暗器來使用。它的技能叫「松濤萬壑」，是非常強力的三百六十度範圍松針掃

射群攻。

密密麻麻的松針能將範圍內敵對目標全部扎成刺蝟，造成大量木系傷害的同時還附帶「出血」負面狀態，完全不輸唐牧洲「千年神樹」的範圍絞殺！

還有一張卡，是難得一見的「黑玫瑰」，純黑色的玫瑰，跟唐牧洲紅色的「沙漠玫瑰」形成了鮮明的對比。

謝明哲越看越是激動，陳霄真是太可惜了，當初因為一時衝動跟聖域俱樂部簽了賣身契，結果讓自己沉寂了整整五年。

第五賽季中，十連敗的陳霄遇上十連勝的唐牧洲，零比二乾脆俐落地輸掉了比賽，被很多觀眾罵得狗血淋頭，甚至有人說他是在給陳千林丟臉。

在觀眾唾罵聲中轉身離開的少年，心裡肯定很不好受吧？

如果當初他不是因為合約問題而迫不得已隱藏自己的實力，或許第五賽季唐牧洲的奪冠之路就不會那麼順利——陳霄的水準可並不輸唐牧洲，就連唐牧洲本人也在賽後對他說：「等你回來，再來一次真正的對決。」

如今，二十三歲的陳霄是涅槃工作室的創立者，也是讓謝明哲徹底改變命運的人。

這回浴火重生、涅槃歸來，謝明哲相信陳哥一定會在賽場上證明自己——他是陳千林的弟弟，他有著不輸於兄長的天賦，他不是被眾人唾罵的菜鳥！

星卡遊戲裡的卡牌可以製作成實體卡，在現實世界中召喚出星卡幻象。謝明哲剛穿越過來的時候，就在醫院裡見過幾個小女孩牽著星卡幻象形成的可愛寵物。

製作實體卡的過程並不複雜，只需要通過資料庫的審核，連接上專用的印表機，以特殊材質的紙張將卡牌列印出來，隨身攜帶，就可以在現實世界召喚出星卡幻象。

只不過，官方為了維持現實社會的秩序，有幾類卡牌是禁止在現實世界中召喚出星卡幻象的。

官方的要求很簡單，具有視覺攻擊性的卡牌不允許生成現實幻象，在進行實體卡牌審核的時候，資料庫也會根據卡牌設計的形象來做判定。

植物卡和可愛的動物卡最容易通過審核，陳霄製作的植物卡雖然是暗黑系，但是黑玫瑰出現在現實世界也不算很嚇人，所以輕易地就通過了系統的實體審核。

陳霄連結上專用印表機，把卡牌製作成實體卡交給謝明哲。

第一次在現實世界召喚星卡幻象的謝明哲覺得很有趣，他將黑玫瑰調整好角度，插在桌上的一個空瓶子裡，遠遠看去，真假難辨，很像是桌上真的插了一簇玫瑰。

喻柯有些懊惱：「為什麼鬼牌不能在現實中召喚！我好想帶著黑白無常一起去上課。」

陳霄笑罵：「得了吧，你帶著這兩個幻象走在校園裡，會嚇壞同學。」

喻柯不服氣：「那聶小倩和杜麗娘呢？那麼美的女鬼也不能召喚嗎？」

陳霄道：「官方限制鬼牌不能在現實中召喚幻象，你不服也沒用。」

喻柯只好嘆了口氣，非常惋惜不能帶黑白無常去上課。

謝明哲道：「按照計畫，我今晚回宿舍後，會把陳哥做的卡牌放在客廳裡，肯定能引起秦軒的注意，到時候他來問我，我就假裝不知道今天畫展的事情，你們可千萬別說溜嘴。」

兩人立刻點頭，「明白！」

謝明哲帶著黑玫瑰卡牌回到了宿舍，假裝不小心把卡牌遺落在客廳裡。由於卡牌會生成幻象，他特意調整了角度，把黑玫瑰的幻象放在沙發上——沙發中間盛開著一簇純黑色的玫瑰，明顯得一進客廳就看得到。

做完這一切布置後，謝明哲回到臥室打開星卡論壇，以關鍵字搜索新生交流賽複賽影片。

官方只放出了總決賽當晚的全部比賽影片，初賽和複賽都沒留備份。

由於之前複賽階段分了好多個小組同時比賽，現場非常混亂，除了去現場看比賽的人之外，其

他人想回頭找比賽錄影實在太難了。

謝明哲當時所有的注意力都放在喻柯所在的小組，根本沒發現室友也在打比賽，還是後來官網公布十六強名單的時候他才看見了秦軒的名字。

不過，謝明哲還是抱著試試看的態度，仔細搜了一遍論壇。

大概是皇天不負有心人，他居然真的搜到一則貼文——是美術系的一位學姐自己用相機拍的一段影片，發到了論壇上，標題是「支持一下美術系的小學弟」。

影片下的留言不多，因此早就被論壇各種熱門話題給淹沒了，但讓謝明哲慶幸的是，影片拍攝得非常清晰，一打開影片，他就看見秦軒的遊戲ID：Q-X。

這是一場六十四進三十二的比賽，隨著比賽開始，秦軒的卡組很快地就出現在螢幕中——居然是整整齊齊的一套植物卡牌！其中有幾張植物卡牌是謝明哲從來沒見過的，卡牌背面製作者的Logo被特意抹去了……難道這些卡牌是秦軒原創的？

想到這個可能性，謝明哲立即將影片發給陳霄，「陳哥你看看，這些卡牌你見過嗎？」

陳霄很快回覆：「沒見過，不像唐牧洲的畫風，這是誰做的？」

謝明哲道：「是秦軒在校內比賽時用過的卡牌，我懷疑是他自己製作的。看來他也很喜歡暗黑植物，怪不得你今天提到的時候他的反應那麼大。」

陳霄笑道：「那真是巧了，他做的植物卡，畫風確實很有特色，但是技能的設計還不夠完善，卡牌數值資料也比較糟糕，看得出來他才剛剛入門，我可以指導他設計技能，讓他幫我畫暗黑系植物，這組合簡直完美。」

謝明哲也覺得，秦軒如果能加入，確實會大大增強涅槃戰隊的實力。

陳霄有大把的創意，卻因為沒有任何美術基礎，有時候他的創意不一定能完美地表現出來，他畫出來的植物……說實話有點醜。

比如千葉高山松，技能很厲害，只是形象歪歪扭扭的，看著不大自然。

秦軒則是從小學畫畫的專業人士，但設計卡牌的經驗卻明顯不足，連謝明哲都看得出來，他帶去打校內賽的幾張植物卡技能銜接並不算好，就算當時不棄權，在總決賽他應該也打不過喻柯。

謝明哲仔細看完了這一場比賽。

秦軒的七張卡牌中，只有四張是原創的，其他植物卡用的都是風華公會的福利卡。

即便如此，能原創出幾張暗黑系植物卡已經很厲害了。更何況，他的反應速度極快，這一局比賽簡直是碾壓對手。

謝明哲越看越是欣賞。

真沒想到室友居然這麼強，簡直就是上天賞給自己的隊友。

秦軒不但美術功力扎實，會畫複雜的場景圖，還會製作卡牌，雖然他做的卡牌品質不高，但如果能跟陳霄搭配組合，兩個人互補其短，陳霄提供創意和技能設計的思路，由秦軒來完善卡牌的形象設定，那就真的太完美了。

一定要想辦法招攬秦軒！

正想著，外面突然響起開門聲。

秦軒推門進來，走到客廳時，不由得怔在原地——只見客廳裡的沙發上盛開著一簇純黑色的玫瑰，那玫瑰嬌豔欲滴，上面似乎還殘留著清晨的露水，看上去就跟真的一樣。

然而他一走近，伸手去碰，手指就從黑玫瑰的中間直接穿了過去。

——果然是星卡幻象。只是，誰會把幻象留在這裡？

秦軒皺著眉仔細一看，很快就發現桌上放著一張精美的卡牌，這張卡是特殊紙張列印成的現實卡牌，手掌心一般大小，在屋頂燈光的照射下散發著柔和的光澤，卡牌中間有一簇縮小版的黑玫瑰，上面還有一些文字描述。

黑玫瑰（木系）
等級：1級
進化星級：★
使用次數：1/1次
基礎屬性：生命值400，攻擊力1200，防禦力400，敏捷30，暴擊30%
附加技能：死亡香氣（黑玫瑰朝周圍23公尺釋放死亡香氣，對範圍內敵對目標造成群體恐懼，持續3秒；冷卻時間30秒）
附加技能：玫瑰之吻（黑玫瑰的花瓣迅速朝四周散落，23公尺內所有敵對目標凡是沾染花瓣將受到「死亡詛咒」標記，每一片花瓣疊加一層標記，當黑玫瑰花瓣全部凋零，黑玫瑰將自動枯萎，所有死亡標記隨之爆發，每一層標記造成70%單體木系傷害）

秦軒的雙眼陡然瞇起，拿起這張卡牌的手指不由微微一顫。

暗黑系植物卡，擁有強力的恐懼群控，以及靈活的自爆式群攻傷害！

設計這張卡牌的，絕對是頂尖大神。

秦軒的心跳開始不斷地加速，他將卡牌翻過來，看見右下角的Logo寫著一個「霄」字，他怔了怔，很快就聯想到今天在畫展上遇到的那個年輕男人，對方正好提到他會製作暗黑系的植物卡。難道，這張卡就是那個男人做的？

可是為什麼會出現在宿舍裡？秦軒捏著卡牌沉思，就在這時，謝明哲推開臥室的門走出來，見秦軒捏著黑玫瑰卡牌，他微微一愣，笑著說：「秦軒你回來了啊！」

秦軒問：「這卡是你的？」

謝明哲道：「這張卡是我朋友的，我剛才忘在客廳裡了，沒嚇到你吧？」

秦軒：「……沒有。」

謝明哲繼續認真演戲：「我一個哥們兒自己做了些植物卡，我覺得這黑玫瑰挺特別的，就向他要了一張實體卡片，可以召喚出星卡幻象。能隨時召喚出一束黑玫瑰，感覺特別酷，比召喚出可愛寵物有趣多了。」

秦軒神色平靜地看著他。

謝明哲笑容燦爛，表情也完全看不出任何不自在的地方。

秦軒心中疑惑，難道真是巧合嗎？

謝明哲見他捏著卡牌不放，便說道：「你也喜歡這張卡嗎？喜歡的話送你了，反正實體卡可以無限複製，我改天再找他要一張黑玫瑰就行。」

秦軒終於被勾起了興趣，問道：「你朋友，做了幾張這種植物卡？」

謝明哲道：「好像是十幾張吧。」

秦軒的雙眼猛地一亮，「這麼多嗎？」

謝明哲笑道：「我這哥們兒是開工作室的，閒著無聊做了很多卡牌。我今天中午跟他一起吃飯，他就給了我一張當紀念。」

秦軒忍不住問：「他今天是不是來參加過學校的畫展？」

謝明哲驚訝地睜大眼睛，「你怎麼知道？」

秦軒道：「我在畫展上見過他。」

謝明哲笑著說：「那還真巧。他說要來我們學校看畫展，原因是什麼我不大清楚，還是我把自己的門票送給他的。」

秦軒總覺得哪裡不對，可是看向謝明哲，對方始終面帶燦爛的笑容，一副「毫不知情」的無辜樣子。秦軒只好忽略了心底的疑惑，道：「我想看看他做的植物卡，方便嗎？」

獵物的一隻腳已經踏入陷阱。謝明哲心裡快要樂開花，表面上卻假裝很淡定，「沒問題，晚上

一起吃飯，我介紹你們認識。」

當晚，謝明哲帶著秦軒來到學校附近的餐廳，很快地就見陳霄走了進來。謝明哲笑著介紹道：「陳哥，這位是我室友秦軒。這位叫陳霄，是涅槃工作室的老闆。」

陳霄滿臉的驚訝，「你們認識啊？我跟秦軒今天正好在畫展上見過。」

謝明哲：「那真是巧！既然這麼有緣，今晚我請客，讓你們認識一下。」

陳霄拍拍謝明哲的肩膀，道：「他是你室友，那就好辦了，你也幫我勸勸他。來，小秦，咱們一邊吃一邊聊。」

秦軒一臉僵硬地被拖進餐廳。

謝明哲很豪氣地點了一桌菜，等上菜的過程中，他假裝好奇地問道：「陳哥，你做的卡牌快拿出來給我們長長見識。」

陳霄揚起嘴角一笑，從口袋裡拿出卡牌，刷地擺了一桌。秦軒看著桌上一大疊暗黑系植物卡，眼睛都直了。

陳霄道：「我其實還有很多卡牌想做，但是我沒學過美術，一些細節上的繪製技巧讓我很頭痛。今天來學校畫展，正好看見秦軒的那幅畫，特別合我的胃口。怎麼樣？秦軒你看在室友是我好哥們兒的面子上，能不能再好好考慮一下我之前的提議？」

謝明哲裝糊塗：「什麼提議啊？」

陳霄笑道：「我想讓你室友來幫我，在我工作室當美術總監。當然，如果秦軒你願意打比賽的話，我們也可以合作，多製作一些暗黑風格的植物卡。」

謝明哲雙眼一亮，回頭看向室友，「秦軒你考慮一下吧，陳哥的工作室特別靠譜，我也加入了，還有木系的鼻祖陳千林大神在當總教練！」

秦軒：「……」

兩人配合演戲，一搭一唱地非常有默契，秦軒快被他們給說懵了。

陳霄：「我們工作室福利很好的，也不會影響你的學業，反正工作室就在學校對面，平時下課也可以過來。等卡牌都做好了，下個賽季我們就一起去打比賽。」

謝明哲：「沒錯，陳哥特別好說話，秦軒你要是能來幫忙，那就太好了！」

秦軒被說得有些心動，但最終讓他動搖的，還是謝明哲的這句話：「雖然我們才剛剛起步，沒什麼名氣，可是我們會原創卡牌，前途無量。大家一起努力，說不定明年就能拿個獎盃回來。」

秦軒最終還是僵硬地點了點頭。

當晚，他被兩個人合夥騙到涅槃工作室「參觀」，果然見到了傳說中的陳千林大神，秦軒心裡很是激動，覺得有大神當教練，這家俱樂部應該靠譜。

然而下一刻，謝明哲就笑咪咪地朝他伸出手，「歡迎加入，我在遊戲裡的ID叫胖叔。」

秦軒：「……」

十八歲的小帥哥室友，你跟我說你是遊戲裡的胖叔？這簡直不科學！

秦軒總算是反應過來了，這兩個戲精，是聯手騙他上鉤的吧？怪不得從頭到尾那麼多詭異的巧合，顯然是謝明哲早就編排好了劇本，故意把黑玫瑰留在沙發上勾起他的興趣。

被一束黑玫瑰給騙上賊船，秦軒突然有些頭疼：現在反悔還來得及嗎？

秦軒自己做不出那麼多卡牌，所以對能夠原創卡牌的胖叔非常佩服，他一直以為胖叔是個溫柔、和善、有才華的中年男人，結果，謝明哲突然自爆他就是胖叔，秦軒如同被混亂負面狀態影響了一樣，盯著他半天都說不出話來。

對上室友直勾勾的眼神，謝明哲心虛地咳了一聲，解釋道：「秦軒，你別生氣，我不是故意騙你的。之前陳哥找你，想讓你來工作室看看，可是你的戒心太強，怎麼說都不肯來。所以我才想到了這個主意，把陳哥做的卡牌拿回宿舍讓你看見，引起你的興趣。」

陳霄趕忙附和：「沒錯。我們也是誠心實意地想邀請你加入涅槃，涅槃工作室目前只有我和小謝兩個原創卡牌設計師，你的畫功那麼扎實，肯定能給我們很大的幫助。」

謝明哲道：「而且，我們以後還要設計俱樂部專屬的場景卡，你畫場景特別厲害，這也是我們想拉你合夥的主要原因。」

秦軒的混亂效果終於解除，看向謝明哲的表情很僵硬，「你真是胖叔？」

謝明哲笑著點頭，「我沒必要冒充胖叔騙你。如果你不信的話，我現在就把我設計的人物卡牌拿出來給你看。」

朝夕相處的室友居然是遊戲裡的大神……這感覺就像隨手在路邊買一張彩券，結果卻中了五百萬一樣，簡直讓人難以置信！

謝明哲微笑著看向秦軒，厚著臉皮道：「我記得你剛才已經點過頭了，我就當你是同意加入我們涅槃工作室，對吧？」

秦軒嘴角抽搐，剛才謝明哲和陳霄說太多讓他的腦袋徹底混亂，聽到陳千林大神也在俱樂部，他就迷迷糊糊地點了頭……現在否認已經來不及了。

謝明哲見室友並沒有反對，便興奮地說：「看完卡牌一起去吃宵夜吧，也給你好好介紹一下我們工作室的情況！」

秦軒：「……」

他似乎只能將錯就錯？

跟著兩人來到工作室一樓，秦軒發現這裡布置得就像是遊戲大廳，並排擺放著許多旋轉椅和智慧頭盔，有幾個人正戴著頭盔投入到遊戲中，因此並沒有注意到他們。

陳霄拿起光腦把自己做的卡牌全部投影在虛擬螢幕中，一張張為秦軒介紹。

看著面前形態各異的暗黑系植物卡，秦軒眼睛都亮了。他當初為了做植物卡廢了不少腦細胞，最終也不過做了寥寥幾張，沒想到陳霄這麼厲害，做了十幾張卡還不帶重複的！

不過，秦軒表面上還是沒什麼表情——這是他的習慣。

陳霄介紹半天，發現秦軒如同木頭人一樣沒動靜，忍不住問：「你覺得怎麼樣？」

秦軒低著頭思考片刻，才給出一個評價：「挺好。」

陳霄：「……」

跟他聊天真累，自己口乾舌燥說半天，就聽他回一句：挺好！

謝明哲見陳霄吃癟，心裡有些想笑，可對上陳霄鬱悶的眼神，他還是忍住笑意，嚴肅地道：「這樣吧，叫上青姐他們還有師父和小柯，大家一起去吃宵夜，歡迎秦軒加入涅槃！」

陳霄也很贊同，回頭通知池青他們打完副本在社區外的餐廳集合。

半小時後，涅槃工作室的人陸續到齊，加上秦軒總共九個人。

讓秦軒意外的是，他居然看見了一個熟悉的身影——這不是喻柯嗎？

對上他冷淡的目光，喻柯如同被施了定身術一樣迅速在原地立正站好，乾笑道：「嘿嘿，我也是涅槃工作室的選手，沒想到你真的願意加入，以後就是隊友了，多多關照啊！」

秦軒：「……嗯。」

居然連喻柯都是正式選手？再加上自己，這樣的隊伍去打職業聯賽，是給別的俱樂部當沙包找虐嗎？一定會輸得很慘吧……

秦軒已經開始為將來被網友唾罵的情境做心理準備。

謝明哲並不知道室友面無表情，腦子裡卻想法豐富。他以為秦軒只是不習慣跟陌生人相處，便

熱情地介紹起來。秦軒不知道該說什麼才好，雖然只有九人的工作室看上去無比寒酸，可麻雀雖小、五臟俱全，公會管理、宣傳公關、卡牌設計師、場景設計師、總教練，居然全都有了。

「團賽是四打四模式，我們目前只有四位選手，聽起來勢單力薄，不過，人不在多、而在精，那些大俱樂部選手多得認不全，可是最後能出頭的也只有那麼幾個。」陳霄說起正事來，確實很有老大的氣勢，他目光掃過全場，微笑著道：「既然今天工作室的所有人都聚齊了，不如我們順便開個會，聊聊接下來的計畫。」

「陳哥，對於職業聯盟你比大家瞭解得多。」謝明哲提議道：「你來說說將來怎麼規劃吧。」

陳霄也沒推辭，很乾脆地說出他的想法：「下一個新賽季是從明年四月份開始，在明年四月之前我們必須做好一切準備。也就是說，我們需要在明年年初一起去參加星卡大師邀請賽，打進十六強，獲得職業選手的註冊資格，等成為了正式的職業選手，馬上就得報名四月份第十一賽季的比賽，時間非常緊迫。」

之前謝明哲還很悠哉，總覺得距離比賽還很遙遠。可聽陳哥這麼一說，謝明哲也覺得時間真的是非常緊張。更難的是，他還要上課，學校的課程本來就很繁重，要在課餘時間同時完成卡牌設計、競技意識練習、跟隊友配合，這幾乎是不可能的。

謝明哲意識到問題的嚴重性，打算回頭再想想辦法。

陳霄當下就把大家的社交帳號都拉進一個群裡，群組名稱就叫「涅槃俱樂部」。

總算把人給找齊了，雖然人手很少，但起碼能組成一支團戰隊伍。

謝明哲主動舉起酒杯，「來，大家乾一杯，慶祝我們涅槃加入新成員！」

眾人紛紛舉起酒杯，秦軒也臉色僵硬地舉起來喝了一口。

就這麼成了涅槃的一員，他回宿舍的時候還有些恍惚，總覺得跟做夢似的。

謝明哲認真保證道：「秦軒你放心，加入我們你肯定不會後悔，陳哥已經說了，他的植物卡你

隨便用。我的人物卡和小柯的鬼牌，你有喜歡的也可以拿去，以後大家卡組可以共用。」

秦軒其實也是衝著這一點才加入的，他對那些稀奇古怪的卡牌特別感興趣，除了陳哥的暗黑植物外，還有人物卡、鬼牌，他也很想親自操作一下。

大概是已經成為隊友的緣故，這次秦軒的表情不再那麼冷漠，認真地看著謝明哲道：「你還真是深藏不露，我們班上就有好多你的粉絲，昨天我還聽她們討論胖叔的卡牌顏值很高，如果知道你就是胖叔……」

謝明哲在唇邊做出個「噓」的手勢，笑容燦爛，坦承道：「學校裡知道我身分的就你和小柯，千萬別說出去！我在遊戲裡仇恨值太大，萬一學校有各家大公會的管理者，說不定我會被人堵在牆角裡圍毆。」

秦軒嘴角抽了抽，心想他倒是挺有自知之明的？

謝明哲道：「對了，我有個關於場景卡的設計想跟你說一下思路，你看看這幾天有空能不能畫一下？場景就叫血池地獄……」

他把自己腦海中關於血池地獄的構思詳細地說給秦軒聽。

秦軒聽過謝明哲大概的描述後，他的腦海裡很快就生成一個以黑色、紅色為主要色調的暗黑系場景。地面上不斷翻滾的血漿，讓所有卡牌大量掉血，加上環境色的渲染，確實很方便喻柯的鬼牌出其不意地暗殺。

有了構思後，秦軒當下就拿來畫板和筆迅速地在紙上勾出一些線條，問謝明哲：「你看這樣的設計行不行？」

謝明哲兩眼昏花，真是完全看不懂他意識流的草稿！

秦軒見室友滿臉茫然，也知道自己的草稿確實比較凌亂，於是說道：「我還是畫完整了再給你看吧，三天內出圖。」

謝明哲將秦軒要設計血池地獄場景卡的好消息發在涅槃群裡，喻柯立刻冒出來道：太棒了，秦軒你人真好！

秦軒點點頭，轉身就去完善草稿。

謝明哲雙眼一亮，「你效率真是高，那我就等你出圖了！」

秦軒：「啊？」

莫名其妙收了一張好人卡，然而對他來說，這只是他應該做的啊！

回到臥室後，謝明哲想到時間上的壓力，便坐在床邊和唐牧洲傳語音訊息：「師兄，聽說你當年也是在校期間就去參加比賽。一邊完成學業，一邊打職業聯賽，時間夠用嗎？」

唐牧洲很快回覆：「不夠，所以我在比賽正式開始的時候向學校申請了長假，休賽期再回學校補課。帝都大學的夏季學期和冬季學期，正好有一個月時間跟聯盟的休賽期重合，聯盟一放假我就回學校，用一個月的時間學完別人三個月的課程，非常累。」

這辦法不錯，可是唐牧洲的情況跟謝明哲不大一樣。

唐牧洲在比賽之前已經在遊戲裡玩了一年，並且認了陳千林當師父，製作出極為豐富的植物卡池。然而，謝明哲現在的卡池還不夠完善，更何況，他不但要為自己製作人物卡，還要給小柯做鬼牌，甚至還要考慮場景卡的設計……

距離明年的大師邀請賽只剩下幾個月，時間真的完全不夠用！

總不能因為自己沒時間，而讓隊友們也跟著吃虧。

成立涅槃是他和陳哥的主意，如今，把喻柯和秦軒也拉下水，如果涅槃拿不到好成績的話，他會覺得愧對這兩位被他拖進坑裡的隊友。

想到這裡，謝明哲便道：「接下來我要做大量的鬼牌和人物卡，而且平時還要抽空跟隊友們練習配合。但是每天在學校上完課後只剩下不到四個小時的時間可以運用，時間真的不夠，我想，能不能乾脆跟學校申請休學？」

唐牧洲道：「休學是可以，但是資料準備必須很充分，你這個理由學校可能不會批准，因為涅槃俱樂部目前還沒有正式成立，你連職業選手都不是，大師賽也是明年才開始，你拿不出自己要去打比賽的充分證據。」

謝明哲怔了怔，師兄確實經驗豐富，一下子就指出了關鍵。休學是很嚴重的事，學校不可能隨便批准。他總不能說「我要休學為以後的職業比賽做準備」吧，那豈不是空口無憑，學校如何判斷他是真的去打比賽，而不是找藉口翹課呢？

謝明哲忍不住有些頭疼。

涅槃沒正式成立他就不能休學；而涅槃想要成立就必須通過聯盟審核，聯盟審核的前提是俱樂部成員完成職業選手註冊……陷入了無解的循環。

唐牧洲直接給他發了視訊邀請通知，謝明哲立刻接通。

出現在虛擬投影屏幕中的男人顯然剛洗完澡，頭髮濕漉漉的，穿著一身鬆散的睡衣，露出大片性感的胸膛，連腹肌都若隱若現。

唐牧洲正坐在床邊，這環境一看就是他的臥室，所以他才穿得這麼隨意。

本來都是男人，就算面對面這麼穿也沒什麼。

可是謝明哲畢竟喜歡的就是男人，突然見到剛洗完澡的唐牧洲，成年男性健碩的身體近在眼前，荷爾蒙幾乎要溢出螢幕，視覺上受到的衝擊讓他心頭一跳，有些不敢直視師兄的目光，立刻不動神色地移開了視線。

唐牧洲看著垂下頭的小師弟，還以為他在想心事，微笑著問道：「你真的決定休學嗎？」

謝明哲深吸口氣調整好心跳，這才抬頭迎上對方的視線，他刻意忽略腹肌、胸膛等部位，只看著唐牧洲的臉，結果發現，光看臉也很難維持平靜，畢竟師兄的臉太帥了，目光中又滿是溫柔……

謝明哲心跳加速，忍不住小聲道：「你能不能先把衣服穿好？」

唐牧洲怔了怔，低頭一看，發現自己的睡衣鬆鬆垮垮的快要掉下去，他只好輕笑一聲，道：「抱歉，我平時習慣裸睡，剛才正打算睡覺，要跟你視訊才隨便套了件衣服。」他把睡衣迅速整理好，這才接著問：「休學可不是鬧著玩的，你要想清楚。」

謝明哲耳根發燙，覺得自己像個神經病一樣，居然要求對方穿好衣服再通話，師兄會不會覺得他很奇怪？

算了，反正已經說過的話不能回收，他只好假裝平靜地聊起正題：「我不想做沒把握的事情，如果不休學的話，我的時間完全不夠用，在明年大師賽開始之前我必須先把大家的卡池搞定，不能讓跟著我的隊友因為卡組缺乏而吃虧。」

沒想到小師弟很有責任心，還很有擔當。唐牧洲心中非常讚賞，目光不由得更加溫柔，「如果申請休學，你就要延遲畢業，這對將來找工作可能會有影響。」

謝明哲很直率地說：「沒關係，我現在的手裡已經累積了足夠的資金，都夠我下半輩子花的了。畢業後我不會去各家公司找工作當美術，以後，涅槃就是我的事業，我會好好經營這家俱樂部，將來就算自己不打比賽了，我也可以改行當幕後老闆。」

唐牧洲微微一笑，說道：「有魄力。」

謝明哲有些苦惱：「現在的關鍵是，學校萬一不批准我的休學申請怎麼辦？」

唐牧洲柔聲說：「別擔心，有師兄在。」

謝明哲疑惑地看著他，「你能幫上忙嗎？」

唐牧洲點頭，「雖然你的申請理由不夠充分，學校那邊可能會懷疑你弄虛作假。可是如果有一位說得上話的人為你做擔保，情況就完全不一樣了。」

謝明哲雙眼一亮，「你願意幫我做擔保？」

「當然，你是我師弟，我不幫你幫誰？」

謝明哲興奮得臉頰發紅，「太好了！這樣的話我就可以暫時休學，用接下來的時間專門做卡牌，我跟小柯去打大師賽就多了幾分勝算！」

唐牧洲溫言道：「先別急，裴景山當年就是休學去打比賽的，我找他要一下當時寫的申請書給你做參考，你按照他的格式改一改，到時候我再給你做擔保人。有我這位師兄做擔保，學校沒理由不批准。」

謝明哲用力點頭，「嗯，太謝謝了！」

唐牧洲揚起唇角，「不客氣。明年四月新賽季就要開始，三月份還需要俱樂部提交地圖給聯盟審核，你要做人物卡、鬼牌，還得設計地圖，時間確實很緊迫。既然下定了決心，那就全力一搏，別給自己留下遺憾。」

他溫言的鼓勵，對謝明哲來說就像是一顆定心丸。

沒錯，既然下定決心要當職業選手，那就必須盡全力，否則，到時候打比賽拿不到好成績，花了這麼多心力和時間豈不是白忙一場？

要麼不做，要做就盡力做到最好——這也是謝明哲的原則。

【第八章】涅槃俱樂部預備備

唐牧洲辦事效率極快，加上跟裴景山是校友關係很好，只過了幾分鐘，他就給謝明哲發了份文件過來，裡面有當年裴景山的休學申請書，還有辦理休學的詳細流程。

謝明哲看過之後心裡有了底，熬夜改寫了申請書。

週一那天，唐牧洲準時趕到學校教務處和謝明哲會合。

謝明哲看著一身便裝、戴了墨鏡和口罩的師兄，不好意思地說：「這次又要麻煩你了……」他作為風華俱樂部的首席選手，肯定很忙，卻因為自己的事情又特意趕來學校，還要想辦法避開狗仔隊，謝明哲心裡非常感激。

唐牧洲摘下墨鏡，神色溫和道：「不麻煩，我今年沒參加個人賽，最近反正也閒著。」

他帶謝明哲走進教務處的辦公室，把資料全部交了上去。

教務處的老師問道：「休學這件事你家裡人同意嗎？我們還需要家長的簽名。」

謝明哲道：「老師，我沒有家人，我自己的事情自己可以做決定。」

唐牧洲一怔，看向身旁的少年，卻發現他臉上沒有一絲悲傷的神色，反而自信坦然。

他居然……沒有家人嗎？

唐牧洲的胸口突然有些犯疼，就像是心臟被極細的針尖輕輕地刺了一下。

家裡條件特別優渥，從小在父母寵愛下長大的唐牧洲，很難想像謝明哲是怎麼一個人走到現在的。更難得的是，即便沒有家人在身邊，他還這麼努力、堅定、自信，一點也沒有因為身世不好而沮喪或者自卑。

唐牧洲輕輕將手放在謝明哲的肩膀上，給了對方無聲的鼓勵，然後朝教務處的老師說道：「老師，家人簽字那一欄，我幫他簽。」

教務處的老師和謝明哲同時一愣，轉頭看向唐牧洲。

唐牧洲微笑著說：「我是謝明哲的師兄，也可以說是他的兄長，我會監督他休學之後認真準備

比賽，並且保證他按時回學校復學，完成學業。老師，您對我的情況非常瞭解，有我做擔保，您還怕他跑了不成？」

謝明哲的眼眶微微發熱，在心底深處那個因為兩世都沒有家人而孤寂、黑暗的角落裡，就像是匯入了一絲融融的陽光，讓他的整顆心都溫暖起來。

兄長嗎？

唐牧洲對他的好，確實沒話說。

重生之後能遇到這樣的師兄，大概是他最大的幸運吧……

教務處對謝明哲的情況並不瞭解，可是唐牧洲的鼎鼎大名整個學校都知道，加上唐家的勢力，就連校長見到唐牧洲都會禮讓三分。

既然有唐牧洲親自出面做擔保，教務處的老師也相信謝明哲有當職業選手的天賦以及決心，態度立刻溫和下來，說道：「謝同學，你的情況我會在校務會議上提出討論，休學申請沒批准之前你還是要繼續上課，三天之內我會通知你校務會議討論的結果。」

謝明哲立刻禮貌鞠躬，「謝謝老師！」

走出教務處後，唐牧洲微笑著說：「放心吧，這件事應該成了。」

謝明哲沉默片刻，突然道：「你不問我為什麼沒有家人嗎？」

唐牧洲溫柔地伸出手，輕輕拍了拍他的肩膀，說道：「不必問，這應該是你不想提起的事情。沒關係，你非常努力，也很優秀，完全可以靠自己拚出一番事業。父母沒給你家，你也可以自己去組建一個幸福美滿的家，不是嗎？」

「是的。」謝明哲會心一笑，「我從小在孤兒院長大，對家人沒什麼概念，但是將來我會找個喜歡的人結婚，再養個可愛的寶寶。很多東西上天沒有給我，我只能自己去爭取。」

唐牧洲突然很想抱抱他，這個少年的堅強真是讓人佩服又心疼。

但最終，唐牧洲只是將放在他肩上的手收了回來，微笑著說：「我相信，你一定會遇到能給你幸福的那個人。」

唐牧洲很懂分寸，沒再多說這件事。辦完手續後兩人一起吃了午飯，他便離開了。

臨走之前他還提醒謝明哲，如果做好了新卡牌，隨時可以找他。風華二隊的選手們可是一直在等著跟胖叔再來一次擂臺賽。

謝明哲目送師兄離開，心裡的石頭也終於落了地。

有師兄做擔保，休學申請應該很快就能批下來。

作為涅槃的卡牌設計師，將來在賽場上大家要是因為卡池不夠完善而輸掉，他會很內疚，所以，他必須果斷做出決定，在接下來的幾個月內把百分之九十以上的卡牌給做出來。

既然心裡有了目標，那就如師兄所說，全力一搏吧，別給自己留下任何遺憾！

唐牧洲的擔保果然很有分量，教務處將謝明哲的休學申請提交校務會議討論之後，三天內就批准了他的休學申請。

謝明哲在申請書上保證，時間到了之後一定按時回學校繼續完成學業。

涅槃俱樂部剛剛起步的第一年最重要，他得儘快完善卡組，跟隊友們一起打進職業聯賽，等俱樂部步入正軌，以後他就可以仿效唐牧洲的做法，一邊上學一邊打比賽。

謝明哲正式的休學通知發了下來，他的學籍被暫時凍結。

為了保護學生隱私，通知當中沒有寫明休學的原因，班裡的同學們都很疑惑，他怎麼開學一個月就要走了？是不是家裡出什麼事？

謝明哲也沒多做解釋，微笑著跟同學和老師們告別。

他將自己順利休學的消息告訴工作室的人。

陳千林對此沒什麼意見，覺得小徒弟的做法非常理智。陳霄則開玩笑道：「你這算是帝都大學一月遊嗎？才搬去學校一個月，又要搬回來了！」

謝明哲笑道：「陳哥你這麼一說，確實好像一月遊。但也不是毫無收穫，要是我不去上學，怎麼能認識小柯和秦軒？」

陳霄點頭，「也是，你這個月收穫挺大的，直接找到兩位給力的隊友。第一年會比較辛苦，先休學專心打比賽。等以後俱樂部成立，各部門的管理也都熟悉運作，壓力輕了，你就回學校上課。」

「我也是這麼想。」

「小謝回來繼續跟我住啊！」當初買蛋糕給謝明哲踐行的小胖非常開心地說。

「當然，我還惦記著你一抽屜的零食呢！」

喻柯見謝明哲休學，忍不住問：「阿哲我需要休學嗎？」

秦軒也開口發問：「我也有同樣的問題。」

謝明哲想了想，建議道：「你們倆先好好上課吧，等明年註冊了職業選手，正式打比賽，到時候再看情況決定。」

「好！這個學期我們課不是很多，我會利用課餘時間認真訓練的。」喻柯保證道。

「我幫你留意各門課程的重點，到時候把筆記整理給你，等你回來了方便複習。」秦軒難得主動開口幫謝明哲，顯然他已經把謝明哲當隊友看了，這讓謝明哲十分欣慰。

更讓謝明哲開心的是，秦軒在群組裡發來了一張圖片，說道：「血池地獄的場景圖，我畫了初稿，你們看看有哪裡需要改的？」

這幅畫正是秦軒所擅長的風格。場景色調昏暗，地面上翻滾著熾熱的血漿，空中瀰漫著紅色的血霧，整個場景並沒有多少裝飾性的建築，只設計了兩個巨石落腳點供雙方玩家站立，其他的地方全是血池，陰森、恐怖的氛圍在秦軒的筆下表現得淋漓盡致。

喻柯的眼睛頓時亮了，「好漂亮！」

他的形容詞根本亂用一通，說鬼牌「好可愛」，說血池地獄「好漂亮」，這審美觀也是夠奇葩的了。

謝明哲道：「這張圖非常符合我心目中血池地獄的構思，辛苦秦軒了。」

秦軒道：「還好，我用三天課餘時間畫的。」

陳千林提出了更專業的建議：「設計遊戲裡的場景不但要畫出平面圖還要製作3D版場景模型，整個血池的具體大小是多少平方公尺，卡牌每秒鐘掉血多少百分比，都要詳細標註。血池地獄是小柯的鬼牌主場地圖，為了方便黑無常和聶小倩收割對方的殘血牌，每秒鐘的掉血量我建議控制在百分之二至五會比較適合，如果太多的話，小柯脆弱的鬼牌很可能被對手反殺。」

謝明哲認真點頭，「師父說得很有道理，具體掉血多少個百分點，還要小柯自己在競技場找手感。環境掉血量，要跟自己卡牌的技能銜接起來，等秦軒做完3D版的地圖，小柯再實戰看看，看怎麼設計最順手。」

秦軒說道：「畫面不需要修改的話，這張圖我就定稿了？」

謝明哲乾脆點頭，「沒問題！秦軒你抽空把3D版本的場景也做出來吧。」

秦軒道：「週五之前。」

當晚，謝明哲把行李搬回涅槃工作室，主動請大家吃飯小聚。

眾人在飯桌上聊了聊最近的情況。

喻柯把謝明哲交給他的所有鬼牌都練熟了，陳霄的暗黑植物卡數量增加到二十張，已經可以組建一套完整的卡池，他將所有卡牌分享給秦軒，後者也開始慢慢練習製作植物卡。

謝明哲這幾天一張卡牌都沒做，但是休學申請辦了下來，也算是很大的進展，接下來的時間，他就可以專心完善卡組。

目前的當務之急，是另一項公會活動——公會聯賽。

池青說道：「我建議我們正式報名參加這一週的公會聯賽。目前涅槃達到星卡大師段位的玩家已經有五百多人，專家以上有三千人，大家最近都很積極。」

謝明哲思考片刻，道：「我也覺得現在時機差不多，公會聯賽只要專家以上的會員就可以報名，我們有三千多人的話，就算每個人平均拿下五分，那也有一萬五的公會積分，高手別說是五分，說不定能拿好幾百分，我覺得總積分破五萬應該沒問題。」

池青道：「上週公會聯賽的前三名分別是風華、裁決和鬼獄，總積分都在十萬以上。這幾家大型俱樂部旗下的公會人氣一直非常高，還有很多大神的死忠粉，會打競技場的高手也特別多，我們目前可能還競爭不過這些大公會。」

謝明哲笑著說：「沒關係，一口氣吃不成大胖子，慢慢來吧。」

喻柯積極地舉起手說：「公會裡有好多競技高手我都認識，這幾天我再動員一下大家，等週末的時候儘量讓更多人報名參賽吧！」

眾人很快就商定了週末的活動計畫，池瑩瑩回頭去準備宣傳稿，池青幾人就開始提前動員大家參賽。而回到工作室的謝明哲，也開始繼續思考卡牌的做法。

陳千林建議道：「你已經做了火系和金系的套卡，接下來可以試試別的。」

謝明哲認真點頭，「我想試試水系的控制卡組，這兩天先整理一下思路，等有了想法，再跟師父商量吧！」

他做的卡牌種類比較雜，目前金、木、水、火、土五系都有涉及，因為他從一開始製卡的時候就沒有局限於某個系。

職業聯盟靠原創卡牌出名的大神，都有自己擅長的卡系，比如聶遠道主攻火系，唐牧洲主打木系，方雨只用水系卡，凌驚堂和鄭峰則是金系、土系的代表。

但謝明哲不一樣，他手上五系卡牌都有。

如果將來他走上職業聯賽的舞臺，那麼，他將成為職業聯盟有史以來唯一一位同時精通五系的選手。

謝明哲還沒意識到這樣的做法有多難得，但陳千林早就發現了。小徒弟如果真的能做出五系套卡，他就是全聯盟製卡第一人，屆時沒有任何人會質疑他的製卡能力。

回到工作室的宿舍後，謝明哲躺在床上把雙手枕在腦後，思考新卡的做法。

突然，光腦螢幕亮了一下，星卡APP顯示他有來自遊戲好友的訊息。

謝明哲拿過光腦一看，就見一個很久沒聯繫過的ID給他發來私聊，很簡單、也很直接的一句話：「胖叔好，我是流霜城的方雨，之前跟您提過的亡語流訂製卡牌，您有想法了嗎？」

方雨的這條消息讓謝明哲微微一驚，猛地從床上坐了起來。

距離跟方雨大神在遊戲裡見面，已經過去了一個多月，他有空的時候也會想想該怎麼做亡語卡，可是一直沒有想出什麼好的創意。

這時候方雨突然提起，謝明哲倒是挺不好意思的，連忙解釋道：「抱歉，最近實在是太忙了，這件事我一直記得，就是還沒有太好的想法。」

方雨道：「喻柯的鬼牌，也是你做的吧？」

謝明哲愣了愣，「你從哪裡知道的？」

「喻柯在帝都大學總決賽遇到的那位選手趙涵，你還記得嗎？」

「當然記得。」

「他是我們流霜城公會的副會長之一，那天比賽結束後他把錄影發給我，我仔細看過他和喻柯的比賽，確定喻柯的鬼牌都是你做的。而且，聯盟群裡所有人都是這麼認為。」

謝明哲汗顏，還以為自己的馬甲藏得很好，結果大家早就知道了嗎？他有些疑惑地問：「小柯打比賽的時候刻意隱藏了製卡者的Logo，你們怎麼確定一定是我做的？說不定小柯認識別的會做

鬼牌的朋友呢？」

方雨道：「你的風格太鮮明。」

謝明哲有些茫然：「風格？我畫的鬼牌和人物卡的畫風差別挺大的吧？」

方雨淡淡地道：「我是說技能的設計，那種欠揍的風格非常明顯。聶神說，判斷鬼牌是不是胖叔做的，方法很簡單，看見技能後想把作者打一頓的，那就一定是胖叔。」

謝明哲：「……」

聶神，我是不是該謝謝您的讚美？謝明哲真是哭笑不得，不過，聶神說得也有道理，有時候，看見這些稀奇古怪的卡牌設計，他都想把自己打一頓。

方雨道：「我前陣子忙著搭配流霜城的團戰卡組，沒顧得上訂製卡牌的事情，這兩天正好閒下來，加上你又做了一批全新的鬼牌，所以才來問問你有沒有做亡語卡的想法了。」

謝明哲爽快地道：「放心，我答應的事情一定不會反悔。正好這兩天我也空下來了，我會好好想想，有想法之後立刻聯繫你。」

方雨點頭，「那就先謝謝了。」

謝明哲道：「不客氣，拖這麼久我也很不好意思，我會儘快的！」

結束通話後，謝明哲再次陷入沉思。

方雨這位選手比較特殊，他是水系鼻祖蘇洋的親傳大弟子，流霜城四人中實力最強的大師兄，開創了全新的亡語流打法。作為第六賽季個人賽的冠軍得主，他的實力毋庸置疑是頂尖水準，可是人氣卻不如他的二師弟喬溪，關鍵原因就是他性格太過孤傲。

據說，記者們最不想採訪的選手就是他。粉絲見面會、周邊簽售會，他從不出席，除了必要的比賽他會親自到場，平時不跟圈內其他選手打交道，也很少參加聯盟的各種活動，就獨守在流霜城中，可以說是終極宅男。

方雨訂製卡牌的要求謝明哲一直記在備忘錄裡，順手打開一看，第一條是卡牌死亡後觸發對敵方的群體控制，第二是觸發己方的群體增益。

這樣的亡語卡，無疑是打比賽時很關鍵的翻盤點，當對手擊殺這張亡語卡時，不但自己會被群控，對方還會群加攻擊，很可能被一波反殺。

既然是死亡才能發揮效果的亡語卡，在數值資料方面，製卡的思路就和其他卡牌完全不同了。別的卡牌要考慮存活能力，畢竟在場上多活久一點就能多放一些技能，但是亡語卡卻是「主動求死」。那麼，卡牌的基礎防禦力和生命力就要做到最低，最好能被對手直接秒殺。

但是對手又不傻，知道你這張是亡語卡，死亡後會觸發極強的技能效果，比賽遇到這張卡肯定會「放置處理」，懶得理你。

那麼，最好再設計一個自己主動吸收傷害的技能，達到「對手不秒我，我自己來送死」的效果，只有這樣的亡語卡，才能在賽場上發揮出作用。

該怎麼設計呢？謝明哲皺著眉思考了很久，還是沒有什麼好的靈感。

眼看時間已經不早了，謝明哲乾脆停下思考，先睡覺養足精神，打算等明天早起，精神狀態最好的時候再想。

這天晚上，他做了一個夢，夢見自己的卡牌全部陣亡，一張比一張死狀慘烈，那血淋淋的畫面真是讓人脊背發涼。

大概是睡前一直想著怎麼做亡語卡的緣故，才會做這樣奇怪的夢。

次日醒來時，謝明哲頭疼地揉了揉腦袋——夢裡的場景太過逼真，所有卡牌在慘死前都在釋放怨念詛咒，什麼「我咒你不得好死」、「我做鬼也不會放過你」這些電視劇裡的經典臺詞都出來了，他的夢境還真是豐富。

等等，死亡時發下詛咒的人物……最出名的就是竇娥啊！

他清楚記得高中課本上有一篇文章，是難得一見的劇本，改編自元代戲曲家關漢卿的雜劇《感天動地竇娥冤》。

這部戲劇講的是竇娥和蔡婆婆相依為命，結果被當地一個叫張驢兒的流氓看上，流氓想讓竇娥嫁給自己，被竇娥堅決拒絕。張驢兒懷恨在心，在蔡婆婆的湯藥裡下毒，想毒死老人家再逼竇娥成親。沒想到，蔡婆婆沒喝這碗湯，把湯給了流氓他爹，結果陰差陽錯毒死了他親爹，張驢兒憤怒至極，把殺人罪名栽贓到竇娥身上，告到楚州衙門。

竇娥無依無靠，加上楚州知府被張驢兒花錢買通，最後被判死刑。她在刑場滿腔冤屈沒處說理，只好含淚向蒼天起誓——我竇娥是冤枉的，如果老天有眼，我的頭被斬後就讓一腔熱血全濺在三尺白綾上，讓天降大雪覆蓋我的屍體，讓楚州從此大旱三年！

她被斬首後，發下的誓言全部應驗了。

死後觸發亡語效果，以竇娥製作亡語系的卡牌真是再合適不過！

謝明哲的腦海裡一片清明，之前想了很久怎麼就沒想起竇娥呢？這下思路徹底打開，方雨大神的訂製卡牌終於有著落了！

在客廳草草吃過早飯後，謝明哲就急忙戴上頭盔進入遊戲。

竇娥從小受盡苦難，是個身材非常消瘦的女子，五官很清秀，穿一身素白的囚衣，頭髮全部散落在腦後，及腰的長髮略顯凌亂，還有不少雜亂的瀏海垂下來遮著額頭，全身上下沒有任何裝飾物。她的雙手被綁了起來，身後還插著一個代表死刑犯的牌子，上面用毛筆字寫著「斬——罪犯竇娥」。其中「斬」字被紅線給圈了起來，代表著她即將被斬首。

人物形象確定了，接下來就是重中之重——技能的設計。

想好一切設定之後，謝明哲立刻連接精神力開始製作竇娥卡。

隨著精神力的注入，星雲紙上很快地就出現一個楚楚可憐的白衣女子。

竇娥（水系）
等級：1級
進化星級：★
使用次數：1/1次
基礎屬性：生命值100，攻擊力0，防禦力100，敏捷30，暴擊0%
附加技能：含冤斬首（被動技能。竇娥被冤枉，以殺人罪送往刑場斬首，當死刑犯竇娥出現時，23公尺範圍內敵對目標的攻擊將自動轉移到竇娥身上）
附加技能：血濺白綾（一次性亡語技。竇娥滿含冤屈發下的毒誓之一，當她被斬首後鮮血飛濺不落地，23公尺內友方目標被悲憤之情感染，群體提升100%攻擊力，持續5秒）
附加技能：六月飛雪（一次性亡語技。竇娥被斬首時發下的毒誓之二，當她冤死後將天降大雪，範圍23公尺內所有的敵對目標被鵝毛大雪所影響，群體被冰凍，持續3秒）

亡語系的卡牌在資料庫中非常少見，所以這張卡牌很輕易地就通過了審核。
謝明哲看著卡牌上的技能，心裡非常滿意。
亡語系卡牌的優勢在於，對手出牌放技能時會非常的頭疼，到底要不要打它？一旦不小心打死它，觸發亡語技能，一波強控反而坑了自己。
這張卡牌很適合團戰，跟流霜城其他的水系攻擊卡配合打出短期爆發的效果。
而且，竇娥的「含冤斬首」還可以當成嘲諷技使用，當對手想用大招秒掉某張核心牌時，召喚出竇娥，強制對方攻擊自己，相當於廢掉對手的大招，並且還能觸發亡語技，讓己方的隊友在接下來的五秒內爆發輸出。
這張卡牌的成功，讓謝明哲欣喜若狂！
不但完成了方雨大神交代的訂製卡牌任務，還打開了全新的思路。

賣血、獻祭式的卡牌！

如果他的卡池中再增加一些這種掉血後觸發效果的卡牌，大家會不會對他更感冒？

既然已經做出這麼多技能很欠揍的卡牌，不如就欠揍到底，也不枉費聶神給予他的極高評價：看見卡牌技能後，想把作者打一頓。

謝明哲覺得，大神們就算心裡想揍他，也不會真的動手吧——反正他的仇恨值已經夠大，他不介意再多拉一點！

謝明哲做好竇娥卡後，先拿給師父看。

陳千林看到這張卡牌後非常驚訝，沒想到小徒弟居然做出了亡語牌。

流霜城的方雨擅長製作亡語卡，開創了全新的水系亡語流派。暗夜之都的裴景山也會做類似的牌，他的蟲蟲卡在死亡後會觸發一些蟲毒爆炸、蟲屍分裂等特殊效果。

但是除了這兩個人之外，其他的選手都沒做過亡語卡。

一是因為亡語卡的技能觸發條件非常特殊，不一定能跟自己的卡組完美融合；二來也是亡語系的卡牌太煩了，並不符合很多選手的比賽風格。

但謝明哲的風格卻完全不固定，他一會兒做火系群攻一波流，一會兒又是金系秒殺流，如今居然連亡語牌都出來了，真是變幻莫測。

陳千林看著竇娥的技能很是無語，主動碰瓷送死不說，死後又是六月飛雪、又是血濺白綾的，對手肯定很胸悶。

他忍不住輕揚起唇角，看著謝明哲道：「這張牌如果真的交給流霜城，對他們的團戰絕對是一大助力——給將來的對手這麼強的爆發卡，你真的要這麼做嗎？」

謝明哲其實也挺後悔當初貿然答應了方雨的要求，那個時候的他還是個只會做即死牌靠賣卡賺錢的小老闆，根本沒想到自己會這麼快就成立俱樂部。

當時方雨主動找他訂製卡牌，他覺得對方提的條件不錯，開價非常高，加上能保留版權，就答應了下來，想試一試。

如今對方找上門來，謝明哲總不能不認帳。

再說，他既然能做出竇娥，也可以做出反制竇娥的卡牌。其實，對付竇娥有個辦法，就是在她碰瓷死亡之前先控制住她，比如讓孟婆餵她一碗苦味湯，讓她遺忘掉技能，到時候竇娥別說是碰瓷送死，自己在幹麼都不知道了。

所以把竇娥交給流霜城也沒什麼好怕的，最多讓方雨拿著竇娥去坑別的俱樂部，反正坑不到涅槃的頭上。

想到這裡，謝明哲便堅定地說道：「我之前答應過方雨幫他製卡，所以這張牌我會按照約定交給他。不過，我當初和他說好了，只給他卡牌，不給版權，竇娥的版權依舊在我的手裡，我們也可以用這張卡。」

既然版權還在手裡，這就沒問題了。以後的賽場上，流霜城可以用竇娥，涅槃也可以用竇娥，這張卡牌將會變成聯盟難得一見的雙俱樂部共用卡牌。

只不過，竇娥的技能更適合方雨的亡語系卡組，六月飛雪的群體冰凍跟流霜城的水系卡也比較搭配。這張卡到了謝明哲手裡，倒是可以作為一張出奇制勝的卡牌。

「既然你心裡已經有了決定，就按自己的心意做吧。你做的這張卡牌，肯定會讓方雨非常驚喜。」陳千林讚賞地看著小徒弟說道。

「好！我今晚就把卡牌交給他。」

晚上八點，方雨按照約定來到胖叔的個人空間。

謝明哲微笑著把竇娥交給他，道：「你看看這張訂製卡牌合不合你的心意？」

哪怕見過無數好卡的方雨，看到這張卡牌，眼睛也驀地亮了，「這張卡牌確實很符合我的要

求，當初只要求你做兩個技能，結果你做出了三個。加上第一個碰瓷技能確保她儘快犧牲，設計得非常完美。」方雨表面上假裝著平靜，可是握住卡牌的手指卻微微發緊，好像在擔心胖叔不願意把這張卡交給他，或者坐地起價，提出更加嚴苛的交換條件。

「那就好，你滿意的話，我們乾脆當面交貨吧。」謝明哲爽快地說道。

「……」方雨怔了怔，顯然沒想到對方會這麼爽快，他迅速收起竇娥卡牌，問道：「多做了一個技能，價格方面需不需要再加一些？」

「就按當初說好的就行了，我記得是五百萬金幣。」謝明哲做生意遵守行規，當初說好這個價，不能因為自己做出來的商品比客戶要求的要好就突然加價。他不想顯得那麼斤斤計較。

「好，謝謝胖叔。」方雨直接發了交易過來，將錢款付清，這張竇娥卡就是他的了。

「對了，當初說好卡牌的版權我可以繼續保留，我保證這張卡不會落到別的俱樂部手裡，但是我們涅槃……」謝明哲說到這裡停頓了一下。方雨很快就明白了他的意思，點點頭道：「你們自己用的話，當然沒問題。」

「那就好！」謝明哲微笑著說。

方雨主動伸出手，「合作愉快。」

「嗯，希望這張牌能真的幫到你們。」謝明哲也友好地跟他握了一下手。

「為了感謝你幫我訂製卡牌，我也給你一些資料吧。」方雨說罷，就給胖叔發了一封郵件，說道：「這是我整理的各大俱樂部選手常用卡牌資料，或許會對你有用。」

「謝謝。」這真是意外的驚喜。

方雨大神送來一份資料大禮包，表面上看是「合作共贏」，其實更像狼狽為奸。方雨是個聰明人，給他的資料中當然去掉了流霜城的部分，倒是把其他俱樂部給賣了個徹底。

卡牌資料只要多關注比賽的話其實很好整理，師父的資料庫中卡組資料比方雨的完善多了，有

第一賽季到第十賽季所有高手用過的全部卡牌截圖。

但是方雨給的資料中，卻多了一項內容——使用機率。

大神們的卡池深不可測，但是每位大神還是會有自己偏愛的卡牌，比如山嵐的「冰鳳凰」使用機率高達百分之九十以上，幾乎是每一場必帶的卡。唐牧洲的千年神樹、葉竹的透明蝶等卡牌，使用率都超過了百分之八十——十次比賽中會出現八次。

以後比賽時可以根據每張卡牌的使用機率，客觀地分析、推測某位選手可能會帶上場的卡牌，從而做好排兵布陣方面的策略應對，這可比主觀性地選擇卡組要好太多了。

謝明哲送走方雨後，就激動地把資料庫發給了師父。

陳千林道：「你做這張訂製卡牌真是不虧本，方雨居然把這麼重要的資料給你？」

謝明哲笑著說：「這就叫『好人有好報』吧。」

陳霄：「……」

要不要臉啊謝同學，你真好意思自己給自己發一張好人卡？

陳千林的洞察力更加敏銳，很快就分析出了方雨的意圖，「他唯獨把流霜城的資料刪掉，大概是想著將來在淘汰賽中你可以替他們先解決一些難纏的對手，方便他們進決賽輪。」

陳霄點頭贊同：「方雨這人平時安安靜靜的，宅在流霜城總部大門不出、二門不邁，他的心思倒是挺縝密。他把唐牧洲、聶遠道這些大神的卡組分析得非常透徹，大概真的想讓你在淘汰賽階段就KO掉這些大神。」

謝明哲受寵若驚：「那他也太看得起我了！」

不過仔細一想，這確實像方雨的作風。他一方面拿到了謝明哲製作的卡牌，大大提升流霜城的團戰勝率，另一方面也把資料分享給謝明哲，讓他去對付其他俱樂部，互惠共贏，誰都不吃虧。

同一時間，流霜城俱樂部。

方雨將竇娥這張卡牌投影在虛擬螢幕中給師弟們看。

「我擦！胖叔做的這張卡也太噁心人了吧！」喬溪吐槽道，但仔細一想，這張牌以後就是他們流霜城的，可以拿去噁心別人，喬溪又忍不住大笑起來，「師兄你跟胖叔合作果然是正確的決定，哈哈哈，別人看見這張碰瓷牌，肯定會像吃了蒼蠅一樣難受。」

「師兄當然最明智，才不像你，凡事只看表面。」三師弟蘇青遠微笑著嘲諷道。

「你拍馬屁也不用捧高踩低吧！」喬溪鬱悶地瞪他。

「咳咳，二師兄、三師兄你們別吵了……」小師弟肖逸弱弱地勸架。

「將這張卡加入團戰卡組，由我來操控，大家從今天開始練習新卡的配合。」方雨平靜地說：「這個賽季的團戰還有一個月就開始了，我們得抓緊時間。」

「知道了師兄！」這次的回答倒是很整齊。

方雨看著三個人轉身去訓練的背影，心裡有些無奈。

外界都說流霜城是個和諧溫暖的大家庭，四位主力選手親如兄弟，只有方雨才知道，他這個老大心有多累——就像帶著三個幼稚的小朋友。

竇娥卡已經交給方雨，謝明哲當天晚上又好好整理了一下製卡的思路，他之前跟師父提過，想試試看做出一整套的水系卡。提到水系，他第一個想到的就是《紅樓夢》裡的金陵十二釵，畢竟賈寶玉說過「男人都是泥土做的，女人都是水做的」。

林黛玉和薛寶釵已經做成了即死牌，金陵十二釵還剩下其他十個人物可以製成卡牌。

曹雪芹的《紅樓夢》他看過兩遍，改編的電視劇也看過幾集，對其中重要的人物和事件都印象

深刻。

黛玉葬花、寶釵撲蝶的設計靈感都是根據人物發生的經典故事片段來製成卡牌的技能，那麼，書中的其他角色也可以採用這一種思路。

比如，很經典的「湘雲醉臥」。

原文描述史湘雲喝醉酒後大咧咧地倒臥在一個石凳子上睡覺，她用帕子包了一堆花瓣當枕頭，睡得十分香甜。周圍的花瓣落了一身，一群蜜蜂和蝴蝶圍著她轉，嘴裡還說著夢話。

這一幕場景，真是把史湘雲豪放、灑脫的少女形象描繪得淋漓盡致。

既然史湘雲是在喝醉酒之後睡著的，或許可以設計一個「昏睡」的控制技。

目前他的卡組中，控制類卡牌明顯短缺，尤其是單控。不如把史湘雲的昏睡時間給設計得短一些，冷卻時間也做到最短，這樣就可以多次釋放控制技能來打亂對手的節奏。

第一個技能「湘雲醉臥」謝明哲很快地就想好了，以最短的三秒單體昏睡控制，冷卻時間可以縮短到二十秒，打團戰時只要稍微等一下就可以再放一次技能，讓靈活的史湘雲可以多次控住對方的關鍵牌。

至於第二個技能，他想到《紅樓夢》中關於史湘雲的形容：「好一似霽月光風耀玉堂。」

「霽月光風」意思是雨過天晴時的明淨景象，用以比喻品格高尚、胸襟開闊，這是作者筆下對史湘雲個性的描述，可以做成固定的被動技能。

想好設定後，謝明哲高度集中精神力連接製卡系統，星雲紙上漸漸出現一名身穿紅衣的豪爽少女，只見史湘雲五官明媚，雙眸緊閉，不拘小節地躺倒在石凳上，枕著花瓣枕頭睡得十分香甜。

既然是醉酒睡著，史湘雲當然是沒法移動的，原地躺倒的史湘雲很容易被對手集火秒殺，所以謝明哲增加被動技，可以讓湘雲多活一段時間。

史湘雲（水系）

等級：1級

進化星級：★

使用次數：1/1次

基礎屬性：生命值1000，攻擊力0，防禦力1000，敏捷30，暴擊0%

附加技能：湘雲醉臥（史湘雲性格爽朗，喝了酒之後醉意襲來，隨便找了塊石凳酣睡，範圍23公尺內單體目標被史湘雲的酒意所影響，陷入昏睡狀態，持續3秒；冷卻時間20秒）

附加技能：霽月光風（被動技能，史湘雲直率豁達，胸襟開闊，就算被為難也從來不生氣。史湘雲受到的所有傷害由於豁達的性情自動減低50%）

第一個技能是非常靈活的單控，冷卻短，可以多次釋放；第二個技能則增加了史湘雲的存活率，自帶減傷，再加上隊友的保護，讓她可以多存活一段時間。如果戰局膠著，湘雲的優勢就展現出來了，在一分鐘內她可以放三次單體昏睡技能，能把對手給煩死。

史湘雲是靠睡姿拉仇恨的人物卡，召喚出來後就躺在賽場中間睡覺，你還秒不了她。而且她的技能太煩人，如果不殺她，那她就可以不斷地昏睡單控打亂節奏，所以在一定程度上，湘雲是「控制卡」的同時，也成了「嘲諷卡」。

別人打比賽打得那麼激烈，她在石頭上一動不動地睡大覺，光是看著都很氣，對手很可能會優先擊殺她，這就給了己方卡組裡其他輸出卡迅速建立優勢的機會。

謝明哲對史湘雲這張卡牌非常滿意。

他將製作完成的史湘雲和林黛玉、薛寶釵放在一起。

然後，他的腦海裡又浮現了《紅樓夢》中的經典劇情：元春省親。

謝明哲打算把元春做成純粹的Buff輔助卡。

元春的到來讓賈府上下熱鬧歡騰，大家都興致高昂，範圍內提升友方目標的戰鬥力也很合理。

另外，賈元春後來被冊封為貴妃，這也可以設計成技能，加一個己方增益效果。

作為賈府的嫡長女，賈元春自幼受到良好的教育，賢能孝順、才貌雙全，後來又成了皇妃，因此人物形象的設計上也要符合她的身分，得把貴妃的雍容大度給表現出來。

謝明哲花了一個小時的時間，分別把元春娘娘高貴的衣服和華麗的髮釵畫好，再進行融合，最後的成品看上去還不錯，雍容大氣的貴妃形象呼之欲出，栩栩如生。

賈元春（水系）

等級：1級

進化星級：★

使用次數：1/1次

基礎屬性：生命值1000，攻擊力0，防禦力1000，敏捷30，暴擊0％

附加技能：元春省親（賈元春出嫁之後難得回家探望親人，家中的親人見到她都很開心，熱鬧歡騰的場景讓所有人心中喜悅，23公尺範圍內友方目標群體提升基礎攻擊力30％、攻擊速度30％、暴擊傷害30％；冷卻時間35秒）

附加技能：冊封貴妃（賈元春受到皇帝青睞，被冊封為貴妃，皇帝決定賞賜賈元春的親友，23公尺範圍內友方目標在接下來的5分鐘內，所有技能的冷卻時間縮減10％；賞賜只有一次，使用過後技能失效）

第一個技能其實很平凡，這種Buff加成的卡牌在聯盟多得數不清。

賈元春的核心技能其實是第二個，隊友越多的時候越厲害——群體技能冷卻縮短，這相當於給了所有卡牌一個五分鐘時效的「冷卻縮減」裝備。

百分之十看起來不多，但全部卡牌冷卻都縮減百分之十，那就相當可怕了。

不但控制類的卡牌在短期內可以放出兩波控場，攻擊類的卡牌技能冷卻也會全部縮減，釋放技

能更加頻繁，在一段時間內打出的傷害當然會有極大幅度的提升。

謝明哲將製作好的賈元春跟其他三位紅樓金釵放在一起。

他早就想做金陵十二釵的套牌，如今，十二釵已經做出四張，不如把其他的八張也想辦法做出來。技能設定不重複確實很難，不可能十二釵每一張都做成神卡。

他想做齊金陵十二釵，是因為他有強迫症，總覺得十二釵少了幾個人就不完美。

做齊之後，哪怕是用來收藏也好啊！

將來還可以做金陵十二釵的套牌周邊發給粉絲們。

想到這裡，謝明哲乾脆拿出一張紙，將金陵十二釵的名字全部記在上面。

接下來，這些人物就會一張一張在他的手裡變成卡牌了！

謝明哲睡了個好覺，養足精神，次日起床後繼續製作卡牌。

他打算以一天三到四張的速度，先把《紅樓夢》金陵十二釵的套牌全部做完。

金陵十二釵是《紅樓夢》中個性各有特色的十二位女子，謝明哲對這些人物記憶猶新，其中林黛玉、薛寶釵、賈元春、史湘雲他都已經做成了卡牌，接下來還有賈迎春、賈探春、賈惜春、王熙鳳、妙玉、巧姐、李紈和秦可卿。

二姑娘賈迎春溫柔善良，同時也膽怯軟弱，是典型的「軟包子」性格。她有個「二木頭」的外號，可見平時的她也非常木訥，是金陵十二釵中最沒有勇氣的一位姑娘。

她這個性格也造就了她悲劇的命運，父親賈赦欠了孫家五千兩銀子，還不起，就把她拿去抵債，嫁給孫家。迎春出嫁後不久，就被丈夫虐待而死，結局相當淒慘。

賈迎春的故事非常符合封建社會下許多女子的可悲經歷，她們「在家從父」、「出嫁從夫」，從來不敢有自己的主見，遭到虐待後也不知道反抗，只會逆來順受，默默流淚。這種包子性格的人在古代非常多，哪怕是現代也有不少。

把賈迎春做成卡牌，或許可以仿照竇娥做成亡語牌，畢竟她死得實在是太慘了。

人物形象方面，迎春的身材略顯豐滿，長相也比較溫婉端莊，她的眼神始終很柔軟，手裡拿著一把團扇，身穿素雅的淺藍色衣服，一副溫柔賢淑的大家閨秀模樣。

賈迎春（水系）

等級：1級

進化星級：★

使用次數：1/1次

基礎屬性：生命值200，攻擊力0，防禦力200，敏捷30，暴擊0%

附加技能：迎合忍讓（被動技。賈迎春性格溫柔善良，膽怯懦弱，只知道迎合退讓，卻從來不會反抗，當23公尺範圍內敵對目標釋放攻擊技能時，賈迎春會主動承擔傷害，從不躲避）

附加技能：被虐致死（亡語技。賈迎春出嫁沒多久就被丈夫虐待致死。當她承擔大量傷害陣亡時，悲慘的命運讓全體敵方目標陷入沉默，在接下來的3秒內無法繼續釋放技能。全體友方目標陷入悲傷狀態，治療效果增強50%，持續10秒）

迎春這一張亡語卡，可以當成拉仇恨的嘲諷卡來用，召喚出來吸收對手的關鍵技能，自己陣亡還能沉默對手三秒，再給隊友們加十秒的治療增益Buff。

這張卡沒有竇娥卡那麼強，但是兩張亡語卡的作用不一樣。竇娥是全團爆發卡，控制對手的同時增強己方的輸出，可以在全面進攻的時候使用。迎春則是防守卡，在自己人殘血的逆風狀態下拿來救場保後期，吸收傷害並給隊友加治療效果，趁機全團回血。

竇娥進攻，迎春防守，兩張亡語卡各有所長。

做完賈迎春，接下來就是三姑娘賈探春。

賈探春聰明伶俐，處事果斷，就如同一朵帶刺的玫瑰，誰敢招惹她，她絕對不會客氣，連王夫

人與鳳姐都很忌憚她。

在大觀園被抄家時，其他在溫室裡長大的千金們都驚慌失措，唯有探春毅然反抗，罵得一群人啞口無言。被人貼近要搜身時，她毫不猶豫地搧了對方一個響亮的耳光，以凜然正氣捍衛自身的尊嚴，也為大觀園的受辱者們大大地出了一口惡氣。

在王熙鳳病重時，聰明能幹的探春代替王熙鳳暫時管理著大觀園的內務，並主持大觀園的改革，這也是「探春理家」的典故由來。

賈探春的攻擊力非常強悍，當面搧人耳光就是最好的證明。古代大家族中的千金們大都溫柔賢淑，像探春這樣的帶刺玫瑰非常少見。謝明哲覺得，不把她做成一張輸出牌，實在是太浪費了。

第一個技能就叫怒搧耳光，近身攻擊單體目標，造成大量傷害。另外的技能設計也有了素材，「探春理家」和「探春遠嫁」都是《紅樓夢》中的經典故事。

理家，因為是管理自己人，可以做成一個輔助增益的技能；遠嫁，則作為「逃生技」，最後遠嫁他鄉的探春正好躲過了大觀園被查抄的悲劇。

探春的人物形象，按照原著中的描述，三姑娘「削肩細腰，鴨蛋臉面，俊眼修眉，顧盼神飛」。和大姐元春的端莊大氣、二姐迎春的溫婉軟弱有所不同，探春的長相頗具靈氣，眼神精明，是個五官俊秀、神采飛揚的富家小姐。

在衣服的設計上，謝明哲決定給她畫一身嫁衣，正好附和「探春遠嫁」的故事背景。

想好設定後，謝明哲就開始製作卡牌。

星雲紙上漸漸地出現了一位身穿大紅嫁衣、頭戴鳳冠、五官靈秀的女孩兒，卡牌的技能也緩緩按照他的設想生成了文字描述。

賈探春（水系）

等級：1級

進化星級：★

使用次數：1/1次

基礎屬性：生命值400，攻擊力1000，防禦力400，敏捷30，暴擊30%

附加技能：怒摑耳光（賈探春性格果決，不甘被人侮辱，揚起手怒摑對方耳光，以凜然正氣捍衛自身尊嚴——探春可對範圍1公尺內的近身目標做出一次摑耳光攻擊，造成200%高額單體傷害，並使對方頭暈目眩持續2秒；冷卻時間25秒）

附加技能：探春理家（賈探春聰明能幹，將家族的內務管理得井井有條。當賈探春管理家務時，在接下來的5秒內，全體友方目標免疫混亂、暈眩、冰凍等效果控制，始終保持清醒理智；冷卻時間45秒）

附加技能：遠嫁海南（賈探春迫於政治聯姻，在父親安排下遠嫁到了海南，和親人分離。當技能開啟時，賈探春可在23公尺範圍內瞬移至指定的位置，同時，由她指定的一位友方目標也可作為送親隊伍的成員，和探春一起瞬移）

賈探春這張卡牌謝明哲非常喜歡，集單攻、免控和瞬移於一身的輸出卡。雖然基礎輸出不算特別高，可是她的靈活性極強，只要在場上多活一段時間，她就能打出高額傷害。

接下來就是賈府最小的四姑娘，賈惜春。

不同於三位姊姊，惜春的性格孤僻又冷漠，這也跟她的身世有關。惜春的處事原則是「我只管自己就夠了，別人的事跟我有什麼關係」，也正因此，當四大家族沒落，三位姊姊或是慘死、或是遠嫁，惜春對現實的一切徹底失望，產生了棄世的念頭，最終遁入空門，出家當了尼姑。

惜春這張牌，謝明哲決定做成一張輔助牌。

人物形象方面，謝明哲決定按惜春出家之前來畫，這樣能和其他三位姊姊的畫風統一，方便做成連動技。

惜春的年紀最小，五官看上去還有些少女的青澀和稚嫩，她一身粉紫色的衣裙，少女打扮，卻因為臉上始終沒有表情，目光冷漠，整個人顯得格外的清高和孤傲。

賈惜春（水系）

等級：1級

進化星級：★

使用次數：1/1次

基礎屬性：生命值1000，攻擊力0，防禦力1500，敏捷30，暴擊30%

附加技能：青燈古佛（賈惜春最後出家當了尼姑，從此青燈古佛相伴，她默念佛經，對範圍23公尺內敵對目標施加沉默狀態，使其無法釋放技能，持續3秒；冷卻時間30秒）

附加技能：看破紅塵（被動技，賈惜春冷眼旁觀世間紛爭，看破紅塵，當賈惜春出現時，周圍23公尺範圍內一切隱形卡牌自動破隱，現出身形）

附加技能：獨善其身（被動技，賈惜春的處事原則是只管自己、不管其他人死活。每當自身受到攻擊時，賈惜春會為自身套上等同於生命值10%的水系護盾，持續5秒）

到此為止，賈府四位姑娘的人物卡牌全部製作完成。

大姐元春、四姑娘惜春都是輔助牌，二姐迎春是一張亡語卡，三姑娘探春則是非常強力的單體攻擊卡。

目前還缺的就是連動技。

四個女孩子都是賈府姊妹，連動技就叫「原應嘆息」，取自她們名字的諧音。

元春連動技：原應嘆息（元春是賈府嫡女，當迎春、探春、惜春三位妹妹有人在場時，元春省親的效果提升，範圍內隊友攻擊力、攻速、暴擊傷害加成提高至60%）

迎春連動技：原應嘆息（迎春是賈府二小姐，當元春、探春、惜春任何一人在場時，迎春陣亡

後觸發祝福效果，被祝福的姊妹身上出現水系護盾，免疫一次致死傷害）

探春連動技：原應嘆息（探春是賈府三小姐，當元春、迎春、惜春姊妹任何一人在場時，探春受到姊妹的鼓舞，基礎攻擊力提升20%，暴擊傷害額外增加20%）

惜春連動技：原應嘆息（惜春是賈府四小姐，當三位姊姊任何一人在場時，惜春想起三位姊姊，默念佛經對敵對目標的沉默控制時間延長2秒）

賈府四姊妹的連動，都是增強自身的技能效果。

由於迎春是出來就送死的亡語牌，探春這張強力輸出卡的召喚時機也要嚴格把控，所以從理論上來說，元春、迎春、探春和惜春四張卡牌同時在場的條件會很難達成。

所以，在設計連動技的時候，謝明哲用了另一種描述——當其中一位在場時。

這個描述很關鍵，四姊妹中只要有其中一個姊妹在場，就可以觸發賈府姊妹連動，而不需要四個人同時在場。這樣就好辦多了，隨便兩個姊妹在場都能彼此給對方增益效果。

這是謝明哲第一次做「四牌連動」，而系統響起審核成功的聲音，讓他心裡更加興奮。

他將四姊妹在卡牌陳列櫃裡擺在一起，一眼看過去，真是賞心悅目。

不同性格、容貌的賈府四千金，有血有肉的人物，共同演繹了《紅樓夢》的經典傳奇性故事。曹公的取名水準其實很高——大姐元春，「元」字是她出生在正月初一的紀念；迎春的性格迎合、忍讓，從不反抗；探春喜歡探索新鮮的事物，在管理大觀園時大膽改革，處事果斷乾脆；惜春很惜命，最後出家為尼，以保自身平安。

原、應、嘆、息，代指元春、迎春、探春、惜春四姊妹，連在一起，正好暗示了四姊妹的悲劇命運，將這個詞作為連動技能，也更容易記住四姊妹的排行及卡牌特色。

將來在賽場上，賈府四姊妹的卡牌連動技，一定會給觀眾們帶來驚喜！

【第九章】

金陵十二釵魔性登場

金陵十二釵中剩下的角色中，對小說劇情推動最關鍵的人物自然是王熙鳳。鳳丫頭、鳳哥兒、鳳辣子——這些外號足以看出王熙鳳的性格。

鳳姐長著一雙丹鳳三角眼，兩彎柳葉吊梢眉，五官相當的明豔，薄唇含笑，不怒自威，全身上下珠光寶氣，一看就是豪門世家的貴婦。

她華麗的穿戴，充分顯示了她在賈府尊貴的地位，簡直就是移動的珠寶庫。

王熙鳳辦事決絕，心狠手辣，是典型的「古代女強人」，能管好那麼大的賈府，可見她的能力有多強。她聰明、漂亮、能幹卻又狠毒，處理賈府的內務時，手段又快、又狠、又準。奴役們私下叫她「閻王婆」，可見她有多可怕。

王熙鳳的心機之深，謀略算計，全府上下沒有任何一個女子能和她相比。作為賈府內務的實際管理員，她的狠辣、果決非常適合做成輸出類的卡牌。

第一個技能，謝明哲決定就以她的「笑聲」作為出發點，都說王熙鳳是「笑裡藏刀」，表面上跟你和和氣氣的，心裡早就策劃好了怎麼弄死你。

原著中，王熙鳳出場的時候遠遠飄來的豪爽笑聲，讓初到賈府的林妹妹十分震驚。

既然之前王昭君可以用「出塞曲」的音波輸出來擊落空中飛禽，那麼，王熙鳳也可以用豪爽的笑聲，聲波輸出來攻擊敵方全員。

鳳姐「哈哈哈」魔性的笑聲一響起，範圍內對手群體受傷。王熙鳳的群攻技就叫「笑裡藏刀」，剩下的技能設計，謝明哲還得好好想想。

鳳姐殺伐決斷的處事作風，一向是瞄準目標後就果斷出手、毫不猶豫，她行事從不拖泥帶水，設的局都非常完美地坑死了目標——這一點可以做成她的被動技能。

記得《紅樓夢》裡，有一句對王熙鳳的評價：機關算盡太聰明，反誤了卿卿性命。

她確實算計了不少人，可是最後自己也不得善終。這個技能可以做成是亡語技，當王熙鳳病逝

後觸發效果，正好跟水系的其他卡牌相搭配。

擁有三個技能的卡牌，在資料數據上會比較差。王熙鳳基礎攻擊達不到最高，那就把冷卻時間給降低，讓鳳姐多放幾輪聲波攻擊。

設定好後，謝明哲開始製卡。

人物形象方面，他按照記憶中的外貌描述，改編成漫畫版本。

隨著他的慢慢描繪，一位衣著華麗、珠光寶氣，容貌明豔的貴婦出現在星雲紙上，她唇角含笑，看上去很親切的模樣，實際卻笑裡藏刀，目光無比的精明銳利。

王熙鳳（水系）

等級：1級

進化星級：★

使用次數：1/1次

基礎屬性：生命值400，攻擊力800，防禦力300，敏捷30，暴擊30％

附加技能：笑裡藏刀（王熙鳳表面上笑容可掬，性情豁達，實際上卻心機深沉，笑裡藏刀。當她出場時，還沒看見她人在哪裡，卻能先聽到她的笑聲。王熙鳳出場時自動隱身3秒，發出豪爽笑聲，對範圍23公尺內所有敵對目標造成100%群體水系聲波攻擊；冷卻時間15秒）

附加技能：殺伐決斷（王熙鳳的個性殺伐決斷，看準要對付的目標後，從不手下留情。她可以鎖定23公尺範圍內的指定敵方目標，讓自己的聲波攻擊，對該目標造成的暴擊傷害加成100%；冷卻時間15秒）

附加技能：機關算盡（王熙鳳算計了不少人，最後自己也沒能落得好下場，重病去世。她生前聰明絕頂，死時心中不甘，死亡時將自身基礎攻擊力的20％轉交給指定友方卡牌，讓友方卡牌繼續替她作戰）

三個技能中，「笑裡藏刀」在群體輸出類技能中資料表現只能算中等，但優勢在於冷卻時間非常短，可以頻繁地發出魔性笑聲攻擊對手。一分鐘笑四次，夠令對手心煩的了。

第二個技能「殺伐決斷」是鳳姐的核心輸出技，她可以鎖定敵方單體目標，在群攻的同時，對鎖定目標造成額外的暴擊加成。大範圍壓血線的同時還能收掉人頭，非常好用。

第三個技能就相當賴皮了，聰明的王熙鳳到死還在算計，自己死掉了不甘心，把基礎攻擊轉移給指定隊友，而且，她的轉移是「本場比賽永久轉移」，而不是短期內的傷害加成，也就是說，被她轉移了攻擊的卡牌，基礎屬性會直接獲得20％的提升。

如果在鳳姐陣亡的同時，召喚出一張超強的收割型卡牌，鳳姐把基礎攻擊轉移給這張收割卡，造成的傷害會相當恐怖！

謝明哲心情愉悅地把王熙鳳這張卡放在卡牌陳列櫃裡。

金陵十二釵又多了一張新卡牌。

由於王熙鳳的形象繪製太耗時間，謝明哲下午就只做了這一張卡。

今天完成了迎春、探春、惜春三姊妹和王熙鳳共四張卡，他已經非常疲憊了，所以謝明哲決定晚上不再做卡，把小柯和秦軒抓去競技場練練新卡的搭配。

吃晚飯時，他把卡牌拿給師父。

陳千林幫他調整了一些資料，史湘雲還有賈府四姊妹的資料不需要修改太多。

但王熙鳳的基礎群攻，陳千林建議降低到六百五十，升到滿級差不多是四萬，這比動不動就有六萬、八萬攻擊力的輸出卡還是差了一大截。不過，這樣一調整，技能的冷卻也相應地縮短了，從十五秒縮短到了十二秒。

一分鐘大笑四次，變成了一分鐘大笑五次。

以後帶王熙鳳這張卡牌去打比賽，每隔十二秒就可以聽見她「哈哈哈」的豪放笑聲，對手肯定

要抓狂。

王熙鳳卡牌技能輸出比較低也沒關係，因為哈哈哈的音效對比賽心態的影響更大。說不定以後大家跟胖叔比賽，都會忍不住提出一項建議——關掉耳機，我們打靜音模式，讓王熙鳳別笑了！

次日，謝明哲繼續製作金陵十二釵中剩下的人物卡。

他第一個想做的就是賈巧姐，王熙鳳和賈璉的女兒，正好能跟王熙鳳做母女連動技。

巧姐由於年紀幼小，在《紅樓夢》一書中出現的次數並不多。比起或慘死、或遠嫁、或出家的賈府姑娘們，巧姐的結局算是最好的。

賈府衰敗，母親去世，無依無靠的巧姐被人賣去青樓，幸好被劉姥姥給救了出來，並被劉姥姥當成親孫女一樣撫養長大，最後還嫁給劉姥姥的外孫板兒。

雖然從豪門世家的大小姐成了窮苦人家的村婦，在生活條件上會有巨大的落差，可是劉姥姥和丈夫板兒都待她很好，巧姐後來歸隱田園，耕種、織布，靠雙手來養活自己，自食其力的日子過得很清苦，卻也算安穩、平靜地過完了一生。

這樣的命運，正好跟劉姥姥給她取名時寓意「遇難成祥、逢凶化吉」的「巧」字相吻合。

巧姐的技能設計，謝明哲腦子裡靈光一閃，突然想到一個好玩的思路。

既然能「遇難成祥，逢凶化吉」，巧姐的好運正好可以設計成兩個技能。

其中，「遇難成祥」意指可將危難轉化為吉祥，那麼，在一定時間內把對手的攻擊「危難」轉化成對我方的治療「吉祥」，會不會行得通呢？

而「逢凶化吉」則可解釋成讓我方死亡的卡牌獲得生機，讓巧姐可指定已死亡的目標直接復活，並且重置所有技能，成為一個超級賴皮的復活技。加上巧姐是水系卡，可以跟紅樓妹子卡牌們組成水系套牌，還能和母親王熙鳳做成連動技。

想到這裡，謝明哲立刻開始構思巧姐的人物形象。

當初畫曹沖的時候，他把沖兒畫成一個可愛的小男孩，如今要畫巧姐，自然也要畫成可愛的小女孩。粉雕玉琢的女娃娃從小就嬌生慣養，皮膚白嫩得能擠出水來，腦袋上梳兩個精緻的小辮子，穿一身粉嫩的裙子……以他一個男人的審美觀來看，覺得小女孩兒這樣打扮比較可愛。

看著星雲紙上可愛的小姑娘，謝明哲非常滿意。

接著，他將技能描述也完成了——

賈巧姐（水系）

等級：1級

進化星級：★

使用次數：1/1次

基礎屬性：生命值1200，攻擊力0，防禦力1000，敏捷30，暴擊30%

附加技能：遇難成祥（賈巧姐從小就體弱多病，但好運不斷，每次遇到危難，都能轉危為安、遇難成祥。當範圍23公尺內的隊友受到攻擊時，巧姐可以讓敵方卡牌的攻擊轉化為對我方卡牌的治療，持續3秒時間；冷卻時間10分鐘）

附加技能：逢凶化吉（巧姐擁有「逢凶化吉」的好運，她把好運分享給隊友，當隊友陣亡時可逢凶化吉，重獲新生。巧姐可以指定友方陣亡卡牌復活，並刷新全部技能；冷卻時間10分鐘）

巧姐的這個治療技能，大概是所有治療技能中最賴皮的。

比如，當唐牧洲的千年神樹開大招「死亡絞殺」，進行大範圍、高傷害的木系群攻，這時巧姐來一個「遇難成祥」——對不起，你的攻擊轉化成為對我方卡牌的回血。

原本已被殺到殘血的卡牌，瞬間全部回滿血……對手估計要氣到吐血。

「遇難成祥」這個技能如果用得好，巧姐很可能成為翻盤利器。

第二個復活技能，也讓她成為了萬用輔助卡，可以放在暗牌當中搭配任何卡組使用，當然，最好還是搭配水系卡組，能獲得套牌加成。

接下來就是巧姐和王熙鳳的連動技了。

連動技就叫「母女情深」，依舊以提升單卡技能效果為主。

巧姐連動技：母女情深（當王熙鳳去世時，女兒賈巧姐因悲傷過度，立刻重置自身的所有技能，希望能夠救回母親。王熙鳳卡牌陣亡時，連動技被動觸發，一局比賽限一次）

王熙鳳連動技：母女情深（當女兒巧姐使用「遇難成祥」、「逢凶化吉」技能時，王熙鳳身為母親，感到非常欣慰，她的笑聲更大了。基礎攻擊獲得10%的提升。只要巧姐使用技能一次，王熙鳳就會自動提升基礎攻擊力10%一次，不限次數）

這對母女一起出場的時候，巧姐可以讓對手的攻擊轉化為治療，等母親陣亡她還能逢凶化吉復活母親並重置其技能，然後，巧姐放技能，王熙鳳又因為開心而笑得更大聲，簡直有毒……

謝明哲自己都很想抽自己。

這對母女真是太煩人了。

他還得再接再厲才行！

謝明哲繼續做另一張治療卡，妙玉。

妙玉的身分很特別，她和賈府並沒有任何親緣關係，卻能名列「金陵十二釵」第六位，可見作者對這位人物的重視。

原著中對妙玉的形容是「氣質美如蘭，才華馥比仙」，她在賈老太太、王夫人的面前從容自若、不卑不亢，長得漂亮不說，人還很聰明，心性高潔，就是性格有幾分清高和孤傲，因為看不慣那些趨炎附勢的諂媚俗人，因此長年與青燈古佛相伴。

《紅樓夢》中關於妙玉的經典場景，就是賈母兩宴大觀園時，帶女孩兒們到櫳翠庵品茶，妙玉

盛情款待，茶具、茶品、選水，全都非常的講究，足見她在茶藝上精湛的素養。

妙玉獻茶，這段典故可以做成一個群體治療技。

接到妙玉遞來的茶水之後，大家會細細品嚐而不是一口喝完。

這個治療技適合做為一段時間內的持續回血技，茶水存在期間友方目標想喝就喝，每喝一口就加一定的血量。

至於另外的一個技能，則可以按照妙玉的性格來設定。清高、孤傲的妙玉，在獻茶的時候，會無視一切控制效果，沉醉在茶道當中渾然忘我。

關於妙玉的形象，謝明哲記得非常清楚，她身穿一件素白長裙，外面罩著青色鑲邊的長背心，手裡持著念珠，頭戴髮冠，髮冠的兩側和背後都有藍色的絲帶垂落下來，明明是道姑模樣的打扮，卻長髮及腰，美若仙子，目光中有著一股不卑不亢的自信和傲氣。

謝明哲按照腦海中的記憶，將妙玉的人物形象繪製在星雲紙上——

妙玉（水系）

等級：1級

進化星級：★

使用次數：1/1次

基礎屬性：生命值1500，攻擊力0，防禦力800，敏捷25，暴擊30%

附加技能：妙玉獻茶（妙玉精通茶道，對茶具、茶品、茶水的選擇都非常講究，由她親手調製烹煮的茶水，味道特別，喝下之後唇齒留香，神清氣爽。妙玉製作茶水，供23公尺範圍內的所有隊友品嚐，隊友飲用茶水後獲得回血Buff，每秒回復妙玉生命值10%的血量，持續10秒；冷卻時間25秒）

附加技能：清高孤傲（被動技能，妙玉性格清高孤傲，對俗人的爭鬥不屑一顧，因此，妙玉自

身不受任何控制類技能影響）

這是一張Buff類治療卡，和神農的範圍陣法治療、大小喬的瞬間加血不同，妙玉的治療技能只要開啟之後，不管隊友走到哪裡，身上都會有「飲茶」的增益Buff，每秒回血，持續十秒，而且是以妙玉生命值的百分之十作為回血標準。

謝明哲把妙玉基礎生命數值調整到一千五，大部分輸出類卡牌的基礎生命都只有妙玉的一半，只要喝了妙玉的茶，五秒左右就能回滿血，還能一邊回血一邊調整走位，非常靈活。

在金陵十二釵卡牌中，出現了「巧姐」和「妙玉」兩張治療卡，治療方式完全不同。謝明哲之所以這麼做，也是想嘗試著改變思路。

他以前製作的東吳縱火隊和蜀國暴擊隊，都是攻擊火力非常凶猛，求一波打崩對手的卡組。可是萬一遇到半天都打不死的難纏對手呢？這時暴擊類的卡組不一定能贏，還不如跟對手一起拖節奏，看誰拖得過誰。

當七張卡牌中有兩張治療卡的時候，肯定能把戰局拖到大後期。而且，既然紅樓卡組中已經出現王熙鳳、賈迎春這兩張亡語卡，秦可卿死得很慘，也可以做成亡語卡。加上巧姐復活卡牌時會重置技能，這套卡組拖著對手打後期，絕對能把對手給拖到崩潰。

謝明哲心情愉快地想，十二釵已經做了十張，還差秦可卿、李紈就大功告成了。

李紈是榮國府長孫賈珠的妻子，由於賈珠早逝，李紈年紀輕輕就成了寡婦，她有個兒子叫賈蘭，丈夫去世後，她就把全部精力投入到對兒子的教育上。她是典型的淑女，為人也非常淡泊名利。就像是深巷中的一汪古井，沉靜從容，與世無爭。

但她畢竟年輕，並且出身官宦世家，從小受到很好的教育，進入大觀園後，她心底深處的青春活力和對美好生活的渴望，在周圍姑娘們的影響下徹底被激發出來。

她支持探春成立海棠詩社，自薦當掌壇人，把自己的稻香村拿出來作為社址，率先給自己起了個別號叫「稻香老農」。作為社長的她，不但帶領詩社興旺發達，還把大觀園治理成了女孩兒們的淨土和樂園。

相對於金陵十二釵中的其他人物，李紈的存在感並不高，但性格卻非常鮮明。她表面看上去三從四德、恪守婦道，從不參與明爭暗鬥，老老實實在家管教兒子，對權利沒有任何興趣，不跟王熙鳳爭，所以她和王熙鳳妯娌之間也一直能和平共處。可她內心深處卻是個渴望自由、快樂的女人，她的內心並不是一潭死水。

關於李紈這張卡牌的技能設計，謝明哲綜合了一下金陵十二釵的技能搭配，目前還缺一張打反手的解控、保護卡。

想好了設定，謝明哲便將李紈繪製在星雲紙上。卡牌的正面很快就出現一位身穿樸素藍衣，容貌清雅端莊的少婦，臉上神色非常溫和平靜。

李紈（水系）

等級：1級

進化星級：★

使用次數：1/1次

基礎屬性：生命值1500，攻擊力0，防禦力800，敏捷25，暴擊30%

附加技能：海棠詩社（李紈全力支持在大觀園內成立「海棠詩社」，並且主動擔任社長。社長李紈在四周23公尺範圍內劃出詩社位址，處於詩社範圍內的友方目標沉醉在精妙的詩詞賞析中，不受任何控制效果影響並免疫傷害持續5秒；冷卻時間45秒）

附加技能：與世無爭（李紈性格與世無爭，將大觀園打造成歡樂祥和的淨土。當李紈釋放技能時，隊友被她平和的心態影響，清除自身一切負面狀態；冷卻時間30秒）

李紈的第一個技能是讓全團有五秒鐘的無敵狀態，可以不受控制、不受傷害。同時只要能提前

預判，對方準備全力猛攻的時候，也能召喚李紈出來抵擋一波傷害；第二個技能是通用解控技，當王熙鳳、探春這些關鍵輸出卡被控制的時候，李紈可以幫她們清除負面狀態。

有了李紈的解控，當紅樓卡組遇到強控流卡組就不用怕了，可以放手一拚。

接下來就剩十二釵中的最後一位美女——秦可卿。

秦可卿是賈蓉的妻子，王熙鳳的侄媳婦，她輩分比較小，見到賈寶玉還要喊一聲叔叔。她身材嫋娜，容貌嫵媚，性情溫婉，行事作風也很溫柔平和，被賈老太太讚為「重孫媳中第一得意之人」。

可惜秦可卿身體非常柔弱，最後得了重病抑鬱而終，結局非常悲慘，她死後還有過兩次顯靈。秦可卿在臨終前曾託夢給王熙鳳，讓嬸嬸管家時注意「月滿則虧，水滿則溢，登高必跌重」的道理，王熙鳳從夢中驚醒，正好聽到外面有人喊「東府蓉大奶奶沒了」，王熙鳳不敢相信秦可卿居然就這麼死了，嚇出了一身冷汗。

秦可卿臨終前的託夢似有玄機，王熙鳳一直把她的話記在心上，心中也隱隱有種「大廈將傾」的不好預感。

秦可卿另外一次顯靈，是在賈母病逝後。鴛鴦是賈母身邊的貼身大丫鬟，賈赦曾經想要強納她作妾，此時，沒了賈母這個依靠，她肯定會被賈赦報復。同時，鴛鴦自己也想為賈母殉葬，恰巧秦可卿在她夢中顯靈，教她上吊自殺，鴛鴦便很果斷地自縊了。

秦可卿死後顯靈進入別人的夢中，這絕對是做亡語牌的好思路。她的兩個亡語技，就按照顯靈來設計。第一次是臨終前的託夢，第二次是教指定的目標上吊自殺。不過，自殺應該算是即死判定，在技能描述上還需要再修改。

謝明哲先把秦可卿的人物形象給設計好。她的長相非常柔媚，加上性情溫婉，給人的第一印象就是一位很柔弱的美女。謝明哲給她畫了一身淺粉色的衣服，外面搭一件淺黃的披風，頭髮綰成一

個髮髻，再鑲上一些珠花首飾。由於久病的緣故，秦可卿的面色顯得非常蒼白，看上去很虛弱，這樣的設計也可以讓她出場後迅速陣亡。

秦可卿（水系）

等級：1級

進化星級：★

使用次數：1/1次

基礎屬性：生命值400，攻擊力0，防禦力300，敏捷20，暴擊0%

附加技能：病入膏肓（被動技能：秦可卿體弱多病，病情嚴重，無法醫治。由於重病太久，當她出場時，終於難以支撐，生命力自動下降至0點，立刻病逝）

附加技能：臨終託夢（秦可卿臨終之前向指定目標託夢，被託夢的目標受到夢境效果影響，陷入做夢狀態持續5秒，做夢期間免疫任何控制及傷害技能。目標自夢境清醒後，由於聽到秦可卿去世的消息，悲傷過度，防禦力下降至50%，攻擊力提升50%，持續5秒）

附加技能：死後顯靈（秦可卿死後顯靈，進入他人夢中教人自縊。此技能可以指定23公尺範圍內任意敵對目標，使目標陷入混亂的夢境狀態，迷失自我，最後上吊自殺。此技能只對血量低於30%的目標有效）

第一個技能是被動技，讓體弱多病的秦可卿一出場就病死，用以觸發接下來的亡語技。

第二個技能的運用可以十分靈活。被「臨終託夢」的目標在五秒做夢期間無法動作，但也不受任何攻擊、控制技能的影響。清醒之後防禦降低百分之五十，但是攻擊增加百分之五十。

這個技能如果給了隊友，隊友相當於獲得五秒的無敵，夢境結束後，雖然防禦力下降，但是百分之五十的攻擊提升能夠讓隊友趁機爆發輸出。如果技能給了敵人，相當於讓敵人有五秒時間陷入夢境無法釋放技能，清醒後雖然攻擊增強，但是防禦也下降了百分之五十。適合用來針對敵方的治

療卡和控制卡。

第三個技能相當於單體爆發攻擊技，讓敵方百分之三十以下的殘血卡直接去上吊自殺。

到此為止，金陵十二釵卡牌全部做完！

紅樓水系卡組以輔助居多，輸出卡較少，看上去沒有之前做過的吳國火系和蜀國金系卡組強，但是各種難纏的負面狀態、亡語技、治療技，會讓對手非常頭疼。

這是一套打後期的卡組。

謝明哲覺得，真要比誰能拖後期，就連流霜城出了名的水系後期卡組和鬼獄鄭峰大神的土系皮厚卡組，也不一定拖得過他這套金陵十二釵。

關鍵是，拖的時間長了，對手在心理上會先崩潰。

不斷響起的魔性笑聲、不斷被探春搧耳光、打死了還能復活重置，這套卡組簡直有毒。

謝明哲將陳列櫃左側的一排位置全部空出來，按照十二釵的排序，將十二張卡牌依次擺放在陳列櫃裡。

整整齊齊十二位妹子，看上去真是賞心悅目。

他決定將來涅槃俱樂部正式成立之後，就把金陵十二釵的套牌製作成實體星卡，當成粉絲們的周邊福利，讓大家在現實中也能召喚出這些漂亮妹子。

這些活靈活現的人物，能在星卡世界以卡牌的形式呈現在大家面前，謝明哲感到非常欣慰。

這套卡組究竟實戰效果如何，他也該親自試一試了。

池瑩瑩最近很頭疼。

雖然謝明哲做的卡牌技能「比較討人厭」已經成為工作室所有人的共識。但是她沒想到，這傢伙居然在幾天之內連續做出十張卡，要和之前的林黛玉、薛寶釵放在一起組成什麼「金陵十二釵」，還給了她一份故事大綱，要她幫忙搞定這組套牌的卡牌百科。

錯綜複雜的人物關係，看得池瑩瑩頭都暈了。

謝明哲為了方便讓池瑩瑩理解，為她畫了一份人物關係表，密密麻麻的簡直就像是蜘蛛網。他認真交代道：「每一張卡牌單獨寫人物小傳就好，遇到不明白的地方隨時問我。」

「嗯，我先整理一下資料。」池瑩瑩看了也很喜歡這一套卡組，忍不住問：「可以多給我一套做收藏嗎？」

「當然可以，我直接做成實體卡給妳。」謝明哲笑著說道：「要是以後喜歡這套卡牌的人多了，我們可以把金陵十二釵的套卡製作成粉絲周邊。」

「太好了！」池瑩瑩看著卡牌上容貌各異的美女，道：「肯定會有很多人喜歡這套卡牌。」

瑩瑩的話很快就得到證實，工作室裡的池青、龐宇和金躍都很喜歡這套卡牌。陳千林是最早看過這套卡的，卡牌資料也都經由他調整，因此對謝明哲這組卡牌沒發表任何看法。

倒是陳霄看過之後，忍不住笑著罵道：「你這套卡組，是要摧殘對手的精神吧！」

謝明哲道：「陳哥先陪我練一局？」

陳霄立刻擺手，說：「我才不想十二秒聽一次王熙鳳的笑聲。」

十二秒一次，這是陳千林修改資料之後的結果，見陳霄一臉嫌棄，陳千林假裝不關自己的事，平靜地朝謝明哲說道：「小柯目前還不知道你做了這麼多水系卡，你可以找小柯實戰試試，正好磨煉一下他的心理素質。」

謝明哲點頭，「對啊，就找小柯！」

同一時間，在學校上課的喻柯突然打了個大大的噴嚏。

下課後，喻柯抱著書迅速溜回宿舍。

自從成了涅槃俱樂部的一員，他時不時就跑去涅槃工作室蹭飯吃，工作室就在學校對面，走路只需要十分鐘，而且青姐做的飯菜特別好吃。更關鍵的是，還可以看見阿哲、陳哥他們，聊聊天打打屁，比一個人在餐廳吃飯好太多了。

今天下課時間比較早，喻柯就提前回宿舍準備去工作室蹭晚飯。結果，他剛抱著頭盔打算出門，隨身光腦卻突然收到一條消息，發送者是Q-X，秦軒同學。

秦軒說話總是惜字如金，這次發來的是一個影片，縮放圖看上去血淋淋的，配了一句簡明扼要的說明：3D效果圖。

喻柯好奇地點開他發來的影片，眼前不由一亮——真讓人驚豔！

秦軒在血池地獄中增加了屍骨的細節設計，白花花的骷髏頭漂浮在血池中，將地獄的陰森恐怖展現得淋漓盡致，而且還配上了場景音效，時不時傳來的惡鬼叫聲讓人毛骨悚然。

喻柯忍不住發去稱讚：「好漂亮啊啊啊！」

秦軒冷淡地問道：「還滿意嗎？」

喻柯回覆了一大串語音：「滿意滿意滿意！超級滿意！尤其是場景時不時出現的鬼叫聲，我聽著頭皮都要炸了，特別興奮，哈哈哈，對手聽見了肯定會很害怕，容易分心，到時候我就趁對手分心，殺他們一個猝不及防！」

聽著耳邊小少年激動的笑聲，秦軒輕輕抽了一下嘴角，總覺得這傢伙有點傻。

喻柯說完後又意識到關鍵，問道：「你發給阿哲他們看了嗎？」

秦軒道：「嗯，他們都說不錯。我打算今晚把3D地圖資料帶去工作室，導入到類比模式，試

試看實戰效果。」

喻柯道：「我下樓去找你，一起去吧。」

話剛發完沒多久，門外就響起敲門聲，簡直就是飛奔下來的。

秦軒打開門，看了眼門口傻笑個不停的小傢伙，皺眉道：「你先過去，我還有一張圖要畫，等六點半吃飯時間再去。」

「我坐沙發上等你，六點半一起去。」喻柯沒理會秦軒冷漠的目光，自從秦軒成為隊友並且答應幫他畫場景卡之後，他就不像以前那麼怕秦軒了。

以前每次被秦軒一瞪，喻柯就如同被施加了「定身負面狀態」，動都不敢動。但是現在被秦軒瞪，他會自動解控，依舊活蹦亂跳的。因為在他的內心深處，已經把對秦軒的印象，從「性格古怪很難相處的人」變成了「看上去有點冷，其實是個好人」。

並不知道自己又收到一張好人卡的秦軒，見小柯不肯走，只好開門讓對方進來。

喻柯把腦袋湊到他的圖片製作頁面前，看著放大無數倍、密密麻麻的網格，有些好奇地問：「你畫的這些是什麼？美術系的作業嗎？」

秦軒淡淡道：「幽靈古堡的場景圖，就是畫展上那張圖的修改版。」

喻柯一愣，回過神後立刻笑著說：「你已經在製作第二張場景卡了？你的效率還真是高，畫的場景風格特別棒，細節也超級完善，你能加入涅槃真是太好了！」

秦軒：「……」

他最討厭被人拍馬屁。但是對上喻柯真誠的眼神，這傢伙說的又很像是真心話。秦軒被當面誇得有些尷尬，臉色僵硬地轉過身去，說道：「你在沙發上坐一會兒，我很快就畫完，六點半走。」

「嗯，我等你！」喻柯轉身坐在沙發上。

結果剛坐下，他就收到謝明哲的消息：「小柯你下課了嗎？晚上回工作室一趟，我們來切磋切

磋，看看你最近練得怎麼樣了。」

喻柯興奮道：「好啊，我跟秦軒六點半過來！」

謝明哲疑惑：「為什麼要跟秦軒一起過來？」

喻柯道：「順便帶血池地獄的場景卡來實戰，在新地圖上切磋，我會更有信心贏你！」

——贏我？少年你是不是想多了？

謝明哲見他信心十足的樣子，微笑著說：「好啊。那你跟秦軒說一聲，一起過來吃晚飯，晚上我們多做些菜。」

六點半，秦軒果然準時停下工作，將畫好的幽靈古堡平面圖也帶上。

來到涅槃工作室時，一進門就聞到熟悉的飯菜香，喻柯循著香味跑到餐廳，看著桌上豐盛的美食忍不住羨慕道：「我也好想搬來跟你們住，每天都有這麼多好吃的……」

謝明哲拍拍他的肩膀道：「先忍著。你現在搬過來也沒地方給你住，等以後我們租了自己的大樓，每個人都會有單人宿舍，到時候，你跟秦軒隨時可以搬過來住。」

喻柯也很期待涅槃俱樂部正式成立的那一天。

陳霄最近正在物色新的戰隊基地，現在的工作室是哥哥陳千林名下一套複式住宅改造的，面積太小，客廳裡多來幾個人就坐不下了。樓上的臥室也是雙人一間，環境比較簡陋。

聽到這裡，陳霄便說：「我會讓仲介抓緊時間，給我們找找環境好一點的基地位址，新年之前一定搬家，這件事就交給我來辦吧。」

陳哥辦事謝明哲當然放心，大家圍著餐桌其樂融融地吃了頓晚飯。

吃完飯後，眾人回到客廳坐下，秦軒把3D地圖交給謝明哲，後者立刻連上遊戲，把地圖導入到私人圖庫，由於還沒經過官方審核，這張地圖目前只能在類比模式中使用。

陳千林、陳霄、秦軒和喻柯也分別找了張旋轉椅坐下，進入遊戲。

胖叔將四人的帳號全部拉到類比擂臺。

血池地獄的場景圖導入到模擬擂臺後，大家就能實地考察。比起在光腦上看秦軒製作的效果動畫，身臨其境時感受更加震撼。這張場景卡確實是暗黑系場景中的極品，尤其是秦軒後來增加的血池白骨設計，讓整個場景更加恐怖，也更加逼真。

謝明哲微笑著說：「秦軒做的地圖，細節確實很棒。」

喻柯站在血池中間的落腳石上，周圍是咕嚕嚕不斷冒著詭異血氣的池水，裡面還隱約浮現著白骨，他真是喜歡極了。

喻柯忍不住把腳伸到血池的邊緣試探了一下，問：「我要是掉進血池裡，會掉血嗎？」

秦軒道：「不會，血池只會讓你的卡牌掉血。按照林神的建議，我把最開始的掉血量設計成每秒掉百分之三。待會兒實戰看看，資料不合適的話可以再修改。」

這張場景圖並不複雜，一眼就能望到盡頭，只不過血池的掉血設定會讓人比賽時感到急躁。血池地獄的打法有兩種，第一種是按照謝明哲最初的設想，在血池場景的影響下所有卡牌會不斷掉血，但是小柯的鬼牌攻擊力較高，可以趁機爆發，收割清場，就能做到「以快打快」。

第二種打法，是謝明哲親自到了血池地圖場景後才想到的——紅樓卡組在這樣的場景也可以靠拖後期來取勝。

你攻擊再強又如何？我還不是能回滿血。時間一長，先受不了的肯定是對手。

在對上那些快攻流卡組時，要是祭出這張場景卡，一方面能讓環境的掉血狀態彌補紅樓卡組輸出不夠的問題，另一方面也可以讓紅樓卡組用各種控制、輔助將戰局拖到後期，以血量差來取勝。

這張場景卡，喻柯能用，謝明哲同樣也能用。

想到這裡，謝明哲便微笑著道：「小柯，我們實戰PK試試？」

喻柯乾脆地按下準備，「來來來，看我怎麼虐你，嘿嘿嘿！」

謝明哲：「……」

喻柯還不知道謝明哲最近做了新卡組，以為他只有之前的那些金系卡組。結果雙方準備好後，在亮牌階段，看著出現在面前清一色的水系美女卡，喻柯徹底傻眼了。

賈迎春、賈探春……這都是些什麼！

兩人私下PK用的是比賽時最常見的暗牌模式。

喻柯讓自己冷靜下來，利用倒數計時的三十秒迅速地觀察謝明哲的卡組。

迎春是一張亡語牌，範圍拉嘲諷死後還能沉默對手；探春單體輸出，湘雲單控，妙玉治療，王熙鳳群體輸出……

雖然這些卡牌都很陌生，可是喻柯畢竟意識一流，很快就明白了謝明哲的製卡思路。

對方有治療卡，這是要拖後期跟自己耗時間的意思。

那麼現在喻柯有兩個選擇，第一，不管對方會不會拖後期，自己堅持以快打快的策略，在戰局被拖到後期之前，迅速解決掉對手的核心牌；第二，把魏徵、杜麗娘這兩張後期卡安排在自己的暗牌裡，和對方一起拖入後期。

喻柯猶豫片刻，決定還是以快打快。

他的暗牌帶的是孟婆和崔判官，孟婆完全可以克制謝明哲的治療卡，所以他根本不怕謝明哲會拖後期，只要孟婆一碗湯餵下去，妙玉直接忘掉技能，那還治療什麼？而且，崔判官可以打掉對方輸出最高的牌，有判官在，對方的核心輸出卡將會受到極大的威脅。

比賽開始。

在這種會大量掉血的場景圖上比賽，不能一次性召喚出太多卡牌，以免治療負擔過重。

因此，謝明哲只召喚出史湘雲這張單控卡，喻柯顯然也不笨，只召喚出白無常這張血量比較厚、扛得住傷害的卡。然而競技場有五秒內召喚新卡的規定，對手下一張要出什麼牌就成了關鍵。

倒數計時五秒後，喻柯同時召喚牛頭、馬面，謝明哲則召喚出治療卡妙玉。

喻柯的思路很明確，先把你場上存在的卡牌血量全壓低，再靠聶小倩和黑無常收割疊加標記，牛頭馬面的群攻連動絕對會給場上的史湘雲和妙玉造成大量傷害。

然而，就在牛頭鋪好黃泉路，馬面開出彼岸花的那一瞬間，謝明哲突然召喚出一張卡牌。

賈迎春！

迎春的第一個技能「迎合忍讓」可以範圍性地拉嘲諷，把所有的攻擊吸收到自己的身上。於是，賈迎春一出現，牛頭馬面的群攻全部被她吸收，加上賈迎春皮脆，幾乎是瞬間就掛了。迎春死後觸發了亡語技，敵方群體沉默持續三秒，並且友方治療效果增強持續十秒。

賈迎春的死讓妙玉的治療效果增強，於是謝明哲緊跟著召喚出王熙鳳。

「哈哈哈哈！」一道笑聲突然在耳邊響起。未見其人，先聞其笑，喻柯聽見耳邊響起女人豪爽的笑聲，一時有些懵逼，還以為自己幻聽。

這張場景卡裡有女鬼嗎？秦軒做的場景音效好像不是這樣的吧！

直到幾秒後，他看見王熙鳳出現在三十公尺範圍內，一邊哈哈地笑著，一邊發動範圍聲波攻擊。此時，他的三張卡都處於沉默狀態，無法釋放技能。

王熙鳳一波群攻下，探春出場，瞬移近身狠狠抽了牛頭一巴掌。

喻柯愣神片刻，總算是回過神來。

他的牛頭、馬面群攻技能陷入冷卻，好在連動技他沒急著放。對方王熙鳳和探春的攻擊模式十分討人厭，一個笑聲攻擊，一個打耳光攻擊，但是造成的傷害都不算很高。

重點是場景的負面效果節奏太快，每秒掉血百分之三，十秒直接掉血百分之三十！此時的牛頭馬面只剩下半血，白無常這張皮厚的輔助卡血量倒是維持在六萬以上。

而對方的妙玉在場，妙玉只要一獻茶，謝明哲的所有卡牌都會帶有「飲茶」的回血Buff。所以

絕對不能讓妙玉開出治療技能。

想到這裡，喻柯果斷召喚出孟婆和判官！

孟婆強行把孟婆湯餵給妙玉，讓妙玉暫時遺忘掉「獻茶」的治療技能。崔判官會自動選擇對手這段時間內輸出最高的卡牌來打。由於王熙鳳是群攻，輸出資料高於探春的單攻，因此崔判官的暴擊直接往王熙鳳身上招呼，加上場景掉血的影響，王熙鳳瞬間就成了半血。

是時候收割了！

喻柯不再猶豫，將剩下的卡牌全部召喚出來。

聶小倩、黑無常，兩大主力輸出迅速掌握住比賽的主動權，只見聶小倩雪白的身影瞬間分裂出幾個殘影，自動跟隨在謝明哲的人物卡身後。

聶小倩繞後的暴擊還是相當猛的，一套爆發直接把王熙鳳給打成一絲血皮，緊跟著用頭髮把王熙鳳甩到黑無常面前，讓黑無常一招拿下人頭，獲得了一枚陰陽標記。

小柯打快攻確實厲害，在旁觀戰的陳千林心裡也十分讚賞。

然而，王熙鳳也有亡語技，謝明哲其實猜到了小柯要這麼做，就沒救王熙鳳，讓她死亡。鳳姐死時會把自己的一半基礎攻擊力轉交給隊友，謝明哲當然毫不猶豫地讓她把攻擊加給探春。

探春是單體輸出牌，原本攻擊只能算中上等，可是獲得了王熙鳳的百分之五十基礎攻擊加成之後，探春就變成一張非常恐怖的頂級單攻卡，她直接把剛才抽了一耳光的牛頭給打成殘血。

眼看牛頭要掛了，喻柯想讓這張卡在死前發揮最後價值，於是果斷開啟牛頭馬面的連動技——惡靈退散！

黃泉路和彼岸花在範圍內快速重疊，牛頭馬面雙卡連動，這招群攻下去，謝明哲原本就殘血的卡牌肯定都要掛。

然而下一刻，就見一個穿著粉嫩衣服的小姑娘突然出現——

遇難成祥，逢凶化吉！

巧姐冷卻時間超久的治療技能一開，居然把牛頭馬面連動的群攻轉變成了回血，把謝明哲所有卡牌的血量都給回滿了！

喻柯愣了愣，明白這張卡的技能機制後，真恨不得摘掉頭盔去把謝明哲打一頓！

他還能更無賴一點嗎？如果早知道他用這張卡當暗牌的話，應該留著孟婆去廢掉巧姐的技能才對。而且它居然還有復活技！

眼看著巧姐復活了母親王熙鳳，觸發連動技，王熙鳳所有技能刷新，笑得更大聲了。

「哈哈哈哈……」魔性的笑聲在耳邊迴盪，喻柯很想吐一口血！

王熙鳳笑聲群攻，探春單體攻擊，雙卡聯手又把馬面打死。

史湘雲這張卡，從開局就被召喚出來，一直睡在自備的石床上，好像在用姿勢嘲諷對手。喻柯想著要先對付王熙鳳、探春兩張輸出卡，就沒管她。但湘雲的單控在關鍵時刻卻發揮出奇效。

聶小倩和黑無常剛才聯手秒了王熙鳳，下一個目標就是攻擊得到加成的探春！

史湘雲一個「湘雲醉臥」的昏睡控制，讓聶小倩無法繼續釋放技能。

黑無常是不會被沉默影響的普攻卡，就算他不放技能，普攻造成的連擊傷害量也相當的可怕，轉眼間一套連擊就把探春給秒了！

然而……

耳邊又響起一陣笑聲，「哈哈哈哈！」

又是一輪聲波、精神攻擊！

喻柯頭皮一陣發麻，直到這時候，他才猛然察覺到不對勁。

謝明哲的輸出牌死了也沒關係，雙方對決，輸贏看的是剩餘卡牌的數量。

此時，由於巧姐的逢凶化吉，謝明哲所有卡牌全部回滿了血。而反觀自己，哪怕是最後才出場

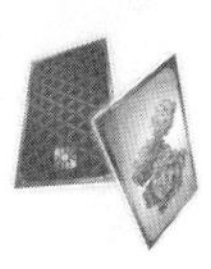

的黑無常、聶小倩，血量也只剩下百分之四十左右……

不行，再掉血的話，自己的牌反倒要死光！

必須在十秒內解決掉對手！

想到這裡，喻柯不再猶豫，直接開了白無常「所有傷害延時五秒」的保護技能。

聶小倩身上的沉默效果解除，立刻去強殺妙玉。

聶小倩和黑無常的聯手攻擊真不是蓋的，小倩繞後，黑無常瞬移過來配合，兩張高暴擊的鬼牌聯手，哪怕是生命值超過八萬的妙玉，也在短短五秒內就被強殺！

黑無常身上的陰陽標記變成了兩個。

謝明哲場上的卡牌還剩王熙鳳、巧姐、史湘雲，手裡還捏著一張暗牌。

而喻柯的卡牌，牛頭馬面全死，孟婆、判官、白無常由於召喚時間早，血量掉到百分之三十左右，黑無常和聶小倩血量在百分之四十左右。

卡牌數量上，喻柯多一張。但在整體血量上，謝明哲明顯占據優勢。

陳千林道：「小柯要輸了。」

陳霄笑著說：「嗯，阿哲還有一張討人厭的暗牌。」

白無常的延時五秒結算，不代表不會結算。在五秒後，喻柯的所有鬼牌將一次性受到這段時間累積到百分之十五的環境掉血傷害！

必須保住黑無常，否則陰陽標記根本爆不出來。

五秒時間一到，喻柯毫不猶豫開了孟婆湯的增益技能，餵給黑無常，讓黑無常徹底遺忘接下來五秒內受到的傷害。

謝明哲心裡也很讚賞小柯的機智，看來他對這套鬼牌的運用已經越來越得心應手。

可惜，小柯忽略了一點。

黑白無常的連動，必須是黑白無常同時在場的情況下才能發動。

在正常情況下，優先保住黑無常沒錯，因為白無常防禦高很難殺得死。可是今天這張掉血地圖，已經讓白無常的血量掉到只剩百分十五了……

謝明哲微笑著召喚出暗牌——秦可卿。

隨著王熙鳳又一次哈哈哈哈的笑聲，柔弱的女子秦可卿出現在賽場上。

然而，喻柯還沒來得及看清楚對方這張是什麼牌，就見秦可卿突然倒下了。

喻柯：「什麼？」不是我殺的！我什麼都沒做！

出場就直接陣亡的卡牌，喻柯真不知道該怎麼評價。而且，秦可卿陣亡後，直接觸發兩個亡語效果。臨終託夢，她讓王熙鳳去做夢了，同時，她還讓白無常去上吊了。

秦可卿死後顯靈，讓指定目標上吊自殺，目標血量低於百分之三十時生效。

白無常雖然血量很高，但是這個技能是按百分比計算的，此時白無常只剩百分之十五的血，只能含恨被秦可卿勸得上吊。

白無常口中吐出的舌頭，似乎在控訴著他的不甘。

喻柯：「……」自己出場直接死了不說，還能讓我的卡牌自殺？

白無常一死，黑白無常的連動徹底廢了。而其他的卡牌就算謝明哲放著不管，也會被每秒百分之三的環境掉血狀態給影響……

喻柯快要崩潰。轉眼間，孟婆、判官都因為環境掉血而掛了。

五秒後，王熙鳳的夢境結束，防禦下降，但攻擊提升百分之五十。

「哈哈哈哈！」

隨著鳳姐豪爽的笑聲，這場比賽畫上了句號。

——失敗！

看著螢幕上彈出的這兩個字，喻柯真是哭笑不得。

輸贏倒是無所謂，但是心理上所遭受的折磨，真是他打競技場以來最可怕的一次！

哈哈哈的笑聲，哪怕比賽結束了，依舊在腦海裡縈繞不去，讓喻柯頭痛欲裂。

迎春吸收傷害主動求死，秦可卿一出場就自己病逝，死了還要勸別人的殘血牌也跟著上吊自殺，這太過分了！

看著喻柯一臉要吐血的表情，謝明哲倒是心情愉快，摘下頭盔笑咪咪地問道：「小柯，你覺得我這套卡組怎麼樣？」

喻柯崩潰地抱住腦袋，「別跟我說話！我的腦子裡還有哈哈哈的笑聲在迴盪！」

眾人：「……」

可憐的小柯，估計今晚回去要做惡夢了。

喻柯抱著腦袋深呼吸了很久，才終於從哈哈哈的魔性笑聲中調整過來，他臉色難看地瞪著謝明哲，咬牙切齒地道：「阿哲，你這套卡牌是專門折磨人精神用的吧！」

對於這個結論，一直在旁觀的秦軒非常贊同。他坐在擂臺的觀眾席上，也能清楚地聽到十二秒響起一次的哈哈笑聲，喻柯能在比賽時保持冷靜沒直接摘掉頭盔去揍謝明哲已經很難得了。

秦軒點點頭，也發表了一下意見：「確實讓人頭疼。」

陳霄附和道：「打全息遊戲連續上線五個小時會被系統規勸下線休息，但是，跟小謝這套卡組打競技場，打五分鐘我就想下線，每時每刻都是精神攻擊！」

謝明哲厚著臉皮道：「習慣了其實還好。」

眾人：「……」

謝明哲繼續補充：「大家既然是隊友，應該互相瞭解卡組技能，以後也好在團戰的時候配合。要不我單獨把王熙鳳召喚出來，多笑幾次讓你們習慣習慣？」

話音剛落，就見喻柯、秦軒和陳霄同時起身走開。

陳霄笑道：「我先去吃點水果壓壓驚。」

秦軒則道：「我畫了新圖給陳哥看看。」

喻柯直接尿遁：「我去上洗手間！」

只剩下陳千林和謝明哲大眼瞪小眼。

謝明哲看著師父道：「十二秒一次的笑聲，是師父修改的結果吧？」

陳千林淡定點頭，「嗯。」

兩人對視一眼，都有些尷尬，總覺得這個師門是越來越奇怪了，從師父到唐師兄，再到自己，就沒一個正直做卡的……

謝明哲咳嗽一聲，迅速轉移話題說：「師父剛才旁觀了整場比賽，我這套水系卡組，您覺得還有哪些需要改進的嗎？」

「你自己也該發現了吧？輔助卡太多，輸出偏低。」陳千林一針見血地道：「而且太依賴地圖。如果是在正常地圖上開打，一旦王熙鳳和探春其中一張牌被殺，後續輸出就會很乏力。」

「嗯，要不是血池地獄附帶每秒掉血的負面狀態，這套卡組跟小柯的鬼牌拚輸出肯定拚不過。」謝明哲其實很冷靜，比賽的過程中也一直在觀察資料。

剛才這局比賽，探春被強殺後，只靠鳳姐的輸出真的很難把對手打死，要不是環境負面效果讓孟婆、判官自己掉血而亡，這一局謝明哲還不一定能贏。

這套卡組其實很怕遇上暴擊輸出流的對手，比如小柯有五張輸出牌，如果開局就聯手強秒掉探春，謝明哲的後續輸出跟不上，拖著打會非常被動。

必須再補充一些輸出卡才行。

目前看來，只要不遇到火系和金系的暴擊流打法，其他水系冰凍、木系控場、土系反擊卡組都

可以用十二釵來拖後期，拖得對手心理崩潰。

小柯的黑白無常核心卡組是「以快打快」，謝明哲這套紅樓卡組便是「以慢打慢」。

師徒兩人就完善卡組的問題交換了一些意見。

直到十分鐘後，三位隊友才回來。

喻柯的臉色已經好了很多，秦軒依舊冷冷淡淡的沒什麼表情。

陳霄則滿臉笑意，「我去陽臺透了透氣，腦子清醒多了。既然我們是小謝的隊友，以後他要用這套卡組去坑別人，總不能到了賽場上，王熙鳳一笑，對手沒亂，我們自己先精神混亂了吧？所以接下來，我們應該先隊內實戰，熟悉小謝這套卡組的各種技能搭配。」

謝明哲讚賞點頭，「陳哥的覺悟就是高，要不下一場你來跟我PK？」

陳霄回頭看向秦軒，「秦軒你來吧，我旁觀看得更清楚些。」

秦軒：「……」

所以，陳哥你的覺悟就是——我不入地獄，讓別人入地獄嗎？

喻柯幸災樂禍地在背後說：「秦軒你也逃不掉，快去吧！」

秦軒：「……喔。」

於是接下來，秦軒、喻柯輪流跟謝明哲PK，陳霄和陳千林則坐在觀眾席旁觀。

漸漸的，大家對王熙鳳的哈哈笑聲形成了免疫，終於能將更多注意力放在陣容搭配上。謝明哲用各種不同的排列組合跟隊友們PK，測試不同卡牌的功能和資料，連續打了十局後，大家已經適應了王熙鳳的笑聲，看見迎春、秦可卿主動陣亡也越來越淡定。

習慣果然是可怕的！

跟著謝明哲，大家也越來越不正直了，反倒被謝明哲的賴皮打法所傳染……

一直PK到晚上十一點半，喻柯和秦軒才一起返回學校。

回去的路上，喻柯忍不住問：「秦軒，你覺得，我們真的能去打職業聯賽嗎？」

秦軒皺眉，「怎麼突然問這個？」

喻柯有些沮喪地低著頭：「今晚跟阿哲打了那麼多局，我一次都沒贏過，他調整卡組的能力太強了。陳哥的實力肯定比阿哲更強一些，畢竟他當過職業選手，還是林神的弟弟。但是，我們兩個，感覺像是……像是……」

見他半天找不到合適的形容詞，秦軒便主動開口道：「像是混進去湊數的？」

喻柯愣了愣，發現秦軒的形容特別貼切，他用力地點點頭，說：「就是這種感覺。在學校拿冠軍的時候我覺得自己挺強的，可是我今天一局都沒能打贏阿哲……」

秦軒也沒好到哪裡去，幾乎是被謝明哲的新卡組完虐。

但是他比喻柯理智，分析道：「我們打不過他，是因為對他這套新卡組完全不瞭解。你不需要跟他比個高低，以後在賽場上你會是他的隊友，做好配合就夠了。」

喻柯沉默片刻，道：「你說得也有道理，打不過阿哲沒關係，打得過別人就行。」

秦軒點頭，「嗯。明天不是公會聯賽嗎？陳哥要跟我組隊參加雙人賽，你也可以跟阿哲組隊，正好瞭解一下他的出牌節奏，多嘗試配合。」

喻柯很快地從低落的情緒中緩了過來，興奮得雙眼發亮，「嘿，我跟阿哲聯手的話，肯定能把那些大公會的傢伙打得滿地找牙！」

少年很快就恢復了活力，秦軒無奈地搖搖頭，這傢伙真的特別好哄，心情都擺在臉上。他看著走在前面興高采烈的少年，道：「喻柯，以後你有時間就來我宿舍，我們一起對戰。」

喻柯猛地停下腳步，不敢相信地看著他，「你主動邀請我去你宿舍？我沒幻聽吧？」

秦軒：「……」這震驚的眼神是什麼意思？

兩人在深夜的街道上對視著，尷尬的氣氛在四周蔓延。

片刻後，秦軒終於明白了喻柯的意思——都怪他平時太冷漠，從不主動跟人打招呼，所以，他突然邀請喻柯來宿舍跟他PK練技術，喻柯才會不敢相信，以為是幻聽。

秦軒尷尬地移開目光，「沒聽見就算了。」

喻柯連忙笑著說：「聽見了！沒問題，以後每天有空我就來找你，一起提高技術！」少年一臉興奮地抬頭看秦軒，「真好！一個人去打競技場無聊得要命，想到什麼也沒辦法跟人討論，以後我倆一起PK，找對方的缺點，肯定會進步得更快！」

秦軒：「……」

深夜的街道上並沒有任何行人，暖色的路燈照下來，在喻柯身上投下了一圈柔和光色。喻柯興奮的情緒感染了秦軒，讓秦軒也覺得，能和水準差不多的隊友一起練習，總比自己單打獨鬥要好。有個夥伴陪自己一起成長，這感覺還不賴。

秦軒聽見自己的聲音難得變得溫和起來：「嗯，一起努力吧。」

兩人相視一笑。

這是喻柯第一次看見秦軒笑，簡直就像冰雪融化一般。

喻柯是個直腸子，忍不住就說了出來：「秦軒你笑起來好帥！」

秦軒臉上的笑容迅速收斂，故作冷漠地道：「是嗎？」然後，他突然想到了什麼，臉色驀地一變，「糟了！」

喻柯滿臉茫然，「糟什麼？」

秦軒道：「十二點宿舍門禁！」

喻柯回過神來，立刻轉身撒腿狂奔，「我靠，我倆站在大街上聊天，忘了門禁啊啊啊！」

少年在前面狂奔，秦軒只好無奈地跟著他一起跑，氣喘吁吁地終於跑到宿舍樓下……二十三點五十九分，生死線，就差一分鐘。

喻柯敏捷地閃身進宿舍，秦軒也跟進來，看著彎腰扶著牆大口大口喘氣的小傢伙，他又忍不住笑起來。但是在喻柯回過頭來之前，秦軒已經迅速調整好表情，淡淡地道：「快回去睡吧。」

喻柯點點頭，「嗯，希望今晚別做惡夢！」

這天晚上，喻柯做了個惡夢，夢裡一直迴盪著「哈哈哈」的笑聲，早上起來的時候喻柯滿臉鬱悶，給謝明哲發去條消息：「我做夢都是哈哈哈，你簡直有毒！」

謝明哲笑道：「中午過來吃飯，一起研究公會聯賽的事。」

喻柯洗完臉，下樓去找秦軒，兩人一起來到涅槃工作室。

【第十章】還有什麼卡比王熙鳳更煩人

午飯時間，池青冷靜地跟眾人分析道：「公會聯賽分單人組、雙人組和團戰組，每人最多報名兩項。我建議讓高手們全部參加單人組項目，雖然每場單人賽的積分不多，但是連勝的話積分還可以翻倍。」

謝明哲很贊同：「我們公會目前還沒有組織過四人團隊競技的經驗，去打四人賽的確打不過其他公會已經有合作默契的團隊。雙人組的部分就由我和小柯搭檔、陳哥和秦軒搭檔，其他會員就儘量報名單人賽和雙人賽，衝刺一下排行榜。」

眾人商定過後，下午的時間，池青他們幾個管理者就去公會進行動員和分組。

報名的人數越來越多，池青粗略統計了一下，覺得今晚爭取進前二十很有戲。

公會聯賽採積分制，由全服隨機匹配對手展開競技，個人賽贏一場兩分，雙人賽贏一場四分，團賽贏一場六分，輸了不扣分，連勝會獲得額外積分獎勵。

涅槃四位戰隊選手如果組隊去打四人賽，肯定能獲得不錯的分數，但這樣一來等於讓涅槃俱樂部的選手人選和卡組提前曝光，陳千林認為得不償失，乾脆拆分成兩組二人小隊，去打雙人賽。

下午的時間，四人就兩兩分組練習配合。

轉眼就到了晚上，大家吃過飯後在旋轉椅上坐好，集體登入遊戲。

公會聯賽於每週六晚上八點到十點的時間舉行，所有報名公會聯賽的玩家可以自由選擇參加個人組、雙人組還是團隊組的比賽，最多報名兩項，以獲勝場次計算積分。

謝明哲決定和喻柯打雙人賽，如果能一路連勝，獲得的積分將非常可觀。

八點整，四人一起傳送到鳳凰星域，找到「公會聯賽」大廳，按下準備。

雙人賽對隊友的節奏必須非常瞭解。喻柯對謝明哲的瞭解不深，但謝明哲對他可說是瞭若指掌，畢竟卡牌都是謝明哲親手做的。於是，在喻柯開局直接召出聶小倩攻擊對方的輸出卡時，謝明哲立刻召喚出控制牌，廢掉對手的反攻。

兩人的配合越來越有默契，加上謝明哲意識很強，打贏遊戲裡的一般玩家並不吃力。兩小時六十六連勝，去掉中間結算資料、匹配對手的時間，幾乎是一分鐘贏一局的節奏。

晚上十點零五分，系統金色的大字公告在所有線上玩家眼前刷出。

——公會聯賽活動結束，感謝各位玩家參與，請點擊排行榜查看本次活動排名及獎勵！

——恭喜涅槃公會升為滿級七星公會！

兩條消息連續刷出來，顯然涅槃公會在今晚的活動中獲得了大量獎勵。

無數玩家帶著好奇心點進排行榜查看。在本週公會聯賽的總積分排行上，裁決、鬼獄、風華依舊是積分最高的三家，其他大俱樂部旗下公會如流霜城、眾神殿、暗夜之都也都排在前十名，另外就是一些規模比較大的玩家公會。

但讓人意外的是，前十名當中居然出現了一個新名字——涅槃！

涅槃在公會聯賽排在全服第七名，得到大量建設度獎勵後居然一口氣升到滿級！

不久之前涅槃在資源爭奪戰中奪下第一，但是資源爭奪戰的巧合性因素太大，只允許一百位玩家參加，而且還是群戰，是否能搶下資源星球獲得高分，取決於指揮的功力。但是公會聯賽不一樣，這是全員參與的比賽，公會實力不夠強的話，根本不可能在排行榜上獲得名次。

涅槃居然已經這麼強了嗎？眾人都不敢相信。

再點開排行榜一看，胖叔、柯小柯這對來自涅槃公會的雙人組合，居然以六十六連勝、三千三百五十分的高分，排在雙人賽的榜首！

六十六連勝，這是要逆天嗎？

職業聯盟的群組裡又一次熱鬧起來。

葉竹道：你們聽說沒？胖叔和柯小柯雙人賽六十六連勝！

山嵐無奈道：每次胖叔有什麼動靜，小竹總是第一個知道的。

葉竹：嘿嘿，我是聽公會的管理們說的，我們公會有一對組合正好在公會聯賽匹配到了胖叔，比賽還錄了影，大家有興趣看看嗎？

鄭峰：快發來！

葉竹將錄影發在了群裡。

片刻後，群組裡被一大排訊息洗版。

歸思睿：聽王熙鳳哈哈哈聽得頭疼！

鄭峰：笑聲，聲波攻擊！我可以把胖叔叫過來打一頓嗎？

聶遠道：附議。

凌驚堂：加我一個。

唐牧洲看著群裡熱烈的討論，忍不住彎了彎嘴角，給謝明哲發消息：「休學之後專門做新卡，看來進度還不錯？有沒有興趣來刺激一下我們風華二隊的選手們？」

謝明哲很意外：「消息傳得這麼快嗎？」

唐牧洲道：「聯盟裡有個叫葉竹的選手，不知道是你的腦殘粉還是終極黑，每次你有什麼動靜他都會嚷嚷得讓全天下都知道。你跟小柯雙人賽排行第一名的事大家都知道了，葉竹還在群裡分享了比賽錄影。」

謝明哲好奇問道：「他們看完錄影，是不是覺得王熙鳳的笑聲特別煩人？」

唐牧洲無奈：「都說想打你。」

謝明哲發去個欠揍的笑臉表情，緊跟著道：「其實，我還有更煩人的牌，今天雙人賽沒拿出來。不如這樣，明天我來跟風華的選手打擂臺，讓他們體驗一下。」

唐牧洲徹底無語。

當初，風華二隊的小少年們在擂臺上連虐胖叔七局。

明天，可能要換這些小傢伙們被胖叔折磨到崩潰。

還有什麼卡牌能比王熙鳳更煩人？唐牧洲無法想像。

當初唐牧洲讓風華二隊的選手跟謝明哲對決，是為了幫他尋找卡組上的漏洞。

那時候他手上能用的競技卡組，只有可憐巴巴的東吳縱火隊，看似很強的卡組卻在擂臺戰迎來了當頭痛擊——連輸七局，被虐得毫無還手之力。

後來，他根據那次對戰得到的經驗，迅速做出蜀國的金系暴擊卡組，伏羲、女媧、神農等神族牌，最近又做出紅樓卡組金陵十二釵。不管是卡池的豐富程度，還是打競技場的意識，現在的謝明哲和當時的胖叔相比，已經是雲泥之別了。

士別三日，當刮目相看。

他這次挑戰風華二隊的選手，可不是去當沙包的。

他要贏。

而且要贏得漂亮，讓大家對他徹底改觀！

唐牧洲問過他好幾次「什麼時候跟風華二隊的選手打擂臺」，謝明哲一直沒答應，如今，時機已經到了。

謝明哲清楚記得風華二隊選手們的卡組陣容，也想過很多破解的方法。對付暴擊流，他就用蜀國金系騎兵隊「以暴制暴」打速攻；對付後期控制流，就用紅樓卡組「以慢打慢」拖後期。

明天，他一定會讓師兄也對他刮目相看的。

次日晚上，風華俱樂部。

唐牧洲來到新人訓練室，微笑著說：「告訴大家一個好消息，胖叔答應跟你們再打一輪擂臺，你們先做好準備，晚上八點我拉大家進擂臺房間。」

二隊的新人們立刻激動起來，等唐牧洲走後，迅速湊在一起討論。

「胖叔又來當沙包了嗎？」

「上次連輸七局，他還敢來？難道他覺得這次自己能贏嗎？」

「嘿嘿，我就喜歡在擂臺虐胖叔，今天我要換一套卡組虐他！」

「咳，我覺得大家不能太輕敵，他這段時間做出了很多新卡，萬一輸給他那就丟人了。」

「輸給他？小劉你想多了吧！我們怎麼說也是職業選手。」

「胖叔就算做的卡牌再多，說起打比賽他也只是個業餘玩家，怎麼能跟職業選手比？」

「不如打個賭，今晚胖叔要是能贏我，我就直播吃頭盔！」

「……你這賭注也太狠了！」

小少年們興高采烈地討論著。

甄蔓聽見大家的對話，微微皺了皺眉頭，冷靜地說：「上次你們確實連虐了胖叔七局，但那是一個多月以前的事了。今天胖叔既然敢找上門來，肯定不是來給你們當沙包的。待會兒每個人都認真打，要是誰輕敵大意輸掉，接下來的一週，訓練任務加倍！」

二隊的小傢伙們聽到這裡紛紛打起精神，摩拳擦掌，準備接下來好好地虐一虐胖叔——開玩笑，風華二隊的訓練任務本來就很吃重了，要是輸了還得加倍，那可不是普通的慘！

八點整，唐牧洲將小師弟拉進建好的擂臺包廂。

很快地，就有幾個熟悉的ID陸續進入房間，謝明哲對這些ID印象深刻，其中一個叫「毒素蔓延」的捲髮妖嬈美女正是風華俱樂部的王牌選手甄蔓。

上次和蔓姐PK，謝明哲毫無疑問地輸了，對她的一手蛇牌印象深刻。

唐牧洲問道：「都來齊了吧？」

話剛說完，房間內突然出現一位風度翩翩的貴公子，ID的名稱是「風少」。謝明哲的耳邊同時響起一個充滿戲謔的聲音：「這麼好玩的事情，牧洲你怎麼不叫我？」

「你明天不是有比賽嗎？」唐牧洲挑眉看他，「還有空跑來湊熱鬧？」

「我對胖叔久仰大名，想過來見識一下胖叔的人物卡。」男人走到胖叔的面前，彬彬有禮地伸出手，「胖叔你好，我是風華俱樂部的職業選手，徐長風。」

「你好。」謝明哲跟對方握了握手。他有些意外徐長風居然會到場，這位選手據說是唐牧洲最好的哥們兒。不同於唐牧洲溫柔、低沉的嗓音，徐長風的聲音總是帶著一絲嘻皮笑臉、沒個正經的戲謔語氣，聽起來有些欠揍。

「長風是我最好的朋友，我們拿過雙人賽的冠軍。」唐牧洲和師弟私聊說道：「他的實力比甄蔓還要強，風格非常特殊，是全聯盟僅有的加速流打法。」

「加速流？」謝明哲雙眼一亮，他查資料的時候在網上看見過這種打法，但是因為太過偏門，而且操作難度非常高，所以討論的人並不多。

如果徐長風就是加速流打法的代表，謝明哲對他的卡組十分好奇。

「如果你有興趣的話，長風明天晚上正好有一場比賽，我可以帶你去看。」唐牧洲像是猜中了師弟的心思，溫言說道：「我手裡有明晚的比賽門票，想去嗎？」

「當然！」謝明哲還沒親自去現場看過比賽，而且他確實對徐長風的加速流打法很感興趣。

「明晚六點半我來接你，順便一起吃晚飯。」唐牧洲和師弟定下時間。

「我也來看看。」隨著還沒過變聲期的清脆聲音響起，一個少年模樣ID叫「小小安」的傢伙進了擂臺房間，他跑到唐牧洲的面前道：「師父，我來看看熱鬧行嗎？」

「你不去準備明天的比賽？」唐牧洲低頭看著小徒弟。

「我跟風哥剛才已經把卡組都搭配好了，聽說這裡很熱鬧，我就來看看。我保證，只看熱鬧不說話！」沈安很乖地在唐牧洲旁邊的觀眾席坐下，笑得很誠懇。

「好吧。」唐牧洲也不想當著這麼多人的面趕走徒弟，便默許他跟著湊熱鬧。

今天還真是巧，風華俱樂部唐牧洲、徐長風、甄蔓和沈安，四位王牌主力選手全部到齊。謝明哲有些受寵若驚——有這麼多大神觀戰，他更要好好表現了。

「我先來吧。」甄蔓款步走到擂臺中間，結果下一刻，徐長風就笑咪咪地說：「蔓蔓，妳是職業選手，個人賽拿過亞軍的人，這麼欺負胖叔不好吧？」

「呃……」經徐長風一提醒，甄蔓也覺得自己這麼做不大合適，上次她已經虐過胖叔，今天要是再虐一局，唐牧洲估計要有意見了，畢竟胖叔是唐神邀請來的人。於是甄蔓很機智地退了回來，說道：「也對，今天就交給新人們吧。誰先來？」

「我來。」新人當中水準最高的一位率先站了出來。

這位新人叫劉然，是俱樂部重點培養的對象，剛才討論的時候他是唯一說「我覺得大家不能太輕敵」的人，雖然性格內向了些，可是實力卻是所有新人之中最強的。

他用的是木系卡組，謝明哲對他有些印象。

木系最麻煩的就是各種負面控制。僵硬、麻痺、中毒、捆綁、幻覺等都是植物卡的控制技能，讓人防不勝防。而且一旦被控，不管是花卉類的毒素疊加，還是藤蔓類的絞殺輸出，木系的高輸出很容易在短期內造成減員，讓自己陷入劣勢的局面。

上回用東吳卡組已經輸過一次，而估計紅樓卡組可能也頂不住對方的木系爆發。因此謝明哲決

定以快打快，直接上蜀國騎兵團，讓劉關張聯手儘快秒掉對手的核心牌。

比賽開始，雙方展示卡組。

劉然這次使用的卡組全是唐牧洲做的植物卡，群攻卡「沙漠玫瑰」、混亂卡「白罌粟」、幻覺群控「曇花」、單攻「鳶尾花」，還有一張群攻「紫藤花」。

面對這麼多花卉卡，謝明哲當然毫不客氣地在暗牌換上林黛玉。明牌直接列出蜀國的五虎上將。另一張暗牌則把劉備放了上去，負責範圍解控，並且有金系護盾可以保護隊友不被秒殺。

劉然其實很聰明，他知道胖叔有「林黛玉」這張花卉即死牌，乾脆在明牌列出五張花卉卡，心想：你秒我一張我還有其他四張，一換一並不虧。

對於要用林黛玉秒殺哪一張，謝明哲並沒有太過糾結——不用想，就是帶混亂的「白罌粟」！

比賽開始，雙方有條不紊地召喚卡牌。

由於植物卡以控制類居多，謝明哲推測，小劉的暗牌中肯定還有一張控制卡。小劉應該會帶三張群控，四張輪出，只要技能銜接得好，劉然一套群攻下來可以讓對手全部殘血，必要的時候放混亂讓對方自相殘殺，遇到不會打的，絕對能直接罰站一波控到死。

然而，今天的謝明哲，已經不是當初那個被一波控到死的胖叔了。

經過這一個月的經驗累積，他每天都去競技場實戰，每天都跟師父討論卡牌陣容、應對策略，如今他的意識已經有了明顯的進步，而且反應速度極快。在看見小劉的卡組時，他心裡就已經猜到對方的思路，並且想出了破解的方法。

只要別被連控，他就能找到反打的機會！

在對方用「曇花一現」幻覺控場並打出高額群攻傷害時，謝明哲很淡定地沒有理會，眼看關羽、張飛、馬超和黃忠被一波群攻全部打到半血，身上還疊著三層暗牌「曼陀羅」的中毒狀態，血

量嘩嘩地往下掉……

看臺上二隊的選手們忍不住道：「他再不還手就要輸了！」

接著，小劉召喚出「迷迭香」，範圍昏睡群控。

果然，暗牌中還有一張控制卡。

謝明哲雙眼一瞇，毫不猶豫地直接召出劉備。他用劉備的解控技能解掉了昏睡，同時所有隊友身上的中毒負面狀態也被解除。

緊跟著，關羽、張飛、馬超、黃忠集體出動，蜀國騎兵團以飛快的速度一波暴擊，將對手的輸出卡沙漠玫瑰、鳶尾花、曼陀羅全部砍成血皮。

桃園結義連動技能釋放，關羽和張飛的技能被重置。

劉然雙眼一亮——就等著這一刻！只要對面開桃園結義，白罌粟的混亂自然可以讓關羽和張飛互砍，緊跟著自己再放出紫藤花，範圍藤蔓群攻，對方很可能一波團滅！

小劉的想法很好，然而，就在白罌粟出現的那一瞬間，胖叔像是早就準備好了等他一樣，林黛玉及時出現在賽場，纖纖素手揚起花瓣，朝白罌粟一拋——花卉即死！

白罌粟連混亂技能都沒來得及放出來，就被黛玉直接秒殺。

觀眾席傳來驚呼聲，很多人都不敢相信胖叔的反應居然這麼快！

青龍偃月刀、丈八蛇矛，關羽、張飛兄弟兩人手中的武器果斷斬下，一刀砍死一張牌，勢不可擋。黃忠在遠距離瞄準對方血量最高的卡，一箭射去，收掉人頭。

接著，趙雲出場，七進七出徹底攪亂對方陣型，馬超利用技能對低血量卡牌造成額外傷害的優勢，飛身而起，一槍捅死了控制牌曇花！

轉眼間，局勢徹底逆轉，小劉的花卉卡嘩啦啦地死了一片。

小劉心裡有些慌，召喚出最後一張牌紫藤花，想開群攻收掉對方人頭。

但就在他召喚出最後一張卡牌的那一刻，馬超突然全團加速，謝明哲的騎兵團以迅雷不及掩耳之勢飛快地撤出戰場。

紫藤花的紫色藤蔓猛地伸展出去，想綁住對手，結果卻……放空了？

不但小劉很尷尬，看臺上的新人們都很尷尬。

胖叔逃跑的速度真是賊快！

這局比賽，最終謝明哲以四張卡牌的巨大優勢全滅了小劉的花卉卡組，小劉滿臉懵逼，其他新人也不敢置信。

二隊選手們私下開始小聲討論。

「是小劉今天狀態不好吧？」

「他第一個上場可能沒發揮好。」

「胖叔這套卡組就該以暴制暴，下一個我來，我用火系卡打崩他！」

第二位出場的是用火系暴擊流卡組的小秦。

謝明哲看了眼對手的卡組，換下林黛玉，在暗牌中換上女媧。

女媧補天，可以修補任何護盾。

劉備的金系護盾正好能免疫一次瀕死傷害，女媧再修補一次，相當於兩次免疫。

小秦鬱悶地發現，他好不容易把胖叔的關羽給打殘，先是劉備的護盾免疫了致命的一擊，女媧修復了護盾，再次免疫，根本就打不死！

雙方以暴制暴拚傷害，這時劉備的護盾和女媧的修復就起了至關重要的作用。

好幾次必殺技都被護盾擋掉，最終，謝明哲以三張卡牌的優勢擊敗了擅長火系暴擊流的新人。

擂臺房間裡的氣氛，漸漸地有些不對勁。

如果說小劉輸給胖叔是因為第一個上場狀態沒調整好，那小秦緊跟著輸掉難道也是狀態沒調整好嗎？

胖叔還是當初那個被我們連虐七局的胖叔嗎？今天怎麼跟開了外掛一樣連贏兩局？

新人們的臉色都有些難看，唐牧洲倒是面帶微笑，眼裡滿是對小師弟的讚賞，他目光掃向坐在觀眾席的新人們，問道：「下一個誰來？」

新人們迅速垂下頭，片刻後，有個女生咬著牙道：「我試試吧。」

這個女生叫周小琪，謝明哲對她有印象，她用的是水系慢控流打法，特別偏重後期。

面對水系偏後期的卡組，想直接秒掉她的卡可沒那麼容易。所以謝明哲做出了一個讓新人們吐血的決定——他換掉了整套卡組，讓蜀國騎兵團下場休息，請紅樓的千金們上場表演！

雙方亮牌。看到謝明哲擺出整整齊齊的一排美女卡，觀眾席上的新人們全都瞪大眼睛，心裡突然生起一種很不好的預感。

這些都是什麼卡啊？好多都沒見過！

謝明哲亮出的五張明牌分別是探春、王熙鳳兩張輸出卡，惜春一張群控，妙玉治療，李紈解控。放在暗牌裡的則是治療巧姐和亡語卡秦可卿。

唐牧洲只知道王熙鳳這張卡牌哈哈的很煩人，並不知道師弟還做了巧姐、秦可卿這些更討人厭的卡牌。在見到五張明牌時，唐牧洲心裡也很好奇——師弟在暗牌裡藏的到底是什麼？

現場跟謝明哲PK的新人周小琪臉色有些難看。

她主動請纓去打胖叔，還以為胖叔會繼續用蜀國金系暴擊流卡組，她有信心用水系卡慢慢地把對手拖到崩潰——誰料胖叔突然換掉全套卡組，而且也是水系卡！

水系打水系，那就是蝸牛跟蝸牛賽跑，互相比慢，看誰更能拖。

周小琪的卡組非常特別，是一整套的海洋植物卡。

唐牧洲製作的植物卡都屬於陸地植物，歸類於木系。但是周小琪的植物卡由於來自海洋，所以

全部設定成了水系，比如海帶、海草、紅藻、綠藻、大葉藻等等。

海帶伸展開來有好幾公尺長，能把指定的卡牌直接捆成粽子；紅藻帶範圍治療Buff、綠藻有範圍水毒疊加——周小琪製作海洋植物卡的腦洞還挺厲害，怪不得能成為風華二隊的選手。

不過，相比起來，謝明哲製作的卡組要更討人厭一些。

比賽一開始，謝明哲就直接召喚出王熙鳳，周小琪還沒看見對方放了什麼技能，就聽見「哈哈哈」的魔性笑聲。

哪怕之前在群裡看過錄影，做好了心理準備，周小琪還是被這笑聲給嚇了一跳。

看臺上的新人們臉色也很古怪，身臨其境的感覺和看錄影真是不一樣，剛開局就聽對方哈哈哈大笑，感覺就像是用聲音在嘲諷對手——就你這菜鳥還要跟我打？哈哈哈。

唐牧洲聽見笑聲後也忍不住心想：小師弟真是調皮，居然想出笑聲攻擊這麼損人的做法。

還好周小琪也是經歷過大比賽磨煉出來的新人，承受力沒那麼脆弱，很快就反應過來，果斷召喚出她的海洋植物進行控場。

細密的海帶絲如同頭髮一樣猛地伸出，直接綁住了王熙鳳。被海帶綁住的卡牌會陷入「虛弱」狀態防禦力下降，周小琪緊跟著攻擊王熙鳳，轉眼把她打殘。

五秒時間到，謝明哲必須召喚新卡，他連續召喚出了惜春和探春，姊妹連動觸發，惜春沉默控場，探春則近身去搧巴掌攻擊。

對著植物搧巴掌，這畫面確實很詭異，看臺上的新人們都是嘴角抽搐、無法評論。

周小琪迅速讓綠藻鋪出一片毒圈，謝明哲緊跟著召喚出妙玉，獻茶給隊友群體回血。

這時候王熙鳳身上的捆綁效果解除，十二秒的時間轉眼過去，眾人耳邊再次響起「哈哈哈」的笑聲。

周小琪頭都大了，恨不得給這笑個不停的女人嘴裡塞一塊布！

王熙鳳的聲波攻擊造成的傷害不高，紅藻的治療陣很快地就把血給回了上來，只是對周小琪心理上的干擾太強，她眉頭緊皺，儘量深呼吸讓自己冷靜下來，迅速地往胖叔的人物卡身上疊水毒。

水毒只要疊加到四層就可以觸發冰凍控制，這樣的控場方式，會讓對方陷入慢性死亡，只要妙玉的治療技能跟不上，胖叔的卡牌很快就會被毒死！

眼看水毒已經疊到三層，周小琪稍微找回一些自信，繼續向對手疊上第四層冰凍。

結果胖叔這時突然召喚出李紈，直接放出「海棠詩社」範圍無敵技，讓她的攻擊失效，並且將全團的水毒都給解掉！

雙方的卡牌再次回到滿血狀態。

周小琪一咬牙，直接召喚出暗牌海菖蒲！

這是一種極為少見的海洋植物，它的雌花和雄花分別有不同的形態，周小琪就是根據它的開花特性設計出不同技能，雌花可範圍幻覺控場，雄花則是引發範圍毒爆，造成的傷害非常可觀。

她想儘快殺掉王熙鳳，因為她已經發現胖叔這套卡組的弱點——王熙鳳群攻、探春單攻，輸出不足。王熙鳳的技能冷卻時間只有十二秒，太煩人了，只要王熙鳳一死，光靠探春是不可能打死她的水系植物卡的。

周小琪的反應確實夠快，因為李紈的解控技能剛剛用過，妙玉的加血技能也正在冷卻，她一波範圍幻覺強控，果然控住了胖叔的全部卡牌。趁著這點時間，她爆出最高的水系毒素，胖叔的卡牌轉眼間就掉血掉到一半，緊跟著她放出單攻卡大葉藻，巨大的葉片將王熙鳳整個包裹、吞噬！

——王熙鳳陣亡！

看見這條消息，不但周小琪鬆了口氣，看臺上的新人們也都鬆了口氣。

太好了！那個十二秒笑一次的卡牌總算陣亡，還給大家一個耳根清靜！

然而，大家還沒高興多久，就聽到耳邊再次響起比剛才更恐怖的笑聲：「哈哈哈哈！」

仔細一看，眾人差點吐血！

剛死的王熙鳳又復活了？

巧姐的「遇難成祥」將對手攻擊轉化為治療，剛剛掉血掉到只剩半血的卡牌居然全部回血回到百分之八十。更噁心的是，巧姐還帶復活技，直接復活王熙鳳，並且刷新了王熙鳳的技能。

於是王熙鳳又站起來哈哈哈聲波攻擊。

周小琪一臉崩潰！

能不能給我個痛快？死了復活不說，還要帶上笑聲嘲諷！周小琪感覺自己簡直成了笑話！

讓她更崩潰的還在後頭。

王熙鳳陣亡時將輸出加成交給了探春，探春趁機瞬移過去，把周小琪卡組中最關鍵的治療卡紅藻給打殘，這張卡牌的加血技能冷卻時間很短，是水系卡能拖進後期的關鍵。

周小琪意識到對方要秒掉自己的治療，果斷把卡牌撤回來。然而下一刻，就見一個面色蒼白的病弱女人突然出現在賽場上，周小琪還沒看清對方是什麼模樣，那女人就原地直直倒下。

周小琪：「什麼？」

看臺上的新人們：「啊？」

就連唐牧洲也驚訝地坐直身體，仔細看向賽場。

秦可卿，出場後就病逝，並且觸發亡語效果。臨終託夢，讓王熙鳳進入做夢狀態無法被攻擊；死後顯靈，指定對方血量低於百分之三十的卡牌自殺。

然後，大家就看見小琪那張殘血的紅藻，用繩子勒住自己……自殺了！

植物這他媽還能上吊自殺？

一群人瞠目結舌，唐牧洲頭痛地揉著太陽穴——他知道師弟說的更煩人的卡是什麼了。秦可卿，終極碰瓷，對手什麼都沒做，她出場就直接病死，自己死了還要帶上對面的殘血卡一起死。

巧姐也很賴皮，直接把對面的攻擊轉化為治療，跟混亂控場有得一拚！

周小琪看著自殺的紅藻，滿臉茫然，整個人都精神凌亂。

她的植物當著她的面……上吊了？

「哈哈哈哈！」王熙鳳的五秒做夢時間結束，又開始笑聲攻擊。

周小琪心想：我是誰？我在哪裡？我該幹什麼？

她腦子裡只剩下古怪的笑聲以及植物自殺的詭異場面，她都不知道自己接下來該怎麼操作。

周小琪徹底精神崩潰，謝明哲也沒跟她客氣，快速地讓王熙鳳和探春打配合收掉她幾張關鍵的植物卡，讓她徹底喪失反擊的機會。

直到螢幕中彈出「失敗」兩個大字，周小琪才回過神來。

她突然有種「終於解脫了」的釋然，這一場比賽打得真是折磨啊！

比賽結束，整個房間鴉雀無聲。

唐牧洲沒說話，用力地揉著太陽穴。徐長風摸著下巴忍笑，甄蔓臉色嚴肅似乎在分析胖叔的卡組。沈安則瞪大眼睛看看左邊又看看右邊，不知道該不該開口。

新人們坐的那片區域，所有人面如菜色，就像經歷了一場恐怖的折磨。

周小琪腦袋發暈，腳步虛浮差點摔倒。

剛才打賭說「胖叔如果贏了我就直播吃頭盔」的新人，此時正灰溜溜地把頭低到胸口，假裝自己不存在。

剛才笑話胖叔說「他又來當沙包」的新人，此時兩眼發直，不敢相信地瞪著擂臺上那個笑容滿面的胖叔叔。

大家都不說話，氣氛越來越尷尬。

於是謝明哲主動開口問道：「還有人跟我打嗎？」

新人們集體一個激靈，都不敢下場了。這不是打比賽，這是受折磨好嗎？看小琪難看的臉色，誰還敢去挑戰胖叔的精神摧殘。

大家的頭垂得一個比一個低，唐牧洲只好順水推舟地道：「咳，今天就先到這裡吧。」

風華二隊的小傢伙們各個垂頭喪氣，如同被人蹂躪過一樣，回到訓練室後還神情恍惚。

唐牧洲無奈地給謝明哲發去一條語音：「今天贏得很漂亮，三連勝。恐怕繼續打下去，他們也不是你的對手，小傢伙們的精神已經被你給摧殘到崩潰了。」

謝明哲發了一個笑臉表情過來，緊跟著問：「師兄覺得我進步快嗎？」

「超快。」唐牧洲道：「我早就說過，當初是他們虐你，以後會變成你反過來教育他們，只是沒想到這樣的反轉只用了一個月時間。你現在的意識，去打大師賽已經沒問題了。」

「我也覺得我進步超快！」謝明哲倒是一點都不謙虛，坦然說道：「謝謝師兄給我這個機會，讓我認識到自己的實力。以後歡迎二隊的新人們繼續找我啊！」

「……」二隊的新人開始狂打噴嚏。

——怎麼辦，大家之前虐了胖叔，以後會不會變成被胖叔虐的沙包？

擂臺打完後，唐牧洲和謝明哲約好了次日見面的時間，就讓他先下線休息。

風華俱樂部的選手卻根本沒心思休息，新人們回到訓練室後，各個垂頭喪氣，尤其是跟胖叔對決過的劉然、秦宇航和周小琪，三個新人都神情恍惚，好像靈魂出竅了一樣。

甄蔓之前說過，誰要是輕敵大意輸給胖叔，下週的訓練任務加倍。但是看著三個小傢伙沮喪的神色，她也知道，他們三個都盡力了，只是胖叔這段時間確實進步神速，她根本沒想到胖叔居然會

做出亡語牌，就算她親自上場，也沒有百分百的勝算。

見大家士氣低落，甄蔓只好輕咳一聲，道：「都抬起頭來，一個個的這是怎麼了？只是輸給胖叔你們就一臉難受，將來到了職業聯賽上，你們是不是每輸一局都要回來抱頭痛哭？」

新人們勉強打起精神，抬頭看著她。

甄蔓打開投影螢幕放出比賽錄影，道：「大家先看錄影找找自己的缺點，分析分析胖叔卡組的破解方法，下次再和胖叔對決的時候，至少不會像今天這樣慌亂。」

新人們大驚。

「還有下次啊！」

「我們還要跟胖叔打擂臺嗎？」

「我覺得下次他肯定又要給我們驚喜，能不能別把我們送去當沙包……」

甄蔓無視新人們的吐槽，平靜地說：「這個問題，你們得問唐神。」

話音剛落，大家就聽到耳邊響起熟悉的低沉嗓音，帶著一絲笑意：「問我的話，最好是以後每隔一週和胖叔打一次擂臺。」

新人們：「……」

看來這樣的精神折磨還是長期的、持續性的！

唐牧洲走進訓練室，男人的笑容溫和親切，可是大家總覺得他不懷好意。他用很溫柔的語氣說：「你們應該珍惜跟胖叔對決的機會，胖叔的天賦和實力大家都看到了，經常跟他對局，可以磨煉你們的心理承受力和戰術素養，以後要是遇到難纏的對手，想起胖叔，你們就會覺得，也不算太難纏，對不對？」

眾人：「……」

唐神這意思是，天天跟大魔王胖叔打擂臺，以後遇到別的對手就會感覺輕鬆很多？

好像也滿有道理，畢竟在經過王熙鳳哈哈的笑聲刺激之後，再恐怖的場景音效都是小兒科，起碼不會十二秒響一次還造成聲波群攻吧？在見過秦可卿這種出場直接病逝的亡語卡之後，大家突然覺得，流霜城方雨大神的亡語卡真是可愛多了！

新人們臉上的表情十分精彩，唐牧洲緊跟著道：「今天你們之所以輸，還有個關鍵原因，胖叔上次跟你們PK過，清楚記得你們的卡組，他今天拿出全新的戰術來針對你們，你們卻不知道變通。」

他的目光淡淡地掃過新人們，「我說過很多次，賽前分析對手非常關鍵，你們根本沒有認真分析他的卡組，沒做好跟他對戰的準備。是瞧不起他吧？覺得他一個業餘玩家被你們連虐過七局，今天肯定會繼續被你們虐？甚至有人覺得跟他打擂臺沒意思，浪費時間，是不是？」

這段話一針見血，說得很多新人都慚愧地垂下頭去。

唐牧洲微微一笑，緊跟著說：「我希望這是你們最後一次輕視胖叔，他比你們有天賦，還比你們努力和認真。如果你們再不尊重這位對手，你們也沒資格把自己當成職業選手。跟他對決，是我好不容易給你們爭取到的機會，希望你們認真對待……都聽明白了嗎？」

眾人齊聲喊道：「聽明白了！」

這次倒是士氣高漲，頗有種大家要努力認真去擊敗胖叔這位Boss的決心。

唐牧洲滿意一笑，「跟著蔓姐認真練習，兩週後考核。」

他朝甄蔓點了點頭，便轉身離開。

門外，徐長風和沈安一起走過來，沈安忍不住問：「師父，你跟那個胖叔很熟嗎？」

唐牧洲道：「不算很熟，網友而已。」

徐長風輕笑一聲，見唐牧洲扭頭看他，立刻收住笑意，道：「明天還有比賽，小安你先回宿舍，早點休息。」

沈安正好睏了，便跟兩位大神告別，打著呵欠去睡覺。

唐牧洲見徒弟回了宿舍，這才轉身看向徐長風，「你剛才笑什麼？」

徐長風挑眉，「笑你太虛偽。還說不是很熟，我看你對這個胖叔挺上心的嘛？你跟他是不是現實中見過面了？你們兩個不只是普通網友那麼簡單吧？」

「我看你是太無聊了。」唐牧洲沒理他，轉身往自己的宿舍走去，「有時間八卦這些，不如多去研究你接下來的對手。」

「研究對手幹麼？我反正贏定了。」徐長風壞笑道：「我更想研究一下胖叔，他現實中其實不胖吧？我總感覺他不像一個世故的中年人。」

唐牧洲的腦海中閃過小師弟的身影，少年的身材修長挺拔，五官長得陽光帥氣，尤其是笑起來的時候，雙眸明亮如星，燦爛的笑容很容易感染身邊的人。

——胖叔確實不胖，也不是叔，是個帥氣的少年。

見唐牧洲走神，徐長風一臉「我就知道」的表情，拍拍他的肩道：「你說要親自雕琢胖叔這塊璞玉的時候，我沒懷疑過你的用心，覺得你就是跟你師父林神一樣有惜才的心理。但是後來，你把風華二隊的人調去跟胖叔**PK**，我才覺得不對。」

徐長風繼續分析：「如果只是普通的網友，你沒必要把整個風華二隊拖去給他當陪練，你對他簡直比對自己的隊友還要關照。有這麼多職業選手給他當陪練，他的意識自然會進步飛快，明年新賽季他獲得職業選手的註冊資格肯定沒問題。你這麼培養他，該不會是對他……」

唐牧洲回過神來，平靜地打斷了好友的推測：「你想多了，我幫他，只是因為師父收了他當徒弟。名義上，他現在是我的師弟。」

「……師弟？」徐長風的嘴角猛烈地抽搐起來，完全沒想到唐牧洲和胖叔居然是這種關係，他無奈地揉揉額頭，道：「你說真的？」

「嗯。」唐牧洲微笑著說：「我當師兄的，幫他也是應該，師父交代的任務總要完成。」

其實陳千林根本沒交代過這些，一切都是他主動的——當然唐牧洲才不會承認。

看著唐牧洲眼神中流露出的溫柔，徐長風輕嘆口氣，道：「你這樣做，有沒有想過，將來你師弟一天比一天更強，萬一在賽場上遇到……你親自培養起來的人，肯定也是最瞭解你的人，這樣的對手會有多可怕？」

唐牧洲平靜地說：「無所謂。他如果真的有本事，儘管來挑戰我，輸贏全憑本事，沒什麼好介意的，我贏過那麼多比賽，當然也輸得起。」

徐長風笑了笑，沒再多說什麼。

次日晚上六點半，唐牧洲傳訊息給師弟：「下樓，我來接你。」

謝明哲飛快地跑下樓，自從休學之後大概有一週沒見過師兄，唐牧洲外出時每次都要全副武裝，在大墨鏡的遮擋下根本看不清五官，可聽著他的聲音還是覺得很親切。

謝明哲笑著走到他面前，「師兄你真準時。」

唐牧洲彎起唇角，低聲問道：「沒吃飯吧？我們先去吃飯。」

謝明哲點點頭，跟著他上車。

由於比賽在晚上八點整開始，時間不多，兩人也沒去吃麻煩的大餐，唐牧洲找了一家精緻的小店，請師弟吃了頓便飯。

謝明哲一邊吃一邊問道：「你們二隊的人，對我有什麼意見嗎？」

唐牧洲道：「聽說周小琪昨晚做惡夢，夢見自己上吊，大概是秦可卿給她託的夢吧。」

謝明哲：「……」受到的刺激這麼嚴重嗎？居然夢見自己上吊，真是罪過！

唐牧洲玩笑道：「他們跟你打過擂臺之後，都覺得方雨的亡語卡可愛多了。」方雨他也有一張會碰瓷的竇娥，還會召喚大雪群體冰凍。不過既然答應方雨保密，謝明哲也不好提前告訴師兄，只能改口道：「方雨的卡確實沒我的討厭，哈哈。」

「你倒是有自知之明。」唐牧洲微笑著看他吃飯，這傢伙大概是真餓了，胃口很好的樣子，盤子裡的菜吃得一滴都不剩。

「一份套餐能吃飽嗎？」唐牧洲柔聲問。

「飽了，我們快去現場吧，別遲到了進不去。」

謝明哲主動起身，但因為起身的時候太過匆忙撞到了桌子，碗裡的湯汁眼看就要灑在他的身上，唐牧洲眼明手快地拉了他一把，「小心。」

本來只是個簡單的救場動作，但由於兩個人離得太近，唐牧洲手臂的力氣又大，這一下子就把謝明哲拉進了他的懷裡。

謝明哲撞進師兄懷裡，一張臉直接貼在對方的胸口，他能清晰地感覺到男人胸膛結實的肌肉，隨之而來的，還有一種淡淡的、好聞的香氣，像是聞到了春日早晨剛剛開放的花朵清香。

這是唐牧洲身上的味道嗎？是沐浴露還是洗髮精的香味？

男人身上的味道不刺鼻也不濃烈，清新溫和的植物香氣，就像是他的性格一樣，溫柔地滲透了謝明哲的呼吸。

謝明哲怔了怔，回過神後，發現自己整個人都撲在師兄的懷裡，臉還貼著對方的胸口，謝明哲的臉猛地一陣發燙，立刻站直身體，後退了一步。

少年的耳朵紅紅的，似乎不大好意思。

唐牧洲看著這樣的他，喉結忍不住滾動了一下。

兩人對視一眼，同時移開視線。

唐牧洲轉過身，假裝平靜地道：「走吧。」

謝明哲也假裝沒事，故作輕鬆地跟上他。

接下來兩人一直沒有說話，車內的氣氛越來越古怪，溫度似乎也在不斷地攀升。

謝明哲感覺到自己的心跳快得離譜，他並不是沒跟別的男人近距離接觸過，比如陳霄、喻柯這些隊友，平時搭個肩膀、揉個腦袋什麼的，心裡都不會產生別的想法，就覺得是好朋友、好哥們兒，男人之間友好的肢體接觸，光明正大，沒什麼好在意的。

可是剛才，他的心跳有瞬間的停滯。

師兄的懷抱太溫暖，身上的味道又那麼好聞，讓謝明哲一時有些恍惚。

大概是因為自己從小就沒有親人，唐牧洲對他又特別溫柔、關愛，他才會產生一種奇怪的念想，希望能和這個人更親近一些。

到底多親近呢？謝明哲還沒法想清楚，他只知道，他很喜歡跟師兄在一塊兒。

車內的氣氛有些沉悶，唐牧洲開口打破了沉默：「到了。」

謝明哲抬頭一看，面前的場館比他們帝都大學的體育館要大上將近十倍，此時，整個體育館燈火通明，外面的牆壁上掛滿各大俱樂部的海報和徽章，並且有非常顯眼的巨型燈光字幕，寫著「星卡聯盟第十賽季職業聯賽」。

這是官方指定的比賽場館，第一次來看職業聯賽的謝明哲頓時激動起來，跟在師兄身後道：「我們從哪兒進去？你會不會被認出來啊？」

唐牧洲唇角微揚，「不會的，我帶你走後臺選手通道。」

觀眾通道此時正大排長龍，謝明哲跟著唐牧洲一起轉了個彎來到後臺通道，這裡有不少記者在蹲守拍照，唐牧洲沒急著進去，叫上謝明哲躲在一邊。

片刻後，風華俱樂部的經紀人薛林香到場，身後跟著徐長風和沈安，記者們一擁而上去採訪兩

位選手，唐牧洲趁著沒人，拉起謝明哲的手腕，迅速閃身走進會場。

謝明哲的臉色有些尷尬，被男人修長的手指抓住的手腕，似乎在不斷地升溫、發燙。

還好唐牧洲很快就放開了他，帶他從側面繞進後臺。

後臺的準備區是不允許記者進來的，唐牧洲推門進去，看見徐長風正在喝咖啡，沈安則抱著光腦在玩一個很簡單的消除類遊戲。

見唐牧洲帶著個少年走進來，兩人同時抬起頭，滿臉疑惑。

唐牧洲微笑著介紹：「這是我師弟，遊戲裡的胖叔，叫他小謝就行。」

「噗！」徐長風一口咖啡直接噴到地上，拚命地咳嗽。

沈安則好奇地看著謝明哲，歪著頭想了想，然後笑咪咪地走到謝明哲的面前，「小師叔好！」

「咳，你好。」謝明哲還不大習慣「小師叔」這個稱呼。

「這位是徐長風、沈安，薛姐你應該見過了。」唐牧洲在師弟耳邊低聲介紹道。

「風神好，薛姐好。」謝明哲很有禮貌地打著招呼。

「你好，胖叔。」徐長風似笑非笑地看著面前的小帥哥，「沒想到你真人長這樣，跟遊戲裡的差別也太大了。」

「嘿嘿，遊戲裡是隨便捏的角色。」謝明哲摸著鼻子解釋。

「我好像見過你！」薛林香踩著高跟鞋走了過來，上下打量著謝明哲，「是不是那次小唐請聯盟大神們吃飯的時候，你跟陳霄在一起，也去那家飯店吃飯，我們在電梯裡見過？」

「是的，薛姐。」謝明哲也記得那回在飯店偶遇，薛林香一路小跑追陳霄追到電梯，結果陳哥卻以「認錯人」敷衍過去，那時候他還不知道陳霄的真實身分。

「沒想到，你居然就是胖叔！」薛林香一臉的不敢相信，好半天沒緩過氣來，片刻後她又回頭瞪唐牧洲，「小唐，你一直瞞著我們？他什麼時候變成你師弟了？」

「不久之前。」唐牧洲微笑著看了謝明哲一眼，道：「畢竟他做了很多針對各大俱樂部的卡牌，我要是把他帶來見你們，怕被你們人身攻擊。」

薛林香確實很想揍胖叔，可看著面前笑容滿面的帥氣少年，她卻下不了手。

「好了，你們先忙，我帶他去看臺。」唐牧洲輕輕環住小師弟的肩膀，轉身要走。薛林香忙提醒道：「後臺選手挺多的，裁決那邊老聶和小嵐都在，小心撞上。」

「知道。」唐牧洲擺擺手，帶著謝明哲離開。

直到兩人走後，薛林香才頭疼地揉了揉太陽穴，道：「真沒想到胖叔會是個年輕小帥哥，他取『胖叔』這個名字，這也太容易誤導人了吧？」

徐長風摸著下巴，似笑非笑地道：「牧洲昨晚跟我說的時候我還不大相信。今天見了，確實是……讓人意外。」

薛林香有些擔心地皺起眉，「是不是我的錯覺？小唐好像很護著這個師弟？」

徐長風道：「這不是錯覺。」

薛林香怔了怔，剛要說話，就聽外面響起敲門聲，主辦方的人走進來道：「長風大神，比賽還有十分鐘就要開始，請您儘快準備。」

唐牧洲把師弟帶到VIP包廂。

這是懸浮於體育館上空的獨立包廂，只有他們兩人坐在裡面，倒是不用擔心被人發現。周圍還有好多這樣的懸浮包廂，應該是提供給一些俱樂部選手以及土豪們觀賽用的。

這裡視野極好，可以俯瞰整個會場，並且正對著直播的全息大螢幕。

唐牧洲湊到師弟耳邊，低聲說：「長風今天的對手是裁決俱樂部的邵東陽。」

「裁決的四大牌手之一，擅長猛獸圍攻打法的那位嗎？」

「嗯。裁決那邊人氣最高的是聶遠道、山嵐師徒，但邵東陽實力也很強。這個人比較低調，平時很少露面，打法跟老聶不大一樣，老聶喜歡猛獸速攻，邵東陽是猛獸召喚流。」

「猛獸召喚？」謝明哲有些好奇，「是指狼王召喚狼群、獅王召喚獅群這種？」

「差不多。獸群打法比較蠻橫暴力。」

「那徐長風的加速流對上邵東陽的獸群召喚，你覺得誰能贏？」

「勝率一半一半吧。」唐牧洲分析道：「長風有實力爭奪本賽季冠軍，但裁決的山嵐、邵東陽同樣也有這個實力，一流選手誰和誰對決都不會有絕對的勝算，主要還是要看現場發揮。」

外面的掌聲和尖叫幾乎要掀翻屋頂，哪怕在包廂裡也能感受到現場熱烈的氣氛。

唐牧洲為了讓師弟聽清楚，每次說話都會湊在他耳邊。男人的聲音本來就低沉好聽，是足以讓人耳朵懷孕的音色，語氣又很溫柔，老是湊在耳邊說話，呼出的熱氣，癢癢地拂在耳畔……耳朵是謝明哲最敏感的部位，幾次之後他就有些受不了，他想回頭跟師兄說別聊了專心看比賽，結果剛轉過頭，唐牧洲正好湊過來說話。

男人的嘴唇就這樣結結實實地親在謝明哲的臉上。

謝明哲：「……」

唐牧洲：「……」

包廂內立刻安靜下來，氣氛詭異。

謝明哲心跳如鼓，整個耳朵尖都紅了，屬於對方的灼熱溫度像是要讓他整個人都燃燒起來。

唐牧洲同樣不好過，他湊過去說話純粹是為了讓師弟聽得更清楚，他也沒想到謝明哲會突然回頭，沒想到自己會親到少年的臉蛋。柔軟的觸感依稀殘留在唇邊，唐牧洲吞了吞口水，心裡突然生

起一絲奇怪的衝動。

——要是親到他的嘴唇會是什麼感覺？

唐牧洲的目光掃向謝明哲的唇瓣，少年似乎有些尷尬，嘴唇微微抿著，很自然的淡粉色簡直誘人犯罪……不行，不能再想下去了。

唐牧洲深吸口氣，迅速收斂心神，道：「抱歉。」

謝明哲紅著臉結結巴巴地說：「沒、沒事，看比賽吧。」

前段時間謝明哲一直埋頭做卡，不知不覺間，第十賽季的個人賽居然已經打到了決賽輪。

今天是決賽圈十六進八的淘汰賽，能走到這一步的選手，實力已經是聯盟頂端了。

主持人解說分析片刻後，就將參賽選手請了出來。

徐長風和邵東陽友好地握手，緊跟著就坐在旋轉椅上，戴上頭盔。

聽著現場觀眾熱烈的掌聲，謝明哲骨子裡的熱血也被調動起來，想到將來的某一天，自己也可以來到這個大型場館和高手對決，他就忍不住地激動起來。

他回頭看了眼唐牧洲，卻正好對上唐牧洲溫柔注視的目光。

師兄……一直在看他嗎？

謝明哲怔了怔，想到剛才被親的那一幕，臉又一次火燒起來，只好隨口找話題打破尷尬的沉默：「徐長風的植物卡，是師兄你幫他做的嗎？」

唐牧洲微笑著說：「他自己做的，我給了一些指導意見。」

謝明哲道：「你們拿過雙人賽的冠軍，配合得一定很有默契吧？」

本來只是一句無心的稱讚，可是聽在唐牧洲的耳裡，好像他在介意「兩人太有默契」似的。唐牧洲低聲解釋：「我們只是朋友和搭檔，沒別的。」

「……」這解釋是什麼意思？你跟他的關係如何有必要向我解釋嗎？

「徐長風是我發掘的人才，也是我把他帶進職業聯盟的。」唐牧洲繼續解釋：「我跟他的關係就像你跟小柯一樣。你跟喻柯也只是朋友對吧？」

「咳，是的。」謝明哲乾笑著摸摸鼻子。

兩人的對話越來越奇怪。早知道就自己在家裡戴著頭盔看比賽了。明明是很正直地一起看比賽，結果搞得跟約會似的，直接撲到師兄懷裡不說，還被他親了臉，簡直……

謝明哲坐立難安，總覺得包廂裡的溫度越來越高了。

他有點想溜，現在溜還來得及嗎？

【第十一章】

半夜裡的官方審核會議

比賽開始，徐長風選的地圖是「迷霧森林」，風華俱樂部的主場圖。

這是障礙類地圖中難度最高的圖之一，由於樹木的阻礙，卡牌需要大量的走位，除非是範圍性群攻技能，單攻技能想要瞄準對方可沒那麼容易。

比賽模式是暗牌模式。

雙方在亮牌階段時，徐長風亮出的五張明牌包括帶群體冷卻縮減的加速流花卉卡「風信子」、可吸收傷害的保護性植物卡「防風」、擁有單體藤蔓絞殺技能的「青風藤」、單體風刃攻擊命中後獲得攻速加成的「風車草」，以及範圍風刃攻擊的「風箱樹」。

光從五張明牌來看，兩張單攻、一張群攻、一張保護加一張群控，卡組資料趨向於平衡，剩下的兩張暗牌，他可能會帶輸出牌或者控制牌。

謝明哲現在也能簡略分析選手的卡組和思路了，就是不知道自己推測得對不對。

反觀邵東陽，亮出的五張明牌全是野獸——狼王，召喚狼群協同作戰造成範圍傷害；獅王，召喚小獅子撕咬目標造成單體傷害；蝙蝠王，召喚蝙蝠群範圍吸血；棕熊，保護隊友的防禦卡；獵豹，敏捷極高的單體攻擊卡。

謝明哲覺得，光看卡面的話邵東陽勝算稍大一些。獸群圍攻很難處理，要擊殺掉獸王才算殺死這張卡，一旦對方大量召喚小狼、小獅子，到時候眼花繚亂很可能根本找不到獸王在哪兒。

然而，比賽一開始，謝明哲就發現自己錯了。

他低估了徐長風的睿智。

加速流的可怕在於群體冷卻時間縮減，徐長風的明牌中，有一張群體加速的「風信子」，暗牌中還有一張被動給隊友減冷卻並群體治療的「風鈴草」！

在雙卡加速的情況下，他所有的卡牌技能冷卻速度極快，原本一招大群攻至少要二十五秒的冷卻時間，雙加速後冷卻時間只需要十二秒，單攻的冷卻時間甚至只需要八秒！

他的暗牌中還藏了一張單攻卡，這樣一來，他手裡就有四張輸出卡，當這四張卡全部冷卻縮減的時候，技能幾乎可以無縫銜接。

同時，他的風信子還帶有超強的控制技——群體浮空！

邵東陽的獸群正準備接近他的植物，徐長風直接開浮空強控，隨著雪白的風信子花瓣拋撒到空中，對方的野獸群直接被強制吹飛到了天上！

緊跟著，青風藤就如同長了眼睛一樣，綠色的藤蔓猛地一甩，直接將狼群中的狼王準確地捆住，一把拉到植物群的包圍圈內。

徐長風操作幾張輸出卡全力集火狼王，轉眼間狼王就被打殘，邵東陽立刻召喚出棕熊，體積巨大的棕熊邁著笨拙的腳步挪過來頂在前面幫隊友抵擋傷害。

徐長風秒狼王的計畫落空，轉移目標強殺棕熊。

邵東陽同時召喚出獵豹，敏捷地突進過去，對準他的治療卡風鈴草就是一通亂咬！

大部分情況下當治療卡冷卻時間比較長的時候，會優先處理掉對手的輸出卡。只要輸出卡死光了，對手就會陷入打不出傷害的慢性死亡境地。

但今天不一樣，徐長風是聯盟最強的加速流選手，當他的治療卡被雙加速縮減冷卻之後，每五秒就能進行一次單體加血，十秒就能開一次群體加血！

如果不處理治療卡，那麼，他的其他卡牌就永遠打不死。

邵東陽顯然非常果斷，抓住治療卡全力強殺。

徐長風同樣冷靜，由於棕熊身上有「當隊友血量低於百分之三十時幫隊友承擔一切傷害」的被動技能存在，不處理掉棕熊依舊打不死邵東陽的其他野獸牌。

兩人迅速抓住對方的關鍵卡，一波攻擊猛轟過去，各種技能光效幾乎要閃瞎人眼。

謝明哲坐在看臺上，看得真是熱血沸騰。

太精彩了！真不愧是旗鼓相當的大神對決，技能有來有往，卡牌走位讓人眼花繚亂。謝明哲以上帝視角觀賽，可以清楚地看見徐長風的冷靜控場和邵東陽的進退有度。

什麼卡面分析、勝率推測，真到了實戰場上，簡直是紙上談兵。

再強的卡組，落到菜鳥的手裡也發揮不出這麼強的威力。

徐長風的加速流打法讓謝明哲大開眼界，邵東陽的冷靜也讓謝明哲十分佩服，雙方以極快的速度對拚，幾分鐘後，治療卡和防禦卡幾乎是同時陣亡。

誰輸誰贏依舊沒法確定。

徐長風陣亡一張加速卡後依舊不慌，他的輸出卡也帶一些減冷卻的被動技能，而且他還有輔助卡防風，在對方召喚獅群和狼群的那一瞬間，徐長風冷靜地開出技能——風牆！

一道綠光以極快的速度形成一面泛著柔和光澤的牆壁，牆壁上流動的波紋就像是吹拂過森林的輕風——風牆技能，直接擋住邵東陽所有野獸的攻擊。

就在這時，森林裡瀰漫起一絲霧氣。

察覺到不對的邵東陽立刻率領獸群後撤，然而，在霧氣中，一條碧綠的藤蔓神不知、鬼不覺地貼著地面迅速爬動，在霧氣消散的那一瞬，青風藤直接綁住對方的獅王，將獅子用力地甩向高空，獅王從高空中「轟」的一聲摔落到地上，直接被摔成了殘廢！

緊跟著，風車草發射出漂亮的綠色風刃。密密麻麻的風刃如同刀鋒般襲捲而來，一擊斃命！

徐長風在森林起霧的瞬間找到節奏點，強殺掉對方的單攻卡獅王。

——第一局，徐長風最終以驚險的一卡優勢獲勝！

謝明哲心中驚嘆，目不轉睛地盯著賽場，倒是忘了唐牧洲坐在身邊。

第二局是邵東陽選地圖，他毫不猶豫選了烈焰焦土。

徐長風哪怕有風牆保護，可是獸群的攻擊實在太可怕，他的風牆又不能時時刻刻開出來，比賽

開始沒多久，他的兩張加速卡就被強殺。

雙方戰成一比一平手。

決勝局是隨機地圖，從系統圖庫中隨機選到的地圖是「噴泉廣場」。

這一局誰能拿下，誰就能晉級八強。

謝明哲私心更希望徐長風能贏，因為徐長風是師兄的搭檔。但是客觀地來說，裁決的邵東陽實力也很強，所以這局依舊是勝負難料。

比賽非常激烈，雙方一度僵持到卡牌死了五張，只剩二打二的局面。

謝明哲緊張得屏住呼吸。

局面對徐長風非常不利，他的治療卡、輸出卡已經全部陣亡，場上只剩一張技能在冷卻的浮空控制卡，還有一張沒出現的暗牌。

邵東陽還剩一張殘血的獵豹，和一張半血的狼王。

獸群圍繞著徐長風的植物虎視眈眈，眼看就要秒了它，就在這時，廣場中央，一株碧綠色的植物突然破土而出——鳳尾竹，技能「風刃天襲」！

無數竹子葉片，就如同不斷旋轉的利刃一般，鋪天蓋地地襲捲向邵東陽的獸群！

如刀的利刃瞬間就將殘血的豹子給殺死。

緊跟著，觸發技能「風刃追擊」——當鳳尾竹成功擊殺目標時，竹葉立刻迴旋，並追加一次三十公尺範圍木系群攻傷害。

連續兩個群攻大招下去，原本血量就不大健康的狼王也倒下了。

邵東陽：「……」

全場觀眾愣神片刻，然後就響起震耳欲聾的歡呼聲！

坐在包廂內的謝明哲心臟都差點跳出來——還能這麼玩？徐長風也太沉得住氣了，這張鳳尾竹一直藏到最後關頭，等對手只剩兩張卡的時候才放出來，一擊必殺！

追加傷害，這種設計原來早就有人想到過。

謝明哲想起了自己設計的孫尚香，其實原理差不多，擊殺一張牌後就追加輸出，只不過孫尚香是追加單體攻擊，鳳尾竹是群攻追加。打團戰的時候如果對方殘血牌比較多，鳳尾竹的輸出根本就擋不住，風刃追擊，不停地放群攻，太可怕了！

謝明哲之前一直覺得自己設計的卡牌技能很好，但今天看了兩位大神的對決後，謝明哲也清楚地意識到，其實光論技能，職業聯盟有天賦的設計師非常多，他根本就沒資格得意。

不管是邵東陽的獸群普攻，還是徐長風的加速流打法，現在的謝明哲根本沒信心打贏這些大神。他也就欺負一下風華二隊那些沒有大賽經驗的小朋友，換成這種經驗豐富的大神，說實話，謝明哲連三成的勝算都沒有……

好在師兄讓他及時清醒過來，讓他意識到自己跟頂尖選手的差距。

徐長風贏了比賽，很有風度地過去跟對方握手。

大螢幕中開始重播本場比賽的精彩片段，兩位解說主持人客觀地分析起選手的表現，現場觀眾熱情高漲，謝明哲也目不轉睛地盯著大螢幕，看重播看得津津有味。

唐牧洲看著他認真的側臉，微微笑了笑，低聲問：「看完有什麼感想？」

謝明哲真心讚道：「他們都很厲害！」

唐牧洲道：「說起猛獸系普攻流打法，邵東陽還不是最厲害的，老聶才是鼻祖。聶神也是聯盟最強的正面快攻選手，沉默控制對他沒用。」

謝明哲恍然大悟：「沉默就是讓對方放不出技能，聶神快攻根本不靠技能，當然沒用。怪不得徐長風剛才會選一張浮空控制的卡牌。」

唐牧洲道：「是的。對付不同的選手你要選擇的控制類卡牌也不一樣。比如，對付老聶，水系

卡的減速就特別有用，被減速之後，獸群只要追不上你，就會陷入非常被動的局面。但是，對付流霜城的人，使用減速、冰凍這些控制技能完全沒效，他們水系卡本身就自帶減速和冰凍。」

謝明哲認真聽完，總結道：「看來我的卡組中，控制卡還太少。」

唐牧洲道：「接著看吧，下一局比賽同樣精彩，是葉竹和沈安兩位新秀的對決。」

葉竹剛滿十八歲，沈安還不到十七，是聯盟少年選手中最出色的兩位。

沈安師承唐牧洲，但他的打法比較奇怪，不像唐牧洲那樣擅長用藤蔓和花卉控場，也不像徐長風群體加速打快攻，他自己琢磨出了一種「植物連珠炮」打法，把植物卡改造成了遠程炮臺。

比如不斷地丟出蘋果、鳳梨、橘子、香蕉去攻擊對手⋯⋯

這小傢伙也是腦洞清奇，滿屏的水果炮彈攻擊，簡直就像小孩子鬧著玩兒似的，網上很多粉絲都說「看沈安打比賽好餓啊」或是「真想拿個盤子接住他的水果」。

雖然他的攻擊模式讓人一言難盡，可是他畢竟是唐牧洲培養出來的徒弟，不管是反應速度、賽場意識，在年輕一代的選手中都是拔尖的。

他製作的卡牌風格也是獨樹一幟——如同幼稚園小朋友畫的彩繪卡通圖案。

蘋果樹、香蕉樹歪歪扭扭、色彩斑斕，就算拿去參加幼稚園繪畫展覽也毫無違和感。

葉竹同樣也是個腦洞突破天際的選手，由於喜歡蝴蝶標本，他把蝴蝶卡直接做成一個流派，世界各地珍貴品種的蝴蝶都能在他的卡組中找到。

蝴蝶這種輕盈、靈巧的生物，被他賦予了各種可怕的技能。

他最出名的一張卡叫做「玉蝶」，通體晶瑩如玉，近似透明的蝴蝶可以悄無聲息地追蹤指定目標，並將其他攻擊型蝴蝶瞬間拉到指定目標的背後，造成一次蝶群圍攻的暴擊傷害。

葉竹也是全聯盟追蹤能力最強的選手，他跟裴景山聯手的雙人賽非常可怕，蝴蝶的追蹤再加上蠱蟲的劇毒爆發，被玉蝶盯上的卡牌絕對不會有生還的機會。

沈安對上葉竹，兩位實力頂尖的新秀對決，令人期待！

比賽還沒開始，現場就有很多粉絲舉起各種加油布條和螢光板，「葉竹加油」、「沈安必勝」的口號響徹會場，兩個小傢伙人氣都很高，現場來的親媽粉多得數不清。

等兩人出場的那一刻，現場的氣氛終於被徹底點燃，無數粉絲站起來激動歡呼，高亢的歡呼聲幾乎要掀翻屋頂，謝明哲被吵得耳朵疼，切身地感受到了粉絲們的熱情。

比賽開始。

第一局由葉竹選地圖，他選了自己最喜歡的地圖「蝴蝶幻境」。

這是一片鳥語花香、蝴蝶翩飛的幻境，雖然幻境內的蝴蝶與卡牌召喚出的蝴蝶有明顯的差別，但是也很容易給對手造成視覺干擾。

葉竹亮出的五張卡牌中果然有他的追蹤卡「玉蝶」，此外就是幻覺控制卡「黑紋蝶」，另外三張都是輸出卡，包括群攻卡「紅帶袖蝶」，單攻卡「枯葉蝶」和「藍閃蝶」。

沈安的卡牌，畫風真是讓謝明哲哭笑不得，亮出的五張「卡通水果植物」，真像是幼稚園的畫展——蘋果樹、香蕉樹、鳳梨樹、椰子樹、山楂樹。

謝明哲：「……」你是來賽場賣水果的嗎？

兩位少年都不是冷靜穩重的性格，比賽一開始就直接搶攻！

葉竹果斷召喚出玉蝶，玉蝶可以自動隱身，透明的翅膀跟周圍環境迅速融合，當它打在目標身上的標記爆炸時，會使得後續的蝶系傷害翻倍，這也是葉竹追蹤蝶的可怕之處。

上帝視角的觀眾們很快就發現，玉蝶瞄準了沈安果樹卡牌中輸出最高的蘋果樹。

下一秒，玉蝶果斷召喚同伴——枯葉蝶、藍閃蝶、粉蝶，三種蝴蝶同時出現在蘋果樹周圍，各種顏色的美麗蝴蝶環繞飛舞，形成一陣蝴蝶旋風，蘋果樹還沒來得及釋放技能就瞬間倒下了！

謝明哲震撼之下坐直了身體，「蝶群的攻擊這麼強嗎？」

唐牧洲解釋道：「那是因為葉竹開了連動技，藍、粉蝶同時出現時，可以提升範圍內蝶系卡的暴擊加成。」

為了方便觀眾理解，直播時螢幕側方會出現賽場即時資料。

謝明哲仔細一看，果然在戰鬥紀錄中看見技能描述。

玉蝶釋放技能「無痕追蹤」標記蘋果樹；玉蝶釋放技能「群蝶召喚」；粉蝶、藍閃蝶釋放連動技能「雙蝶飛旋」；枯葉蝶釋放技能「萬物枯萎」……

短短幾秒內，葉竹完成了標記、召喚、連動等非常複雜的操作。開局瞬秒對方一張卡，葉竹的追蹤強殺能力確實可怕。

唐牧洲的目光滿是欣賞，「葉竹年紀小，但打比賽的節奏非常快，他的粉蝶和藍閃蝶都是不靠技能就能攻擊的普攻卡，而且這兩張卡的連動技是被動技能，只要藍粉雙蝶在彼此附近，連動的暴擊加成就可以一直觸發，相當於自帶暴擊加成的普攻雙卡。」

謝明哲道：「這個設計確實厲害，蝴蝶卡本就輕盈、靈巧，飛行速度又快，靠普攻和連動打傷害的話，對手會很難處理吧？」

唐牧洲微笑道：「你忘了自己做過什麼卡？」

謝明哲一怔，下一刻，就見沈安突然召喚出一個身材曼妙、容貌端莊的女子。

薛寶釵——蝶類即死！

謝明哲沒想到沈安居然會在賽場上拿出薛寶釵！

現場的觀眾一陣驚呼，解說女主持人也忍不住吐槽道：「這是胖叔製作的即死牌嗎？」

男主持人解說道：「之前的比賽中大概很多選手都在熟悉新卡，即死牌一直沒有出現過，今天還是第一次正式出場。沈安用薛寶釵秒殺了葉竹的藍閃蝶，破解了藍粉雙蝶的連動！」

女解說道：「這樣一來，葉竹的蝶群輸出就會大打折扣！看來，即死牌這種功能牌，在關鍵時刻確實會讓對手猝不及防！」

葉竹也沒想到沈安會這樣做。

沈安開局連召三張群攻型果樹，顯然是為了引出他的藍粉雙蝶，這傢伙還挺有想法的！

坐在包廂內的謝明哲神色非常複雜，看著自己親手製作的卡牌突然出現在職業聯盟最高端的賽場上，而且還瞬間秒殺了葉竹的一張蝴蝶卡，這感覺真是無法形容。

他有點驕傲，卻又心中忐忑。

唐牧洲察覺到他的情緒，輕輕拍拍他的肩膀，「放心，即死牌很快就會大量流通，讓小安在打葉竹的時候帶上薛寶釵，這也是我的意思。要讓觀眾們接受全新的對戰思路，還需要一點時間，我希望在下個賽季之前，讓大家都知道你的存在。」

謝明哲：「……」這是在免費幫他打廣告了。

果然，即死牌一出來，兩位解說都開始興奮地討論起胖叔：「說起來，最近遊戲裡出現的製卡師胖叔，做了很多奇奇怪怪的人物卡！」

「他店鋪裡公開售賣的即死牌就有十張。」

「看來胖叔對職業聯盟也產生了很大的影響，職業選手已經開始使用他製作的卡牌了。」

「說不定下個賽季，胖叔也會出現在這個賽場上！」

第一局葉竹輸得比較鬱悶，因為他沒料到沈安會召喚薛寶釵直接秒掉他的藍閃蝶。因此，第二局葉竹留了個心眼，直接把藍粉雙蝶的連動輸出體系給換掉，換上了治療卡碧蝶和群攻能力極強的鳳尾蝶，從單攻轉群攻。

葉竹的隨機應變能力非常強，同樣的算計他不會中第二次！當沈安再次召喚薛寶釵想強殺他的鳳尾蝶時，葉竹提前預判，用碧蝶給隊友們群體套上淡綠色的護盾，免傷五秒，薛寶釵技能放空！

唐牧洲看到這裡，有些無奈，「小安太天真了，葉竹不可能連續上當兩次。」

謝明哲道：「看來，葉竹早就想好了對付即死牌的方法？」

唐牧洲點頭，分析道：「你的即死牌做出來有段時間了，各大俱樂部都在研究，葉竹肯定會有應對的策略。這種戰術性的功能牌只能在對手出其不意的時候發揮出效用，不可能連續兩局都讓對方吃虧。」

沈安確實是想得太簡單了，白送一張牌，被葉竹扳回一局。

決勝局的時候沈安沒再帶薛寶釵，而是帶上了五張果樹群攻牌，鋪天蓋地的水果砸得葉竹很想吐血——這蘋果、鳳梨、椰子、山楂、柑橘滿天飛，你是來搞笑的嗎！

葉竹的蝶卡雖然敏捷屬性高，飛行速度快，可也挨不住沈安這麼一通亂砸。一顆顆水果連珠炮一樣從天空中往下掉，全是範圍群攻技，葉竹的蝶卡群體殘血，光靠碧蝶根本回不上來。

簡直就是亂棍打死老師傅，不講道理！

葉竹輸得很不甘心。

謝明哲忍著笑摸了摸鼻子，道：「小安這種水果亂丟的打法，看上去很好笑，但其實非常的簡單粗暴，五張群攻卡到處砸，對手怎麼也跑不掉。」

唐牧洲微笑道：「腦子單純的傢伙打法也比較簡單。沈安是全聯盟唯一的純群攻選手，他這種打法下一輪對上歸思睿肯定要輸。不過，小安自己開心就好，我也不會逼著他改變風格。」

兩場比賽看完，謝明哲確實收穫很多。

徐長風的加速流打法，邵東陽的普攻獸群，葉竹的追擊強殺，還有沈安簡單粗暴的純群攻水果亂丟——聯盟有那麼多風格各異的選手、豐富多彩的卡組，想要在高手如雲的職業聯盟站穩腳跟，可沒想像中那麼容易。

他不能因為自己做出很多人物卡就沾沾自喜。

他必須更加謙虛，也更加努力才行。

比賽結束後，唐牧洲直接帶著謝明哲從VIP通道離開。

走出會場時才九點鐘，唐牧洲提議道：「時間還早，要不要去我那兒坐坐？」

謝明哲怔了怔，「去風華俱樂部嗎？這不大合適吧？」

唐牧洲微笑起來，「去我家裡，不是俱樂部宿舍。」

謝明哲覺得這麼晚去他家裡更不合適，剛要開口，卻聽唐牧洲說：「我一個人住，住處離這裡很近。有些資料給你看，待會兒再送你回去吧。」

師兄都這麼說了，謝明哲也不好拒絕，便點點頭跟上他。

唐牧洲開車繞過這一片繁華的街區，最終在附近某個社區門口停了下來，車子在經過嚴格的安檢後才被放行。

雖是夜晚，但外面的路燈光線明亮，依舊能看清社區內的陳設——這裡明顯是個高級住宅區，全是獨棟泳池別墅，社區裡綠樹成蔭，聽不見一絲嘈雜的聲音。就像是在繁華城市中，一處僻靜的世外桃源，只用一道圍牆就將外面的喧囂徹底隔離開來。

市中心的別墅價格肯定不用多說，以唐牧洲的收入買下別墅並不奇怪，謝明哲疑惑的是，他為

什麼要帶自己來這裡？是要給自己看什麼東西？

車子拐過幾個彎後，來到一棟別墅門前停下，唐牧洲帶著謝明哲走進家裡。

一進門，屋內的燈光便自動開啟。

謝明哲換上拖鞋，環顧了一下四周——別墅內部的裝修風格溫馨又精緻，壁紙和地板全是暖色。客廳很大，擺著一組柔軟的布質沙發，米白的顏色給人一種家的溫暖，更可愛的是，沙發上還放著好幾個水果抱枕，有鳳梨、蘋果、橘子……

唐牧洲見師弟的目光看向那幾個幼稚的抱枕，便輕笑著解釋道：「這是小安送的，他訂做了一批水果抱枕，俱樂部人手一個，為了表示對我這個師父的謝意，他給我送了五個。」

謝明哲感嘆：「他真的很喜歡水果。」

唐牧洲帶著師弟來到沙發上坐下，順手抓了個蘋果抱枕遞給謝明哲，「平時坐在沙發上抱著，手感還不錯。」

謝明哲把圓滾滾的蘋果抱枕抱在懷裡，笑著想，唐牧洲當時收到徒弟送的抱枕表情一定很無奈吧，把這些抱枕擺在家裡，會讓人誤以為家裡有五歲以下的小朋友。

唐牧洲看向對方，少年坐在沙發上，抱著水果枕頭低頭微笑，這樣的謝明哲，少了幾分平日裡的調皮，卻多了幾分溫暖可愛。

尤其是在客廳暖色燈光的照射下，他微微揚起的唇角像是帶著一絲淡粉色的光澤，唐牧洲的腦子裡突然閃過一種瘋狂的念頭，想把他抱進懷裡狠狠親一口。

謝明哲忽然抬起頭來，「師兄，你要給我看什麼資料？」

對上他漆黑清澈的眼眸，唐牧洲心頭一跳，立刻收斂心神，起身去書房拿資料。

唐牧洲很快就回來了，懷裡抱著幾本圖冊遞給謝明哲，「給你看看。」

時尚雜誌大小的圖冊有幾十頁，每一頁都被分成了四個透明的格子，每個格子中放著一張卡牌，全是特種紙列印出來的精美實體卡。

謝明哲往後翻了幾頁，越翻越是心驚。

千年神樹、焰龍、冰晶鳳凰、食屍鬼、玉蝶、眼鏡蛇……全是各位大神的成名卡。

唐牧洲介紹道：「這是職業聯盟每個賽季結束後出版的賽季紀念冊，裡面收錄了本賽季所有獲獎的選手，以及選手們的代表性卡牌。同時，這些卡牌還會被收錄到職業聯盟總部的卡牌紀念牆上，永久保存。」

星卡世界裡的卡牌成千上萬，每天還會有大量的新卡出現，能從海量的卡牌中脫穎而出，在聯盟卡牌紀念牆上留下自己的作品，對一位設計師來說，這絕對是最大的殊榮。

謝明哲從第一本開始翻看。

星卡牌盟職業聯賽開始以來，這麼多出色的選手，他們的經歷、卡牌都以紀念冊的形式被聯盟保留了下來，這無疑是一本「星卡職業聯盟的歷史書」，能讓謝明哲對整個聯盟的歷史變遷有更加深入的瞭解。

從卡組上能明顯地看出，第五賽季到第八賽季湧現了大量天才牌手，出現各種各樣的卡組流派。但去年的第九賽季，卻沒有原創牌手出現，紀念冊裡幾乎全是大神們重做的卡牌，沒有一位新人的卡牌被收錄。

謝明哲有些疑惑：「這兩年，沒有厲害的新人嗎？」

唐牧洲點點頭，解釋道：「因為聯盟的比賽越來越成熟，各位大神開發的卡組幾乎達到飽和狀態，同時涵蓋了各種流派，想要創新，只會變得越來越難。」

經歷了這麼多年，各種卡牌都有大神做過，新人們確實很難出頭。

對上師弟好奇的眼眸，唐牧洲微微一笑，道：「所以，你做出的人物卡才會引起聯盟的廣泛關注，因為，像你這樣能大量製作原創卡牌的人，已經整整兩年沒有出現過了。」

謝明哲怔了怔：「你給我看紀念冊，就是為了告訴我這些嗎？」

唐牧洲道：「這套紀念冊送你，閒下來翻一翻，多瞭解聯盟過去的歷史，對你有好處。」他將紀念冊交給謝明哲，緊接著說：「我希望你能真正地喜歡星卡職業聯盟，將來也能更好地融入到聯盟圈子裡。職業聯賽雖然競爭激烈，可是大部分職業選手都是很好的人——他們會是你的對手，但也可以變成你的朋友。明白嗎？」

謝明哲總算知道了師兄的意思。

師兄是想讓他融入到聯盟的團體當中，而不被其他的大神們孤立。

現在的他就像是突然來到名門高中的轉學生，雖然成績還不錯，可是不一定會被同學們接納。只有真正地瞭解這裡、喜歡這裡，他才能得到其他大神們的認可。

這比單純做卡牌、打比賽重要多了。

謝明哲接過全套紀念冊，抱在懷裡認真地說：「這些資料我會帶回去好好看的，我心裡對大神們也很佩服，師兄你放心，我不會因為有一點小成績就看不清自己的位置，我知道自己和大神們還差得很遠。」

唐牧洲欣慰地笑了笑，伸出手輕輕按住謝明哲的肩膀，道：「不要心急，明年第十一賽季的官方紀念冊一定會有你的名字，聯盟的卡牌紀念牆上，也會收錄你製作的人物卡。」

謝明哲自信點頭，「嗯！」

兩人對視著，彼此的眼中正好能看到對方小小的縮影。

剎那間，空氣似乎都停滯了。

謝明哲的心跳快得離譜，有些不大自在地移開視線，師兄給他的幫助和鼓勵多得數不清，每次在他遇到瓶頸、感到迷茫的時候，師兄總會給他一些點撥，讓他打開新的思路。

或許唐牧洲只是把他當弟弟看？而他卻……心猿意馬，胡思亂想。

唐牧洲發現師弟又一次躲開自己的目光，只好輕嘆口氣，低聲叫道：「阿哲。」

謝明哲怔了怔，以前師兄都叫他小謝，今天突然改稱呼讓他一時反應不過來……喻柯和秦軒也是這麼叫他，可是唐牧洲低沉、溫柔的聲音，在耳邊叫出「阿哲」的時候，謝明哲只覺得頭皮一陣發麻，脊背像是被電流掃過一般。

這男人的聲音殺傷力實在太強了。

謝明哲坐立難安，硬著頭皮應了一聲：「怎麼了？」

唐牧洲目光溫柔地看著他，低聲說道：「你現在時間有限，先把心思放在比賽上吧，等明年打完職業聯賽，再考慮別的。你覺得呢？」

謝明哲沒明白唐牧洲這話的意思。

先比賽，再考慮別的？這話也沒毛病！

於是謝明哲點點頭，「嗯。」

唐牧洲深邃的眼裡閃過一絲複雜的神色，最終還是沒說什麼。

眼看時間不早了，他便送謝明哲回到涅槃工作室。

開車回家的路上，唐牧洲聽著車裡的輕音樂，有些無奈地嘆了口氣。

之前在學校陪謝明哲辦休學手續的時候，突然生起想要擁抱他的衝動，如果說，當時只是同情，可是後來的反應又該怎麼解釋？

總是想見他，所以用「看比賽」的藉口把他約出來，剛才還帶他回家……那是唐牧洲的私人住處，風華俱樂部的選手沒人進去過，謝明哲是第一個被他邀請上門的客人。

剛才看見小師弟坐在沙發上抱著可愛的枕頭，甚至有種把對方壓倒在沙發上親吻的衝動。

如果把他親得喘不過氣來，他會抱著自己紅著臉叫師兄嗎？

以前覺得自己是把謝明哲當成弟弟照顧，因為他是師弟，當師兄的總要多多關照他。現在看

來，不僅是師弟……

唐牧洲能感覺到，師弟對他似乎也有一些朦朧的情愫。

今天不小心親到他時，師弟那閃躲的眼神、發紅的耳朵，都被唐牧洲清楚看在眼裡。不像以前那樣能坦然地對視，謝明哲顯然是心虛了。

只是，謝明哲年紀還小，也沒理清楚這些反應意味著什麼。

唐牧洲不想逼他。

如剛才所說，時間有限，這份朦朧的感情不用急著去戳破，那樣反而會變成謝明哲的負擔，現在的謝明哲應該將更多的精力放在比賽上。

至於剛剛萌芽的這點曖昧情愫，就順其自然地，讓它在謝明哲的心裡慢慢長大吧。

一點一滴地滲透，這才是讓謝明哲真正喜歡上自己的最好方式。

是他的，總歸逃不掉。這麼好的小師弟，他怎麼可能讓給別人？

謝明哲回到宿舍後，就把聯盟過去九個賽季收錄的精華卡牌仔細研究了一遍，深深被大神們的創意所折服。

他發現所有大神的卡組中都至少有一張混亂牌，哪怕是葉竹的蝶系卡組，也有一張「斑紋蝶」可以製造範圍混亂。

他自己的卡組中目前只有一張伏羲是群體混亂、群體定身的雙控卡。謝明哲決定再做一張混亂牌，最好帶一個保護技能，能和紅樓這套偏後期的卡組搭配。

既然紅樓卡組的定位是拖後期，讓對手精神崩潰，那不如把控制做到極致。

提起混亂，謝明哲突然想到一幕場景——那是《紅樓夢》中，林黛玉初入賈府時發生的故事。

年少的林黛玉和賈寶玉初次相見，賈寶玉見到這位天仙一樣的姑娘，覺得似曾相識，心頭十分歡喜。賈寶玉的脖子上戴著一塊玉，上面寫了「莫失莫忘、仙壽恒昌」八個字，據說是出生時就帶著的，類似於護身符。

賈寶玉問天仙一樣的林妹妹有沒有這塊玉，林黛玉當然沒有，賈寶玉很不高興，他把自己的玉拿起來就往地上摔。一群人大驚失色，整個場面混亂失控，大家都趴在地上給他找玉。

賈寶玉犯渾摔玉的場景，可以做成是「群體混亂」的強控。

林黛玉和薛寶釵是他早期製作的卡牌，即死牌又只能帶一個技能，無法和紅樓卡組其他的卡牌配合，謝明哲一直很遺憾。

如今既然要製作賈寶玉，或許可以讓賈寶玉再把兩個妹子召喚出來？

此時已經凌晨十二點，謝明哲卻因為想到新的創意而精神亢奮。

他來到樓下戴上頭盔，進入個人空間開始製作卡牌。

賈寶玉的人物形象他記得特別清楚，原著裡也把寶玉形容得非常帥氣，少年賈寶玉就是個精緻的富家小公子，頭上戴著標誌性的束髮金冠，齊眉勒著「二龍搶珠」的金色抹額，身穿大紅色衣服，腳上蹬著青緞小靴，面如冠玉，眉若遠黛，眸若星辰。

小帥哥的胸口還掛著一塊玉，玉石上面寫著「莫失莫忘、仙壽恒昌」八個字。

謝明哲先把寶玉的形象給設計好，緊接著設計技能——

賈寶玉（土系）

等級：1級

進化星級：★

使用次數：1/1次

基礎屬性：生命值1200，攻擊力100，防禦力1000，敏捷30，暴擊0%

附加技能：摔玉（賈寶玉大吼一聲「我不要這玉了」，然後將胸前的玉珮狠狠摔到遠處的地上，範圍23公尺內敵方目標大驚失色，集體陷入混亂狀態，持續3秒；冷卻時間5分鐘）

附加技能：男人是土、女人是水（被動技。賈寶玉認為男人都是泥土做的，女人都是水做的。當友方水系女性卡牌的血量低於30%時，賈寶玉會挺身而出，主動幫她吸收全部傷害，並為她施加賈寶玉基礎生命值10%的土系護盾）

附加技能：金玉良緣、木石前盟（召喚技。賈寶玉可以召喚薛寶釵、林黛玉兩位人物協助作戰，分別觸發「金玉良緣」、「木石前盟」效果。被召喚的薛寶釵、林黛玉自身不具有攻擊力，並繼承賈寶玉30%的基礎血量。薛寶釵每隔10秒微笑一次，為賈寶玉施加5%基礎血量的土系護盾，護盾可不斷疊加。林黛玉每隔10秒掩面哭泣，流出的淚水化作水系治療，使賈寶玉回復5%護盾血量，若治療溢出，則自動轉移到友方血量最低的卡牌身上。當薛寶釵、林黛玉陣亡時，10分鐘後才能重新召喚）

看到這張卡牌，謝明哲自己都有些頭疼。

這是他目前為止做過描述文字最長的一張卡牌。

但是簡化理解的話，其實，賈寶玉是一張非常強的肉盾卡。

作為土系卡的賈寶玉，基礎血量本身就很高，第一個技能「摔玉」是範圍混亂支配控場，雖然冷卻的時間非常久，但是在關鍵時刻放一次就夠了。

第二個技能，男人是土女人是水，賈寶玉利用土系卡血厚、防高的優勢，幫紅樓卡組中防禦弱的水系卡抵擋傷害。只要隊友血量低於百分之三十，那接下來的傷害就會全部轉移到賈寶玉的身上，成為團隊的肉盾。只要賈寶玉不死，休想打死紅樓卡組的水系妹子。

後面的召喚技，由於黛玉、寶釵本身在資料庫中錄入的技能是「黛玉葬花」和「寶釵撲蝶」，賈寶玉不可能召喚黛玉去秒對面的花卉卡，這樣相當於一牌兩用，審核肯定不過關。

謝明哲的思路是，召喚出來的薛寶釵和林黛玉，擁有像女媧寶寶那樣的輔助技能，只給賈寶玉加一些狀態。寶姐姐加護盾，林妹妹回血，讓賈寶玉變成全聯盟最難打死的肉盾卡。

如果對手的輸出不夠，不儘快處理掉賈寶玉這張卡，很可能打個半天，賈寶玉別說是掉血，反而疊了好幾層的護盾，血量越來越高。

他召喚出來的兩個妹子，一會兒哭、一會兒笑，對手大概會抓狂。

不知道系統會不會審核過關？

謝明哲深吸口氣，心情忐忑地將卡牌連上了資料庫。

這次審核的時間非常久，在五分鐘後，謝明哲突然收到一條系統發來的消息：「抱歉，資料庫審核暫時無法給出結論，請等待人工審核。」

謝明哲嚇了一跳——是他腦洞太大，智慧資料庫無法做決定嗎？人工審核是什麼情況？

此時，星卡風暴官方總部，一間辦公室裡燈火通明，幾位資料師正在召開緊急視訊會議。

坐在首位的女人戴著銀邊眼鏡，平靜地說：「有一張卡牌資料庫沒法判定，被提交人工審核，大家請儘快發表意見。」

白襯衫男人無奈扶額，「是胖叔的卡！他的技能設計真是越來越奇怪了。」

紮著馬尾的女生笑嘻嘻地說：「這種設計以前還沒見過。聯盟最出名的召喚流選手邵東陽，只是大獅子召喚小獅子，哪兒有賈寶玉召喚出什麼薛寶釵、林黛玉的。」

有個身材偏瘦的男人反對道：「一張卡牌召喚兩張卡牌，相當於一卡三用，違背了公平原則，

這樣的設計絕對不能通過！」

馬尾女孩笑著說：「我倒覺得這種設計不算是一卡三用，因為他召喚出來的林黛玉和薛寶釵並不擁有黛玉葬花、寶釵撲蝶的技能，也就是說，他召喚的，並不是這兩張卡牌，而是這兩個人物，也可以把她們理解成協戰的隨從，只為主卡增加一些增益效果。」

坐在旁邊的中年男人贊同地點頭，「我同意曉寧的意見，只是人物形象一致，並沒有黛玉、寶釵原卡的技能，所以不算是卡牌召喚卡牌。我認為可以通過，但是資料方面還要再核算。」

襯衫男把核算後的表格發給大家，說道：「薛寶釵每十秒加一次護盾，如果在幾分鐘內對手都不做攻擊，賈寶玉身上可以疊十幾層護盾，血量輕鬆超過三十萬，這太可怕了。」

馬尾女孩建議道：「可以對疊加層數進行限制，比如最多疊加八層。每十秒一次自動疊加，也改成有冷卻時間的主動釋放，這樣操作的時候會更有難度。」

眾人紛紛提出自己的意見，有人不同意，但大部分還是贊同。

謝明哲設計的時候，確實考慮過卡牌召喚卡牌的bug，所以讓召喚出來的林黛玉、薛寶釵只擁有輔助賈寶玉的技能，而沒有原卡的即死判定。

事實上，他完全可以讓賈寶玉召喚出兩個小丫頭協助作戰，只是，寶、黛、釵的連動技能沒法做出來一直是他心裡的遺憾，所以他才會這樣設計，讓紅樓的主角寶、黛、釵有機會同臺競技。

緊急會議經過一番激烈辯論，最終官方資料總監周佳瑤冷靜地道：「下面開始投票。」

七個人中，有五位贊成，一位棄權，一位反對。

投票通過。

反對的瘦男人吐槽道：「你們也太寵著這個胖叔了，他做什麼卡都通過？」

數據總監周佳瑤平靜地說：「我們官方的原則一直是鼓勵玩家創作卡牌，只要控制好卡牌的資料，不影響遊戲的平衡，胖叔做的卡牌再古怪也沒關係。」

這句話讓有意見的人徹底閉了嘴。

一向支持胖叔的馬尾女孩鄒曉寧興奮地說：「今天出的這張賈寶玉應該是目前為止最強的肉盾卡了吧？真希望胖叔的卡牌儘快出現在賽場上，下個賽季一定會很有趣！」

謝明哲並不知道他做的卡牌大半夜驚動了這麼多官方資料師，他只知道官方特別好說話，因為次日凌晨，他就收到了一封官方信件。

——恭喜，您製作的卡牌賈寶玉審核通過，請按照官方要求對卡牌進行修改。

長長的信件內容裡列出了詳細的修改方案和理由。

召喚出來的人物所帶技能，必須變成主動釋放。

薛寶釵可以為賈寶玉施加百分之五基礎血量的土系護盾，最多疊加八層，每次疊加護盾的冷卻時間是十五秒。林黛玉可以為賈寶玉回復百分之五的血量，溢出的治療轉移給友方最低血量卡牌，冷卻時間也是十五秒。

這樣一來，賈寶玉這張卡的操作難度將會直線上升。

在實戰中，謝明哲需要同時操控寶、黛、釵三個人物，而且寶玉身上護盾限制為八層，也就是最多百分之四十的血量護盾，這會讓賈寶玉的血量被控制在一定範圍內，不至於越打越皮厚，影響競技平衡。

官方不愧是官方，簡單的幾個改動就讓賈寶玉這張卡牌變得既強力、又合理。

謝明哲微笑著收起修改後通過審核的賈寶玉卡牌，將它放在陳列櫃最左側金陵十二釵的中間。有了賈寶玉這張超強的土系保護卡，十二釵卡組才算是真正的圓滿了！

謝明哲做卡做到凌晨一點半才睡下。

夢裡，他製作的金陵十二釵和賈寶玉全部出現在大觀園裡，重現了《紅樓夢》中很多經典的場景，那些鮮活的人物就像是真實存在的一樣，讓謝明哲次日早晨醒來時，恍惚以為自己又看了一遍

《紅樓夢》電視劇。

大觀園是賈府為了迎接元春娘娘回家省親而修建的豪華住所，《紅樓夢》的故事大部分都在大觀園裡發生，這裡住著賈寶玉和十二釵中的好幾位女孩兒，年輕兒女們每天在這裡吟詩作畫、撫琴飲茶，就像是住在一處遠離紛爭的世外桃源，過著無憂無慮、詩情畫意的生活。

然而，大觀園看似遠離塵世，卻逃不掉家族命運的影響。四大家族由盛轉衰，大觀園的氣氛也由喜轉悲，這個變化的過程緊緊圍繞著故事的主線——提起《紅樓夢》，第一個想到的場景，自然就是大觀園。

早在製作金陵十二釵角色卡牌的時候，謝明哲就想過要把大觀園打造成場景卡。只不過大觀園這個場景實在是太過龐大也太複雜。要是隨便畫一座院子取名叫「大觀園」，那是對原著的褻瀆。但想要完整重現大觀園的盛景，又不是簡簡單單畫一兩張畫就能夠達成的。謝明哲之前一直沒提這張場景卡，是因為他還沒想好到底要怎麼畫。

但是，昨天比賽的對戰地圖給了他很大的啟發。再加上昨晚的夢境中，零碎的事件重現，讓謝明哲突然想到了一個絕妙的主意。

既然整個大觀園太過複雜龐大，沒辦法做成一張對戰地圖，為什麼不把大地圖做成一個系列的分解圖呢？卡牌可以做套牌，場景卡也可以做成套卡！

他可以把紅樓中主要人物居住的地方，分別畫出來作為一張場景卡。然後將所有的小院子用過道、綠植、池塘等外景拚接成一幅完整的「大觀園」地圖。

將來打比賽的時候，可以從大觀園中挑選其中某一處院落作為比賽場景。這樣一來，不但能完整呈現大觀園的壯麗和奢華，還可以讓涅槃的選手們多一些地圖選擇。

想到這個主意，謝明哲立刻拿來光腦，開始仔細回憶《紅樓夢》中每個人的住處，一邊回憶一邊做好重點筆記。

在大觀園中，賈寶玉居住的地方叫做「怡紅院」，院外有粉牆環護，周圍種著楊柳，院子當中有一座假山點綴，匾額上寫著元春題的字「怡紅快綠」。怡紅院富麗堂皇、雍容華貴，就像是一位翩翩貴公子，這樣的住處也很貼合賈寶玉的身分。

與怡紅院遙遙相望的，是林黛玉居住的「瀟湘館」。黛玉的住處風格完全不同，周圍種滿了翠竹，竹下流淌著一汪清泉，瀟湘館少了些名門貴族的奢華，卻多了些清幽和雅致，更符合林妹妹清高孤傲的性格。

薛寶釵居住的「蘅蕪苑」卻是香氣四溢，院子裡開滿了鮮花，還有不少藤蔓繞著山石向上生長，看上去朝氣蓬勃、生機盎然。

探春的「秋爽齋」、迎春的「紫菱洲」、惜春的「藕香榭」、李紈的「稻香村」、妙玉的「櫳翠庵」……每個住處都跟主人的命運息息相關。

謝明哲把每個院子的環境都做好設定，並且按照心目中的設想大概繪製了幾張草圖。光是幾個小院子的草圖，他畫了整整一天還沒畫完，頭都要炸了。

畫場景果然是他的弱項，具體該怎麼完善還是要找秦軒幫忙。

謝明哲傳訊息讓秦軒和喻柯抽空過來，兩人當晚下課後就結伴來到了工作室。

喻柯一見到謝明哲，興奮地跑過去問道：「阿哲，你之前跟風華二隊的選手們打擂臺，結果怎麼樣啊？贏了還是輸了？」

謝明哲豎起三根手指，笑咪咪地說：「三連勝。」

在師兄面前，他不好意思太過得意，必須擺出「我很謙虛」、「我要認真學習」的態度，這樣師兄才會讓他繼續跟風華二隊的人PK。

可是在單純的小柯面前，謝明哲卻壓不住心中的歡喜，畢竟是跟職業選手對戰，拿下三連勝可沒那麼容易，他這段時間進步很大，也想在隊友面前證明自己的實力。

喻柯不敢相信地瞪直了眼睛，「好、好厲害！你真的連贏了三局？」

謝明哲笑著說：「沒錯，連贏三局，他們都不好意思跟我打了。聽說，輸給我的女生打完比賽後回去做了個惡夢，夢見自己被秦可卿勸著上吊。」

喻柯：「……」

本來還想誇他幾句的，聽到這裡，喻柯脫口而出的誇讚猛地嚥回了肚子裡——想到自己當時跟謝明哲打完比賽也做了惡夢，夢見王熙鳳哈哈哈的笑聲，他真心不想誇了。

喻柯有些同情那位做惡夢的女生，沒再理會謝明哲，轉身去找秦軒，興奮地道：「秦軒，你做的那張場景圖帶來了嗎？給大家看看吧！」

謝明哲疑惑：「什麼場景圖？」

秦軒解釋：「就是第二張場景卡吸血鬼古堡的3D模型圖。」

正好陳千林從樓上下來，謝明哲立刻收起笑容，擺出一副認真學習的乖徒弟姿態，走過去道：「師父，快來坐吧，秦軒帶了新的場景卡過來！」

陳千林嗯了一聲，跟弟弟陳霄一起來到餐桌旁坐下。

等人到齊，秦軒便打開全息投影屏幕，將自己製作的3D場景卡演示圖從頭播放了一遍。

不同於「血池地獄」的全地圖掉血，這張「吸血古堡」的設定是每隔一段時間天空中會飛過烏鴉群，黑烏鴉遮天蔽日，擋住原本就不大明亮的月光，讓整個場景陷入徹底的黑暗。

這是秦軒自己提出的場景創意，謝明哲、陳千林和陳霄都覺得很不錯。

喻柯喜歡極了，瘋狂給秦軒發好人卡，「秦軒你真好，還給我另外做了張地圖，這張地圖我超級喜歡，我一定好好練，以後打個人賽的時候經常拿出來用！」

秦軒被誇得不好意思，輕咳一聲道：「隨便畫的。你喜歡就好。」

既然秦軒今天帶了第二張場景卡過來，謝明哲正好想跟他討論一下大觀園的場景設計。謝明哲

拿出一疊紙，在餐桌上一字排開，並用光腦將圖片全部投影在全息螢幕上讓大家看得更清楚些。

眾人見到這麼多草稿圖，都很是詫異。

喻柯快人快語，直接問出來：「這些都是什麼啊？」

謝明哲道：「接下來要做的場景，我先畫了幾張草圖給大家看看。」

眾人仔細一看，果然全是場景構圖。

秦軒疑惑道：「這麼多院子？場景是不是有些重複？」

院落類的對戰地圖，官方圖庫裡也有很多，比如圖書館、植物園、動物園、遊樂場等等，不管環境設計得多麼有新意，其實本質上都是同一種類型——障礙圖。

但是謝明哲並不想把大觀園系列做成傳統的障礙圖。

他有個非常好玩的想法——他要把大觀園的場景卡，做成「事件場景」。

想到這裡，謝明哲便指著這些草圖說：「這一系列的圖全部合起來是一個大場景，叫做『大觀園』。這麼大的場景做成一張比賽地圖會太複雜，卡牌藏起來都找不到在哪兒，變成了捉迷藏遊戲，官方肯定不會通過審核，所以我才把大場景分解成了很多個小場景。」

陳千林很快明白了徒弟的意思：「就像是把一個大公園，分成很多不同的角落，可以單獨的把某個角落拿出來打比賽？」

謝明哲用力點頭，「沒錯！」

陳千林道：「這樣的大場景地圖風華俱樂部曾經做過，是你師兄設計的大森林場景，包括迷霧區、沼澤區、陷阱區、叢林區、花壇區、藤蔓區等等，他把一片大森林拆成十幾張不同效果的場景卡。最終合起來的森林場景非常大氣，但每一張對戰地圖又各有特色。」

謝明哲怔了怔，原來師兄也提出過這樣的設計，還真是心有靈犀。他不由笑道：「我也是這麼想的，把大觀園裡的每一個小院落，做成不同的場景效果。」

他從桌上拿出一張瀟湘館的草稿圖，道：「比如，瀟湘館是林黛玉的住處，在這個場景裡，我想設定一個『林黛玉淚盡而逝』的事件，當事件發生時，場景中所有的卡牌都會陷於悲傷狀態，防禦力自動下降，相當於一張降防禦的負面效果場景卡。」

陳霄聽到這裡，讚賞地點頭，「這個想法很不錯，隨機事件場景卡，比賽時雙方都會參與場景事件，對雙方而言都很公平，應該能通過聯盟審核。事件具體是什麼情況下觸發，你想到怎麼設計了嗎？」

場景卡設計的關鍵就在於公平，所有卡牌都要受到場景效果的影響，不能厚此薄彼。

陳千林建議道：「可以這樣做，當場上其中一位選手的卡牌陣亡超過四張以上時，就能觸發事件。單人賽卡牌七打七，一般陣亡四張就等於進入後期階段，這時候觸發群體降防百分之八十，劣勢方可以找機會反擊，優勢方也可以趁機收割。」

謝明哲只是提供創意，具體的資料把關，師父顯然更加專業。

這種事件場景卡，對選手的意識還真是極大的考驗。

謝明哲越想越興奮，緊跟著指了指「櫳翠庵」這張場景卡的草稿，道：「櫳翠庵是妙玉的住處，可以設置一個『製茶』的場景事件，每隔一段時間觸發，讓妙玉做出的一批新茶出現在場景中，全場所有卡牌可以通過接觸茶水來回血，但茶水數量有限，需要爭奪。」

喻柯雙眼一亮，「這麼一來，這張場景卡就變成了擁有回血效果的地圖，每隔一段時間觸發回血事件，打比賽的時候可以利用場景回血來保命！」

陳千林道：「如果要做出數量有限的效果，可以設計成四個茶杯，分別放置於東南西北不同的位置，相當於四個回血庫，讓雙方選手調整卡牌的走位進行爭奪。」

「師父說得有道理，這樣比賽會更有看點。」謝明哲緊跟著又指了指蘅蕪苑的草圖，道：「蘅蕪苑種滿了花卉，我想把它做成一張幻覺控制卡，每隔一段時間，空氣中飄來花卉的香氣，全場所有卡牌陷入花海幻覺，看不清眼前的真實景象。」

「這種幻覺場景，一般是三到五分鐘觸發一次。」陳千林建議道：「具體時間，可以先設定成三分鐘，後期實戰再修改。秦軒你記一下。」

「嗯，我一直在記筆記。」秦軒一邊聽，一邊認真地把設定和建議都記在自己的光腦裡。

「辛苦了！」謝明哲接著說道：「秋爽齋種滿了梧桐和芭蕉，我想把它做成一張雨景圖。月夜聽雨、雨打芭蕉，全場景下雨，所有卡牌被淋濕後，群體攻速降低。」

「這個好棒！聯盟很多攻速流的選手肯定會超級討厭你這張雨景圖。」喻柯興奮地搓了搓手，道：「那紫菱洲呢？要怎麼設計？」

紫菱洲是迎春的住處，她被父親逼著嫁人後這裡便閒置下來，整個紫菱洲的場景，透著一股寂寥落寞，似乎在預示主人出嫁後的悲慘命運。

謝明哲想了想，道：「這張圖，秦軒你畫的時候風格儘量畫得淒涼一些，把它設計成沉默地圖，每隔一段時間，觸發全地圖沉默，讓雙方都放不出技能。」

這樣倒是方便了不靠技能的普攻流發揮，不過，地圖都是雙刃劍，只要把握好地圖的沉默時間，也可以將全地圖沉默當成是一個沒法解除的強制群控，避開對手的關鍵技能。

謝明哲緊跟著道：「藕香榭就做成純粹的水戰圖，在池塘中作戰，池塘裡有很多的荷葉，卡牌站在荷葉上，不會受到影響，但掉進池塘之後，會每秒鐘大量掉血。」

稻香村主人李紈與世無爭，是海棠詩社的社長。謝明哲道：「稻香村可以設定成地圖免控，每隔一段時間，稻香村內劃出一片範圍免控，範圍內所有卡牌免疫控制。」

陳千林若有所思：「這樣一來，如果你再帶上李紈這張卡牌，在稻香村場景就是雙免控。」

謝明哲點頭，「嗯，對付控制流的卡組，用這張場景圖可以大大降低被連控的機率。」

還剩一張賈寶玉住的怡紅院。

謝明哲想起《紅樓夢》中經典的「怡紅夜宴」場景，當時長輩們都不在，賈寶玉過生日，怡紅院的丫鬟湊錢給他開夜宴，請來黛玉、寶釵、湘雲等很多客人，這也是怡紅院最熱鬧的一夜。場景事件如果太複雜，會影響對戰、喧賓奪主，所以場景事件只能作為背景來設定，不能出現太多場景人物。謝明哲決定把賈寶玉的幾個丫鬟畫進場景中擔任NPC。

開局時，襲人、晴雯等NPC先準備晚宴，在比賽進行到某個階段時，夜宴開啟，全場燈火通明，歡聲笑語不斷。所有卡牌受到夜宴的歡樂氣氛影響，攻擊、攻速、暴擊全面提升。也就是說，夜宴一開始，雙方就會進入激烈的火力對拚階段，比賽也更加好看。

謝明哲將自己的思路跟大家一說，隊友們紛紛表示贊成。

喻柯感嘆道：「這麼多場景卡！秦軒接下來可有得忙了，能畫得出來嗎？」

秦軒平靜地說：「草稿我看了，單獨的院落並不難畫，最難畫的，其實是阿哲所說的大觀園整合，要怎麼把所有的院子連接起來，這才是大工程。」

謝明哲點頭：「沒錯，合併的工作我會幫你一起做，到時候我再弄一張大觀園的平面圖，把每個院子擺在固定的位置上，中間畫一些石板路、綠植、迴廊之類的，把院子連在一起。」

「天氣和光線呢？」秦軒問道：「秋爽齋會下雨，怡紅院是夜景，其他地方都是白天嗎？」

「每個小場景做出獨立的天氣和明暗設計吧。」謝明哲思考片刻，說道：「瀟湘館開始的時候是白天，只要某方陣亡四張卡，黛玉淚盡而逝事件觸發，就變成夜晚。怡紅院相反，開局是黃昏，夜宴準備好之後，變成燈火通明的夜晚……這樣是不是太複雜了？」

「還好，場景不變，只變明暗光線並不難。」秦軒很平靜地說道。

「你覺得能做就行！」謝明哲目前還不會做地圖場景的3D轉換，這方面秦軒是真的厲害。其實他設計的「吸血古堡」也有光線轉換，烏鴉群飛過的時候地圖就會全暗。

有這樣給力的隊友，謝明哲的心頓時放下一半，微笑著拍拍秦軒的肩道：「這幾天，我會幫忙

做一些細節上的設定，我們儘快把這個系列的場景卡給做出來吧。」

秦軒乾脆地點頭，「好。」

眾人商定了地圖的設計後，陳千林又重新整理了一遍資料，包括每一張地圖具體在什麼時間、觸發什麼事件或者是場景效果。有師父在，這些讓謝明哲茫然的東西都變得格外清晰。

秦軒光是筆記就寫了好幾十頁，可見大觀園系列地圖的複雜程度。

接下來，就看秦軒有沒有這個功力，完整地呈現出謝明哲設想中龐大、複雜、精細又奢華的——紅樓大觀園！

【第十二章】

這個遊戲要被謝明哲玩壞了

轉眼就到了十月下旬，第十賽季的四強選手名單已經出爐。

風華俱樂部的徐長風，裁決俱樂部的山嵐，鬼獄的歸思睿，以及暗夜之都的葉竹——他在十六進八時輸給沈安，居然敗部復活殺回來，還用輕巧的蝴蝶卡組幹掉了敗部組最厲害的獸系召喚流邵東陽，少年實力確實強悍。

這天早晨，謝明哲收到一條好消息，來自秦軒：瀟湘館3D圖完成，我中午拿給你們。

秦軒帶來的瀟湘館3D場景呈現，讓謝明哲的心裡極為震撼——幾乎是他設想中瀟湘館的完美還原。翠竹林立、清泉流淌，湛藍的天空中飄浮著潔白的雲朵，整體風格設計得清新雅致。

隨著比賽的進行，天空會漸漸暗下來，由白天轉為黑夜。在清冷的月光照射下，瀟湘館深處響起壓抑的哭聲，林黛玉淚盡而逝，整個瀟湘館瞬間陷入主人去世的淒涼景象。

這效果真是絕了，讓人身臨其境，幾乎能感受到黛玉去世的悲傷。

謝明哲真慶幸自己把秦軒拉進了工作室，以秦軒的水準，就算去遊戲官方當場景設計師那也絕對夠格！美術系大一的學生居然能有這樣的水準，顯然秦軒從小就經過非常專業的培養。自己可真是慧眼識英才！謝明哲心中狂喜，讓秦軒儘快將其他場景圖也畫出來。

做出第一張3D效果圖，後面的就越做越順利。在秦軒看來，這些院子的模型都差不多，只需要修改一些建築形狀、花草樹木，做法一致，他可以直接套用部分範本。

怡紅院、蘅蕪苑、秋爽齋……秦軒很快就完成了所有大觀園場景卡的製作。

接下來的大觀園拚接將是一項艱巨的工程，謝明哲倒也不急：「整張大地圖的拚接，在明年三月之前完成就行了。現在只要先把每一張獨立的場景地圖做好，我們就可以提前進行實戰練習。」

秦軒將所有地圖導入隊友們的個人空間，讓大家先用類比模式開始練習。

瀟湘館，陣亡四張卡牌後觸發黛玉淚盡而逝，集體降防。

怡紅院，比賽進行到三分鐘時觸發「怡紅夜宴」事件，所有卡牌攻擊力、攻速、暴擊傷害將獲

得全面加成。

蘅蕪苑，每隔一分鐘場景傳來奇異香氣，所有卡牌陷入花海幻覺。

秋爽齋，雨打芭蕉的聲音變成固定環境音效，全地圖卡牌被雨水淋濕、攻速下降。

櫳翠庵是古樸素雅的寺院場景，不時傳來悠揚的鐘聲。院內茶香四溢，總共有四杯茶水，接觸到茶水的卡牌，可以獲得瞬間回滿血的增益效果。

稻香村，安樂祥和的環境中，每隔三分鐘劃出一片免控區域，範圍內卡牌免疫一切控制。

藕香榭，全水戰地圖，必須站在荷葉上對戰，掉入池塘的非水族卡牌每秒掉血百分之十，十秒後淹死。

紫菱洲，每隔兩分鐘被場景淒涼、蕭條的景象所影響，所有卡牌陷入三秒沉默。

八張大觀園系列場景卡製作完成，對涅槃工作室來說，無疑是向前邁了一大步。

謝明哲把《紅樓夢》原著中描寫的文字資訊，轉化成了一張張平面地圖，再讓秦軒做成3D實景，當這些場景拚接成完整的大觀園時，所有觀眾都會大吃一驚吧！

如此豪華的大觀園居然能在星卡世界裡以場景卡的形式重現，謝明哲內心真是激動無比。在明年的職業聯賽上，涅槃俱樂部的「大觀園系列場景卡」，一定會成為聯盟最靚麗的一道風景。

明年四月，第十一賽季將會正式開幕，各大俱樂部的新地圖必須在三月份時提交聯盟進行審核。距離涅槃俱樂部的場景卡正式出現在觀眾們面前還有將近半年的時間，謝明哲心裡十分期待。

接下來他會繼續完善卡組。

職業聯盟大部分高手都是專攻某個卡系，謝明哲如今已經製成了東吳火系卡組、蜀國金系卡組、紅樓水系卡組，還為喻柯做了土系鬼牌，涉及四個卡系。既然師父說製卡可以不拘泥於某個卡系，而是五系均衡發展，那麼接下來，他還可以繼續做土系和木系。

小柯一手土系鬼牌，謝明哲手裡的土系人物卡卻不多。將來謝明哲和喻柯搭檔打雙人賽時，場

上同系卡牌數量夠多的話會有「主星的庇護」Buff加成。因此，他確實有必要做一套完整的土系卡牌來和小柯進行配合。

提起土系卡，最出名的就是鬼獄俱樂部。老鄭是防守反擊的鼻祖，歸思睿的土系鬼牌比較特別，他徹底捨棄「土系防守流」的打法，反而做出「土系暗殺流」，由於鬼牌可以藏身於地下，土系卡擅長隱身的優勢被他發揮到了極致。

劉京旭的土系卡也非常有特色，把妖族做成了雙形態的土系牌，妖形態時攻擊高、控制多，人形態時血量高、防禦強，攻守變換，打法極為靈活。

所以，土系卡不一定只能做成高防禦的卡牌。土系的攻擊同樣不弱，就看製卡師如何取捨。

謝明哲這幾天也好好地整理了一下思路，是時候讓《西遊記》的妖魔鬼怪們出場了——因為妖族和鬼牌最方便做成土系卡。

說到《西遊記》裡的妖怪，他印象最深的就是白骨精，「孫悟空三打白骨精」的故事口耳相傳，幾乎是家喻戶曉，也是他童年時代最喜歡的一段《西遊記》劇情。

既然妖怪可以在「人形態」和「妖形態」之間進行切換，白骨精這張卡牌的設計也可以遵循這個原則。而且，白骨精被孫悟空打了三次才現出原形，不如就按照這個思路，把它設計成一張靈活的變身卡，用來吸引對方的火力，成功之後就留下「假屍」逃跑。

謝明哲雙眼一亮，覺得這個想法很不錯！

把白骨精的原形畫好後，謝明哲開始畫三個由白骨精變化出來的人形，包括少婦、老太太和老爺爺。白骨精變成人的形象並不難畫，問題是四張圖要怎麼進行融合？

謝明哲有些頭疼，想問師父，發現師父已經上樓休息了。正好最近每天晚上睡前都跟唐牧洲聊天，他就厚著臉皮發視訊去問唐神：「師兄，我遇到了一點麻煩。如果一張妖族卡有很多種形態，該怎麼把多種形態融合在同一張卡牌裡？」

唐牧洲忍著笑問：「你怎麼又開始做妖族卡了？」

「我打算做一套土系妖族卡，和喻柯打雙人賽的時候比較好配合。」謝明哲頓了頓，擔心地道：「劉京旭大神會不會對我有意見？」

「那倒不會。」唐牧洲說：「劉京旭是個研究狂魔，知道你要做妖族卡只會對你更感興趣。星卡遊戲裡，某種類型的卡牌又沒有被誰買斷，大家都可以做。」

「那就好。」謝明哲鬆了口氣，接著問：「我設計的這張妖族卡有一個原形和三個變形，要怎麼把它們融合在一張卡牌上？」

「妖族卡牌不能直接做融合，而是要分層疊加。這樣一來，系統就會判定你設計的是妖族卡，當你召喚這張卡牌時，系統會自動出現第一層的形象和資料，變形的時候再出現第二層、第三層、第四層的形象資料。」

「原來是這樣！我明白了，謝謝師兄！」

「跟我還客氣什麼？」唐牧洲微微一笑，柔聲說：「你先做卡，做完之後，如果不介意的話，可以發來給我看看。」

「好！」結束跟唐牧洲的視訊對話後，謝明哲茅塞頓開。

他很快地就把白骨精的四張卡牌分別做好資料設定，等四層卡牌分別設計好，他再集中精神力一層一層地進行疊加。

疊加完畢的牌面上出現了不一樣的光澤，第一層的「白骨」形象最明顯，隨著光線的變化，隱隱約約還能看見其他層次的形象。

妖族卡的設計還真是有趣。

四層疊加的妖族卡，是他做過最複雜的一張卡牌，花了他整整三個小時。一直到了深夜，謝明哲才終於做完這張卡。

白骨精（土系）

等級：1級

進化星級：★

使用次數：1/1次

基礎屬性：妖形態生命值400，攻擊力800，防禦力400，敏捷30，暴擊30%

基礎屬性：人形態生命值800，攻擊力400，防禦力800，敏捷10，暴擊0%

附加技能：妖族變形（白骨精可以變成少婦、老太太、老頭子三種人物形象。每次變形時基礎屬性自動變為人族／妖族初始資料；變形冷卻時間30秒）

附加技能：解屍法（被動技能。白骨精會用「解屍法」，當她變形為人族時，會主動嘲諷指定的敵方卡牌，強制對方的攻擊落到自己身上。若自身受到攻擊且血量低於30%，她會在原地留下少婦、老太太、老頭子其中一種假屍，本體消失不見，並在30秒後變成另一種人物形態出現在賽場上，繼續嘲諷指定的敵方卡牌。解屍法最多使用三次，被敵方看穿三次假屍後，白骨精將迫不得已現出妖族原形）

附加技能：白骨利爪（白骨精在妖族形態，開啟技能時，基礎防禦下降50%、基礎攻擊提升50%，她可以瞬移至指定目標面前，對目標快速發起白骨利爪三連擊，每次造成70%土系傷害，共造成210%單體土系傷害。若三次連擊全部命中，可使目標附帶「出血」負面狀態，每秒額外掉血2%，持續10秒；冷卻時間90秒）

謝明哲揉了揉脹痛的太陽穴，將卡牌連上資料庫進行審核。結果又收到一封郵件：抱歉，資料庫暫時無法對您的卡牌進行判定，請等待人工審核。

謝明哲：「……」又被提交到人工審核？

這是他第二次收到這樣的郵件。看來，資料庫沒法對脫離原有規則的卡牌進行判定。賈寶玉是

因為召喚黛玉、寶釵兩個人物，干擾了系統的判斷。白骨精顯然是因為三種變形，卡牌疊加達到了四層，讓系統也有些懵逼，只好提交人工審核。

大半夜又一次加班的資料師們紛紛想把胖叔抓過來打一頓。

就連胖叔的支持者馬尾妹鄒曉寧都忍不住說：「他怎麼老是半夜做卡啊！以後碰見他，能不能找他要一筆加班費？」

襯衫男忍不住吐槽道：「他又開始做妖族卡了，還弄出三個變形！」

中年女人無奈聳肩，「他可真會折騰！」

官方資料師們頭痛欲裂，大半夜的開始討論這張卡牌的設計。

在經過一番激烈的辯論後，眾人最終得出結果：「雖然白骨精的變形有三個，不同於普通妖族卡只有一個變形設計，但是胖叔並未違反妖族卡的設計規則，不但技能數量、卡牌資料都在規定範圍內，變形的冷卻時間也沒有問題。」

——全數通過。

謝明哲還以為人工審核會像賈寶玉一樣明天才有結果，沒想到這次只過了十幾分鐘，他就收到官方發來的審核通過郵件。

謝明哲順手給唐牧洲發去條訊息：「卡牌審核通過了，師兄我發給你看一下。」

唐牧洲一直在等他消息，收到後秒回：「這張卡設計很不錯，是非常強的土系仇恨卡。」

白骨精有三次變形的機會，可以連續三次嘲諷對手關鍵卡牌，讓對手把輸出打在自己身上，打到剩百分之三十殘血就留下個屍體跑路。跑了之後又換個形態回來，繼續嘲諷對手，打殘再留下屍體跑路……要打三次才能真正地擊殺白骨精。一地的假屍，對手煩都要被白骨精煩死。

唐牧洲嘴上誇著師弟，心裡卻哭笑不得——在全聯盟所有的仇恨卡中，白骨精的仇恨絕對能排在前三名。倒不是她血量多高、防禦多強，而是她的技能實在太煩人了。

謝明哲被誇後倒是挺謙虛的，回覆道：「這是我第一次學著做土系的妖族卡，多虧師兄指點，才能順利通過審核。」

少年的聲音裡滿是興奮和喜悅，唐牧洲聽著也不由得微笑起來，柔聲說道：「我只是隨口提醒兩句，是你自己悟性高。快兩點了，先睡吧，有事明天再說。」

謝明哲一怔，這才發現不知不覺居然到了凌晨兩點。

他有些疑惑地問：「這麼晚了，師兄還不睡嗎？」

唐牧洲說：「想陪著你，等你把新卡做完。」

謝明哲：「……」

耳邊響起的低沉聲音溫柔到了極致，一字一句地熨燙著耳膜。

唐牧洲不睡，居然是為了陪他，等他做完這張高難度的妖族卡。兩個人雖然隔著很遠，只用語音對話，可是，寂靜的深夜裡，這樣溫和的陪伴，卻讓謝明哲的整顆心都暖了起來。

他不知道該說什麼才好，只覺得心跳又有些變快。

倒是唐牧洲緊跟著又發來一條文字消息：睡吧，晚安。

謝明哲只好用文字回道：你也是，做個好夢。

我這幾天的夢裡，一直都有你。

唐牧洲打下這行字，想了想，還是沒按下發送鍵。

要是這條消息發過去，謝明哲大概要睡不著了。

今天他第一次製作妖族卡，四張牌疊加，做了好幾個小時，精神肯定很疲憊，還是讓他安心地睡一覺吧，沒必要在這個時候攪亂他的思緒。

想到這裡，唐牧洲便微微笑了笑，刪掉訊息，關上光腦睡下。

——我給你最大的溫柔，就是默默的守護和等待，而不逼迫你做出任何選擇。相信終有一天，你會明白師兄對你的心意。

謝明哲一夜無夢，睡到次日中午才醒來。

睡眠充足、精神抖擻的他，又想到了一張新卡的做法。

土系最煩人的其實是反擊。

土系反擊，謝明哲第一個想到的人物是《西遊記》裡的豬八戒。

豬八戒倒打一耙，這可是很出名的歇後語。

在唐僧的幾個徒弟當中，孫悟空無疑是戰鬥力最強的，豬八戒平時好吃懶做，還有些好色，但他也不是表面上那麼弱，真要惹毛了他，天蓬元帥的九齒釘耙可不是擺設！

卡牌屬性判定的優先順序是種族在前，武器在後。所以，豬八戒這張卡，如果設計成具有變形能力的豬妖，就可以設定成妖族的土系卡。

技能設計中「倒打一耙」可以讓豬八戒受到傷害時毫不客氣地反擊對手。

至於其他的技能，謝明哲也靜下心來仔細想了想。

除了「倒打一耙」之外，豬八戒最出名的就是「揹媳婦」了。揹媳婦這個技能正好可以設計成「位移技能」。

豬八戒誤認為對手的某張卡牌是自己的老婆，強行把對方給揹走，或是揹到己方包圍圈裡讓隊友圍攻，或是揹到三十公尺範圍之外讓對方沒法繼續攻擊——這種強行位移技，是無法解控的「支配技能」，會讓對方防不勝防。

謝明哲摸了摸鼻子，覺得豬八戒這張卡牌真是過分——居然亂認媳婦！

想好技能設計，謝明哲就開始構思豬八戒的畫法。

豬八戒這張卡，謝明哲並不想設計得太過花俏。如果只有一個變形的話，可以把基礎數值做到更高，增加豬八戒的存活率，這樣才能更好地協助隊友。

謝明哲按照設想，分別繪製出「妖形態」和「人形態」兩張卡牌，給兩張卡分別設計好基礎資料和技能，然後進行分層疊加。

這次做卡花費了一個多小時，最終的妖族卡總算疊加完成——

豬八戒（土系）

等級：1級

進化星級：★

使用次數：1/1次

基礎屬性：妖形態生命值800，攻擊力1000，防禦力800，敏捷10，暴擊30%

基礎屬性：人形態生命值1600，攻擊力400，防禦力1600，敏捷30，暴擊0%

附加技能：妖族變形（豬八戒的原形是豬妖，可以變形成人族青年。每次變形時，基礎屬性自動轉換為人族／妖族初始資料；變形冷卻時間30秒）

附加技能：豬八戒倒打一耙（豬八戒在豬妖形態，手中握有武器「九齒釘耙」，攻擊力極為強悍。當他受到敵方目標的攻擊時，他會拿起武器，毫不客氣地反擊對手——開啟技能3秒內，豬八戒反彈接下來自身所受到的一切傷害，將傷害100%反彈給攻擊自己的目標；冷卻時間60秒）

附加技能：豬八戒揹媳婦（豬八戒在人形態下，因為改不掉好色的本性，總想娶個媳婦回家過日子。人形態的豬八戒，可以瞄準23公尺範圍內的任意目標，將對方當成自己的媳婦，瞬移過去把媳婦給揹走。揹媳婦技能觸發時，豬八戒的移動速度提升500%，持續5秒，可將媳婦揹到任意的指定位置；冷卻時間90秒）

做完這張卡後，謝明哲連接系統，很快就通過了審核。

其實豬八戒的技能很簡單，一個是「倒打一耙」的土系反擊技，一個是「揹媳婦」的強制位移控場技，只不過，技能描述上有點讓人討厭——亂認媳婦到底是怎樣！

真到了實戰賽場上，豬八戒要是瞬移過去把聶神的獅子、老虎當成媳婦給揹走，聶神的表情一定會很精彩。如果把唐牧洲的花草樹木給揹走，師兄肯定也會一臉嫌棄。

謝明哲越想越覺得……那畫面太美，不敢看。

要不要發給唐牧洲先欣賞一下？

謝明哲笑咪咪地把豬八戒這張牌發到了唐牧洲的光腦上，並附帶一條文字消息：豬八戒全場揹媳婦，師兄覺得這個設計怎麼樣？

唐牧洲看完後：「……」你還能更皮一點嗎！

謝明哲這兩個月做了幾十張卡牌，對卡牌的製作已經有了一些心得。他當時做紅樓水系卡組的時候，就是按照輸出、輔助、治療、防禦等不同類型的卡牌來製作的，西遊土系卡，他也會按照這樣的思路來分類製作。

《西遊記》裡有那麼多厲害的妖怪，能用來做輸出牌的素材非常多。

謝明哲首先想到一隻女妖「琵琶精」，就是藏身在女兒國附近的琵琶洞裡，阻礙了女兒國國王和唐僧婚事的那位美貌妖精。

在《西遊記》的眾多妖怪中，琵琶精的攻擊力絕對能排進前十名，畢竟悟空和八戒聯手也沒能打贏她，最後只能請動她的剋星昴日星官——大公雞來收服她。

這隻妖怪做成攻擊牌真是再合適不過。

在妖形態時，她的真身是隻大蠍子，可以用蠍尾去刺傷對手，讓對手身中劇毒、疼痛難忍。在人形態時，她是喜歡彈琵琶的貌美女人，彈奏琵琶造成範圍音波傷害，讓人頭暈眼花。

確認了技能設定，謝明哲就開始構思這張卡牌的形象繪製。

琵琶精（土系）

等級：1級

進化星級：★

使用次數：1/1次

基礎屬性：妖形態生命值600，攻擊力1200，防禦力600，敏捷30，暴擊30％

基礎屬性：人形態生命值800，攻擊力1000，防禦力800，敏捷30，暴擊30％

附加技能：妖族變形（琵琶精的原形是一隻蠍子，她可以變成「抱著琵琶的美女」和「人頭蠍身的妖怪」兩種形態，琵琶精每次變形時，基礎屬性自動轉換為人族／妖族初始資料；變形冷卻時間30秒）

附加技能：劇毒蠍尾（在蠍子形態，她可將身後帶有劇毒的尾巴瞬間倒轉，鎖定距離1公尺內指定敵方單體目標，用蠍尾直刺目標，對目標造成280％單體土系傷害，並附帶劇痛「出血」效果，每秒掉血4％，持續5秒；冷卻時間30秒）

附加技能：琵琶樂曲（在人形態，她可以彈奏手中的琵琶樂器，發出尖銳的範圍聲波，攻擊自身周圍23公尺範圍內的敵對目標，對所有目標造成100％群體土系傷害。由於她彈奏的琵琶音太過刺耳，被聲波攻擊命中的目標會陷入2秒的短暫暈眩；冷卻時間60秒）

琵琶精這張牌的輸出能力，在土系卡牌中絕對是一流水準。

光是這一張輸出卡還不夠。謝明哲仔細想了想，決定將牛魔王、鐵扇公主、紅孩兒這一家三口也一同設計出來，正好可以做連動技。

紅孩兒武功非凡，又在火焰山修行三百年煉成「三昧真火」。他口裡吐火，攻擊力極強，而且學會了地遁之術，轉眼間就能消失得無影無蹤。紅孩兒不但武力值很高，智商也高，狡猾無比，還

假扮成觀世音菩薩騙擒了豬八戒。

這張牌的技能設計，可以將「三昧真火」做成強力的群攻技，「地遁之術」做成逃跑、位移類技能，而「紅孩兒假扮成觀世音菩薩騙擒豬八戒」這段劇情，則可以做成是妖族卡的變身技能，讓紅孩兒去騙擒敵方的卡牌。

紅孩兒的外表長得十分可愛，圓圓的娃娃臉，穿一身火紅色肚兜，眉心一點紅痣，身披紅袍，光著雙腳，是個看上去非常神氣的小朋友。他手裡的武器是一把火尖槍，槍頭能噴火攻擊敵人。同時，他還能直接用嘴噴出三昧真火。

繪製好紅孩兒原形的卡牌後，謝明哲接著繪製出一張觀世音菩薩作為紅孩兒的臨時變形。觀世音菩薩的形象他按照電視劇來設定，一身白衣的聖潔神仙，容貌端莊，頭戴白紗，手裡托著潔白如玉的玉淨瓶，瓶子裡插著一枝垂楊柳，笑容溫和慈悲。

這是紅孩兒變的假觀世音，用來騙豬八戒的。

謝明哲滿意地看著兩張畫完的卡牌，緊跟著就連接製卡系統，將兩張牌進行疊加。

星雲紙上很快生成了「紅孩兒」這張卡牌的數據——

紅孩兒（土系）

等級：1級

進化星級：★

使用次數：1/1次

基礎屬性：本體生命值800，攻擊力1200，防禦力800，敏捷20，暴擊30%

基礎屬性：變形生命值500，攻擊力300，防禦力500，敏捷30，暴擊30%

附加技能：三昧真火（紅孩兒從口中噴出炙熱的三昧真火，半徑23公尺、正面180度扇形範圍內燃燒起無法熄滅的熊熊烈火，持續10秒，所有範圍內敵對目標被三昧真火所影響，受到220%群

體火系傷害並陷入「灼燒」狀態，每秒降低精神力10點，直到烈火熄滅；冷卻時間60秒）

附加技能：土遁之術（紅孩兒學會了土遁之術，可以讓自己瞬間消失，並出現在23公尺內任意的指定位置；冷卻時間60秒）

附加技能：觀世音變形（紅孩兒可以改變形貌偽裝成觀世音菩薩，基礎資料自動轉化為變形後的狀態，他以觀世音的形象誘騙對手「放下屠刀」停止攻擊，可以指定23公尺內具有輸出技能的敵對目標，讓對方聆聽觀世音的教導，並進行懺悔，直到觀世音變形結束；冷卻時間10分鐘）

紅孩兒的「三昧真火」群攻不但能造成大量火系傷害，還附帶「灼燒」控場，強迫對方迅速召喚卡牌。「土遁之術」保證了他的位移和逃生能力。「觀世音變形」，相當於單體控制技，只要紅孩兒變成觀世音，就可以指定對方的輸出卡停戰，老老實實地聽觀世音教誨。

旁邊在打比賽，假觀世音在那裡教育人，對方還非聽不可……對選手精神上的折磨遠超過技能造成的實際傷害。

做完紅孩兒，緊跟著就是他的父母。

謝明哲先畫鐵扇公主。

美女形象他畫起來格外順手，在他的印象中，鐵扇公主是個雍容華貴的女性，頭上戴了很多金銀首飾，手裡拿著法寶芭蕉扇，可以熄滅火焰，同樣也可以搧動大風讓火焰變得更加猛烈。紅孩兒的三昧真火是範圍群攻技，鐵扇公主正好可以協助兒子，把火燒得更旺。

基於這樣的設計理念，謝明哲決定給鐵扇公主做兩個技能。

鐵扇公主（土系）

等級：1級

進化星級：★

使用次數：1/1次

基礎屬性：生命值1200，攻擊力300，防禦力1000，敏捷30，暴擊30％

附加技能：芭蕉扇・風起（鐵扇公主擁有法寶芭蕉扇，她可以舉起芭蕉扇，朝指定方向揮起大風，若風吹過的路徑上有火焰，將使火焰隨著風向迅速蔓延，越燒越旺，火系傷害加成50％；冷卻時間60秒）

附加技能：芭蕉扇・風捲（鐵扇公主揮舞芭蕉扇，在指定位置搧起猛烈颶風，使5平方公尺颶風範圍內的目標群體浮空，並按照颶風移動方向被襲捲至指定的位置；冷卻時間60秒）

第一個技能可以輔助紅孩兒，讓三昧真火的範圍擴大並提升傷害。第二個技能，則是範圍支配群控，鐵扇公主可以將範圍內的目標全部用風捲起來丟到另一個地方去。

豬八戒揹媳婦只能揹走單張卡牌，鐵扇公主的大扇子一招橫掃，可以吹走一票卡牌。這兩張卡可以合作，一起攪亂對方的卡牌站位。

牛魔王的人形態是個體型魁梧的男人，披著披風，手握一根混鐵棍，看上去威風凜凜。他的原形是一頭牛，頭上的兩隻角像是兩座鐵塔一樣高高聳起，體型巨大。謝明哲將他的原形和人形分別畫好，疊加卡牌。

牛魔王（土系）

等級：1級

進化星級：★

使用次數：1/1次

基礎屬性：妖形態生命值800，攻擊力1000，防禦力800，敏捷10，暴擊30％

基礎屬性：人形態生命值1000，攻擊力800，防禦力800，敏捷30，暴擊30％

附加技能：妖族變形（牛魔王原形是一頭牛，他可以變成人形態以及牛形態。每次變形時，基礎屬性自動轉換為人族／妖族初始資料；變形冷卻時間30秒）

附加技能：牛角衝撞（牛魔王變身為牛時開啟衝鋒狀態持續30秒，攻擊力、攻擊速度、暴擊傷害提升50%，並用一雙牛角瘋狂頂撞距離自身3公尺以內的敵對目標，每次頂撞造成70%土系傷害，連續頂撞兩次後可將目標擊退10公尺；冷卻時間60秒）

附加技能：魔王之怒（牛魔王變身為人形時自身陷入激怒狀態，掄起手中的混鐵棍，用力砸向3公尺內指定的敵對目標，對目標造成220%單體土系重擊傷害；冷卻時間60秒）

牛魔王就是衝鋒型的戰士。他可以衝入敵軍陣營中，以牛角到處頂撞，造成大範圍的土系傷害，還能擊退對手、徹底攪亂對方陣型。在看到對方殘血牌時，牛魔王還可以立即變形，使用第三個技能，揪住殘血卡一棍子秒殺。

這張卡牌設計完成後，謝明哲將鐵扇公主、紅孩兒也一起重新放在卡牌操作臺上。

一家三口在競技場協同作戰，連動技的名字就叫齊心協力。

紅孩兒連動技：齊心協力（當父親牛魔王、母親鐵扇公主在場時，紅孩兒受到父母的鼓勵，三昧真火越燃越烈，對敵人精神力的灼燒效果更加明顯，變成每秒減少12點精神力。）

鐵扇公主連動技：齊心協力（當丈夫牛魔王、兒子紅孩兒在場時，鐵扇公主的芭蕉扇技能釋放速度獲得提升，芭蕉扇風起、風捲技能都可以瞬間釋放）

牛魔王連動技：齊心協力（當妻子鐵扇公主、兒子紅孩兒在場時，牛魔王在牛形態的攻速額外加成50%）

這樣就把野牛的衝撞技能做成了速度極快的普攻，牛魔王衝進敵方陣營後，干擾能力、輸出能力都得到了極大的提升。

謝明哲深吸口氣，將三張卡連上資料庫進行審核。

鐵扇公主和牛魔王很快就審核通過。紅孩兒的審核時間卡了很久，結果又被提交到人工審核。

謝明哲猜想大概是觀世音勸降的技能有點問題。

他猜的果然沒錯。下午提交的紅孩兒卡，直到晚上十點鐘他才收到系統郵件。確實是因為控制時間的問題。他原本設定的勸降技能，是只要假觀世音存在，被指定的卡牌就必須一直聆聽假觀世音的教誨，但是如果假觀世音存在十秒以上，單控時間就超過了官方規定限制。

因此官方加了一條描述：「假觀世音最多存在五秒。」

謝明哲也只能接受，按照官方的要求進行修改。

他不知道的是，此時官方總部的會議室中，很多人正在抱怨。

「胖叔之前製作卡牌還算是循規蹈矩，自從水系卡開始，他就越來越不按常理出牌了！」

「先不說這些奇奇怪怪的變形，這些技能設計也真是夠了——豬八戒揹媳婦、紅孩兒變成假觀世音教育對手卡牌、牛魔王橫衝直撞、鐵扇公主的大扇子還能讓卡牌集體空中亂飛……我要是他的對手，我能被他氣死。」

「哈哈哈，豬八戒揹走了一個媳婦，鐵扇公主用風捲走了一批卡牌，牛魔王再用牛角衝撞逼退幾張卡牌，這場面一定會特別混亂吧！」

「比起跟他打競技場，我更想摘了頭盔，直接跟他真人PK！」

吐槽胖叔，已經變成了官方設計師們的日常。

但此時，設計師們還不知道，胖叔除了做出一堆奇怪的卡牌之外，還做出了一堆奇怪的場景卡。比如大觀園系列場景卡，目前就在謝明哲的個人空間裡放著。

因為明年三月份新賽季開賽之前，聯盟才會審核各大俱樂部提交的場景圖，所以，官方也不知道謝明哲正悄悄地在做氣死人的系列場景卡。

紅樓系列的場景做了八張，等大觀園全部連起來之後，他還會做新的，比如海棠詩社的聯詩、劉姥姥進大觀園、查抄大觀園等等。

秦軒最近正好有些空閒，西遊系列的場景卡也可以做起來了。既然紅孩兒、鐵扇公主和牛魔王的卡牌都已經做成，怎麼能少了《西遊記》的經典場景火焰山呢？

謝明哲當晚就把秦軒、小柯叫了回來，把自己這兩天新做的土系妖族卡拿給隊友們看。

喻柯評價道：「豬八戒這張牌特別可愛！還會到處揹媳婦，能給我揹個女朋友回來嗎？」

謝明哲無奈扶額，「你的重點錯了！看技能，這是單體位移強控，以後我們倆打雙人賽，我會用這張牌配合你，把對方的殘血卡揹過來給你的黑無常收人頭。」

喻柯笑彎眼睛，「喔！聽起來很不錯的樣子！」

陳千林看完小徒弟做的這些土系卡，一針見血地說出了關鍵：「土系你是打算用『位移控場』的打法？這種打法很難操作，配合不好容易亂套。但配合好的話，對手會非常頭疼。」

謝明哲點頭，「嗯，小柯的鬼牌當中，聶小倩也可以用頭髮控位移，所以我想著，再做幾張位移強控卡，到時候打雙人賽，把對面的陣型徹底攪亂。」

陳霄讚賞道：「團賽也可以上這套陣容。你這套土系控位移的卡組，說實話，在實戰的時候會比紅樓的水系卡組更煩人。水系卡組只是王熙鳳的聲音攻擊讓對手頭疼，這套土系控位移動不動就拉走對手卡牌，會讓對手特別抓狂。」

秦軒簡單評價道：「光看技能就很頭疼。」

謝明哲笑咪咪地道：「這才符合我的個人特色嘛！」

他又拿出一張畫好的火焰山草稿圖，交給秦軒，「火焰山場景地圖並不複雜，就是大沙漠中的一座溫度極高的山脈。主要是場景特效，我打算做成隨機事件場景，設置一個鐵扇公主的NPC用芭蕉扇滅火。每隔一段時間，某個範圍的火焰被芭蕉扇熄滅，範圍內的卡牌可不受灼燒效果影響，而其他地方的火焰則是越燒越旺，對所有卡牌造成的火系傷害也會不斷疊加。」

芭蕉扇可以熄滅火焰山的烈火，所以事件觸發時，每當鐵扇公主來滅火，雙方選手就不得不調整走位，讓自己的卡牌迅速進入被滅火的安全區域。

然而芭蕉扇作用有限，火焰只能熄滅短暫的十幾秒，很快又會燃燒起來，選手不得不繼續調整走位，去尋找新的被芭蕉扇滅火的區域，否則，自己的卡牌就會被烈火給活活燒死。

這樣一來，火焰山地圖就會需要大量的走位。

而謝明哲做的土系卡，擁有很多位移強控技能，在混戰局面中，他可以讓豬八戒、鐵扇公主和牛魔王強制對手進入火焰區，讓對手的卡牌被大火燒成殘血。

頻繁走位，還要被對手控位移，這絕對會成為最讓人討厭的地圖之一。

陳霄很乾脆地說：「這張地圖畫起來不難，全地圖沙漠鋪場，地下燃燒烈火，元素比較單一，也沒什麼障礙物。就是鐵扇公主的事件觸發特效做起來比較麻煩……」他看向身旁的陳千林，柔聲問：「哥，你覺得怎麼做更合適？」

陳千林想了想，道：「既然要打位移控場，事件觸發最好能跟技能冷卻時間緊密銜接，先設計成一分鐘一次，芭蕉扇滅火的區域就設計成十平方公尺的方形區域，把範圍做小一點，雙方卡牌就必須即時搶占位置，小謝覺得呢？」

「我覺得可以！就這麼辦吧。」謝明哲回頭看向秦軒，道：「秦軒，交給你了。」

「嗯，三天內出3D效果圖。」秦軒神色平靜，他已經習慣謝明哲各種奇怪的腦洞了，比起大觀園系列場景卡，火焰山這種頻繁觸發位移的場景，也不算特別奇怪。

謝明哲心滿意足地跟隊友們吃了頓宵夜，美滋滋地回房睡覺。

土系卡已經做了六張，有白骨精和豬八戒兩張防守卡，牛魔王、琵琶精和紅孩兒三張攻擊卡，鐵扇公主做控場卡，只要再做兩張保護、治療類卡牌，然後把大聖和唐僧卡做出來，就算完工了。

最遲下個星期，他就可以再次跟風華二隊的選手們實戰。

這一套全新的土系位移強控打法，一定能給二隊的選手們一個驚喜！

轉眼間即將進入十一月，第十賽季的個人賽已經進行到最激烈的階段。

十月三十一日晚上有兩場半決賽，謝明哲當然不會錯過，直接在遊戲裡買票去鳳凰星域觀戰，徐長風三比二擊敗葉竹，山嵐三比二戰勝歸思睿，兩人雙雙挺進第十賽季的個人賽總決賽。

總決賽會在次日晚上八點進行，這天正好是週六，秦軒和喻柯都放假，陳千林提前買了票，打算帶隊員們親自去現場感受一下總決賽的氣氛。

晚上七點，大家提前吃了飯，陳霄包了輛車，帶著涅槃的夥伴們來到賽場。

賽場外面人山人海，檢票處排著長隊。人龍隊伍裡除了有年輕的少男少女，也能看見一些頭髮花白的老人家，甚至有抱著小孩子來看比賽的。還有不少粉絲都舉著螢光棒、海報等應援物，來為自己支持的選手加油，真不愧是「全民遊戲」。

小胖激動地搓搓手，「真熱鬧啊！我還是第一次來現場看決賽！」

金躍感嘆道：「明年各種項目的總決賽，說不定就會有我們涅槃的選手參加了。」

陳霄拍拍他的肩膀，認真地說：「不是說不定會有，而是一定會有。」

男人的聲音很是堅定，眼中也滿是自信。謝明哲看他一眼，順著他的話道：「今年我們就當是提前預習，先適應一下總決賽的現場氣氛，明年再來就不會太緊張了。」

喻柯吐槽道：「你們一群連職業選手都不是的人，居然想著總決賽，臉皮真厚啊！」

陳霄哈哈笑道：「臉皮厚，我是被小謝傳染的。」

謝明哲不揹這個鍋，反駁道：「我是從陳哥身上學習的。」

陳千林聽他倆扯皮，忍不住想：你倆半斤八兩，就別互相推托了。

有自信是好事，但只有理智的自信才會讓他們真正打出好成績。嘴上皮一皮沒關係，心裡必須

有一面明鏡，看清自己的優勢和弱點。

這段日子，職業聯賽的每場比賽轉播，謝明哲都沒有錯過。親自來現場看總決賽，就是想清楚地看看，自己跟星卡聯盟目前最高水準的選手距離還有多遠。

晚上八點整，比賽正式開始。

總決賽是五局三勝的賽制，暗牌模式。徐長風開局打得很凶，利用雙加速流卡組技能冷卻快、攻擊強的優勢，連勝兩場，二比零直接搶下賽末局。

這樣的開局讓所有人出乎意料，畢竟山嵐實力也不弱，不至於被徐長風壓著打。

現場風華俱樂部的粉絲們瘋狂尖叫，幾乎要提前慶祝徐長風的勝利。但是謝明哲覺得，山嵐應該不會被三比零擊敗，或許接下來山嵐會調整策略、扳回一局？

攝影鏡頭拉近，大螢幕中出現了兩位選手放大的臉，徐長風臉上的神色一直很輕鬆，山嵐即使輸了兩局也一點都不沮喪，臉上依舊帶著淺淺的笑容。

五分鐘的中場休息時間，兩位選手走到臺下調整狀態。鏡頭緊緊追隨著他們——只見決賽大舞臺的旁邊有一片VIP觀戰區，坐著職業聯盟一大批面熟的選手，其中就包括唐牧洲、沈安兩人，以及裁決的首席牌手聶遠道。

謝明哲之前在網上見過很多聶神的照片，今天還是第一次在現場看見這位大神。

聶遠道穿了身西裝，男人的氣場特別強大，光是坐在那裡就覺得似乎比別人高了一頭。他的神色非常平靜，英俊的五官在嚴肅的表情襯托下，就像是一尊不可褻瀆的神祇雕像。

隨著聶遠道的臉出現在螢幕中，全場觀眾的尖叫幾乎要掀翻屋頂，聶神的人氣真不是蓋的。

山嵐在師父面前特別乖，低下頭一副犯錯的學生模樣。

聶遠道俯在他耳邊說了些什麼，山嵐不斷點頭，認真聽著，最後聶遠道微微笑了一下，拍拍徒弟的肩膀，看嘴型似乎在說：「去吧，相信自己。」

山嵐重新回到舞臺，臉上帶著自信的微笑。

第三局正好是山嵐選圖，他毫不猶豫地選出一張地圖「雲端漫步」，只見無數雲朵拚接而成的地圖，中間有很多凌亂的空缺，現場在播放地圖投影的時候，觀眾席爆發出陣陣驚呼。

一直關注本屆聯賽的池青平靜地說：「這是全新的比賽地圖，之前沒見過。」

池瑩瑩道：「純空戰圖，應該是專門為山嵐打造的吧！」

陳千林說道：「山嵐是空戰最強的選手，徐長風這局很危險。」

陳霄摸了摸下巴，若有所思：「絕殺圖的偶然因素太多了，這麼做非常冒險，要是這局拿不下他就輸了。老聶剛才大概是跟山嵐交代了些什麼，他才在賽末局選用這張地圖。」

謝明哲疑惑地回頭看向陳霄，「陳哥，絕殺圖是什麼？」

陳霄解釋道：「絕殺圖，就是場景效果帶有『必殺』設定的地圖，比如這張『雲端漫步』。你看，雲朵之間有很多的空隙，卡牌必須站立在雲朵之上，如果不小心從中間掉下去，哪怕是滿血也會瞬間陣亡。這種地圖，非常考驗選手的心理素質，走位要求極高。」

謝明哲恍然大悟，這樣的地圖設計比他的火焰山要難打得多。火焰山位移頻繁，但是站在火裡至少不會被秒殺，還有加血、調整的機會。雲端空戰圖不一樣，稍微不慎從雲端縫隙中跌落，那可真是從天上到地下，玩的就是心跳！

山嵐選這種絕殺圖，肯定是有妙招來對付徐長風。

謝明哲期待地盯著大螢幕。

第三局比賽一開始，山嵐的風格就完全變了。

前兩局，因為徐長風的雙加速流會強行加快比賽的節奏，山嵐疲於招架，一直打得非常被動。但是這一局，他一開始就直接搶攻！

飛行動物卡牌的移動速度是最快的，徐長風剛召喚出卡牌，就被山嵐攻速最快的飛雁連擊打掉

了近一半血量，緊接著，百靈鳥、白鶴、黑鷹，群體出動，漫天的飛鳥帶來的視覺效果無比華麗，山嵐確實是打比賽「最漂亮」的一位選手。

他的飛禽牌不但攻擊強悍，逃跑速度也是一流。

飛禽群一波猛攻後，在孔雀開屏的保護下，以閃電般的速度群體撤退，巧妙地避開了徐長風的反控大招，這節奏把握得也是絕了。

然而，徐長風可不會被動挨打，很快地，他就依靠青風藤的藤蔓扳回局勢——只見長長的藤蔓猛地甩出去，將山嵐的關鍵輸出牌黑鷹直接捲到自己植物卡的包圍中，瞬間秒殺！

山嵐主動發起攻擊，結果卻是自己先陣亡了一張牌。

就在這時，所有人的耳邊響起一聲刺耳的鳴叫，只見一頭雙眸呈現金色的巨大金鵰，陡然張開雙翅，如風一般猛地衝向徐長風的青風藤！

隨著金鵰張開利爪，青風藤被連根拔起，徐長風還沒來得及反應，他的藤蔓就被金鵰準確地從雲端空隙丟下去，直接摔成了碎渣！

眾人：「……」

現場響起觀眾們的驚呼聲，謝明哲更是緊張得坐直了身體。

滿血秒殺，這才是絕殺圖的可怕之處！

剛才如果換成他自己，他也絕對避不開山嵐「金鵰」這張卡牌的位移突襲強控。他的人物卡，在雲端漫步這張地圖上跟山嵐對打，簡直就是被完虐的節奏。

之前一直聽說山嵐空戰很強，今天親眼看到，謝明哲的內心真是極為震撼。

正想著，就見徐長風突然召喚出一個熟悉的身影——王昭君。

他居然把王昭君給帶上場，直接彈奏出塞曲，將空中亂飛的金鵰給擊落。

然而下一刻，山嵐緊跟著召喚林黛玉，瞬秒徐長風的加速流核心牌——風信子！

變化發生得太快，幾乎只是一眨眼的瞬間，兩人都死了一張王牌，現場觀眾很懵逼，謝明哲也很茫然，直到解說慢鏡頭重播的時候，他才弄清楚是怎麼回事。

解說主持人道：「又是胖叔的即死牌！王昭君、林黛玉幾乎是同時出場，瞬秒對手關鍵卡，打亂了對方的比賽節奏。」

男解說人附和道：「胖叔製作的即死牌出現在職業聯賽總決賽的對局中，這應該是個值得紀念的時刻！山嵐的金鵰、徐長風的風信子，都是卡組中非常關鍵的卡牌，雙方強行一換一，比賽又回到了起點！」

喻柯激動地道：「阿哲、阿哲！是你做的即死牌，好帥啊！」

謝明哲心情複雜。距離製作即死牌已經過去了兩個月，那時的他還是個只會做即死牌開店賺錢的新人，沒想到如今，他製作的卡牌出現在最頂級的職業聯賽總決賽現場。

這讓他既興奮、又感動。

若不是唐牧洲指導他即死牌的做法，他不會有今天。然而，他一點都不覺得驕傲，因為卡牌雖然是他製作的，可是剛才在賽場上的人如果是他，他不會有這麼快的反應。

明明是自己最熟悉的卡牌，可是到了大神們的手裡，他卻變得不認識了似的。林黛玉和王昭君剛才的出手速度、瞄準對手卡牌時的角度，幾乎是即死牌操作的完美教學。

謝明哲越看越是激動，這一場對決真是太精彩了！

哪怕是對山嵐有利的空戰圖，徐長風也毫不示弱，雙方打得你來我往，最終一直對拚到只剩最後一張牌時，山嵐用技巧性的操作躲掉了徐長風一個浮空硬控，再以一套反擊強殺了徐長風的最後一張牌，扳回這一局。

二比一，徐長風依舊手握賽末局。

第四局由徐長風選圖，選的是一張障礙圖——樹林迷陣。

很多人都以為徐長風的主場應該穩贏了。然而，山嵐讓觀眾們大跌眼鏡，他居然連換五張卡，幾乎是徹底換掉了陣容體系，拿出兩張治療牌強行拖節奏，硬生生把徐長風給拖死。

大螢幕上的比分變成了二比二。

謝明哲屏住呼吸，連眼睛都不敢眨，生怕錯過精彩的畫面。

決勝局，雙方都拿出了看家本領，山嵐的新卡「金絲雀」和「紅蜻蜓」齊齊上陣，還拿出一張專門針對植物的「啄木鳥」卡牌，把徐長風的樹啄出了一堆大洞。

更奇葩的是，他做的一張「金剛鸚鵡」牌，技能叫「牙牙學語」，用的是鸚鵡學習人類說話的設計，這張卡牌一出場，整個現場的畫風都變了，色彩豔麗的鸚鵡一邊飛，一邊瘋狂地念叨「你好」、「你好嗎」、「你好你好」。

山嵐大神的腦洞也是突破天際，這吵死人的鸚鵡能跟王熙鳳的笑聲有得一拚。

被鸚鵡環繞的徐長風簡直哭笑不得。

決勝局，山嵐險勝，最終也只是一個技能的差距。

現場所有裁決的粉絲們激動得從座位上跳起來歡呼，一向愛笑的山嵐也是眼含淚光——冠軍，他終於拿下個人賽的冠軍！

山嵐跟徐長風禮貌地握了手，然後就激動地跑下臺去跟師父擁抱，聶遠道嚴肅的臉上難得露出些笑容，輕輕抱住徒弟，拍拍他的肩以示鼓勵。

現場不少人站起來恭喜，包括風華俱樂部的唐牧洲、鬼獄來觀戰的老鄭、眾神殿的凌神、暗夜之都的裴景山、葉竹等等，就連輸掉比賽的徐長風也走過來表示祝賀。

星卡聯盟競爭激烈，剛才的五局比賽，不到最後一刻真是誰都猜不到結果。山嵐在落後的情況下連扳三局，從零比二到三比二，真是打得讓觀眾們心驚膽戰。

謝明哲看著大舞臺上所有人站起來恭喜山嵐的那一幕，心裡忍不住有些感慨。

他能看出大家的祝福都是真誠的，作為聶神的徒弟，山嵐從出道以來就自帶大神光環，但同樣的，師父太強，他的壓力也非常大，他需要一個冠軍來證明自己。他一直很努力，如今他終於做到了。空襲流的開創者，值得所有人致以敬意。

現場掌聲雷動，大神們臉上都帶著笑，山嵐臉頰發紅，笑得最開心，他的喜悅也感染了謝明哲，讓謝明哲忍不住為他高興。

次日早晨下起了大雪，帝都在十一月份正式進入冬季，窗外紛紛揚揚的雪花夾雜著寒風吹過，摩天高樓被冰雪覆蓋，就像是來到童話世界裡的冰雪城堡。

空中懸浮車道上的積雪已經被清理乾淨，來來回回飛行的懸浮車，在潔白的雪花中穿梭，謝明哲第一次見到如此壯觀的雪景，站在陽臺上看了很久。

直到小胖叫他吃早飯，他才回過神跟著下樓。

今天是週日，秦軒和喻柯約好了中午過來。

秦軒神色平靜地打開光腦，朝謝明哲說：「阿哲，火焰山的3D圖已經做完了，我帶過來給大家看看。」

這張地圖光看環境其實很簡單，一望無際的寬闊場景，由於烈火灼燒的緣故腳下的沙子都變成了火焰的顏色，所有處於「火焰山」環境中的卡牌身上都會帶一個「火毒」負面效果，每秒掉血百分之一。芭蕉扇滅火的場景事件一分鐘觸發一次。

謝明哲對火焰山的場景效果很滿意，他又提出了新的場景卡設計想法——這是昨晚看決賽的時候得到的啟發。《西遊記》中場景很多，但是同類型的沒必要重複製作，所以他設計的新場景和紅

樓大觀園系列並不會重複。

首先是王母娘娘的瑤池蟠桃大會。如同明鏡一樣清澈的瑤池周圍環繞著白色的濃霧，仙氣縹緲，眾位神仙難得來此放鬆享樂。當瑤池大會開始時，西王母就會盛情款待諸位仙友，給大家擺上鮮美的蟠桃。環境設計並不複雜，這張場景的關鍵在於蟠桃宴的開啟。

比賽開始後，每隔一分鐘就會有又大又甜的蟠桃出現在瑤池四周，那桃子再明顯不過，有人類的腦袋那麼大，還閃閃發光，似乎在吸引玩家去吃它。

每次會出現四顆桃子，分別可以增加百分之五十的基礎攻擊、百分之五十的基礎防禦、百分之五十的暴擊傷害和百分之五十的治療效果。四顆桃子同時出現，需要選手去爭奪。

選手可以根據場上的形勢和自己的需要，搶奪對自己有利的桃子。比如，擅長拖後期的流霜城可以搶防禦、治療類的桃子，擅長快攻的裁決自然要搶攻擊類的桃子。

增益Buff地圖這在職業聯賽中並不少見，只不過「蟠桃大會」這張地圖增加「爭奪」的設計，會讓比賽變得更加有趣。到時候一群植物、動物、蝴蝶、鬼牌搶著吃桃子……畫面肯定很美。

除了瑤池的「蟠桃大會」之外，謝明哲還想到一張場景卡「水簾洞」。

當比賽一開始，山洞內光線明亮，雙方可以對範圍內的敵方卡牌進行攻擊。當比賽進行一分鐘後，山洞中間會突然降下密集水珠形成的簾幕，這道水簾將立刻隔絕彼此的視線，並且，選手的卡牌朝水簾做出的一切攻擊都會被水簾阻擋。

也就是說，當水簾降下時，你完全不會知道對手在做什麼。水簾降落的短暫數秒間要如何調整布局和思路，對選手的意識要求極高。這張地圖也會非常難打，意外因素太多了。

此外謝明哲還想到一張地圖，就是《西遊記》裡的著名場景——女兒國。

唐僧和豬八戒在途經女兒國的時候不小心喝下河水，結果懷孕了。如果把女兒國做成是場景卡，謝明哲覺得可以玩一個很有趣的設定——讓所有接觸到女兒國河水的卡牌懷孕。

女兒國場景就設計為城外的河岸，周圍設置一些圍觀的美女NPC們。

比賽開始時，雙方召喚的卡牌會分別出現在河的兩岸，河面上總共有三條拱橋，可以讓卡牌通過，方便近戰類的卡牌攻擊對手。

這條河水具有「母親河」的功能，會讓所有喝下河水的卡牌懷孕，卡牌懷孕持續九秒，取「九月懷胎」的意思，懷孕期間免疫所有攻擊和控制，但是自身也不能攻擊對手，畢竟讓孕婦動手也不大合適。

等九秒結束後，卡牌會生成一張複製卡，繼承自身一半的屬性和其中一個技能，並且變成自身體積的一半大小，相當於迷你的寶寶卡牌。

場景限制雙方最多讓兩張卡牌飲用河水，因為《西遊記》裡也是唐僧和八戒兩個人喝了河水，悟空、沙僧都沒喝。具體讓哪張卡牌懷孕生寶寶，就看選手們的取捨了。

攻擊卡生個寶寶，可以提升整體卡組的攻擊力。治療卡複製個寶寶，那就變成了雙治療。

謝明哲把自己的想法跟隊友們說過後，所有人的臉色都有些一言難盡。大家你看看我，我看看你，紛紛覺得跟謝明哲當隊友簡直是精神折磨。

這都什麼亂七八糟的？蟠桃大會和水簾洞聽起來已經很奇葩了，但是設計還算正常。結果到了女兒國，畫風立刻變得詭異起來。

就連一向很淡定的秦軒，這回也忍不住抬起頭，看怪物一樣地看著謝明哲，「卡牌懷孕，生出複製的寶寶？你……確定要這樣做？」

謝明哲笑笑，很坦然地說：「豬八戒能揹媳婦，卡牌為什麼不能生寶寶？其實從原理上來說，就是讓某張卡牌利用九秒的時間生成一張屬性減半的複製卡，雙方都可以生成兩張複製卡寶寶，機會平等，並不違背公平對戰的原則。」

眾人：「……」《星卡風暴》這個遊戲要被謝明哲玩壞了！

【第十三章】

大師兄，師父被妖怪抓走了

謝明哲知道自己的想法有些奇葩，在提出設計理念後，他便認真地問了陳千林：「師父，您覺得這樣的場景設計能通過審核嗎？」

女兒國這張場景卡，陳千林也覺得很有意思。小徒弟之前設計的火焰山、蟠桃大會、水簾洞，雖然也很新穎，可是歸根結柢就是強制位移、Buff爭奪以及視野控制類的地圖，其他俱樂部也做過相似的。但是「複製卡牌」這個理念還從來沒有人提出過。

飲下河水的卡牌自動懷孕，並且生出一張資料繼承母體一半的「寶寶」卡，陳千林都不知道該怎麼評價才好。

陳千林仔細想了想，道：「這張圖的設計並不違反官方關於『公平對戰』的規定，只是一般競技場對戰卡牌數量都是七比七，如果你的這張地圖通過審核，在某些情況下可能會變成九比九。」

謝明哲靈機一動，道：「那就限制必須在兩張卡牌陣亡之後才能讓其他卡牌飲用河水，生成複製卡，這樣一來選手的卡牌就不會超過七張了。」

陳千林贊同地點頭，「如果做了這個限制，應該能通過審核。」

謝明哲興奮地道：「那就這麼辦吧，秦軒麻煩你記一下。」

秦軒神色複雜地把這些設計思路都記在光腦裡。

回去的路上，喻柯忍不住吐槽：「秦軒，你說我們俱樂部這些場景卡，要是真的出現在明年的職業聯賽現場，會不會被其他大神的粉絲們罵死？我想到唐牧洲的千年神樹生下一棵小樹，葉竹的蝴蝶生出一隻小蝴蝶，歸思睿的女鬼生出一隻小鬼……我都想罵阿哲了。」

秦軒低聲道：「阿哲的想法確實很古怪，我們作為他的隊友，只能慢慢習慣。而且他說的這些場景圖，我都可以製作得出來。你要是擔心被罵，比賽的時候你可以別選這些地圖。」

「也不是不喜歡，就是覺得怪怪的。」喻柯也找不到更確切的形容詞，嘟囔了一句，轉移話題道：「對了，上次我看你和阿哲PK，陳哥做的暗黑系植物卡你都掌握得差不多了吧？」

「嗯，陳哥做卡很快，加上有林神的指導，他已經做了近三十張卡，卡池已經完成了。」

「那麼多嗎？」喻柯有些驚訝，他一直沒去詳細瞭解陳霄的暗黑植物卡，沒想到陳哥居然已經做出三十張，用來打個人賽、雙人賽都綽綽有餘了。他想了想，認真說道：「改天讓我見識一下吧，將來打團戰的話我們得好好合作，我連陳哥的卡組內容都不知道，根本沒法配合。」

「好。」這段時間，兩個人每天有空時就一起PK，秦軒其實也在喻柯的面前展示過部分暗黑植物卡，但不是全部。

距離團賽的時間還長，在謝明哲做完基礎卡組之前，他跟喻柯可以先練好配合，畢竟他們倆的水準比較低，自然要更加努力才行。

下雪的時候特別適合窩在家裡，等秦軒和喻柯走後，謝明哲就坐在二樓的陽臺上，一邊看著外面的雪景，一邊整理思路，把接下來要製作的卡牌都記在光腦的備忘錄裡。

最後的一套木系卡組，他打算回到三國人物。

土系卡組還差保護卡、治療卡，以及重點輸出卡「孫悟空」還沒有做。

當初做三國系列卡的時候，他只做了東吳火系、蜀國金系，留著魏國沒做，就是為了將來補充卡池。除了保留了大量的魏國人物素材外，他還留了吳國的國主孫權、蜀國丞相諸葛亮等強勢人物，想後期根據卡池進行補充設計。

目前他的卡組製作進度已經達到了百分之七十，金木水火土五系中有三系都能獨立拿出來打競技場，等做完西遊土系卡組和魏國木系卡組之後，他的五系卡組就全部完成了。

距離下個賽季只剩短短幾個月時間，他不能只把時間放在製卡上，做了那麼多新卡牌，他還得抓緊時間實戰演練，也要留時間跟隊友們練習配合。

今天是十一月三日星期一，他跟師兄約了週三跟風華二隊的人PK，十一月七日週五晚上團賽會開幕，第一場風華對鬼獄的比賽肯定要看。

謝明哲決定在十一月十一日之前把所有的卡牌做完，然後專心演練、關注團賽，順便跟師父討論涅槃團戰的陣容搭配。他到現在還不瞭解陳哥的卡組內容，作為隊友這太不應該了。

要忙的事情還有很多，但是謝明哲信心滿滿。

下雪後，外面素白一片，看著純白的雪景很容易讓人靜下心來。謝明哲的思路也愈發清晰，他已經把接下來要做的卡牌列了張清單。

土系的治療卡，他第一個想到的就是觀世音菩薩。

《西遊記》中的觀世音菩薩是以女性的形象示人，之前他已經畫了一張紅孩兒變形的「假觀世音」，就是根據觀世音菩薩的形象來設計的，可以直接拿來用，省去了重新設計形象的步驟。

關鍵還是技能。

觀世音的手中始終拿著一個玉淨瓶，潔白如玉的瓶子裡插著楊柳，他可以拿起楊柳將淨瓶中的仙露灑向某處，解除範圍內負面狀態。另外就是治療，由於土系卡大部分都血厚防高，按百分比治療的話會比較實用。觀世音可以降下仙露，範圍內百分比群療，用來保護己方卡牌。

這張牌的設計思路非常簡單——治療卡的技能，不求花俏，只求實用。

觀世音菩薩（土系）

等級：1級

進化星級：★

使用次數：1/1次

基礎屬性：生命值1500，攻擊力0，防禦力1500，敏捷20，暴擊20%

附加技能：玉淨瓶（觀世音菩薩慈悲為懷，從玉淨瓶中抽出楊柳枝，輕拂過指定的23公尺範圍

區域，可清除範圍內友方目標的一切控制效果及負面狀態；冷卻時間60秒）

附加技能：普降甘霖（觀世音菩薩可將玉淨瓶中的甘露潑灑至空中，形成一片23平方公尺範圍的細雨，所有被雨水淋到的友方目標群體回復觀世音基礎血量的50％；冷卻時間90秒）

純粹的治療、解控卡牌，可以提高友方卡牌的生存率。

有了這張牌，群體治療是夠了。

但是群療的冷卻時間太長，九十秒才能放一次。在節奏較快的戰鬥中，如果對方集火我方核心卡，很可能會救不過來，所以還得做一張單體治療卡。

謝明哲想到了唐僧。

唐僧也是出家人，慈悲為懷，自然不好做成攻擊卡，他可以在後方輔助、保護自己的徒弟們，讓徒弟們去攻擊。

這位聖僧的人物形象，謝明哲記得很清楚，他身披大紅袈裟、手拿佛珠，頭戴帽子，帽子上有兩條金色的絲條從臉側垂落下來。雖然長得很帥，卻總是一副「清心寡欲」的模樣，看上去神聖不可侵犯。

卡牌的形象，謝明哲很快就畫在星雲紙上，技能方面他想到了幾個設計。

唐僧（土系）

等級：1級

進化星級：★

使用次數：1/1次

基礎屬性：生命值1200，攻擊力0，防禦力1200，敏捷20，暴擊20％

附加技能：唐僧肉（傳說中，吃了唐僧肉就可以長生不老，因此當唐僧開啟技能時，23公尺範圍內敵對目標立刻轉移注意力盯著他，想要分他身上的一點肉吃。接下來5秒內的所有攻擊，將自

動轉移到唐僧的身上；冷卻時間60秒）

附加技能：慈悲之心（唐僧有一顆慈悲之心，不忍見隊友受傷。當隊友受傷時，他會閉上眼睛念動佛珠，祈禱隊友快速康復。唐僧可捨身取義，犧牲自身10%的基礎生命，給指定的友方目標回復同等生命值的血量；冷卻時間20秒）

附加技能：緊箍咒（當徒弟孫悟空讓唐僧生氣時，唐僧會默念緊箍咒，使頭上戴有緊箍圈的徒弟孫悟空進入狂躁、暴怒狀態，聽到咒語的孫悟空防禦力下降80%，但攻擊力提升80%，持續5秒；冷卻時間90秒）

唐僧卡多了一個技能，所以基礎屬性不如觀世音。

唐僧犧牲自身血量給友方目標回血，是典型的土系「賣血治療」模式。而且，唐神還有範圍嘲諷技，一邊賣血一邊還要嘲諷，這樣一來會很容易死。

所以在連動技方面，可以根據唐僧殘血來設計。

沙僧這張牌已經做成了即死牌，不能再增加技能，謝明哲只好讓唐僧和其他的徒弟連動。

豬八戒已經製作完成，還剩下大徒弟孫悟空，以及存在感最低的徒弟：白龍馬。

這張卡牌可以設計出兩個變形，在「白龍馬」形態下，牠可以隨時讓隊友騎著跑路；在「龍王三太子」的人形態時，他可以手持寶劍做出單體攻擊，畢竟他以前是一條龍，攻擊力並不低。

這樣一來，白龍馬也成了一張位移牌，只不過，豬八戒是揹走敵方的卡牌，白龍馬可以揹走友方的卡牌。

這張卡牌也是疊加式設計，謝明哲先畫了一張俊美的龍王三太子，然後畫了一張白馬，將兩張牌的資料設計好之後連接製卡系統進行疊加。

白龍馬（土系）

等級：1級

進化星級：★

使用次數：1/1次

基礎屬性：人形態生命值800，攻擊力1000，防禦力800，敏捷30，暴擊30％

基礎屬性：馬形態生命值1200，攻擊力0，防禦力1200，敏捷30，暴擊0％

附加技能：白龍坐騎（白龍馬在坐騎形態行動如風，移動速度增加500％，能快速奔跑到指定友方目標的身前，讓友方目標騎著牠加速移動到全場任意位置。白龍馬背上最多只能馱一個友方目標，只有將背上的目標放下之後，才能繼續使用技能馱走其他的友方目標；馱走兩個隊友的間隔時間必須大於30秒）

附加技能：三太子真身（白龍馬的實際身分是龍王三太子，出身尊貴、武藝高強，在三太子真身狀態下，他手持寶劍，可快速閃現到指定敵對目標的身前，用利劍刺向目標弱點，造成260％單體暴擊傷害；冷卻時間30秒）

有這張位移、輸出牌的加入，可以讓我方陣型變得更加靈活。

目前土系的輸出卡，有琵琶精這張超強單體攻擊、紅孩兒群體攻擊、牛魔王單群體攻擊和白龍馬單體攻擊，如果要打競技場的話，其實這些已經夠了。但是還有一張卡牌謝明哲一定要做出來。

那就是《西遊記》裡最重要的角色：齊天大聖孫悟空。

由於每張卡牌技能加上連動技，最多只能有四個技能。謝明哲這幾天一直在想孫悟空這張卡應該怎麼做，大聖是他的童年男神，想做的技能實在太多了。

如意金箍棒、筋斗雲、火眼金睛、七十二變等等！

但是礙於卡牌技能的數量限制，只能選擇其中三個。

謝明哲決定留下「筋斗雲」，齊天大聖翻一個跟頭，能翻十萬八千里，這是非常強的位移技能，可以讓孫悟空變成最靈活的一張卡。

「火眼金睛」也是孫悟空的招牌技能，能一眼識破妖怪的偽裝。

但是這個技能的實用性不大，因為全聯盟擁有變形能力的，只有劉京旭大神的妖族卡，而就算識破了他的妖怪變形也沒用。

浪費一個技能位置去針對妖怪，這不大划算。謝明哲決定捨棄火眼金睛，選擇「七十二變」和「如意金箍棒」，最後再留一個位置給師徒做連動技。

關於如意金箍棒的技能設計，謝明哲想到了一個妙招——金箍棒本是定海神針，被孫悟空搶去當武器，這武器可以自由變幻大小，變大的時候，一棒子砸下來地動山搖，造成範圍攻擊；變小的時候，就是普通的棍子，敲打敵方腦袋，造成巨額的單體傷害，一棒一個。

這個攻擊技能如果配合唐僧的緊箍咒，完全可以在殘局完成一波收割。

關鍵在於「七十二變」該怎麼設計？

原著中，孫悟空的七十二變可以變成任何人和物，如果按照原著來設計，那就是孫悟空可以變形成場上的任意一張卡牌。

比如跟唐牧洲打的時候，如果他的千年神樹出場，孫悟空就可以照樣變出一棵千年神樹。跟葉竹打的時候，孫悟空就可以變成他的蝴蝶。

如果變形之後能擁有對方卡牌的技能……那就強得像bug了。

比如讓孫悟空變成輸出卡，那就有了三個輸出技能；變成治療卡，可以給隊友加血；變成控制卡，可以反控對手——孫悟空一張卡就能變成全聯盟所有卡牌並擁有技能，那別人還玩什麼？官方不可能讓一張卡牌破壞整個遊戲的平衡。

這樣的設計絕對無法通過審核。謝明哲只能把變形後「擁有對方卡牌技能」給去掉，只變幻外形，或許還能通過。

其實在原著中，孫悟空也是變形來迷惑對手，不能擁有變形後的技能，這樣設計其實更加合

理。想到這裡，謝明哲便深吸口氣，集中精神力畫出孫悟空的形象。

他腦海裡對孫悟空的印象特別深，很快地，卡牌上就出現了活靈活現的齊天大聖，頭戴緊箍咒，手持如意金箍棒，身披大紅戰袍，帥氣無比。

資料方面自然是主推攻擊，他要把大聖做成一張非常強力的輸出牌。

孫悟空（土系）

等級：1級

進化星級：★

使用次數：1/1次

基礎屬性：生命值800，攻擊力1200，防禦力800，敏捷30，暴擊30%

附加技能：筋斗雲（傳說中，孫悟空一個跟頭能翻十萬八千里，當開啟「筋斗雲」技能時，孫悟空可以瞬移到全場任意位置，並且不受任何障礙物的阻擋；冷卻時間60秒）

附加技能：如意金箍棒（孫悟空手中的武器「如意金箍棒」可以自由變幻大小，當金箍棒變成1公尺粗、3公尺長的巨型武器時，可直接砸向地面，造成範圍震顫，使23公尺範圍內敵對目標受到80%群體土系傷害；當金箍棒變成5公分粗、1.5公尺長的小型武器時，孫悟空可手持金箍棒重擊指定的目標，對目標造成300%單體暴擊傷害；武器變形冷卻時間45秒）

附加技能：七十二變（孫悟空會七十二變，他可以模仿場上的任意一張卡牌，變成這張卡牌的形象，並且複製該卡牌當前的基礎屬性，讓人難辨真假。變形持續5秒，變形結束後，自動恢復孫悟空變形之前的屬性；冷卻時間300秒）

卡牌設計完成後，謝明哲連接審核中心，果然又被提交人工審核。

這次不是半夜，官方資料師們意見沒那麼大。

鄒曉寧感慨道：「他總算是作息正常了，至少是在下午做卡，我們不用半夜加班。」

襯衫男道：「孫悟空這張牌，前兩個技能都沒有問題，關鍵是第三個，七十二變，可以任意變化形象，是不是有點太像bug了？」

中年胖子道：「也就是說，當前賽場上的卡牌，他都可以變成一模一樣的複製品？迷惑對手，真假難辨？」

總監冷靜地道：「真假難辨，最多讓觀眾們真假難辨，選手肯定分得清哪張是自己的卡，哪張是孫悟空變的。」她頓了頓，用鐳射筆指著最後一行描述，「這個技能的關鍵其實在於規避傷害。孫悟空變成對手卡牌持續五秒，變形結束會恢復自身資料，對手如果攻擊孫悟空，五秒打不死就是白費。如果不攻擊，孫悟空就多了個偽裝的保命技能。」

眾人恍然大悟，變形的關鍵其實在於偽裝、迷惑對手，打亂對手的進攻節奏。

鄒曉寧道：「這招其實是心理戰術，我覺得挺好玩的！」

襯衫男道：「胖叔的技能設計一向古怪，我們還是看資料和平衡吧。」

眾人開始核算資料。

大家發現胖叔真是越來越機智了，他把卡牌的資料把控在官方規定的範圍內，而且「七十二變」的設計，本質上確實只是迷惑對手的心理戰術，並不會造成實際上的資料失衡……

眾人只好無奈地道：「通過！」

謝明哲提交了孫悟空的審核後就去吃晚飯。

吃完飯回來，發現官方效率挺高，這麼快就發來審核結果的郵件。

謝明哲看見郵件裡「審核通過」的訊息，微微一笑，他發現自己已經摸清了官方團隊的審核規

則——技能描述再奇葩都沒事，最關鍵的其實是資料平衡。

孫悟空這張牌的基礎攻擊只有一千二，不算最高，所以擁有三個技能也算合理。筋斗雲、七十二變都是輔助型的技能，只有金箍棒是攻擊技，並不違反輸出卡牌的設計規則。

接下來就是連動技了。

沙僧被做成即死牌無法再增加連動技，有些可惜。可以參考賈寶玉的設計，讓唐僧召喚出三徒弟給自己當保鏢。由於唐僧是一張「賣血卡」，犧牲自己的血量給隊友回血，那麼連動技的觸發條件，就可以根據唐僧的血量來設計。

謝明哲想到了《西遊記》裡的經典場景——唐僧每次被妖怪抓走，豬八戒就只會喊「大師兄，師父被妖怪抓走了」，讓孫悟空去救師父。

連動技就叫「師徒情深」，讓徒弟們群體出動來保護師父。

唐僧連動技：師徒情深（唐僧收了四個徒弟，分別是孫悟空、豬八戒、沙僧和白龍馬。當唐僧血量低於20%時，他會召喚徒弟們救援，觸發「師徒情深」群體連動。三徒弟沙僧會接受師父召喚，立刻出現在師父身邊，替師父阻擋一次傷害）

豬八戒連動技：師徒情深（當師父唐僧的血量低於20%時，豬八戒感到師父有危險，朝孫悟空喊「大師兄，師父被妖怪抓走了」，並瞬移至孫悟空的身旁，即使是揹著媳婦同樣可以瞬移）

孫悟空連動技：師徒情深（當聽到豬八戒喊「大師兄、師父被妖怪抓走了」時，孫悟空進入狂暴狀態，暴擊傷害加成50%，並立刻刷新所有技能的冷卻時間去解救師父）

白龍馬連動技：師徒情深（當白龍馬聽到二師兄豬八戒的求救時，立刻變形為白馬坐騎狀態，並瞬移至唐僧的面前，解救師父，馱著唐僧逃跑）

這個連動技連謝明哲看著都有些頭疼。

唐僧殘血時觸發師徒連動，召喚沙僧護駕，豬八戒喊「大師兄，師父被妖怪抓走了」，瞬移到孫悟空身邊找大師兄求救，孫悟空狂暴並刷新全部技能，白龍馬馱走師父……

這場面真是熱鬧啊！

每當唐僧自動扣血給隊友治療，賣血賣到百分之二十殘血的時候，師徒情深連動觸發，徒弟們集體出動，這時候有兩種選擇，要麼讓豬八戒攪亂陣型、孫悟空趁機狂暴秒殺對手，要麼大家聯手救出師父，撤退一波讓觀世音回血。整個隊伍進退自如，非常靈活。

只不過，對手聽到豬八戒的喊聲，估計會有點懵。

——審核通過，請儘快完善擁有連動技能的卡牌百科資料！

謝明哲聽著耳邊響起的系統音，將下午整理好的卡牌資料及連動卡的關係表交給池瑩瑩去修潤，然後他將陳列櫃最右側的位置空下來，把西遊土系卡全部放進去。

這套土系卡謝明哲本來就不打算走控制路線，而是「位移控場」打法。有觀世音解控的前提下，我方不擔心被控，可以靠位移牌迅速拉扯陣型，逐個擊破，何況還有孫悟空的任意變形對敵方進行干擾。

謝明哲看著整整齊齊的十張土系卡牌，微笑著給唐牧洲發去一條消息——

「師兄，我的新卡牌製作完成了。週三晚上八點會帶著新卡準時過去，讓風華二隊的選手們做好準備吧。」

「好，我會通知。」唐牧洲揚起唇角，心想，二隊的小傢伙們，大概又要受驚。上回是王熙鳳哈哈哈的魔音、探春的抽耳光，以及秦可卿出場就病死，還勸周小琪的植物卡上了吊。

這回會是什麼呢？

週三下午，風華俱樂部。

新人們正在日常訓練，突然看見唐牧洲面帶微笑走進了訓練室，大家心頭一跳，頓時有種不大好的預感——唐神是不是又要通知大家去跟胖叔打擂臺？

果然，下一刻就聽唐牧洲用溫和的聲音說道：「我來告訴大家一個好消息，今晚八點，大家跟胖叔再來一輪擂臺戰，先做一下準備，待會兒我拉你們進擂臺房間。」

眾人：「……」你確定這是「好消息」？

唐牧洲走後，訓練室內陷入了奇怪的沉默，沒有任何人說話。

還記得上次唐神一走，大家就幸災樂禍地討論起來：「胖叔是不是又來當沙包了？」

結果呢？被狠狠打臉、被連虐三局、被刺激得精神凌亂，晚上還集體做惡夢。

所以這次沒人敢說大話，更沒人敢打賭自己能贏。新人們都默默低著頭在光腦上核對自己的卡組，心想著待會兒要怎麼從胖叔的手裡討到便宜？

屋內詭異的氣氛讓甄蔓忍不住開口問：「你們都很怕胖叔嗎？」

訓練室內鴉雀無聲，甄蔓鼓勵道：「這段時間，你們一直在認真研究胖叔的卡組，琢磨著怎麼破解他那套水系卡組的方法，今天拿來實戰，不一定會輸，都打起精神來。」

為了對付胖叔，這段時間大家做過很多次模擬對戰訓練——完全是把胖叔當成「副本Boss」來攻略了。所以，大家表面上不敢說大話，其實心裡還挺有信心能贏回來的。

畢竟他們可是職業選手！雖然是風華二隊的，那也是拿了職業聯盟「註冊資格證」的正式牌手。胖叔再強，總不能用同樣的套路連續贏他們兩次吧？

上次被胖叔虐過的劉然，擔心地湊過去，朝同樣有此遭遇的秦宇航說道：「上次我們都輸給了胖叔，今天唐神會不會又讓我們跟胖叔PK啊？」

秦宇航皺了皺眉，「訓練營裡新人那麼多，唐神或許會讓其他人跟胖叔對決試試。不過，就算讓我們出場，我也不怕，他那套卡組，我已經想好該怎麼打了。」

劉然沉默片刻，忐忑地說：「我就怕他又換一套卡組……」說罷又覺得自己太烏鴉嘴，立刻拿起水杯咕嚕咕嚕喝了幾口水，道：「不會的，這麼短時間，他哪裡能做那麼多卡，最多加兩三張水系的新卡。」

秦宇航：「就是就是。」

兩人在這裡咬耳朵說悄悄話，上次同樣輸過的周小琪卻是臉色蒼白。

她到現在還記得那天晚上被惡夢支配的恐懼，她夢見秦可卿勸她上吊，她就像靈魂出竅一般，聽話地找了根繩子，跟她的植物一起吊死在秦可卿面前……

不知道胖叔今天會不會又讓秦可卿出場？

正胡思亂想著，就聽蔓姐說：「時間差不多了，大家進遊戲先熱熱身，八點再去擂臺。」

晚上七點半。

唐牧洲提前將謝明哲拉進建好的擂臺房間，微笑著問：「你的土系新卡都做好了嗎？」

「做好了，今天拿來實戰！」謝明哲的聲音透著興奮。

「今天晚上我繼續讓之前跟你PK過的三個新人出戰，可以嗎？」唐牧洲問。

「師兄你決定就行。」人員安排方面，謝明哲當然沒意見。

「這三個人是二隊重點培訓的種子選手。」唐牧洲解釋道：「劉然實力最強，但缺乏衝勁，不大敢冒險。秦宇航跟他相反，打法太激進，容易衝動。周小琪是天賦最高的一個，但這女孩子有些膽小，打比賽的時候束手束腳總是放不開。你正好指點一下他們。」

「指點？」謝明哲嘿嘿笑道：「師兄真是太高估我了，我只是個業餘玩家，怎麼好意思指點你們二隊的職業選手？」

「別謙虛，你的意識和天賦都高於他們，只是缺乏實戰經驗而已。這群小傢伙都是溫室裡培養起來的，來到風華後一直被我們帶著，沒經歷過什麼波折，心理素質太差，也該磨練磨練。」

「好吧，我儘量。」

晚上八點，風華二隊的選手全部到齊。

謝明哲在徵得唐牧洲的同意後，把涅槃的隊友們也拉了進來。除了柯小柯的名字大家都聽說過之外，陳霄、秦軒和陳千林的小號風華的新人們都沒見過，心裡很是好奇，卻又不敢多問。

唐牧洲看見「枯木逢春」的ID自然認出了對方，微笑著發去條私聊：「師父也過來了？」

陳千林：「嗯，來觀戰。」

觀眾席上坐滿了人，但擂臺房間內卻非常安靜，顯然大家都不好意思開口說話。

唐牧洲低沉好聽的聲音在房間內響起：「開始吧。第一局誰來？有人自願嗎？」

觀眾席鴉雀無聲，唐牧洲直接點名：「周小琪。」

被點到名的女孩怔了怔，雙手緊緊地攥了起來，臉色有些蒼白。在周圍同伴們複雜的目光注視下，周小琪忐忑地走到擂臺中間，恭敬地道：「胖叔好。」

「小琪好。」謝明哲對師兄隊裡的新人態度也很友好。

如師兄所說，這女生確實有些天賦，是難得可以自己原創卡牌的選手。

她做的海帶、海草、紅藻、綠藻，謝明哲到現在還記憶猶新，尤其是她的紅藻被秦可卿勸著上吊的那一幕，實在是太難忘了。

聽說上回打完比賽後，小姑娘做惡夢，謝明哲有些不好意思——因為今天，他可能又要害周小琪做惡夢了。

周小琪禮貌地問好後按下了準備。自從被胖叔虐過，她心裡對胖叔挺敬重的，今天第一個出場，她其實沒什麼信心，但她還是得盡全力，至少讓後面出場的隊友更有機會贏。

這一局隨機場景，系統給他們選了一張很簡單的平原地圖。

雙方開始公布卡組。

小琪的明牌依舊是清一色的水系植物，從明牌來看，周小琪的思路還是挺清晰的——暴力進攻路線。

水系可以拖著打後期，但是水系如果走爆發路線同樣很強。上次她想拖後期，結果被胖叔的秦可卿教做人。這回她顯然改變了策略，想靠暴擊控場的打法先秒胖叔一張核心牌。

然而看見胖叔的卡組後，周小琪徹底傻眼了。

賈探春、王熙鳳全都不見，出現在明牌裡的這一堆奇形怪狀的妖怪又是什麼情況！

白骨精的假屍？琵琶精的蠍尾劇毒？紅孩兒的三昧真火？

周小琪有點懵。

看臺上的劉然卻恨不得搧自己一耳光，「我擦，我不該烏鴉嘴，他還真的換了卡組！」

秦宇航也是面色難看，「全換……連屬性都換了，從水系直接跳到了土系！」

其他選手都是面面相覷，這位胖叔的思維也太跳躍了吧？從水系的美女妹子變成土系的各種醜妖怪，眾人都將同情的目光投向了周小琪。

周小琪深吸口氣，讓自己儘量冷靜下來，認真觀察胖叔公布的明牌技能。

光從明牌來看，似乎也沒那麼可怕。不就是會變形的妖牌嗎？就算會變形，技能上限也是要遵守官方規定的。這幾張牌裡，只有鐵扇公主和牛魔王的位移控場比較煩人，紅孩兒的三昧真火因為會削減精神力，必須開局儘快召出所有卡牌。

周小琪迅速在腦子裡分析著待會兒的策略。

倒數計時結束，比賽正式開始！

謝明哲開局先召喚白骨精，周小琪則召喚出了紅藻和綠藻兩張連動卡。

雙方並沒有直接攻擊，而是等待五秒後的第二波召喚。

謝明哲直接放出紅孩兒、鐵扇公主和牛魔王一家三口。

只見神氣活現的小朋友張大嘴巴一噴，前方扇形範圍內火焰迅速升騰——三昧真火燃燒，削減精神力的效果觸發，鐵扇公主的芭蕉扇同時啟動，大風吹過，火焰越燒越旺，紅藻和綠藻被灼燒不斷掉血不說，還會掉精神力。

每秒掉十點精神力，這可不是開玩笑的！周小琪迫於無奈，將手裡的所有卡牌一口氣全部召喚了出來。

精神力控制，這種打法是裁決比較擅長的，大家倒也不陌生。而謝明哲之所以讓紅孩兒逼出對方的全部卡牌，就是為了看清形勢，方便待會兒召豬八戒控場。

對方七張卡牌全部出場，周小琪的暗牌也被迫亮出——珊瑚草、冰晶玉露。

依然是水系植物，其中珊瑚草是一張配合海帶的單攻卡，冰晶玉露則是一張群體強控。

這麼看來，周小琪的七張卡牌中，居然就有五張輸出。

幾乎是看清對方卡牌的下一瞬間，謝明哲果斷將暗牌裡的觀世音菩薩給召喚出來。

果然，周小琪直接開了冰晶玉露的群體冰凍。

一旦凍住，她就可以迅速集火把防禦低的紅孩兒秒殺，這樣一家三口的連動也被破壞了。

但沒想到謝明哲早有防備，在她開冰凍的那一刻觀世音菩薩突然現身，手中的楊柳輕輕拂過，範圍內負面效果清除，幾乎是秒解了她的冰凍控場。

坐在旁邊觀戰的徐長風讚道：「意識不錯。」

唐牧洲微笑著說：「那當然，也不看是誰的師弟。」

徐長風：「……」

觀眾席也有不少人在低聲討論。

「胖叔反應真快！」

「他預判到小琪要控場，暗牌帶瞭解控卡，秒解冰凍。」

「不過，小琪的海菖蒲還有一個範圍幻覺群控的技能，水毒疊加也可以冰凍控場，他接下來會怎麼做？」

在觀世音菩薩解除冰凍的那一瞬間，鐵扇公主立刻出手。

只見一陣猛烈的狂風襲捲而來，周小琪的海菖蒲拔地而起，直接被龍捲風給吹到了距離三十公尺開外的地方，導致海菖蒲的幻覺控場脫離了攻擊範圍，直接放空！

技能放空，這在比賽場上很常見。可是連續兩個技能放空，就不常見了。

這說明，胖叔對周小琪的思路和打法，做出了極為精準的預測。

觀眾席一群人倒吸口氣——只是一個月不見，胖叔的進步真是可怕！

兩個範圍群控都被迎刃而解。周小琪頭皮一陣發麻，知道自己遇到的是高手，她立刻咬了咬牙平靜下來，決定強殺紅孩兒。

她的水系植物集體出動。

綠藻開始在地面迅速鋪場，如絲一般密集的海帶到處亂飛，造成大範圍的絞殺傷害。

紫菜瞄準紅孩兒，直接鋪過去糊在紅孩兒的身上，把紅孩兒做成「紫菜包飯」。珊瑚草迅速配合，淡粉色的植物根莖如同觸手一樣猛地襲向紅孩兒！

這一套攻擊連招倒是非常漂亮，謝明哲心中暗讚了一句，迅速開出白骨精的嘲諷技能。

白骨精變成一位美麗的少婦，幫隊友吸收大量傷害，瞬間殘血，只能留下假屍跑路。

周小琪看著面前躺倒在地的少婦愣了一下，但很快她就反應過來，這張卡並沒有陣亡，這只是假屍，綠藻的攻擊算是浪費了！

但是白骨精只能嘲諷一張卡，其他的攻擊還是順利打了出來。謝明哲的土系卡掉血非常嚴重，眼看紅孩兒被集火只剩一絲血，他只好開觀世音的救場技能，普降甘霖群體回血，直接把所有卡牌的血量給回到一半以上。

周小琪好不容易把紅孩兒打殘，自然不會眼睜睜看著對手把血量給回上來。她咬緊牙關，讓所有卡牌繼續猛攻紅孩兒，想硬生生地從對方卡組中撕開一處缺口！

眼看紅孩兒快要掛了，就在這時，謝明哲突然連召兩張新牌！

一個是身材肥胖、長著豬腦袋的妖怪，另一個倒是位美女，懷裡抱著琵琶，只見她手指輕輕一撥，刺耳的琵琶音響起，範圍內聲波傷害，並且造成兩秒的短暫暈眩。

周小琪被猝不及防地反控。

趁著兩秒暈眩的時間，謝明哲讓紅孩兒迅速後撤跑路，同時，豬八戒以極快的速度衝進植物群裡，瞄準周小琪的紅藻就揹了起來！

由於周小琪一直省著紅藻的治療技能沒放，此時的紅藻是百分之七十左右的血量——這張治療卡的回血能力超強，謝明哲決定抓住機會先殺治療！

紅藻被連根拔起。

豬八戒揹著大紅的海藻，搶到了媳婦，心情很愉快，腳底行動如風。

周小琪一臉茫然地看著自己的紅藻被揹走，「啊？」

什麼情況？為什麼那頭豬要揹走她的植物啊！

幾乎是轉眼間，紅藻就被豬八戒給揹出範圍，脫離隊友可支援的距離。孤零零的紅藻，很可憐地被豬八戒揹去了妖怪的包圍圈中。

——紅藻被圍攻擊殺！

治療牌一死，謝明哲就開始全面反攻。

牛魔王變身為牛，橫衝直撞。

鐵扇公主在遠處控場，一陣大風把要逃跑的卡牌吹去牛魔王面前。

殘血的紅孩兒直接變成假觀世音，開始教育剛才裹住他的紫菜，讓紫菜放下武器、不要攻擊。

這一家三口配合無比默契，周小琪的植物陣型瞬間潰散。

看著橫衝直撞的大野牛，周小琪整個人都是懵的。

觀眾席上的選手們：「……」

陳霄忍笑忍到內傷，看到這一幕，終於忍不住湊到哥哥耳邊說：「豬八戒這張卡牌還真是好用，把紅藻揹過去直接秒了。牛魔王和鐵扇公主配合，干擾能力實在可怕。」

陳千林讚賞地道：「位移控場的打法其實很難操作，小謝掌握得真快。」

謝明哲面帶微笑，十分冷靜地讓牛魔王瘋狂普攻造成大量傷害。

周小琪目瞪口呆！

她眼睜睜看著紅藻被秒，胸口悶痛得想吐血。她迅速召回剛才被吹走的海菖蒲，一波範圍群攻砸過去，可是在她開海菖蒲範圍群攻的那一刻，白骨精又變成一個老太太，強拉仇恨，吸收一波傷害後就丟下假屍跑路。

牛魔王如同瘋牛一樣繼續橫衝直撞，轉眼間所有植物卡都殘血了。

她好不容易強殺掉血量最低的紅孩兒，結果下一刻，豬八戒又快速衝了過來。

周小琪臉色一變，立刻讓自己的卡牌往後撤。

——不要過來！

她心裡嚎叫著，別揹走我的植物，你去揹一隻同類當媳婦可好？

然而，豬八戒才不管這些植物會不會逃跑，他瞄準最漂亮的珊瑚草就毫不客氣地揹了起來，哼哧哼哧喘著氣，腳底抹油跑得飛快，轉眼間，珊瑚草也被他揹進了妖怪的包圍群裡。

琵琶精和白骨精早就等在那裡，同時變形。

劇毒蠍尾、白骨利爪，兩個單體攻擊技能砸下去，本就殘血的珊瑚草，幾乎沒活過三秒就變成了一堆可憐的屍體。

周小琪：「……」

她氣得腦殼疼，偏偏又拿豬八戒沒辦法。

這種毫無反抗之力，被對手不斷把卡牌揹走的感覺真是太難受了。

在螢幕上彈出「失敗」字樣時，周小琪的臉色無比蒼白，不僅僅是因為輸了比賽，更因為她的植物卡被豬八戒揹走當媳婦！

這就像眼睜睜看著自己好不容易養大的小白菜被豬給拱了！

看臺上的二隊選手們面面相覷，都特別同情周小琪。

同時，二隊的選手們都心裡發涼。

他們記得上次比賽時，胖叔剛開始拿出來的還不是最強的卡組，而是先用金系卡試水，最後一局才拿出了水系卡。今天的第一局就這麼煩人，接下來豈不是更可怕？

豬八戒這張牌到底要怎麼處理？會有比豬八戒更煩人的卡牌嗎？眾人都有些抓狂。

上回，眼睜睜看著紅藻在面前上吊。這回，卻要看著紅藻、珊瑚草、紫菜，被豬八戒當成媳婦揹走……植物們到底是造了什麼孽，要被如此折磨！

周小琪輸給胖叔後，垂頭喪氣地回到了觀眾席，甄蔓輕輕拍拍她的肩膀，柔聲安慰道：「沒關係，妳已經盡力了。」

周小琪苦著臉「嗯」了一聲，轉身坐在蔓姐的身邊。

觀眾席上的其他選手神色都有些緊張，生怕唐神下次點名會點到自己。

尤其是之前跟胖叔打過比賽的劉然和秦宇航，心裡更加的忐忑。劉然湊到秦宇航的耳邊，小聲說道：「剛剛是小琪，接下來唐神該不會讓我們跟胖叔打吧？」

秦宇航臉色一變，「你別烏鴉嘴！」

話音剛落，就聽唐牧洲點名道：「劉然你來。」

劉然：「……」

他果然應該閉上嘴，今天真是說什麼中什麼，頗得聶神烏鴉嘴的真傳。

劉然朝臉色難看的秦宇航乾笑了一下，硬著頭皮來到擂臺中間。

為了這次跟胖叔對戰，劉然其實做了很多準備，他不但調整了卡組，還找眾神殿公會買了一張「食人花」卡牌養到滿級。

他本來還想著，今天對決的時候，出其不意地拿出食人花秒掉胖叔的賈探春，結果剛才看胖叔和周小琪的對決，他整個人都懵了。胖叔今天帶的卡組全是妖族卡，一張人族卡都沒有，他真是白準備了。

不過，劉然還是迅速冷靜下來，將卡組中的食人花給撤了回去。

他一走到擂臺中間，胖叔就很友好地主動朝他伸出手，「小劉，好久不見！」

劉然尷尬地打招呼道：「胖叔好。」

胖叔笑咪咪地說：「開始吧！」

第二局比賽開始，系統隨機選到的地圖是一張叢林圖，雙方公布卡組。

劉然用的依舊是木系卡，他這次公布的明牌包括「鳶尾花」、「紫藤花」兩張單體攻擊卡，群體嘲諷加範圍無敵保護卡「榕樹」，具幻覺群控的「曇花」以及混亂群控的「白罌粟」。

劉然應變能力很快，顯然經過上一局的觀戰，他已經意識到帶群攻牌打土系是不明智的做法，

不如多帶一些單體攻擊牌去秒掉對方的輸出核心。而且，豬八戒會反彈傷害，如果帶群攻的話說不定被他倒打一耙，反而把自己的卡牌給打死。

這個新人確實是二隊中實力最強的一位，他的思路也得到了唐牧洲的認可。

謝明哲公布的五張明牌選擇了四張上一局用過的卡牌，分別是嘲諷卡白骨精、單攻卡琵琶精、治療卡觀世音、位移卡豬八戒，以及輔助卡唐僧。

前四張大家都見過，第五張唐僧是新出現的卡牌。

唐牧洲知道，以小師弟的個性，既然他直接換掉紅孩兒、鐵扇公主、牛魔王的位移體系，那兩張暗牌，肯定就是新的連動體系，很大可能是跟新出現的唐僧連動。

唐牧洲心裡也非常期待，認真地看向擂臺中間。

比賽開始，劉然以極快的速度連續召喚「紫藤」、「鳶尾」和「繡球花」三張單攻卡，把榕樹這張防禦卡放在中間，這樣的陣型，可以保證三張脆皮輸出卡不會被秒殺。

謝明哲召喚出豬八戒、琵琶精和唐僧。

一口氣連召這麼多卡牌，就是為了逼出對面的群控！

群控技能一般會在對方卡牌多的時候使用，果然，見謝明哲召出的卡牌變多，劉然毫不猶豫地召喚出曇花——曇花一現！

曇花的幻覺群控，不多不少正好四秒。

四秒的時間足夠讓劉然做出一些事情，但是謝明哲可不會被動挨打，幾乎是曇花出現的那一瞬間，他立刻召喚出觀世音菩薩，秒解群控。

胖叔的反應確實夠快，劉然也沒想只用一張卡就控住胖叔，他放曇花其實是為了逼出胖叔的觀世音，讓觀世音用掉解控技能，這樣才好後續控場和輸出。

劉然盯住胖叔攻擊力最強的琵琶精，三張單攻卡集體出動。

只見開滿紫藤花的藤蔓如同觸手一樣飛過來將琵琶精緊緊地纏繞住，同時，鳶尾花的花瓣如利刃一般鋪天蓋地的襲擊過來，繡球花也像連珠炮一樣瘋狂砸向琵琶精。

琵琶精幾乎是瞬間就被打成殘血。

謝明哲迅速開出唐僧的拉仇恨技能——唐僧肉，當唐僧出現時，範圍內敵對目標會將所有的攻擊轉移到唐僧的身上。

唐僧真是捨身取義，把劉然這一波強悍的輸出火力全部吸引過來，哪怕他是血量非常高的土系卡牌，被三張單攻卡集火，轉眼間也掉到只剩百分之四十的血量！

趁著唐僧吸引火力的時間，謝明哲直接放出豬八戒，讓老豬去揹一個媳婦回來。

然而就在這時，劉然做出了一個很讓人驚豔的操作。

——白罌粟，混亂！

這個出其不意的群控徹底打亂了謝明哲的節奏。

只見豬八戒快速跑到對面的鳶尾花身邊，本想揹走鳶尾花，結果被混亂之後，他立刻轉身回去，反而揹起了同隊的白骨精，把白骨精給揹到對面植物的包圍圈中。

謝明哲：「……」老豬你這個叛徒！

當然這也不怪豬八戒，八戒是被對手的混亂所影響。還好混亂效果是隨機的，他至少沒把師父給揹過去，不然唐僧被秒殺那可就完了。

白骨精被圍攻後可以留下假屍跑路，有驚無險地跑了回來。

距離師徒連動技的觸發還有一段時間，謝明哲腦海裡計算著血量，在唐僧差不多被對面打到百分之三十五的血量時，他毫不猶豫地開出了唐僧的治療技能——慈悲之心！

唐僧主動減少自身百分之十的血量，給指定目標回血。

劉然見到這一幕，倒是非常冷靜，決定轉移火力強殺唐僧。

此時的唐僧只剩百分之二十五的血量，再一波攻擊下去必死無疑。

然而，他剛把一顆繡球花砸到唐僧的身上，謝明哲突然連召暗牌「孫悟空」和「白龍馬」。唐僧念起緊箍咒，孫悟空進入狂暴狀態，一個「筋斗雲」直接瞬移到繡球花的面前，掄起手中的「如意金箍棒」就朝繡球花猛力一砸。

這一棒子砸下來，觀眾們看著都疼，實際的掉血量也相當可怕。

可憐的脆皮繡球花，幾乎是瞬間就被砸掉百分之三十五左右的血量。

幾乎是同時，劉然的耳邊響起豬八戒的一聲大吼：「大師兄，師父被妖怪抓走了！」

劉然：「啊？」

全場觀眾：「什麼情況？」

唐牧洲在旁觀席坐直身體，瞇起眼睛看著擂臺現場，他沒猜錯的話，這是觸發了連動。

果然，豬八戒一聲大吼後，現場的資料顯示中出現了「連動技」的字樣。

謝明哲把血量和時間計算得剛剛好，孫悟空的一波攻擊放完，唐僧的血量正好低於百分之二十，觸發了「師徒情深」的連動技。

白龍馬變身坐騎形態，飛奔到唐僧面前，以五倍加速直接把殘血的師父救走！

孫悟空的技能全部刷新，緊箍咒暴擊加成，連動時的攻擊還有額外加成，這時候的孫悟空攻擊力極為恐怖，掄起如意金箍棒，居然一棒子就將殘血的繡球花直接砸死！

看著地上掉落五顏六色的花瓣，劉然整個人都是懵的。

孫悟空毫不猶豫地讓手中的金箍棒迅速變大，三公尺長的巨大棒子朝著地面猛力一敲，只聽轟然一聲巨響，範圍內所有植物群體掉血！

劉然迫不得已開出榕樹的神樹護佑，範圍無敵！

但是沒用，他開得太晚了，孫悟空一波打完，並沒有戀戰，直接筋斗雲撤回己方陣容。

豬八戒倒是留在原地，用豬臉嘲諷對手，好像在說：你打我吧，我可以倒打一耙反擊。不打我？剛才被混亂了沒揹到媳婦，我待會兒還要再搶一個媳婦回去！

劉然：「……」

這都什麼亂七八糟的！

他算是明白了，唐僧是這套陣容裡吸引火力的存在，故意賣血觸發師徒情深連動。連動一觸發，整個場面徹底亂套。

劉然哪怕再冷靜，也沒想到胖叔會做出這樣奇葩的連動技。孫悟空刷新全部技能，相當於連續打出兩次暴擊傷害，直接秒掉他一張最強的普攻輸出牌！

繡球花一死，劉然就陷入了徹底的被動。

等豬八戒技能冷卻結束，剛才沒搶到媳婦的豬八戒，立刻衝過來揹走了鳶尾花，把漂亮的鳶尾花揹到大師兄的面前，讓孫悟空一棒子敲死。

劉然輸得毫無懸念。

從賽場走下來時，他的臉色比剛才的周小琪還要蒼白。

秦宇航的臉色更難看了，心想，唐神該不會點他的名字吧……

正想著，就聽唐牧洲微笑著說：「小秦，該你了。」

秦宇航：「……」

走向擂臺的小秦同學，臉上的神色，有點像「奔赴刑場」一樣壯烈。

謝明哲好笑地想，在二隊新人們的心目中，胖叔大概就像一隻吃人不吐骨頭的猛獸。

秦宇航雖然是風華俱樂部的選手，但他一直喜愛火系，他今天打胖叔帶的是五張植物卡、兩張火系野獸卡。

植物卡分別是紅楓、火焰樹、一品紅、鳳凰花、刺桐，做成了帶火焰技能的卡牌，剩下的兩張

暗牌他帶的是火狐和雄獅。

不如就暴力到底。

他放棄了控場的打法，直接帶六張輸出卡和一張保護卡，就不信秒不掉胖叔。

秦宇航的思維確實很激進，開局連召七張牌，像是在說——你出來一張，我秒你一張，正面對拚看誰打得過誰。

不過謝明哲卻覺得，這傢伙是在找死。

帶這麼多輸出牌的結果，就是防禦太弱。一旦不能以最快的速度秒掉對手的關鍵牌，就會被對方按在地上反打。他只有鳳凰花是治療、復活的卡牌，其他六張全是輸出，兩張群攻、四張單攻，火力確實夠猛，但防禦也確實夠脆！

太脆皮了！

這局，謝明哲也改變了思路，換下單攻卡琵琶精，換上戰士牛魔王。

打這種脆皮陣容，牛魔王再好用不過。

他開局儘量穩住局面，先拿白骨精、唐僧去吸收仇恨。

秦宇航知道對面連動體系關鍵牌是唐僧，所以乾脆做出決定——強殺唐僧！

他將所有植物調動起來集火殺唐僧。這麼多攻擊卡牌集體出動，謝明哲確實感受到了前所未有的極大壓力。這也是他對戰以來，遇到過的最強火力。

觀眾席上所有人都瞪直了眼睛，目不轉睛地看著比賽現場。

——面對六張卡牌的集火，胖叔會怎麼做？他能頂得住壓力嗎？

大家都有些擔心，但謝明哲很冷靜，他一直盯著唐僧的血量。

唐僧哪怕是防禦很高的土系卡，也如血崩一般瞬間變成百分之四十的血量，再來一波攻擊肯定要被秒殺。

就在這一刻，謝明哲突然連召孫悟空、豬八戒和白龍馬。

孫悟空一個筋斗雲翻到師父身邊，唐僧緊跟著念起緊箍咒，孫悟空直接開金箍棒的群攻，讓近距離的雄獅和火狐狸同時掉血，然後武器變小，一棒子砸向獅子頭部！

這時候，豬八戒跑過來，將大獅子直接揹到了身上。

觀眾們神色複雜地看著那頭豬，哼哧哼哧地把獅子給當成媳婦揹走。

獅子：「……」

秦宇航：「……」

這頭豬八戒，搶媳婦也不顧物種適不適合，口味真是太重了！

轉眼間，獅子就被豬八戒揹到剛召喚出來的牛魔王身邊。

謝明哲利用位移快的優勢，先殺了對方一張卡。

但此時，唐僧的血量岌岌可危，幾乎是從百分之四十瞬間掉到百分之四，只剩一絲血皮！

因為秦宇航開了遠端植物的單攻大招。

差一丁點唐僧就掛了，還好謝明哲一直有所準備，驚險地開出師徒情深連動技——

「大師兄，師父被妖怪抓走了！」豬八戒又一次吼了起來。

秦宇航簡直是崩潰的：哪裡來的妖怪？誰會閒著沒事抓你師父？琵琶精、白骨精、牛魔王這些妖怪全都是你自己的卡！

連動觸發，唐僧召喚出三徒弟沙僧。

沙僧幫師父擋傷害直接陣亡，但唐僧卻驚險地保住了性命。

孫悟空技能全部刷新，豬八戒又衝過去拔起了秦宇航的楓樹。

只見豬八戒揹著一棵火紅的楓樹瞬移到大師兄身邊，孫悟空毫不客氣對準楓樹就是一棒子，同時，牛魔王撲了過來，一路衝進對方植物群中，橫衝直撞，造成大量傷害的同時也擊退對手，瞬間

打散對手的陣型，然後，白骨精變身老太太跑過來吸引仇恨。

在一片混亂當中，白龍馬馱走了師父。

「……」眼睜睜看著百分之四血量的唐僧被白龍馬救走，秦宇航簡直目眥欲裂，恨不得吐一口血噴死唐僧。

就差一點點，只要隨便放個普攻，唐僧就死了！可是連動技一開出來，根本就沒法強殺唐僧，因為他還能召喚徒弟幫他擋掉關鍵傷害。

秦宇航真是氣得要命。

他腦子裡有些混亂。更讓他崩潰的是，唐僧被白龍馬救走後，觀世音菩薩出現，普降甘霖群體回血，唐僧的血量回復到了百分之五十四。

然後唐僧主動掉血，給在前排頂著傷害橫衝直撞的牛魔王回了一口血。

秦宇航煩躁無比，乾脆轉移火力去殺孫悟空。

然而，他一波攻擊打過去，卻發現這隻猴子突然變成了一棵火焰樹，跟他的火焰樹一模一樣的造型，血量也一樣，就這麼立在會場的中間，迎風飄揚，像是在嘲諷他的愚蠢。

秦宇航無語，看臺上的二隊選手們也很難受——看到和自己卡牌一模一樣的形象出現在對手的陣容中，這簡直比被豬八戒搶走媳婦還要噁心。

唐僧的治療技能冷卻非常短，這時候，他又主動掉血給豬八戒加了一口血。再加上範圍內紅楓導致的持續掉血，唐僧的血量再次掉到百分之二十以下。

然後，現場所有人又聽到讓人頭大的一句話：「大師兄，師父被妖怪抓走了！」

——你妹啊，又來！

不但秦宇航要崩潰，觀眾席的新人們也快頭疼死了。

集火唐僧沒能殺掉，居然讓連動技觸發第二次？

這回，謝明哲根本沒客氣，孫悟空爆發起來，一棒子一個，這輸出簡直讓人恐懼！

比起上一局的劉然，這一局的秦宇航，簡直可以說是「潰敗」。

上局劉然好歹拚盡全力殺掉了胖叔幾張卡，但這局秦宇航所有卡牌陣亡的時候，胖叔的卡牌居然連一張都沒死。

七比零的結局，簡直就是碾壓。

秦宇航又氣又羞，恨不得挖個地縫把自己給埋了。

倒是胖叔很友好地朝他笑笑，湊過來道：「小秦，打我這套土系卡組，用純輸出的打法是不行的，集火唐僧不大明智，我這是多嘲諷體系，你這樣根本打不死我的任何一張牌。」

秦宇航：「……」

他這是被胖叔給教育了嗎？

秦宇航的臉色一陣紅一陣白，垂頭喪氣地回到觀眾席。

【第十四章】

卡牌們的私生活真是亂啊

三局結束，觀眾席上的新人們臉色一個比一個難看，倒是陳霄幾人都面帶微笑，朝唐牧洲客氣了幾句就飛快地溜了，生怕被風華二隊的怨念所波及。

唐牧洲問道：「還有人想跟胖叔交手嗎？」

沒人應，顯然大家都不想繼續找虐。

唐牧洲道：「那先這樣吧，回去好好總結。」

新人們紛紛離開擂臺，一個比一個跑得快，生怕跑慢了會被豬八戒揹走。

等所有人撤出房間，唐牧洲才低低笑了一聲，走到謝明哲的面前，道：「大師兄，師父被妖怪抓走了……你做個連動技，還帶配音的？」

謝明哲嘿嘿笑：「這樣設計，會比較有氣氛。」

唐牧洲：「……」

是「很討人厭」的氣氛嗎？對手的精神確實會受到折磨。

被折磨的新人們，回到訓練室後各個神色沮喪。

他們的自信心受到了嚴重的打擊。

以前總覺得身為風華二隊的選手算是天之驕子，只要能出道，一定會打出好成績。可是，被胖叔連虐這麼多局，他們才發現，他們的意識居然連業餘玩家胖叔都比不上！

這天晚上，好多人都做了惡夢。

秦宇航的夢境裡，豬八戒一直在喊「大師兄，師父被妖怪抓走了」。

劉然的夢境裡，孫悟空拿著金箍棒，一棒子一個，把他的所有卡牌都給砸了個稀巴爛。

周小琪的夢境更可怕，她夢見自己好不容易培養起來的卡牌，一張又一張地被豬八戒給揹走，最後輪到她自己，豬八戒毫不猶豫地把她揹了起來，一邊跑一邊說：「大師兄，我又搶到一個媳婦，揹過來你幫我打死。」周小琪一口血直接噴了老豬滿臉，醒來的時候脊背都在發毛。

該死的胖叔！

秦可卿主動碰瓷，死了勸我們的卡牌上吊，豬八戒搶走我們的卡牌當媳婦，最後唐僧掉血把自己弄殘了，還要給我們反潑一盆髒水，說是師父被妖怪抓走了？

胖叔你的卡牌能稍微要一點臉嗎？

這天晚上謝明哲睡得很香，次日醒來後，他腦海裡又有了新的思路，決定做一張土系的復活卡，以保證唐僧的師徒連動體系能夠運用出來。

這張卡，他選擇了西遊記裡的「如來佛祖」。

把觀世音菩薩做成治療卡、如來佛祖做成復活卡，也符合佛祖慈悲為懷的設定。

如來佛祖（土系）

等級：1級

進化星級：★

使用次數：1/1次

基礎屬性：生命值1500，攻擊力500，防禦力1500，敏捷10，暴擊10%

附加技能：普度眾生（如來佛祖慈悲為懷，不忍看見殺戮，他可指定範圍23公尺內我方任意已陣亡的卡牌，立刻復活並回復19%血量；冷卻時間10分鐘）

附加技能：五指山（如來佛祖伸出五根手指，巨大的手掌在競技場形成五根石柱並圈出一個直徑30公尺的圓形範圍，脫離範圍的卡牌將受到每秒掉血10%的負面效果懲罰，該負面效果無法解除，除非卡牌回到範圍內。一場比賽只可釋放一次）

這是一張純輔助牌，為了彌補西遊卡組的缺陷。

有了如來佛祖，首先能保證唐僧師徒的連動技能順利開啟，復活後的血量恢復百分之十九，正好附和唐僧「當血量低於百分之二十時觸發連動」的設計。

其次，如來佛祖的五指山當年困住了齊天大聖，五指山圈出範圍正好方便位移控場的打法，豬八戒可以把對方卡牌強行揹到五指山範圍之外，或者是鐵扇公主把對方卡牌吹出五指山範圍、牛魔王把卡牌擊退，都可以觸發五指山的約束效果。

至於剩下的木系卡該怎麼設計，謝明哲一整天都在整理思路。

這天晚上，謝明哲剛要睡覺，卻收到唐牧洲發來的訊息，低聲問：「明天晚上的團賽要來現場看嗎？我給你留了五張VIP觀眾席的票。」

「為什麼是五張？」謝明哲有些疑惑。

「給師父，還有你的三個隊友，你們可以一起來看。」唐牧洲解釋說。

「你知道我有幾個隊友？」謝明哲並沒有告訴過他秦軒的事，照理說唐牧洲並不知情。

「昨天跟風華二隊打擂臺的時候，來觀戰的人除了師父、陳霄和小柯之外，還有一個叫Q-X的陌生ID，我猜是你新找的隊友。沒猜錯吧？」唐牧洲微笑著問。

「猜得真準！」看來師兄還挺關心他隊伍的情況，一眼就從人群裡發現了秦軒的帳號，謝明哲也沒否認，坦率地道：「他是我室友，以後介紹給師兄認識。」

「好。」唐牧洲接著說：「還有件事情要提醒你。你的天賦和意識都很強，打我們風華二隊的選手沒什麼壓力，但你這套唐僧體系連動卡太多，容易被秒殺破解，尤其是即死牌。」

唐牧洲身為風華俱樂部的首席選手，能大大方方地給謝明哲提出卡組的改進意見，謝明哲心裡挺開心的——因為師兄是真的為他好。

「謝謝提醒，我會注意的。明天的比賽加油，師兄早點休息！」

「嗯，這幾天外面很冷，你明天出門記得多穿衣服。」唐牧洲低沉的聲音中滿是關心，「冬天感冒不容易好，萬一生病，會影響你接下來的狀態……不要大意，知道嗎？」

「知道。」謝明哲從小就是孤兒，沒被人關心過，最初唐牧洲說這些話時他還不大習慣，可是這段時間每天都跟師兄聊上幾句，倒是慢慢地習慣起來，睡前閒聊已經變成了日常。

兩個男人每天睡前開著語音聊天，要麼討論卡組和比賽，要麼說說明天去吃什麼好吃的、天氣冷了要多穿衣服，這就好像……異地戀的情侶在睡前談心似的。

更奇怪的是，他居然並不反感。

甚至覺得，睡前跟師兄聊天是每天最放鬆的時刻。

謝明哲也不大清楚這是為什麼，他只知道，他很喜歡跟師兄聊天。不管聊什麼，每次聽見唐牧洲低沉、溫暖的聲音在耳邊響起，他是怎麼聽都聽不膩。

結束通話後，謝明哲閉上眼睛睡了個好覺。

次日下午，他和隊友們吃過晚飯便趕來團賽現場。

晚上七點半，比賽現場的大螢幕亮了起來，兩位熟悉的解說主持人面孔出現在螢幕上。

「大家好，歡迎來到星卡職業聯盟第十賽季俱樂部聯賽的現場！今天晚上要進行的是風華俱樂部和鬼獄俱樂部的對決，首先讓我們關注一下本場比賽的參賽選手！」

「風華俱樂部的四位選手大家應該很熟悉了，分別是唐牧洲、徐長風、甄蔓和沈安！」隨著解說的介紹，大螢幕中出現了風華四位選手的合照，「鬼獄俱樂部的參賽選手，分別是鄭峰、歸思睿、劉京旭和衛小天！」

同樣的合照出現，謝明哲看著照片裡的小少年，心裡有些困惑。

陳霄也不認得這個人，猜道：「這個衛小天，應該是從二隊提拔上來的新人吧？」

謝明哲道：「個人賽十六強開始所有的比賽我都看了，確定沒這個人。」

喻柯好奇地問：「難道他沒打進十六強嗎？」

就在這時，秦軒打開隨身光腦，指著從網上搜來的消息，道：「衛小天，今年只有十六歲，是鬼獄二隊的一位輔助型選手，今年的個人賽他根本沒參加。」

謝明哲若有所思地摸著下巴，看來這位新人是適合打團賽的選手。他對這個十六歲的衛小天挺感興趣：「這個賽季一直沒出現特別優秀的新人，老鄭既然敢把這十六歲的小傢伙放進團賽，說不定他會給大家一些驚喜。」

眾人聽到這裡，也覺得這小傢伙可能不簡單，抬起頭專注地盯著大螢幕。

在全場觀眾的尖叫聲中，風華、鬼獄雙方選手出現在大舞臺上，整整齊齊地穿著隊服。

謝明哲注意到走在最後的衛小天，十六歲的少年還沒長開，身高跟喻柯差不多，一百六十五公分左右，個頭兒很小，乖乖地跟在隊伍後面似乎沒什麼存在感，但是少年的眼睛卻很明亮，謝明哲有種直覺——這個傢伙，或許真會給大家帶來驚喜。

雙方選手就座，同時戴上頭盔，大螢幕也切換成了比賽的畫面。

比起個人賽，團賽要複雜得多，也激烈得多。光是賽前的準備階段，他就感受到了雙方指揮「排兵布陣」的較量。

第一局由於是風華俱樂部主場，唐牧洲毫無疑問地擔當指揮，他提交的地圖是「森林陷阱」，這張地圖在樹葉掩蓋下有很多陷阱，掉入陷阱的卡牌會被定身三秒，對走位的要求非常嚴格。

在公布卡組階段，謝明哲看得眼睛都花了。

每隊公布明牌十六張、暗牌四張。具體哪些卡牌會交到哪位隊員手裡，將由指揮來全權決定。

在某些極端情況下，甚至會出現由某位選手一人操控四張暗牌的局面。

在團賽比賽上，套牌的加成顯得格外重要。

個人賽是五張以上同系卡牌獲得套牌加成，團賽則是十張以上同系卡牌才能獲得套牌加成。風華公布的十六張明牌是清一色的木系卡牌，唐牧洲選擇的套牌屬性是「所有卡牌技能冷卻縮減降低百分之二十」，顯然這一局風華要圍繞著徐長風用「冷卻流」的打法。

鬼獄毫無疑問是土系套牌，老鄭選擇的套牌屬性是「所有卡牌暴擊傷害提升百分之二十」。女解說分析道：「老鄭選暴擊加成，沒選防禦，看來這局不打防守反擊？」

男解說道：「鬼牌和妖牌聯手，暴擊傷害也非常可怕，這局鬼獄應該會打得比較主動。」

更讓大家疑惑的是，風華這邊公布卡組後，老鄭居然迅速撤下暗牌，連換四張。

謝明哲看到這一幕心裡期待極了，「連換四張暗牌，他們是不是有祕密武器？」

雙方指揮迅速分配卡組，比賽正式開始。

風華這邊，開局就連召七八張卡牌，唐牧洲的大榕樹立在中間進行保護，沈安的水果樹做好攻擊準備，徐長風開加速，甄蔓的毒蛇在地上擺好陣型，四人配合得很有默契，所有卡牌走位都保持在榕樹護盾的三十公尺範圍內，可以隨時互相照應。

鬼獄這邊，老鄭的土系防禦卡衝在前面，一群妖魔鬼怪緊隨其後。

開局雙方都是迅速排好陣型，大戰一觸即發。直到雙方的卡牌距離達到三十公尺的那一瞬間，唐牧洲果斷下令：「打！」

風華這邊果然出現了曹沖。只見曹沖小朋友手中的船迅速放大，直接把老鄭衝在前面的大象給關了起來，現場爆發一片噓聲，這一幕畫面看著實在搞笑。

場外的觀眾們紛紛開始吐槽。

「大家猜猜看，曹沖秤完一頭大象要多久？」

「胖叔做的這張卡真是太討厭了！」

「同情一下大象。」

「給小朋友一個電子秤吧！」

解說無奈地道：「大象被放逐，鬼獄的防禦體系肯定會受到影響！」

然而，老鄭這邊以牙還牙，立刻讓林黛玉秒掉了徐長風的加速卡風信子。

看著賽場上突然加快的節奏，謝明哲也更加清楚地理解了師兄推廣即死牌的意義。

即死牌，就是針對雙方的核心卡牌，以最快的速度破壞對手攻擊、防禦體系，逼著對手迅速改變思路。如果指揮不夠冷靜，當自己的關鍵卡一秒之內滿血被殺時，精神上遭受的衝擊，很可能會影響到對戰局的判斷。

相反，如果選手意識夠強，即死牌的存在只會打斷比賽的節奏，並不會影響比賽的輸贏。

風信子的陣亡讓風華的粉絲們心裡很是不安，但是下一刻，徐長風直接召出一棵鳳凰花樹，開啟復活技能，風信子重新開出漂亮的白色花朵，全團加速！

唐牧洲的玫瑰花語紛紛揚揚，沈安的蘋果、香蕉、鳳梨一口氣砸了過去！

鬼獄這邊倒也不畏懼，老鄭直接開土牆，全團反擊，沈安的水果全部被反彈回來，砸到自家植物卡的身上。

幾乎是同一時間，唐牧洲開啟範圍無敵技能——神樹護佑！

綠色的屏障準確地護住了範圍內的隊友，全團三秒無敵！

這一波精彩的攻守互換，不但全場的觀眾掌聲雷動，謝明哲也忍不住鼓起掌來。

旗鼓相當、針鋒相對的團戰，看上去真是太過癮了。

他坐直身體，清澈的雙眸緊緊地盯著大螢幕，生怕錯過精彩片段。

就在這時，在全場觀眾的視野中，突然出現了一個血紅色的眼睛。

——死亡凝視。

是鬼獄十六歲新人衛小天開啟了卡牌技能，瞄準的正是唐牧洲剛召喚出來的千年神樹。

在血紅色眼睛開啟的那一刻，歸思睿、劉京旭的鬼牌、妖牌集體行動，千年神樹剛剛被召喚出來，居然連技能都沒放就被直接秒殺！

唐牧洲臉色一變，「不好。」

徐長風也有些心驚：「這是什麼東西？」

唐牧洲道：「暗牌，標記技能，所有人後撤十公尺！」

一聲令下風華全團後撤。但緊跟著，鬼獄這邊又放出一個全身黑衣的女巫。女巫揚起手中法杖，嘴裡念念有詞，然後就有個黑色影子出現在徐長風的風鈴草頭頂——死亡標記。

下一刻，歸思睿和劉京旭的鬼牌和妖牌像是被標記「導航」了一樣，自動聚集起來，迅速秒掉徐長風的全團治療卡。

這變故發生得太快，現場的觀眾們都很懵逼。

謝明哲坐在觀眾席上，心中驚駭，他甚至沒看明白鬼獄的集火速度為什麼會這麼快，在幾十張卡牌中突然襲擊，秒殺唐牧洲的滿血輸出卡和徐長風的滿血治療卡。

擒賊先擒王，鬼獄擊殺關鍵卡牌的策略確實大大地干擾了風華的節奏。

雙方激戰到最後，風華卡組全團陣亡，鬼獄這邊硬是靠土系的防禦優勢，保住了老鄭的石靈和石巨人兩張牌。

——第一局，鬼獄勝！

謝明哲在感情上當然希望師兄能贏，可是鬼獄這局確實打得很漂亮。讓他疑惑的是，剛才的關鍵節奏點鬼獄到底是如何在那麼多卡牌的保護下，瞬間秒掉千年神樹和風鈴草的？

陳千林見他疑惑，便低聲解釋道：「這是一種新的標記流打法。」

謝明哲回過頭：「師父是指那個突然出現的死亡之眼凝視？還有女巫的死亡標記？」

陳千林道：「這兩張暗牌都是鬼獄在本賽季新提交的團戰卡，由新人衛小天來操控。衛小天什麼都不幹，專門盯對手的關鍵卡牌，一旦對方的關鍵卡牌出場，立刻打上標記。標記會自動吸引範圍內己方的鬼牌和妖牌，將所有輸出導入到被標記的卡牌身上。」

輸出導航，原來這就是標記流的可怕之處！

團戰一片混亂，最怕的就是火力分散，把對方卡牌全部打殘卻打不死，這時如果讓對方的治療卡找到機會把血量回復起來，那就相當於白打了。而一旦有了標記，周圍的輸出就像被導航一般自動轉移到被標記的卡牌身上，不管唐牧洲的千年神樹被保護得多好，也會瞬間被秒殺。

陳霄感嘆道：「標記流，鬼獄還真是會玩。我剛剛看了一下衛小天的卡牌，有女巫、死神、詛咒娃娃，分別帶有死亡標記、死亡凝視、死亡詛咒技能，當三張牌同時在場時，還能觸發群體標記的連動，增加己方暴擊傷害。」

喻柯興奮地道：「這就是標記流打法嗎？集火殺關鍵卡牌確實很給力！」

謝明哲陷入了沉思。

他有源源不斷的製卡素材，意識和天賦都不差，對自己一直挺有信心。但是今天這場團賽，卻像是當頭潑下一盆冷水，讓他意識到——他其實還很菜。

他根本不會指揮團戰。聯盟裡比他厲害的大神太多了。

個人賽，或許他還能靠稀奇古怪的卡組拿下一點好成績。

但是團賽時涅槃該怎麼打？有這麼多卡牌同時在場上，戰略是什麼？看看風華和鬼獄的配合，二十張卡牌進攻、撤退，陣型有條不紊。涅槃呢？四個人上去，估計會亂成一鍋粥吧……

他之前製作卡牌只考慮自己，也該好好研究一下隊友們的卡組了。

這一場比賽最終風華以零比二輸給鬼獄，遺憾落敗。

看著大螢幕上的比分，以及現場風華粉絲抱頭痛哭被投影到大螢幕上的畫面，謝明哲怔了怔，心裡突然有些不安，回頭看向師父，「風華連輸兩局，師兄會不會被罵？」

陳千林很淡定：「他被罵習慣了，沒事的。」

謝明哲：「……」

要不要安慰一下師兄？

他心裡有些糾結，正好隊友們起身離開，謝明哲只好站起來跟上了師父。

這一場比賽帶給大家的震撼太大了。

回去的路上車內反倒很安靜，大家都在回憶剛才的精彩片段。

謝明哲卻在擔心唐牧洲會不會被罵，他打開光腦搜了搜「唐牧洲」的關鍵字。

搜索出來幾千萬條結果嚇了他一大跳，師兄的人氣果然很可怕。

【賽事播報】第十賽季團戰開幕，鬼獄新人衛小天出道首場比賽完美收官，二比零戰勝風華！

唐牧洲不但轉發了這條訊息，還附加一條評論：鬼獄的新打法很有意思，大家可以看看比賽重播【微笑】。

謝明哲：「……」

師兄可真是心大，零比二輸掉還這麼淡定地轉發官方消息？

底下的留言，在短短十分鐘內已經增加到幾十萬條，可見唐牧洲的個人主頁關注度有多高，謝明哲粗略地數了數他的粉絲數，已經破億了……

留言裡很多罵他的評論被頂了上來。

「你還好意思厚臉皮轉發？零比二不羞愧嗎？」

「風華已經不行了，個人賽勉強能看，團賽打得簡直可笑。」

「你什麼時候退役？能不給木系丟人了嗎？」

「鬼獄給了你多少錢？明明占優勢還能輸，太假了吧！」

謝明哲：「……」

果然，到了星際時代，某些人在網上發洩負能量的毛病還是沒改。

唐牧洲被罵得很慘，評論裡雖然有不少死忠粉絲為他據理力爭，可是跟那些湧進來罵人的黑粉們講道理，根本就講不通。

難得遇見風華零比二大輸，唐牧洲的黑粉集體出動，刷爆主頁。評論區簡直是不堪入目，各種往死裡罵的留言，讓謝明哲看著都生氣。

——我師兄指揮得那麼好，你們在這裡罵什麼啊！

謝明哲雖不是大神，但是玩遊戲玩了這麼久，他對比賽也有自己的分析和判斷。今天第一局可以說是鬼獄拿出新打法讓風華猝不及防。但第二局，平心而論，唐牧洲已經應對得很好了，連破好幾次標記，賽場意識也很強，換成任何其他俱樂部的指揮，都不會比他做得更好。

眼看黑粉們越罵越離譜，謝明哲強忍住罵回去的衝動，回到宿舍後就給唐牧洲發去一條文字訊息：師兄，我覺得你做得很好，今天兩局比賽都非常精彩，旗鼓相當的對決看得很過癮。不要介意那些黑粉的評論。懂比賽的人，自然都知道你今天盡力了，指揮得很棒！

唐牧洲此時剛回到俱樂部宿舍，突然收到這條訊息，他的唇角微微一揚，又把這段文字仔細看了一遍。

謝明哲繼續傳訊息：你的忠實粉絲們都在維護你呢！黑粉們的言論，你就當成天邊的浮雲給無視掉吧！反正在黑粉的眼裡，你從頭到腳全是缺點，連頭髮髮絲的排列都是錯的。

唐牧洲輕笑出聲，「你這是在安慰我嗎？」

謝明哲聽著耳邊傳來唐牧洲語音訊息裡低低的笑聲，臉頰有些發燙，覺得自己真是多此一舉。

唐牧洲是誰？第五賽季在個人賽上以五十連勝橫掃聯盟一舉奪冠的天才選手，他一手創建了風華俱樂部，發掘徐長風、甄蔓、沈安這些出色的選手，第九賽季再戰個人賽，又一次奪下冠軍，全聯盟唯一的個人賽雙冠王。

他是經歷過大風大浪的男人，他根本不會在乎個人的得失，而是放眼於整個星卡職業聯盟的發展。他當初提出即死牌的概念，就是為了改變聯盟慢節奏的比賽現狀。

這樣的人，會因為黑粉的幾句負面評論就傷心難過？可能嗎？

是自己太小題大做。看見那些黑粉們罵唐牧洲罵得那麼難聽，不知怎的，他只覺一陣怒火攻心，腦子裡嗡嗡作響，比自己被罵了還要生氣！

——這是我師兄，意識強、反應快、指揮能力一流的聯盟最強選手之一，怎麼能讓你們這群傻逼肆意辱罵！

謝明哲氣得不行，忍不住安慰了師兄幾句，結果現在反倒有些下不了臺。

聽著唐牧洲帶笑的聲音，謝明哲尷尬地回覆道：「我知道你不需要安慰，我只是覺得，你明明做得很好，他們還罵得那麼難聽，簡直是腦子有病！」

小師弟居然學會了「護短」，這讓唐牧洲心情大悅。此時的安慰雖然有些笨拙，卻讓唐牧洲的整顆心都柔軟起來。

唐牧洲的聲音愈發溫柔：「我沒事。被罵了五年，我早就學會了選擇性無視黑粉的留言。只是一場常規賽而已，雖然今天鬼獄拿出新的戰術，但是我們風華也還不是最強陣容。第一場比賽大家都還在試水溫，輸贏並不重要，我們都心裡有數。」

聽他這麼說，謝明哲立刻鬆了一口氣，「這樣最好，反正常規賽輸掉對後期的影響也不是很大，以風華的實力，進季後賽肯定沒問題的。」

謝明哲突然問道：「對了師兄，你生日是不是快到了？」

唐牧洲有些意外：「你怎麼知道？」

謝明哲道：「今天搜新聞時，點進你的個人主頁，上面介紹說你的生日是十一月二十五日，射手座，不知道是隨便填的，還是真的生日？」

唐牧洲道：「是真的，聯盟要求選手的資料不能編造。」

謝明哲打開日曆看了一眼，今天是十一月七日，距離師兄的生日還有兩週，可以好好準備一下禮物，給他個驚喜。想到這裡，謝明哲不禁有些興奮，問道：「你生日是跟俱樂部的人一起過？還是跟粉絲們過？」

「我對過生日沒什麼興趣，怎麼突然問這個？」

「我就隨口問問。」謝明哲假裝很淡定。

唐牧洲也沒戳破對方，微笑著道：「好了，早點睡吧。」

他猜到師弟可能要給他準備生日禮物，是什麼呢？還是期待一下好了。

謝明哲結束對話後，就從抽屜裡拿出那張只打了一半草稿的「唐牧洲」卡。

之前校內賽時，他隨手畫了一張唐牧洲，結果唐牧洲還挺喜歡，叫他畫成實體卡牌，要裱起來掛在家裡。謝明哲決定好好畫完這張巨幅卡牌，送給師兄當生日禮物。

當然，只有一幅畫，感覺太敷衍了。

畢竟唐牧洲對他的幫助很大，唐牧洲的生日他也應該好好準備。

最近降溫，外面確實很冷。今天打比賽的時候看他們穿隊服，這隊服的料子顯然沒那麼厚，師兄在路上肯定會冷，不如給他買件毛衣，讓他打比賽的時候穿在隊服裡面，既輕薄、又保暖。

毛衣當禮物雖然有些普通，但好在到了冬天比較實用。就算他衣櫃裡不缺毛衣，再送一件，他

也可以換著穿吧，反正毛衣的款式就那麼多，也不會過時。

謝明哲下定決心，立刻去網上搜了搜唐牧洲的身高和體重，決定改天去商場走一趟，給唐牧洲好好挑一件符合他個人氣質的衣服。

謝明哲完全不知道，送衣服給朋友這可是大忌，因為，一般情況下只有親密的戀人之間才會彼此送衣服——而送衣服給對方，潛臺詞就是：有一天，我要把它親手脫下來。

次日是週六，秦軒和喻柯正好放假，兩人吃過早飯就來到涅槃工作室。

陳千林決定讓大家把昨天的兩場比賽錄影再看一遍，雖然涅槃俱樂部現在還沒有正式組團訓練，可是多看一些比賽，至少可以讓大家的心裡對團戰有更加清楚的認識。

對教練的安排，眾人當然不會反對。

陳千林將比賽錄影投影在大螢幕中，一邊看一邊分析。

昨晚大家在現場觀戰，由於比賽節奏太快，很多細節都沒來得及注意，今天有教練從頭講解，加上錄影在關鍵時刻可以暫停或者慢動作重播，大家對昨晚那場比賽的理解自然更深了一層。

謝明哲的心裡對唐牧洲和鄭峰兩位指揮更加佩服，如此混亂的局面，能迅速做出判斷並找出最好的應對方式，這些大神的意識可不是他們這幾個新人可以比得上的。

看完錄影後，陳千林說：「明年的第十一賽季是星卡聯盟邁向另一個十年的全新開始，賽制方面可能會有很大的變動。萬一聯盟把團賽時間調整到上半年，我們涅槃到目前為止還沒專門練習過團戰的配合，到時候直接上場，可能連三流戰隊都打不過。」

眾人：「……」

如果聯盟真的把團賽調整到上半年，涅槃死得會有多慘，簡直無法想像。

陳霄皺眉道：「團賽一般都是年末壓軸，應該不會那麼倒楣吧？」

陳千林看了弟弟一眼，道：「我們要做好最壞的打算，現在你們對隊友的卡組和打法完全不瞭解。就算明年的團賽依舊是下半年，以你們這樣的狀態，去打團賽就是一盤散沙。」

教練說得沒錯，不需要對手集火，他們就會先自亂陣腳。這可怎麼行？

想到這裡，謝明哲立刻說道：「師父，我們得先安排一下團賽的分工吧？」

「我就是這個意思。」陳千林道：「最近我也看了一些你們練習的錄影，根據你們的個人特質，在團賽的時候，小謝和陳霄就主力進攻，小柯在團隊中擔任刺客的位置，找機會暗殺對方的殘血牌。秦軒在後方輔助和治療，你們覺得呢？」

「我和秦軒最近練了練雙人賽，秦軒的性格比較冷靜，在後方控場確實更合適。接下來我會再做一些控制、治療類的卡牌給秦軒多練練。」陳霄扭頭看向秦軒，笑著問道：「秦軒，讓你在團賽的時候打輔助，你不會有意見吧？」

「當然不會。」秦軒認真地說：「輔助也是團隊裡不可缺少的一部分，昨晚鬼獄能二比零贏下風華，衛小天的輔助非常關鍵。我會好好練習，儘量不拖大家的後腿。」

喻柯也認真地道：「我也是！我比較擅長暗殺，但是我和歸思睿大神差距還太遠，我會抓緊時間練習，每天到個人競技場上對戰至少五個小時。」

謝明哲更擅長進攻，當然，團賽中他還可以輔助秦軒做一些控場。目前只是大概的分工，具體要怎麼操作，還得靠大量的實戰累積。

陳千林接著說道：「卡組方面，我們涅槃團賽的卡組目前只有兩個系列可以搭配，一個是圍繞小柯鬼牌的土系，另一個就是以陳霄暗黑植物為主力的木系，我會先搭配出基本的框架，你們再做一些卡牌上的補充。」

陳霄說道：「我們手裡的散卡太少，小謝，你接下來也要多做一些散卡，最好是萬用型的卡牌，能搭配任何團戰體系。」

團戰二十張卡中只要有十張是同系卡，就可以獲得「套牌加成」的效果。

在十張同系卡牌觸發套牌加成之後，其他卡牌就可以隨意選用任何屬性的卡牌，都不會影響整個團隊的套牌加成——這些卡牌就叫做「散卡」。

很多俱樂部都會做一些散卡來搭配不同的主力陣容。這些散卡，大部分是治療、輔助、控場類的卡牌，萬用型的技能適合跟任何卡組搭配。

師父和陳哥這麼一說，謝明哲也很快地理解了散卡存在的意義。

到了職業聯賽階段，不管個人賽還是團戰，每位選手、每家俱樂部都會有常用陣容，而一旦你的陣容被對手提前猜到，就很容易落入對手的圈套。

散卡的存在，會大大增加陣容的變化性。

不管是個人賽的五加二張卡，還是團賽的十加十張或十二加八張卡的陣型，只要有散卡的加入，就能讓對手永遠猜不到你的完整陣容。說不定在西遊土系卡組中，會混進去幾張木系的強控。又或者在紅樓水系卡組中，會加入幾張火系的強攻。

——只有陣容多變、思路靈活的選手，才能笑到最後。

謝明哲做的散卡目前只有神農、女媧、伏羲和盤古這幾張神族牌，還太少了。

開完會後，謝明哲就坐在陽臺上沉思起來。

三國系列的整套木系卡組，他現在還沒有完整的設計思路，不如先做一些萬能的「散卡」，可以放在任何個人賽的陣容中，團戰也能用。

謝明哲想先做一張輔助控場的卡牌。

昨晚，唐牧洲在第二局比賽中所使用的卡牌「常春藤」，給了他很大的啟發。

常春藤的藤蔓在連接友方卡牌之後，會與被連接的目標均攤傷害，可以抵禦對手集中火力的進攻。這是一張萬用型的輔助卡，放在任何陣容裡都可以使用，而且能在關鍵的時刻防止對面集火，從而扭轉戰局，比治療卡還管用。

提起「連接」，他很快就想到一個角色——月老。

這位神話傳說中的月下仙人，掌管著俗世的一切姻緣。不管是古代還是現代，很多人都會去月老廟拜月老，以求月老為自己安排一段美好姻緣，覓得良人。

而月老安排姻緣的方式，就是替兩個人綁上紅線。

周瑜卡和常春藤的技能都能把範圍內的群體目標同時連起來，前者以鐵索連接傳導傷害，後者用藤蔓連接均攤傷害。

月老的紅線連接，不可能設計成範圍連接——畢竟月老指姻緣，是一對一地連結紅線，要是範圍連接那就成了N角戀，亂套了！

一對一連接，可以設計成「共用傷害和治療」，這也符合相愛的人「有福同享、有難同當」的理念。這樣的設計，應用起來會非常靈活。

謝明哲想好了設計，便連上製卡系統，開始製作「月老」牌。

傳說中的月老是一位鶴髮童顏、超脫於愛恨情仇之外的神仙，他一手挽著紅線，一手拄著拐杖，拐杖上掛了一本婚姻簿，站在雲彩上，笑容滿面，周身仙氣繚繞。

至於技能描述方面，他決定給月老設計三個技能。

月老（木系）

等級：1級

進化星級：★

使用次數：1/1次

基礎屬性：生命值1000，攻擊力0，防禦力1000，敏捷20，暴擊10%

附加技能：月老的紅線（被動技能。月老可以用牽引紅線的方式來掌管姻緣，當他出場時會自動獲得一根紅線，每隔10秒還會額外獲得一根紅線。月老可以累積獲得的紅線，並延遲使用，但同時存在於手中的紅線不得超過3根。被紅線連接的目標距離必須在30公尺以內，超出距離，則紅線自動斷裂。）

附加技能：千里姻緣一線牽（月老將手中的紅線拋出，紅線的兩端連接任意兩個指定目標，不分敵我。在被紅線連接的狀態下雙方會情難自已、互生愛意，相愛之後的兩張卡牌決定有福同享、有難同當，兩張卡牌在紅線連接期間平分一切增益、減益效果，平攤一切治療、傷害資料，直到紅線斷裂為止。瞬發技能，連續使用最多三次。使用三次後技能冷卻；冷卻時間30秒。）

附加技能：情思繾綣（被紅線連接的兩張卡牌由於彼此深愛著對方，當其中一方血量低於3萬時，另一方會心痛無比，自願將生命值分享給對方，每秒分享10%，直到雙方血量相等為止）

這張牌的設計讓謝明哲興奮無比，比起被豬八戒當成媳婦給揹走，被月老用紅線連起來，強行「相愛」也很讓人討厭吧！

更關鍵的是，月老的紅線實戰使用起來會非常靈活。

把我方殘血卡牌和對方的高血量卡牌連在一起，可以強行讓我方卡牌從對手的身上吸血。這個紅線吸血的技能在殘局相當可怕，能把一些皮厚的卡給吸死。

第二個技能，紅線連接的雙方會共用一切治療、傷害資料，這可以防止我方關鍵卡牌被敵方集火秒殺，同時也能保證，我方卡牌陣亡的時候能拉對面一張牌一起死，至少不虧。

謝明哲將月老這張卡牌收起來，腦海裡又有了新的思路。

既然做出了月老，怎麼能少了關鍵的場景——姻緣樹！

傳說中，姻緣樹是一棵雌雄同體的巨大樹木，人們出於對美好姻緣的嚮往，就做了很多寫著自己心願的許願符掛在姻緣樹上面。整棵姻緣樹掛滿大紅色的許願符，看上去格外喜慶。

掛滿許願符的姻緣樹矗立在場景的最中央，樹上的許願符每隔一段時間就會像下雨一樣掉落下來，每次掉落兩個。帶有月老祝福、並拴著紅線的許願符具有很特殊的功能——可以讓被砸中的兩張卡牌迅速墜入愛河，陷入熱戀狀態。

熱戀狀態中的兩張卡牌當然不會攻擊彼此，反而會因為彼此相愛而分攤治療和傷害。

謝明哲打好地圖草稿之後，就去找了秦軒，把自己的想法告訴對方。

聽到這張地圖的設計想法，秦軒的嘴角輕輕抽搐了兩下，忍不住道：「你的意思是，姻緣樹這張地圖，就是一張……讓卡牌談戀愛的地圖，對吧？」

喻柯吐槽道：「阿哲你真是夠了啊！女兒國讓卡牌懷孕生出個寶寶卡，姻緣樹強制兩張卡牌談戀愛，還能不能好好打比賽了？我的鬼牌才不想跟任何卡牌談戀愛！」

謝明哲笑咪咪地說：「這張地圖實戰會很有意思的。為了贏下比賽，必要的時候委屈一下自己的卡牌，讓殘血卡去跟對方高血量的卡牌談戀愛，分點血量回來不是挺好的嗎？」

喻柯：「……」某人的節操已經掉得一點都不剩了！

除了月老之外，謝明哲決定再做一張Buff類的輔助卡。

他想到了王母娘娘。

王母娘娘掌管著蟠桃園，技能也可以按照「蟠桃」來設計。

傳說王母娘娘的手裡還有一種不死神藥，吃了之後不會死亡，這個技能就可以做成復活技，但是復活的方式不同——把不死藥餵給指定的卡牌，讓友方卡牌在第一次死亡時觸發不死藥的守護，無視這次死亡，這也是替關鍵卡防禦對方使用即死判定的利器。

關於王母，還有個不能忽略的傳說，就是牛郎和織女的淒美愛情故事，她在空中劃下銀河，隔絕了牛郎和織女。如果將這個傳說做成技能，可以強行用天河來隔絕戰場，讓天河彼岸的卡牌無法增援另一邊的卡牌，治療、增益效果全部失效，被天河隔絕的卡牌將會孤立無援。

這是一個很強的戰場隔離技，在團戰的時候讓王母娘娘劃出一條天河，我方就可以全力集火把被隔絕的卡牌優先擊殺。

謝明哲想好了技能設計，緊跟著構思王母娘娘的形象。

形象方面他決定參考神話傳說中的描述，把王母娘娘畫成一位笑容仁慈、衣著華美的神仙，頭戴金釵、光芒四射，左手握著一根法杖，舉手投足間很有天界上古女神的威儀。

王母娘娘（木系）

等級：1級

進化星級：★

使用次數：1/1次

基礎屬性：生命值500，攻擊力0，防禦力500，敏捷30，暴擊0%

附加技能：蟠桃樹（王母娘娘在距離自身5公尺的範圍內播種一棵蟠桃樹，種下幼苗後蟠桃樹迅速長大，並每隔5秒長出一顆蟠桃，蟠桃共有四種，分別帶有暴擊傷害加成50%、治療效果提升50%、基礎防禦提升50%、攻速提升50%的增益效果，王母娘娘可以將蟠桃分配給任意指定的友方目標，使目標獲得相應的增益效果持續10秒。當四顆蟠桃分完後，蟠桃樹會暫時陷入休眠狀態，5分鐘後再次生長，並繼續長出新的蟠桃）

附加技能：不死藥（傳說中，王母娘娘掌握著一種「不死藥」，吃下神藥的人不會死亡。王母娘娘可以將「不死藥」餵給任意指定的目標，當目標受到足以讓其陣亡的傷害時，立刻觸發「不死

藥」效果回復20％血量，並在接下來的5秒內免疫控制；冷卻時間10分鐘）

附加技能：鵲橋相會（王母娘娘認為不同種族談戀愛不合規矩，她摘下頭上的金釵劃出一條長10公尺、寬2公尺的天河，被天河隔開的目標，彼此之間支援技能全部失效。但王母娘娘本性仁慈，如果雙方能堅守愛情的信念，她也可以網開一面，讓相愛的人通過鵲橋相會。天河的最中間橫跨著一座鵲橋，卡牌可以從鵲橋通過。戰場隔離技，一場比賽僅限一次）

不死藥的復活跟其他復活技不一樣，可以提前預判，提前餵給我方容易被秒殺的卡牌。但是，這個技能還有個非常厲害的用法——針對亡語牌。把不死藥餵給對方的亡語牌，讓亡語牌吸收一波傷害卻死不掉，無法觸發亡語技！

至於戰場隔離技，這個技能很考驗選手對賽場的判斷，並且需要精準的操作。要是技能放不好，可能會搬石頭砸自己的腳。但是謝明哲相信，只要大家好好練習，肯定能掌握好配合。

謝明哲依舊先把卡牌拿給師父看過，陳千林覺得設計上沒太大問題。連上系統後果然通過了審核，只是技能特效方面系統要謝明哲自己畫出天河、鵲橋的模型。

謝明哲又用另一張卡牌重新繪製了天河和鵲橋的放大版，並錄入到資料庫當中。

他決定再做一張輔助卡牌——送子觀世音。

女兒國的母親河這張場景卡可以讓兩張卡牌懷孕並生出複製卡，但是限制太大了，只有在「女兒國」這張場景圖上才能觸發效果。

不如做一張有類似技能的卡牌，在任何場景都可以使用。

送子觀世音，在神話傳說中就是給人送寶寶的神仙。

很多夫妻為了生孩子，都會去觀世音廟裡拜「送子觀世音」的佛像。她的形象是個非常溫柔慈愛的女神，懷裡抱著個可愛的小寶寶，據說她託個夢把懷裡的寶寶送給誰，誰就會懷孕。

謝明哲畫好「送子觀世音」的形象，並且設計了一個技能。

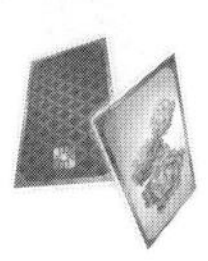

送子觀世音（木系）

等級：1級

進化星級：★

使用次數：1/1次

基礎屬性：生命值1200，攻擊力0，防禦力1200，敏捷30，暴擊10%

附加技能：送子（送子觀世音非常慈愛，得知很多人為了求得子嗣在拜祭她，於是她決定為一些善良的人送去子嗣。被送子觀世音指定的目標可以馬上懷孕，在接下來的9秒內免疫一切傷害和控制效果，並且在9秒後生下一張寶寶卡牌，寶寶卡繼承自身一半屬性和一個技能、體積也只有自身的一半大小；送子觀世音每場比賽最多送出兩個子嗣，送完子嗣後完成任務，立刻消失）

這樣一來，就算沒有「女兒國」這張場景圖，在其他的場景當中，只要有送子觀世音的存在，卡牌也可以生寶寶。而且從平衡性上來說，送子觀世音生成的複製卡牌，只有原卡一半的屬性，她本身占了一個卡牌位置，生成兩張「半屬性」的新卡，從資料上來說也是合理的。

謝明哲今天做的三張散卡，會極大地豐富團戰的戰術變化。

月老是拉紅線強迫卡牌談戀愛，王母娘娘是棒打鴛鴦不讓對方的卡牌支援，送子觀世音則是讓指定的卡牌懷孕生寶寶。如果這三張牌同時出現在團戰中，對手估計要瘋。

某張卡牌剛才在談戀愛，現在要保持單身，過了一會兒又生了個寶寶。

卡牌們的私生活真是亂啊！

謝明哲決定再做一張通用型治療卡，目前的治療牌有陣法持續加血、團隊及單體瞬間加血、土系護盾加血……還差一張單體急救類的卡牌，他打算用「華佗」這位神醫做素材。

華佗是三國時代的名醫，醫術非常全面，據說他精通內科、婦科、兒科和針灸，尤其擅長外科手術，被後人稱為「外科鼻祖」。

在歷史文獻的記載中，華佗是最早用「外科手術」的方法治病救人的醫生。

他用各種中草藥搭配研製出了「麻沸散」，這是世界上最早的麻醉劑。華佗讓病人服下麻沸散，並進行腹部手術，開創了以「全身麻醉」方式為病人做手術的先例。從醫學歷史上來說，這也是空前的創舉。

麻沸散可以設計成給指定目標止痛的治療技能，無視痛苦，相當於一段時間的減傷，並且可以不斷疊加，疊的層數越多，減傷比例也越高。

此外華佗還很有遠見地提出了強身健體、預防疾病比治病更重要的觀念。他編造了一種鍛煉身體的方法，叫做「五禽戲」，讓全身的肌肉、關節得到舒展，相當於古代版的「健身操」。據說，學了華佗五禽戲的人，大部分都很長壽。

設計成卡牌技能的話，五禽戲可以讓友方目標增強防禦力，抵抗一些傷害。

此外，《三國演義》中還有一段華佗為關羽「刮骨療傷」的傳說，這同樣可以做成技能，讓卡牌根除一切病痛，獲得痊癒。

華佗的形象，謝明哲按照自己的理解，把他畫成一位白髮蒼蒼、笑容慈祥的老爺爺，屬性就設定為比較百搭的木系。

華佗（木系）

等級：1級

進化星級：★

使用次數：1/1次

基礎屬性：生命值1000，攻擊力0，防禦力1000，敏捷30，暴擊10%

附加技能：麻沸散（華佗是一名神醫，他製作的「麻沸散」具有「止痛」功效，可以讓服用者暫時忽略痛楚。華佗每6秒製成一瓶麻沸散，最多累積5瓶，他可以將麻沸散交給指定的目標服用，每服用一瓶麻沸散，可減少接下來5秒內受到的20%傷害，麻沸散的減傷效果可以疊加，服用5瓶，則疊滿5層，減傷100%；華佗使用完5瓶麻沸散後，需要休息15秒才能繼續製作新藥）

附加技能：五禽戲（華佗提倡強身健體、預防疾病，他模仿五種動物的動作，發明了一種鍛煉身體的健身操「五禽戲」。華佗可以把五禽戲教給範圍23公尺內指定的友方目標，讓目標增強100%防禦力持續10秒；冷卻時間30秒）

附加技能：刮骨療傷（華佗擅長以外科手術根除病痛，當友方目標的生命值低於20%時，華佗決定對其進行持續2秒的「刮骨療傷」手術，2秒後，目標痊癒，血量恢復至100%並且重置全部技能CD；冷卻時間100秒）

麻沸散每六秒生成一瓶，每瓶可減傷百分之二十，可單獨放給不同的隊友，或者累積夠五瓶後直接餵給同一個人減傷百分之百。五禽戲具有雙倍防禦加成，刮骨療傷讀條兩秒即可回滿血的單體急救，全都是針對單體的技能。

這張卡牌同樣能加入到個人賽中，作為全力保護核心卡的最強治療。

謝明哲收起華佗卡，暫時摘下頭盔休息。

他新做的這幾張散卡，以輔助、治療、控制為主，他想再做一些萬用輸出卡，能適配於任何團戰陣容，在輸出不足的時候就可以把這些散卡加進去，彌補攻擊上的不足。

這一類散卡，最好能不會受到地圖場景的限制。

提起輸出，群攻最強是火系，單攻最強是金系。金系暴擊牌謝明哲已經做了很多，有蜀國的五虎上將就夠用了。火系群攻牌，有周瑜和陸遜聯手放火，還有孫尚香的火箭收割。

如果能做出一張既可以單攻、又可以群攻的普攻卡，搭配度極高，還不受場景沉默的限制，能加入到任何卡組陣容當中，豈不是更完美？

謝明哲打算從三國人物下手。

他在腦海裡排除了大量三國時期的武將，然後突然想到一個傳奇性的女子——黃月英。

黃月英這個人物，歷史上關於她的記載並不明確，但是在後世的很多衍生作品中都出現過她的名字，尤其是以三國背景改編的各種遊戲裡，黃月英都是不可缺少的存在。

畢竟，她是三國最著名丞相諸葛亮的結髮妻子。

黃月英是個獨生女，從小受父親耳濡目染，熟讀經史，多才多藝，她特別喜歡研究各種工具，先後發明了木狗、木虎、木人等「木製機器人」，讓諸葛亮十分驚豔和敬佩。

她可以稱得上是製作機器人的鼻祖級人物了。也是因為她，諸葛亮得到了大量製作軍用機械的靈感，後來研究出的「木牛流馬」和「諸葛連弩」都投入到實戰中，效果還非常好。

木牛流馬和諸葛連弩都是諸葛亮發明的，但謝明哲不想把諸葛亮做成一張暴力的輸出卡，既然設計的靈感來源於黃月英的各種木製機器人圖紙，那就把工具交給黃月英這位機器發明家來操控，還可以設計夫妻連動技能。

想到這裡，謝明哲便決定把黃月英做成是一張操控工具來攻擊的卡牌。

人物形象方面民間有很多傳說，有說黃月英是醜的，也有說黃月英其實特別美，黃月英具體是醜還是美，並沒有確切的定論。

謝明哲決定給她畫一個白色的面紗，讓人看不見她的容貌，只露出眉毛和眼睛。

能做出那麼多木頭機器人的女人，可不是一般的弱女子，她的眼睛一定是清澈明亮、神采奕奕，眉眼間透著一股英氣。衣服就畫得簡約樸素一些，落落大方，手裡再拿一些木頭零件和圖紙，突出她「喜歡設計各種機器」的愛好。

黃月英（金系）
等級：1級
進化星級：★
使用次數：1/1次
基礎屬性：生命值800，攻擊力1500，防禦力800，敏捷30，暴擊30%
附加技能：諸葛連弩（黃月英會操控武器「諸葛連弩」，將諸葛連弩放置在自身5公尺範圍內的任意位置上。在接下來的10秒內，諸葛連弩將自動射擊，向前方直線路徑連續射出10支利箭，每支利箭對路徑上命中的目標造成30%金系暴擊傷害，利箭射出時可任意調整諸葛連弩的方向；在射完十支利箭30秒後，諸葛連弩會再次累積10支利箭，並由黃月英重新擺放位置，進行下一輪射擊）

附加技能：木牛流馬（這是一種非常省時省力的運輸工具，在雙方作戰時用來運送物資。黃月英可以操控木牛流馬按照指定的路線移動，給友方目標提供物資。友方目標在獲得物資後，立刻增加50%基礎攻擊力持續5秒。木牛流馬內共裝有5份物資，最多讓5個隊友目標獲得增益狀態。物資用完後，黃月英可以讓木牛流馬來到30公尺範圍外的安全位置，脫戰並重新累積物資，1分鐘後再次運送）

黃月英這張牌，最強的地方在於她不會受到沉默、暈眩等控制技能的影響。因為，諸葛連弩一旦擺在地上，那就相當於擺了一個穩定的炮臺，會在十秒內持續自動射擊。只要她把連弩的位置擺好，她自己被控、甚至被殺，輸出照樣能打得出來。

而且，諸葛連弩的技能設計用法也相當靈活。使用的時候調整角度，就會變成範圍群攻掃射。角度不變，對準一張卡牌連射十箭，那就是非常可怕的單體爆發輸出，血量再厚的卡也能被射掉半條命。

群攻、單攻靈活切換，必要的時候還能用諸葛連弩扇形掃射來限制對手的走位。

諸葛夫婦製作的這個三國時代攻擊力最強的「黑科技」，到了星卡聯賽的賽場上，也絕對會讓對手頭大如牛。

這張卡牌是金系卡牌，基礎攻擊可達到一千五，滿級的黃月英，基礎攻擊力能超過十萬，再加上百分之百的暴擊，完全就是個輸出炮臺。

把黃月英加入到任何缺輸出的卡組都能完美搭配，這就是散卡的優勢。她不受場景、控制和陣容的限制，只要把「諸葛連弩」放好，利箭連射就能打出成噸的傷害。

謝明哲看著設計好的卡牌激動無比。

【第十五章】

三國梟雄美男團成軍

黃月英完成之後，謝明哲並沒有急著送去審核，因為他還要做出諸葛亮，然後給兩張卡做個連動技，到時候再一起審核。

諸葛亮的人物素材謝明哲一直保留到現在，就是為了把他做成一張強力的控場牌。作為蜀國的丞相，諸葛亮是真的做到了「鞠躬盡瘁、死而後已」。

關於諸葛亮的典故和傳說太多，但是一張卡牌最多只能做三個獨立技能，謝明哲整理之後，挑選了三個最適合做成技能的典故。

首先是舌戰群儒。

諸葛亮口若懸河、滔滔不絕，說得東吳謀士們無言以對。這個場面很適合做成一個群控技能，很符合「群體混亂」的設計思路。

此外，草船借箭，可以設計成能把對手的武器借來使用的技能。

諸葛亮放置一艘草船在賽場上，對手的所有攻擊都會被船上的稻草人擋住，如果有射擊類的攻擊，則可以暫時借為我方所用。

第三就是空城計，諸葛亮一個人坐在城樓上彈琴，城門大開，城內看上去空空如也，讓人誤以為有埋伏而不敢進入。

在競技場上，空城計可以做成群體隱身的效果，諸葛亮一個人出來彈琴拉仇恨，友方目標則群體隱身，伺機而動！

三個技能想好後，謝明哲開始設計諸葛亮的人物形象。

作為一個顏控設計師，他畫出來的諸葛亮，年輕英俊，身穿儒生長袍，手裡持著一把羽扇，談笑間風度翩翩。

三國美男團中又增添了一位諸葛亮，而且是百搭的強控卡，適用於任何陣容。

屬性方面，為了跟黃月英連動，諸葛亮也必須做成金系卡。

諸葛亮（金系）
等級：1級
進化星級：★
使用次數：1/1次
基礎屬性：生命值800，攻擊力100，防禦力800，敏捷30，暴擊10%
附加技能：舌戰群儒（諸葛亮口才極好，辯論能力一流，他一個人可以和對方幾十個人辯論，不落下風。諸葛亮開啟「舌戰群儒」技能時，周圍23公尺內敵對目標被他的言論所影響，群體陷入混亂狀態，持續3秒；冷卻時間60秒）

附加技能：草船借箭（諸葛亮製作出一條船，在船上裝滿稻草紮成的假人，他可以將草船放置在任意指定的位置，敵方的攻擊技能可以被草船擋住；如果是射擊類的攻擊，射向草船的道具將會被稻草人所吸收，在接下來的5秒內，吸收的道具可以由我方來操控並反擊對手；草船存在時間為5秒；冷卻時間90秒）

附加技能：空城計（諸葛亮拿出古琴，坐在指定的位置彈奏琴音，他周圍23公尺內的友方目標集體隱身，讓對手看不見任何蹤跡，只能看見諸葛亮一個人彈琴的畫面。空城計效果持續5秒，效果存在期間，諸葛亮自身免疫一切控制和攻擊技能；一場比賽僅限一次）

這張牌最強的就是二十打二十的大團戰了。

舌戰群儒是群體混亂，持續三秒，算是比較常規的控場技能。

草船借箭不但能借眾神殿淩驚堂的金系兵器牌一用，還可以借沈安的水果亂砸，以及一些花瓣、水泡等攻擊，凡是「射擊類」的技能都可以被稻草人吸收，借過來反擊對手。這其實和土系的反擊土牆有些相似，只不過草船借箭把土牆分成兩個步驟，先借用，再反擊。

最可怕的其實是空城計，打著打著，諸葛亮一個空城計放出來，其他卡牌集體隱身，只能看見他一人彈琴。群隱期間，大家可以迅速調整走位並作出戰術安排，隱身結束後殺得對面猝不及防！

這張卡牌完成後，謝明哲緊跟著設計諸葛亮和黃月英的連動技。

連動技的名字就叫夫妻情深。

黃月英連動技：夫妻情深（當夫君諸葛亮在場時，諸葛連弩、木牛流馬由於都是諸葛亮所設計的機關，被主人的意識所影響，黃月英操控這兩個機關的技能冷卻時間自動縮短30％）

諸葛亮連動技：夫妻情深（當妻子黃月英在場時，由於諸葛亮手中的羽扇是黃月英所贈，為了讓他喜怒不形於色，諸葛亮可以揮舞羽扇遮擋自己的表情，在揮扇期間，免疫傷害持續5秒。該技能需主動釋放，連動技只能使用一次）

這兩張金系散卡，諸葛亮的強勢群控、黃月英的炮臺攻擊，雙卡連動加入團戰陣容，肯定能大幅度地提升涅槃俱樂部在團戰時的戰鬥力。

涅槃的四位選手，配合默契肯定還比不上別的俱樂部。

但是，在卡組方面，他們已經越來越完善了。接下來只需要多多練習配合，謝明哲相信，下個賽季的團戰，他們一定能拿到好成績。

團戰和個人賽最大的區別是卡牌數量，個人賽只有七張牌，單體技能很容易命中，因此需要大量的單體攻擊技來集火秒殺核心卡。

但是團戰不一樣，雙方都有二十張牌，在混亂局面中，單殺技能想要命中可沒那麼容易。

黃月英的厲害之處是「自動射擊」，不需要太複雜的操作。

設計團戰卡的時候儘量減少對卡牌的操作，多做一些自動瞄準、自動回血類的技能，這也是非常關鍵的技巧。

此外，製作團戰卡，還要考慮團隊中其他選手的卡組。

陳霄的暗黑植物大多具有凌厲的攻擊技能，既然陳霄做了很多輸出卡，那麼在組建木系團戰套

牌的時候，謝明哲決定多做一些輔助、控場類的卡牌。

他已經想好要把魏國人物做成木系卡。在魏國的謀士天團中，郭嘉、荀彧等都很適合做成控制卡。但是，他要先做一張木系的坦克卡，站在前面頂住對手火力，否則團戰的時候涅槃的陣容就太脆皮了。

這張卡牌，謝明哲想到了曹操。

作為三國時代的梟雄，曹操以漢天子的名義征討四方，雖然生性多疑，誤殺不少人，可是他在政治、軍事上的才能卻沒人能否認，他非常愛惜人才，擅於用人，這也是後期魏國人才濟濟、國力日漸強盛的關鍵原因。

跟曹操有關的典故非常多，謝明哲挑選了最有代表性的幾個故事。

首先是「挾天子以令諸侯」的做法充分表現了曹操的機智。

這個典故設計成卡牌技能，可以讓曹操在一段時間內強行控制住對手的一張核心卡牌，來命令對手的其他卡牌做出相應操作。比如，強控對方一張關鍵卡當成人質，命令其他的卡牌停止攻擊……要做出如此賴皮的技能也不是不可能的。

此外，就是曹操那句經典的「寧教我負天下人，休教天下人負我」，這句話翻譯到卡牌技能當中，就是「我打你沒問題，但你不能打我」，賴皮的最高境界。

將它做成技能，謝明哲決定把技能命名為「天下歸心」，這是曹操最出名的詩歌《短歌行》中的詩句，表露出曹操希望天下英傑歸順於他的雄心壯志。

最後一個技能就用曹操「孤好夢中殺人」的故事，據說曹操做夢的時候警覺心非常的強，誰來

靠近他，就會被他誤認為是刺客，直接反殺掉對方。

想好了技能設定，謝明哲拿出星雲紙，開始繪製曹操的形象。

在謝明哲的想像中，曹操應該有一雙深邃的眼眸，下巴上留著濃密的鬍子，頭頂戴著髮冠，是一位非常霸氣的亂世梟雄。曹操的容貌並不算英俊，身高還是個硬傷，但他的氣場可以一人抵三人，眼睛一瞪，能嚇得人心驚膽戰。

為了讓卡牌歸入木系，謝明哲捨棄了曹操的金屬武器，讓曹操騎著戰馬出場，這樣就不用擔心身高的問題了。

曹操的坐騎叫「絕影」，通體毛髮漆黑發亮，是三國時代的一匹名馬，據說可以日行千里。

謝明哲非常用心地把曹操和他的坐騎「絕影」分別畫好。

完工後的曹操，騎著駿馬、威風凜凜，看上去確實有「一代梟雄」的氣場，而且，他的技能設計，也會讓對手非常的頭疼。

曹操（木系）

等級：1級

進化星級：★

使用次數：1/1次

基礎屬性：生命值1200，攻擊力500，防禦力1200，敏捷30，暴擊30％

附加技能：挾天子以令諸侯（曹操智謀出眾，當他開啟「挾天子以令諸侯」技能時，他可以搜索範圍23公尺內敵對目標，並將任意指定目標抓到身邊作為人質，持續5秒。人質卡牌無法釋放任何技能，並且會按曹操的命令對隊友做出以下指示：一、停止釋放一切攻擊技能；二、全體後撤10公尺；如果5秒時間到，隊友不按指示操作，則人質牌陣亡。如果隊友按照指示操作，則人質牌放回；冷卻時間10分鐘）

附加技能：夢中殺人（曹操警惕心非常強，當他睡著時會進入做夢狀態持續5秒，在此期間一旦有敵對目標攻擊他，他會立刻反擊對手，造成100%傷害反彈；冷卻時間60秒）

附加技能：天下歸心（曹操期待天下英雄豪傑都能歸順於他，當他開啟「天下歸心」技能時，23公尺內的所有攻擊將自動指向曹操，同時，曹操會從所有攻擊者的身上各吸取5%的血量；冷卻時間90秒）

抓人質這種設計，在實戰操作中會很好玩，尤其是把對方的關鍵卡牌抓過來當人質，除了讓人質卡沒法放出技能之外，還可以要求對方聽命行事，迅速打斷對手的進攻節奏，否則人質卡就會被撕票。

而二技能和三技能在實戰中可以搭配使用，作為一個連招。

比如，曹操先開「天下歸心」範圍內拉嘲諷，緊接著開「夢中殺人」，他就能在吸收範圍內全部攻擊的同時，把攻擊給反彈回去，並且從所有攻擊他的卡牌身上吸血百分之五。

打團賽的時候，攻擊曹操的卡牌越多，他能吸到的血量就越多，真符合「奸雄」的設定。

作為一張嘲諷卡，曹操的技能設計和大部分嘲諷卡不同，他自身的血量和防禦都不是很高，但是他的技能卻讓他很難被對手集火殺死，自保能力一流。

在關鍵時刻，曹操還可以「挾天子」控場。

謝明哲自己非常喜歡這張卡牌的設計，可以說是把曹操的個性給體現了出來。

接下來設計女性人物甄姬。

甄宓的名氣並不比江東二喬差，民間就有「江東有二喬，河北甄宓俏」的傳言。

據說，甄宓從小異於常人，別的女孩子都在學習女工，她卻更喜歡讀書識字，認為不讀書就不能明辨是非。

這張牌的技能，謝明哲決定依照傳說中的《洛神賦》來設計。

曹植寫的《洛神賦》是文采華美的千古名篇，有人說是寫給甄宓的，其中描寫的美女「洛神」就是甄宓，但是因為甄宓是他的嫂嫂，曹植不好指名道姓，就假借洛神來描寫甄宓的美貌。但也有另一種說法，曹植借洛神的形象來表達對君臣大義的思慕，反映自己的忠心不能被君王領會的苦悶之情。

不管真實歷史如何，甄宓因此被稱為「洛神」，正好用洛神賦中描寫的詞句作為她的技能名稱。比如洛神賦中的「翩若驚鴻、婉若游龍」就是形容女子輕盈的身姿。這兩句形容，用在美女甄宓的身上並不過分，畢竟甄宓確實是歷史上出了名的美女。

謝明哲畫美女圖手到擒來，很快就在星雲紙上繪製出了一張身材婀娜的古代美人，手裡還持著當時很流行的扇子。

甄宓（木系）

等級：1級

進化星級：★

使用次數：1/1次

基礎屬性：生命值800，攻擊力1200，防禦力800，敏捷30，暴擊30%

附加技能：翩若驚鴻（甄宓是出了名的美女，身姿輕盈如同驚飛的鴻雁，當她開啟「翩若驚鴻」技能時，自身閃避提升100%，可在接下來的10秒內，閃避敵方所有的「非鎖定」攻擊和控制技能；冷卻時間30秒）

附加技能：婉若游龍（甄宓在移動時，蜿蜒如同游動的蛟龍，當她開啟「婉若游龍」狀態時，

提升自己的移動速度500%，持續15秒，在婉若游龍狀態開啟期間，她可鎖定23公尺內血量最低的敵對目標之一，加速移動至對方身前，並用手中團扇攻擊目標，每次攻擊造成80%木系暴擊傷害，連擊三次後額外造成100%木系單體傷害；冷卻時間30秒）

這是一張高閃避卡牌，靠閃避來躲掉對面的傷害。

星卡競技場上大部分的卡牌技能都不是鎖定目標的，而是群攻或者指向技能，所以，甄姬一旦開了閃避，幾乎可以做到一段時間內的無敵免傷。

第二個技能則是最簡單粗暴的刺殺技，依靠靈活的移動速度，對血量最低的一張卡牌進行刺殺，在團戰的時候因為對方的卡牌很難鎖定，所以甄姬的技能設計中增加了「最低血量鎖定」的設計，可以讓她迅速瞄準對方殘血卡，突進過去收割，彌補我方單體攻擊的不足。

把甄姬做成高閃避、高暴擊的卡牌，完全是從《洛神賦》的描述中得到的靈感。

做完甄姬，還剩下曹丕和曹植兩兄弟。

如果要將曹丕和曹植做成雙卡連動，謝明哲倒是想到了一個很巧妙的構思，那就是歷史上出名的「兄弟相煎」故事。

曹操在位期間大臣們就分成了兩派，有人支持曹丕，也有人支持曹植，最後是曹丕黨勝出，繼承王位成了「魏文帝」。

但是曹丕的性格一向薄情，當了皇帝之後對才華橫溢的弟弟曹植一直心生忌憚，於是他故意找碴，叫曹植在七步之內作詩一首，否則就處死曹植。

曹植知道兄長在想什麼，真的在七步之內做出了一首流傳至今的詩歌：「煮豆持作羹，漉菽以為汁。萁在釜下燃，豆在釜中泣。本自同根生，相煎何太急？」

簡單幾句詩詞不但體現了曹植非凡的才華，而且還告訴曹丕：你我兄弟本為手足，不應該互相猜忌和怨恨。曹丕聽後羞愧萬分，自此放棄了殺死曹植的想法，讓曹植去當一個閒散王爺。

這個「兄弟相煎」的典故完全可以做成一個很有特色的連動技，讓曹丕主動發起，曹植被動回應，然後對周圍造成一些影響。

當然，在做連動技能之前，得先做出曹丕、曹植這兩張卡牌。

從一個君王的角度來說，曹丕是個很有作為的皇帝，他繼位之後堅持大權獨攬，設立中書省，並且採用「九品中正制」的官員選拔制度，在歷史上都有非常重要的意義，後世科舉制度的開創也是受了曹丕「九品中正制」的影響。

文學方面，曹丕寫了一部《典論》開創了「批判文學」，算是批判類議論文的鼻祖，對當時的文學發展起了至關重要的推動作用。

這張卡牌的設計，謝明哲想到了三個技能。

第一個技能取材於曹丕的政治手段，他很擅長政治鬥爭，在鬥爭勝利後並不會直接殺了對手，而是把對手流放到偏遠的地方，比如漢獻帝還有後來的曹植、曹彰，都被他流放遠方。如果設計成技能，就可以將卡牌瞬間驅逐出某個範圍。

第二個技能是集權，他認為當皇帝一定要掌握權力，不能讓大權分散。集權可以作為一個吸取攻擊力的技能，讓曹丕在短時間內獲得極強的爆發。

還有就是他的文學貢獻，《典論》作為歷史上第一部批判類的論著，可以對指定的卡牌進行批判，作為控制技來使用。

曹丕的卡牌技能想好之後，接下來就是曹植。

相對於兄長曹丕的心狠手辣，曹植其實更適合做一位閒散的詩人，他的政治才能是比不過曹丕的，這也是他在奪權中失敗的關鍵原因。

曹植最出名的典故就是「七步成詩」，做成卡牌技能，可以讓他在七步之內吟詩一首，並且對範圍內的敵對目標造成影響。

曹植平時特別喜歡飲酒作詩，還因為喝酒誤過事。有一次在曹操外出期間，曹植喝醉酒，藉著酒興私自坐上王室的車馬，並且擅自打開了王宮的大門「司馬門」。不但如此，他還在帝王舉行典禮才能行走的禁道上駕著馬車縱情馳騁，這可是大逆不道的罪行。

醉闖司馬門，算是曹植人生中比較重要的轉捩點，設計成卡牌技能，可以作為對敵方群體的干擾技能來使用，徹底打亂對手的陣型。

謝明哲將曹丕、曹植兩張牌的技能設計記在心裡，緊跟著繪製他們的形象。

這對兄弟的顏值都不低，但氣質卻完全不同。

曹丕的外表看上去比較陰柔，作為一個帝王，他身穿象徵至尊地位的黑色龍袍，頭戴帝王皇冠，心狠手辣，眼神裡有著讓人不敢對視的鋒芒。

曹植則是閒散詩人，衣服穿得沒那麼正式，經常喝酒的曹植，顯得很是風流倜儻、瀟灑不羈。

謝明哲按照自己的理解，畫完了曹丕和曹植。

曹丕（木系）

等級：1級

進化星級：★

使用次數：1/1次

基礎屬性：生命值800，攻擊力1200，防禦力800，敏捷30，暴擊30%

附加技能：流放（曹丕很擅長政治鬥爭，對他有威脅的人他不會直接處死，免得落下罵名，而是用「流放」的方式將對方驅逐到不會影響自己的偏遠地帶。當曹丕開啟「流放」技能時，可以將指定卡牌驅逐到距離自身30公尺之外的任意位置，並讓卡牌無法移動持續5秒；冷卻時間60秒）

附加技能：批判（曹丕喜歡批判某些不好的文章，並且專門寫了一本批判性的論著；當曹丕開啟「批判」技能時，他可以對敵方指定的卡牌進行批評，讓對方陷入沉默狀態，無法釋放技能持續

5秒；冷卻時間60秒）

附加技能：集權（曹丕認為，身為領導者一定要將權力集中在自己的手裡，這樣才能讓手下的人聽話。當曹丕開啟「集權」技能時，他可以用5秒的時間，從距離自身30公尺範圍內的所有友方、敵方卡牌的身上各吸取2%的基礎攻擊力，吸取完畢後，對準指定的方向進行一次攻擊，對路徑上所有的敵對目標造成220%木系暴擊傷害；一場比賽限用一次）

附加技能：兄弟相煎（連動技；當曹植在場時，曹丕擔心弟弟對自己的地位產生威脅，強迫弟弟在七步之內寫一首詩，如果曹植無法七步成詩，則曹丕擊殺曹植；如果曹植順利放出七步成詩技能，曹丕心生愧疚，將曹植流放到指定位置，並讓曹植在接下來5秒內免疫一切傷害）

曹植（木系）

等級：1級

進化星級：★

使用次數：1/1次

基礎屬性：生命值1200，攻擊力800，防禦力1200，敏捷30，暴擊30%

附加技能：七步成詩（曹植文采斐然，能在七步之內寫出一首詩歌。當曹植開啟「七步成詩」技能時，他從原地開始向指定的位置迅速行走七步構思詩句，行走期間免疫一切控制和傷害，走到終點時曹植吟詩一首，周圍23公尺內敵對目標因為佩服曹植的文采，集體陷入沉默持續3秒；冷卻時間60秒）

附加技能：洛神悲歌（曹植寫了一首《洛神賦》來描述一位美麗的女子，可惜他只能在夢中與這位洛神相見。曹植吟誦《洛神賦》詩句，悲傷之情感染周圍敵對目標，讓所有敵對目標防禦力降低50%，持續5秒；冷卻時間60秒）

附加技能：醉闖司馬門（曹植喜歡喝酒，這次喝醉後意識不清，騎著馬闖到禁地犯下大錯；當

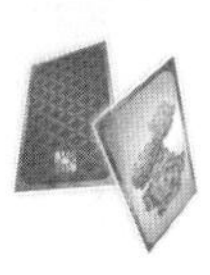

開啟「醉闖司馬門」技能時，曹植可召喚自己的坐騎，翻身上馬，增加500%移動速度，並從指定方向衝入敵方陣營中，將被撞擊的敵對目標擊退3公尺；冷卻時間5分鐘）

附加技能：兄弟相煎（連動技；當曹丕發起連動技，強迫曹植在七步之內寫詩時，曹植可以使用「七步成詩」技能回應兄長連動。若該技能正好冷卻，則曹植被曹丕擊殺，曹植陣亡後觸發「兄弟相煎」亡語技，讓敵方全體卡牌目瞪口呆陷入恐懼狀態，無法做出任何操作持續3秒）

這對兄弟連動，是謝明哲目前設計的連動技中，最好玩兒的一個。

因為它是可以選擇的連動。

曹丕放連動技的時候，如果曹植能七步成詩，曹丕就不殺曹植，流放曹植，相當於讓曹植瞬移到指定位置，曹植再開「醉闖司馬門」技能攪亂敵方陣型，可以說是兄弟配合的一次瞬移控場。

如果曹植不回應七步成詩，曹丕會秒殺曹植，然後觸發「兄弟相煎」的群體恐懼控場。

真到了賽場上，對手或許會真的目瞪口呆。

——胖叔這個瘋子，做的卡牌瘋起來連親弟弟都殺。殺了弟弟還要讓我們集體恐懼，我們能怎麼辦？只能目瞪口呆看你們兄弟倆盡情表演。

早在設計木系卡組的最初，謝明哲就打算把木系做成「控場流」打法，很多魏國的謀士都可以做控制類技能，謝明哲最先想做的，是魏國謀士團中地位最顯赫的一位——被曹操稱為「吾之子房」的荀彧，荀文若。

荀彧是曹操身邊最重要的功臣，他跟隨曹操多年，為曹操制定了統一北方的軍事戰略和基本路線，並且給曹操舉薦了荀攸、陳群、郭嘉等人才。

曹操出征在外，總會讓荀彧鎮守後方，可見曹操對荀彧的信任。

可惜最後這對君臣鬧得不歡而散。兩人在曹操要不要進位為魏王的事情上產生了極大的分歧，荀彧的勸阻激怒曹操。

後來曹操贈送食物給荀彧，荀彧打開食盒，發現裡面空無一物，感悟到「自己再也沒有大漢的俸祿可以食用」，因此服毒自盡。

這個技能可以做成亡語技，讓荀彧在必要的時候服毒自殺，使友方集體狀態提升。

荀彧最出名的一次計謀是「驅虎吞狼」，「虎」指劉備，「狼」指呂布。

荀彧給曹操出了個驅虎吞狼之計，讓劉備和呂布自相殘殺，等他們兩敗俱傷的時候，曹操就可以不戰而勝，坐收漁翁之利。

此外，關於荀彧還有個傳言——荀令留香。

據說，荀彧不但容貌俊美，人品也非常正直，高風亮節、令人敬重。

荀彧生性喜歡香氣，經常用熏香把衣服熏得香香的，他每次到別人家裡做客，走了以後，他曾經坐過的地方好幾天都會留有香氣。

謝明哲整理好三個技能的設計思路之後，開始繪製荀彧的人物形象。

在他的理解中，荀令君是一位溫文爾雅、心胸開闊的謀士，不但智謀出色，容貌也是三國時代出了名的美男子。

他給荀彧畫了個象徵儒生的帽子，再讓荀彧的手裡拿一本竹簡製成的書籍，看上去真是風度翩翩，笑容溫暖。這樣的人物形象，絕對能迷倒一大批顏控的集卡玩家。

荀彧（木系）

等級：1級

進化星級：★

使用次數：1/1次

基礎屬性：生命值700，攻擊力0，防禦力700，敏捷30，暴擊0％

附加技能：驅虎吞狼（荀彧智謀出眾，很擅長把握對手的心理，他認為虎和狼都是我方心腹大患，但如果讓虎狼相爭，兩敗俱傷時，我方就可以坐收漁翁之利。荀彧開啟「驅虎吞狼」技能，可指定距離自身23公尺內任意的兩張敵對卡牌，讓兩張卡牌在接下來的5秒內自相殘殺，兩張卡牌在釋放攻擊技能時會自動鎖定對方。限定技，一場比賽只能釋放一次）

附加技能：荀令留香（荀彧是一位高風亮節、品格端正的人，據說他去別人家做客時，會在所坐的位置留下香氣；荀彧的技能「荀令留香」可以在指定的23平方公尺範圍內留下特殊香氣，香氣存在期間，範圍內敵對目標受香氣影響，產生隨機幻覺持續3秒；冷卻時間45秒）

附加技能：服毒自盡（荀彧收到曹操送給他的食盒，打開發現裡面是空的，領悟到自己再也無法食君之祿，因此服毒自盡。荀彧可以主動自殺，當他陣亡後，範圍23公尺內友方目標被荀彧的悲傷之情所感染，群體防禦力提升50％）

幻覺屬於視覺上的硬控，持續的時間會比較短，但比沉默更加霸道。

荀彧這張牌的控場能力非常強，不但可以幻覺範圍強控，最關鍵的還是第一個技能「驅虎吞狼」，指定兩張敵對卡牌自相殘殺，其實比混亂控場更加可怕。因為混亂是隨機的，並不能知道對手的技能會放去哪裡，但「驅虎吞狼」可以指定卡牌，尤其是單體牌，讓兩張超強單攻卡去相愛相殺，相當於廢掉了敵方最強的戰力。

除了荀彧外，魏國謀士團中還有一位跟荀彧沾親帶故的人——荀攸。

荀攸一生中給曹操獻了奇策共十二計，據說是「算無遺策」，每一次都能成功。具體內容只有鍾繇知道，可惜鍾繇還沒整理完就去世了，後世只留下荀攸獻奇策的傳說。

在荀攸獻策當中，最經典的就是「聲東擊西」。官渡之戰白馬被圍，曹操想去救援，荀攸勸曹操說，敵多我寡不好正面硬拚，可以調一部分人假裝渡河，先把袁軍主力給引走，他們再派精銳部隊突襲白馬，殺他個措手不及。曹操聽取建議，利用「聲東擊西」的計策成功調走袁紹大部隊，連斬顏良、文醜兩位大將。

荀攸這張牌的設計，謝明哲決定用他「聲東擊西」的策略在團戰中迷惑對手，打得對面猝不及防。比如，某些卡牌的技能本來是指向左邊，對手看見我方正要攻擊左邊的卡牌，肯定會進行防禦和走位躲避，結果在技能放出的那一瞬間，我方的攻擊突然翻轉，打向右邊的卡牌，那對手就防不勝防了！

謝明哲想好設計後，製作出荀攸卡。

荀攸（木系）

等級：1級

進化星級：★

使用次數：1/1次

基礎屬性：生命值700，攻擊力0，防禦力700，敏捷30，暴擊0％

附加技能：聲東擊西（荀攸喜歡用「聲東擊西」的計策迷惑對手，當我方卡牌用直線指向性技能、單體指向性技能對敵對目標做出攻擊時，荀攸可以另外指定一個方向，我方卡牌技能放出的那一瞬間，會自動偏移至荀攸暗中指定的方向，使對手猝不及防；限定技，一場比賽限一次）

附加技能：算無遺策（荀攸很擅長出謀劃策，他所獻的計謀沒有一次失敗過，當荀攸開啟「算無遺策」技能時，我方所有卡牌獲得荀攸的智謀效果加成，在接下來5秒內所作出的一切攻擊，自動變成鎖定攻擊，無法被走位躲避；冷卻時間45秒）

附加技能：大智若愚（被動技能。荀攸平時十分低調，看上去並不聰明，實際上卻是心如明鏡，他很擅長隱藏自身的實力。荀攸出場時，自動進入「大智若愚」狀態，隱藏自身所有的基礎屬

性，讓對手無法準確判斷他當前的真實血量）

荀攸這張卡牌和荀彧一樣做成了限定技，實戰的時候，聲東擊西可以作為攪亂對方防守陣型的策略，在對方猝不及防的情況下突然轉火殺掉殘血牌。

眼看涅槃戰隊要強殺A卡，對面肯定會開始防禦，結果防禦陣式剛擺出來，卻發現中了計——涅槃的目標根本不是A卡，反而扭頭秒了B卡！

這對選手的精神造成的傷害，遠遠高於實際造成的卡牌傷害。

謝明哲微笑著收起了荀彧和荀攸。

兩張帶限定技的控場卡，控場的方式和普通的控制類卡牌不同，在團戰的時候，會讓涅槃的戰術更加多變，也更加讓對手頭大。

不過這還沒完，因為魏國謀士團裡還有三個人，謝明哲也打算製作成卡牌。

那就是賈詡、郭嘉和司馬懿。

很多人都說，賈詡是「三國第一毒士」，因為賈詡的計謀都特別毒辣，效率奇高。他平時不怎麼出謀劃策，可是一旦獻策，用短短一兩句話就能置人於死地。

比如曹操在攻打馬超、韓遂時，賈詡獻計說「抹書間韓遂」，意思是給韓遂寫封信，把關鍵位置故意塗改掉，並有意讓馬超看到，使馬超對韓遂心生猜忌。簡單的一個離間計策，果然讓韓遂和馬超的聯盟土崩瓦解，可見賈詡的計謀有多毒辣。

後來曹操對於立世子的事情猶豫不決，問賈詡：「曹丕和曹植我應該立誰？」

賈詡並不回答。

曹操問：「你為什麼不答？」

賈詡說：「主公我正在想，不能馬上回答。」

曹操問：「你在想什麼？」

賈詡說：「想袁紹父子，想劉表父子。」

袁紹和劉表就是因為「廢長立幼」導致兄弟奪權毀掉了基業。如果立曹植，那豈不是重蹈覆轍？曹操如同醍醐灌頂，幡然醒悟，自此才堅定了立曹丕為世子的決心。

賈詡獻策確實是又狠又準，簡單一句話正好戳中曹操軟肋，他每次的計謀都能產生立竿見影的效果。他雖然狠毒，卻也相當聰明，在魏國大批英年早逝的謀士中，只有賈詡活到七十多歲，還被曹丕封為太尉，算是謀士中的人生贏家。

這張牌謝明哲決定根據賈詡毒士的性格來設計。

首先是賈詡主導的「文和亂武」，徹底讓漢朝天下大亂，這可以做成群體混亂控場。其次是他離間馬超和韓遂的典故，可以讓對手的卡牌分崩離析。再來便是他不動聲色擁立曹丕當世子這件事，也可以做成輔助技能。

賈詡（木系）

等級：1級

進化星級：★

使用次數：1/1次

基礎屬性：生命值700，攻擊力0，防禦力700，敏捷30，暴擊0%

附加技能：擁立世子（賈詡認為選擇繼承人應該選擇嫡子、長子，不能「廢長立幼」壞了規矩，以免兄弟自相殘殺；賈詡可以指定友方的一張男性人物卡牌，使其成為世子繼承人，被指定的卡牌基礎血量、基礎防禦永久提升50%；限定技，一場比賽限一次）

附加技能：文和亂武（賈詡又名「文和」，在他的推波助瀾下，天下終於大亂。當賈詡開啟「文和亂武」技能時，範圍23公尺內的敵對目標，群體陷入混亂狀態，持續3秒；冷卻時間60秒）

附加技能：一紙間書（賈詡很擅長揣測心理，他早知道某些人表面上是盟友，其實心裡對彼此有很多不滿。賈詡指定敵方一張卡牌，給該卡牌寫封信，塗掉關鍵的資訊讓隊友們看到，隊友們懷疑該卡牌有異心，在跟敵人互通消息，因此不再增援它。被指定收取書信的卡牌，將會免疫友方所有的增益、治療、復活類技能持續8秒；冷卻時間5分鐘）

給對方的卡牌寫信，離間卡牌之間的關係。這個操作，謝明哲估計官方資料師們看見之後肯定又要罵他神經病……

不過，賈詡的這個技能是真的很強，在我方集火對方某張關鍵卡牌時，最怕的就是對手一個單體治療又把血量給加回來。這時候，只要賈詡「一紙間書」發過去，這張卡牌就會被隊友們懷疑是叛徒，不再支援。收到信的卡牌，簡直欲哭無淚啊！

謝明哲滿意地收起了賈詡，接下來，就剩郭嘉和司馬懿了。

郭嘉這個人很有傳奇色彩，號稱是三國第一鬼才謀士，他被荀彧推薦給曹操之後，兩個人只聊了一次，就覺得相見恨晚。曹操還給他封了個「軍師祭酒」的職位，這個職位可是曹操專門特批給郭嘉的，放在現在，就是首席參謀長的位置。

據傳，郭嘉掌握著極為強大的情報網，因此他能說出「孫策必定會被刺殺」這樣的神預言，他猜很多事情都猜得特別準，其實並不是瞎猜，而是他基於對各方情報的分析、以及對時局的把握所作出的精確預判。

官渡之戰的「十勝十敗論」、「水淹下邳」都是郭嘉比較出名的功績，大敗袁紹，給曹操奠定了一統北方的基礎。可惜郭嘉一向體弱多病，病逝的時候才三十八歲，英年早逝，沒來得及跟諸葛亮對局，在歷史上留下了無盡遺憾。

郭嘉為人放蕩不羈，不拘小節，還喜歡喝酒，這跟曹操年輕的時候非常像，兩個人臭味相投，雖是君臣，卻常常坐在一起把酒言歡，就像是親密的朋友一樣。因此，郭嘉雖然「作風不檢點」經常被人舉報和「彈劾」，可是曹操收到舉報信後，總是一笑了之，並不理會，對郭嘉極為寵信。因此，郭嘉的英年早逝也讓曹操十分痛心。

這張牌的設計，謝明哲決定做成控場亡語卡。

首先是郭嘉的神預言，他提出的幾個預言全都應驗，有如他提前就知道事情的發展一樣。

謝明哲想把這做成一個非常有特色的預判類技能，提前知道對方的一些動向，自然可以讓我方做好應對。

其次，是郭嘉去世的時候給曹操留下的錦囊妙計，幫助曹操輕而易舉地平定了袁紹的殘餘勢力，使袁紹的子嗣袁尚、袁熙全部戰死，遼東不戰而定。

遺計定遼東的故事，充分展示了郭嘉的智謀以及對人性的深刻瞭解，既然是臨終時留下的妙計，當然可以設計成亡語技能。

郭嘉的卡牌人物形象，謝明哲作為顏控畫手，當然不會含糊。

不同於荀彧的溫文爾雅，郭嘉更像是一個放浪不羈的才子，他手持摺扇，瀟灑風流，微笑起來的樣子如同風度翩翩的貴公子，俊美的五官足以讓任何女孩子為之心動。

郭嘉這張卡的基礎屬性謝明哲故意做得很低，一方面是為了順利通過官方審核，另外則是亡語牌本身就很脆皮，血量低，正好方便陣亡後觸發亡語技。

郭嘉（木系）

等級：1級

進化星級：★

使用次數：1/1次

基礎屬性：生命值600，攻擊力0，防禦力600，敏捷10，暴擊0%

附加技能：先知（郭嘉掌握著情報網，並且有非常出色的預知能力，他能提前預判將來會發生的事情，並且讓我方做好應對。當郭嘉開啟「先知」技能時，敵方一切攻擊都會被我方掌握住動向，敵方接下來5秒內發起的一切非鎖定攻擊，都可以被我方群體閃避；冷卻時間20秒）

附加技能：天妒英才（亡語技，郭嘉雖然智謀出眾，可惜一向體弱多病，在征戰的過程中染上了疾病，不幸早逝。郭嘉出場時，因為生著重病，會自帶一層中毒負面效果，每秒掉血2%。當郭嘉陣亡時，他的病痛會向周圍擴散，敵方23公尺範圍內群體目標瞬間疊加五層木系中毒負面效果）

附加技能：遺計定遼東（亡語技，郭嘉在臨終前留下了一個錦囊妙計，教曹操平定遼東的叛亂。當郭嘉陣亡時，觸發「遺計定遼東」效果，敵方23公尺內卡牌得知郭嘉留下錦囊，集體產生恐慌，陷入恐懼狀態持續3秒；我方卡牌受郭嘉錦囊指示，在3秒內基礎攻擊力提升50%、攻擊速度提升50%、暴擊傷害提升50%）

郭嘉這張亡語牌，一出場就會自動掉血，不愁死不掉。

在陣亡之前他可以用「先知」技能控場，提前做好預判，幫我方閃避掉對手的關鍵攻擊。等他陣亡之後，不但能為對方疊毒五層，還能給我方加攻擊。

他用自身的犧牲，換來敵方恐懼群控和友方群體超強加成，由於技能太強，在時間上只能縮短成三秒。

這張卡牌的操作很有難度，非常考驗選手的意識——技能需要預判，血量也需要預判，真是把郭嘉「預判」的特色發揮到了極致。

做完郭嘉，還剩最後一張卡牌司馬懿。

作為三國後期和諸葛亮對局多年的曹魏集團首席軍師，司馬懿可以說是笑到最後的人。

前期，曹操需要大量人才的時候邀請司馬懿，司馬懿卻假裝殘廢不肯見人。

後期，司馬懿被曹操逼著出山，一直協助曹丕。等曹丕順利繼位之後，司馬懿輔助曹丕料理政務，兵權在握，榮極一時。

司馬懿的功勞非常大，他深知「以逸待勞」的道理，諸葛亮的多次北伐遠征，都被司馬懿成功阻攔。

如果魏國後期沒有司馬懿，說不定諸葛亮真的能實現一統天下的夢想。可惜就是司馬懿這個老油條，用「拖」字訣硬生生地把蜀國的國力給拖垮了，因為他深知蜀軍旅途勞累、糧草不足，只要魏軍不主動出戰，時間一長，蜀軍肯定撤退，這個做法其實是非常明智的。

有一次魏蜀大軍對峙上百天，司馬懿依舊堅守不出，諸葛亮實在是忍不住，就給他送去一套大紅的女裝嘲諷他。在古代來說，給男人送女裝，這可是莫大的羞辱。結果，司馬懿居然一點都不生氣，而且還當眾穿上了女裝！

小不忍則亂大謀，司馬懿真是把「忍」字訣發揮到了極致。

司馬懿有「鷹視狼顧之相」，謝明哲還聽過一種神奇的傳言，據說司馬懿可以在身體不動彈的情況下，把腦袋直接轉到後方去瞪人，他的眼睛如同鷹一樣銳利、狼一樣凶狠——這樣的人，是絕對不能招惹的！

這張卡牌適合做成防守型卡牌，比較符合司馬懿的特色。

司馬懿（木系）
等級：1級
進化星級：★
使用次數：1/1次
基礎屬性：生命值1500，攻擊力0，防禦力1500，敏捷10，暴擊0%
附加技能：鷹視狼顧（據說司馬懿有「鷹視狼顧之相」，目光如同鷹一樣鋒利、狼一樣凶狠，他可以扭頭向任意方向凝視，被司馬懿凝視的卡牌，被他的目光威嚇，心生恐懼——司馬懿朝指定方向釋放「鷹視狼顧」技能，23公尺內接觸到他目光的所有敵對目標群體陷入恐懼持續3秒；冷卻時間45秒）
附加技能：以逸待勞（司馬懿認為，雙方作戰的時候敵方跋山涉水不遠千里趕過來肯定非常勞累，而我方原地休息，精力充沛，只有這樣以逸待勞才可以擊敗對手；司馬懿開啟「以逸待勞」時，我方所有卡牌停止釋放一切技能，全體休息5秒，休息期間我方心態平和，不受敵人控制效果和攻擊技能的打擾；冷卻時間90秒）
附加技能：隱忍（司馬懿最能隱忍，不管別人怎麼嘲諷他、攻擊他，他都不會還手，但並不代表他永遠不會還手，他只是在靜候時機而已。每當司馬懿受到一次攻擊、控制等負面效果影響，他會隱忍下來並獲得20點怒氣，當怒氣值累積到100時，司馬懿可選擇在任何時間進入狂暴狀態，清空怒氣並使自身防禦和攻擊資料互換，對敵方全體瞬間造成基礎攻擊力280%的木系暴擊傷害；限定技，一場比賽只可觸發一次）

司馬懿這張卡的設計其實非常均衡，「鷹視狼顧」可群體恐懼控場，「以逸待勞」讓友軍群體免傷，以及限定技「隱忍」的大爆發——忍了很久的司馬懿，爆發起來是很可怕的，正好配合我方爆發卡清場。

到此為止，木系套牌終於做完。

謝明哲在腦海中模擬了一下木系套牌的打法。

由曹操吸引火力，曹丕、曹植兄弟連動是很強的控場技能，甄姬是高閃避單殺對面脆皮卡的利器。而荀彧、荀攸和賈詡技能都很有特色，不管是荀彧「驅虎吞狼」讓對手自相殘殺，還是荀攸「算無遺策」讓對手無法閃躲，或者賈詡「一紙間書」直接給對手寫信，指定某張卡牌被孤立，這三張戰術性的卡牌，實戰操作會非常的靈活。

而木系套卡的關鍵爆發點，其實在郭嘉。

郭嘉陣亡就是全團爆發的核心契機。

「遺計定遼東」的群體狀態加成，配合曹操的「天下歸心」、曹丕的「集權」、司馬懿的怒氣條爆「隱忍」，這一波大群攻砸下去，對手不死也殘。

在團戰階段，除了這些群攻技能之外，還有小柯黑無常的陰陽標記爆發，陳霄千葉高山松的群體松針掃射，另外郭嘉陣亡會為對手群體疊毒，陳霄的暗黑植物卡牌中正好有毒爆卡，可以讓五層毒直接爆掉。

郭嘉陣亡了，敵人的死期也就到了。

只不過這套卡組比較難操作。郭嘉掉血的速度、陣亡的時機，具體要怎麼把握還得跟隊友們多練習配合，只有大家達成了默契，才能在團戰時不出現差錯。

謝明哲深吸口氣，將所有卡牌連上資料庫進行審核。

毫無意外地，荀彧、荀攸、賈詡、郭嘉、司馬懿五張卡全部被提交到了人工審核。

畢竟這些卡牌的技能設計都非常奇葩，尤其是給對面卡牌寫信、讓對面卡牌內訌之類的，資料庫沒法判定也很正常。

好在謝明哲為了通過審核，將這些卡牌基礎屬性都調得特別低，技能冷卻時間他也仔細琢磨

過，不算離譜，某些太強的技能還故意做成了「限定技」，官方應該不會太過為難他。

晚上，謝明哲收到官方發來的郵件，審核通過，只需要對資料進行一些微調。

謝明哲鬆了口氣，這套木系卡牌的完工對涅槃俱樂部來說，是個非常重要的起點——之前大家都各忙各的，但從現在開始，作為總教練的陳千林終於可以開始搭配團戰卡組。而他們四個人，也終於能合在一起練習團隊配合。

不管明年新的賽季，團賽到底什麼時候開打，提前做好準備總是沒錯的。

也是時候，把自己的卡牌全部複製分享給隊友們了。

（未完待續）

【特別收錄】

作者獨家訪談第二彈，暢談角色設定

Q6：來談談主角「皮皮哲」吧，您覺得他是一個怎樣的人？以他的角度來看，會怎麼用一句話分別形容師父、師兄及涅槃戰隊的成員們？

A6：謝明哲是一個陽光開朗的元氣少年，不管遇到多大的困難，他都會很樂觀地面對一切阻礙，才能創造出獨樹一格的人物卡，展現他性格中頑皮的一面，因而有「皮皮哲」的綽號。

孤兒的身世並沒有讓他產生自卑感，我很欣賞他的勇敢和樂觀。

在皮皮哲眼裡，陳千林是神祕莫測的世外高人，引導他學會卡牌製作的恩師。

唐牧洲是溫和親切、風度翩翩、對他照顧有加的師兄。

陳哥陳霄是值得信賴的大哥和搭檔。

喻柯是機靈可愛的跟屁蟲小弟。

秦軒是外冷內熱、畫場景特別厲害的夥伴。

特別收錄

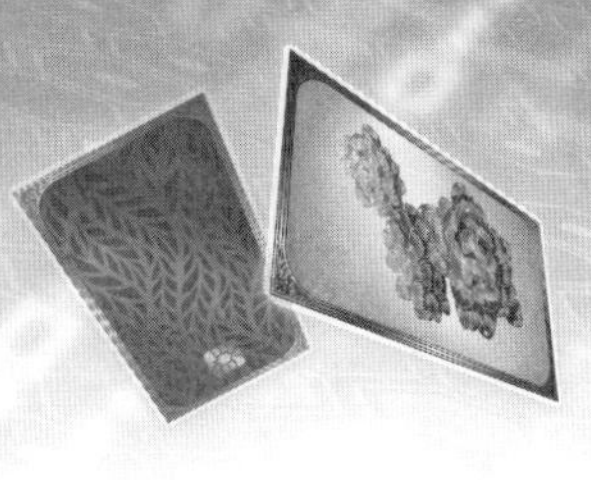

Q7：接著來聊聊唐牧洲這個人吧，他一直特別關愛謝明哲，是很會照顧人的好老攻，明星賽時師兄弟聯手的劇情搞笑又撒糖，但風華和涅槃對戰時又「相愛相殺」，感覺是個性格複雜的人。在妳眼中，他是個怎樣的人？或是有未公開的裡設定嗎？

A7：唐牧洲的性格和他的家教有很大關係。

他是富二代，但他身上並沒有嬌生慣養的壞毛病，父母對他要求嚴格，卻又尊重他的想法，養成了他遇到事情獨立思考的習慣。

他表面風度翩翩，實際上滿腹壞水，是個很腹黑的人。

由於父母的影響，他對身邊的朋友也很尊重。

對皮皮哲體貼溫柔，這和他的性格完全相符。

Q8：請問故事裡的攻受屬性，是在開坑前就已決定好的，還是隨著故事進展才慢慢確定的？

A8：開坑之前決定的。

（未完待續）

i 小說 015

星卡大師2

國家圖書館出版品預行編目（CIP）資料

星卡大師2/ 蝶之靈著. -- 初版. -- 臺北市 :
愛呦文創, 2019.10
冊； 公分. --（i 小說；015）
ISBN 978-986-97913-5-9（第2冊：平裝）

857.7 108011764

愛呦文創

作　　者　蝶之靈
封面繪圖　Leila
責任編輯　高章敏
特約編輯　劉怡如
文字校對　劉綺文
行銷企劃　羅婷婷

發 行 人　高章敏
出　　版　愛呦文創有限公司
地　　址　10691台北市忠孝東路四段59號10-2樓
電　　話　（886）2-25287229
郵電信箱　iyao.service@gmail.com
愛呦粉絲團　https://www.facebook.com/iyao.book

總 經 銷　聯合發行股份有限公司
電　　話　（886）2-29178022
地　　址　231新北市新店區寶橋路235巷6弄6號2樓

美術設計　廖婉禎
內頁排版　洸譜創意設計股份有限公司
印　　刷　沐春行銷創意有限公司
初版一刷　2019年10月
定　　價　380元
I S B N　978-986-97913-5-9